名家文丛
粤派评论丛书

黄修己集

黄修己 著

本项目受广东省宣传文化发展专项资金资助出版

SPM
南方出版传媒
广东人民出版社
·广州·

图书在版编目（CIP）数据

黄修己集 / 黄修己著. —广州：广东人民出版社，2018.5
（粤派评论丛书）
ISBN 978-7-218-12651-7

Ⅰ. ①黄…　Ⅱ. ①黄…　Ⅲ. ①中国文学—文学评论—文集　Ⅳ. ①I206-53

中国版本图书馆CIP数据核字（2018）第047402号

HUANG XIUJI JI
黄 修 己 集　　黄修己　著

出 版 人：肖风华

责任编辑：向路安
装帧设计：张绮华
排　　版：广州市奔流文化传播有限公司
责任技编：周　杰　易志华

出版发行：广东人民出版社
地　　址：广州市大沙头四马路10号（邮政编码：510102）
电　　话：（020）83798714（总编室）
传　　真：（020）83780199
网　　址：http://www.gdpph.com
印　　刷：珠海市鹏腾宇印务有限公司
开　　本：787毫米 × 1092毫米　1/16
印　　张：22　　**字　　数**：300千
版　　次：2018年5月第1版　2018年5月第1次印刷
定　　价：88.00元

如发现印装质量问题，影响阅读，请与出版社（020-83795749）联系调换。
售书热线：（020）83795240

“粤派评论丛书”编辑委员会

（按姓氏音序排列）

总 序

近百年来中国文坛，“京派批评”“海派批评”以及20世纪80年代崛起的“闽派批评”已是大家公认的文学现象，但“粤派评论”却极少被人提起。事实上，不论从地域精神、文化气质，还是文脉的历史传承，抑或批评的影响力来看，“粤派评论”都有着独特精神气质和文化品格，有它的优势和辉煌。只不过，由于历史、现实、文化和地域的诸多原因，“粤派评论”一直被低估、忽视乃至遮蔽。有鉴于此，我们认为，以百年粤派文学以及美术、音乐、戏剧、影视等评论为切入点，出版一套“粤派评论丛书”，挖掘被历史和某种文化偏见所遮蔽的“粤派评论”的价值，彰显粤派文学与文化的独特内涵和深厚底蕴，不仅能更好地展示广东文艺评论的力量，让“粤派评论”发出更响亮的声音，而且有助于增强广东文化的自信，提升广东文化的影响力，促进区域文化的繁荣发展。

出版这套丛书，有厚实、充分的历史、现实、文化和地域等方面的依据。

第一，传统文化的影响。岭南文化明显不同于北方文化。如汉代以降以陈钦、陈元为代表的“经学”注释，便明显不同于北方“经学”的严密深邃与繁复，呈现出轻灵简易的特点，并因此被称为“简易之学”。六祖惠能则为佛学禅宗注进了日常化、世俗化的内涵。明代大儒陈白沙主张“学贵知疑”，强调独立思考，提倡较为自由开放的学风，逐渐形成一个有粤派特点的哲学学派。这种不同于北方的文化传统，势必对“粤派评论”的形成起到潜移默化的作用。

第二，文论传统的依据。“粤派评论”的起源可追溯到晚清，黄遵宪的“诗界革命”，梁启超的“小说界革命”的倡导，开创了一个时代的风潮，在全国产生了普泛的影响。上世纪二三十年代，黄药眠在《创造周报》发表大量文艺大众化、诗歌民族化的文章，风行一时。钟敬文措意于民间文学，被视为中国民间文学的创始人。新中国建立后的“十七年”，“粤派评论”的代表人物有黄秋耘、萧殷、梁宗岱等人。新时期以来，“粤派评论”也涌现出不少在全国具有一定知名度的文艺评论家。如饶芃子、黄树森、黄修己、黄伟宗、洪子诚、刘斯奋、杨义、温儒敏、谢望新、李钟声、古远清、蒋述卓、陈平原、程文超、林岗、陈剑晖、郭小东、宋剑华、陈志红等，其阵容和影响力虽不及“京派批评”和“海派批评”，但其深厚力量堪比“闽派批评”，超越国内大多数地域的文艺评论阵营。如果视野和范围再开放拓展，加上饶宗颐、王起、黄天骥等老一辈学者的纯学术研究，则“粤派评论”更是蔚为壮观。

第三，地理环境的优势。从地理上看，广东占有沿海之利，在沟通世界方面具有得天独厚的优势；同时，广东处于边缘，这既是劣势也是优势。近现代以来，粤派学者在中西文化交汇的背景下，感受并接受多种文明带来的思想启迪。他们视野开阔，思维活跃，不安现状，积极进取，敢为人先，因此能走在时代变革的前列。黄遵宪、康有为、梁启超、孙中山等是这方面的代表人物。他们秉承中国学术的传统，又开创了“粤派评论”的先河。这种地缘、文化土壤的内在培植作用，在“粤派评论”的发展过程中是显而易见的。

“粤派评论”有属于自己的鲜明特点。

第一，中国现当代文学史写作，是“粤派评论”最为鲜亮的一道风景线。在这方面，“粤派评论”几乎占了文学史写作的半壁江山，而且处于前沿位置，有的甚至成为中国现当代文学史写作的高地。比如20世纪80年代，钱理群、陈平原、黄子平联合发表的著名论文《论二十世纪中国文学》，其中陈平原、黄子平均为粤人。洪子诚的《中国当代文学史》以方法先进、富于问题意识、善于整合中西传统资源和吸纳同时代前沿研究成果著称，它与陈思和的《中国当代文学史教程》被学界誉为中国现当代文学史的“南北双璧”。杨义的三卷本《中国现代小说史》是比较方法运用在文学史写作的有效实践，该著材料扎实，眼光独到，分析文本有血有肉，堪与夏志清的《中国现代小说史》比肩。此外，温儒敏的《中国现代文学批评史》、黄修己的《中国现代文学发展史》、古远清的港台文学史写作，也都各具特色，体现出自己的史观、史识和史德。

第二，“粤派评论”注重文艺、文化评论的日常化、本土经验和实践性。粤派评论家追求发现创新，但不拒绝深刻宽厚；追求实证内敛，而不喜凌空高蹈；追求灵动圆融，而厌恶哗众取宠。这就体现了前瞻视野与务实批评的结合，经济文化与文艺批评的合流，全球眼光与岭南乡土文化挖掘的齐头并进，灵活敏锐与学问学理的相得益彰，多元开放与独立文化人格的互为表里。粤派评论家有自己的批评立场、批评观念，亦有自己的学术立足点和生长点。他们既面向时代和生活，感受文艺风潮的脉动，又高度重视审美中的文化积累和文化传承；既追求批评的理论性、学理性和体系建构，又强调批评的实践性，注重感性与诗性的个性呈现。

我们认为，建构“粤派评论”，不能沿袭传统的流派范畴与标准，它不是一种具有特定文化立场、一致追求趋向和自觉结社的理论阐释行动。它只是一个松散的、没有理论宣言与主张的群体。因此，没有必要纠结“粤派评论”究竟是一个学派，还是一个地域性的概念，但有一点可以肯定：“粤派评论”已是一个客观存在的文化实体，即虽具有地方身份标识，却不局限于一地之见的文艺理论家、批评家群体。

党的十九大报告指出，发展中国特色社会主义文化，就是以马克思主义为指导，坚守中华文化立场，立足当代中国现实，结合当今时代条件，发展面向现代化、面向世界、面向未来的，民族的科学的大众的社会主义文化，推动社会主义精神文明和物质文明协调发展。广东省委宣传部策划、组织、指导编纂出版“粤派评论丛书”，是贯彻落实十九大关于文化建设发展精神的一项重要举措，是讲好中国故事、传播中国声音、阐发中国精神、展现中国风貌的一次文化实践。我们坚信，扎根广东、辐射全国的“粤派评论”必将成为新时代坚定文化自信、实现中华民族伟大复兴路上其中一块最稳固的基石。

“粤派评论丛书”编辑委员会

作者近照

作者简介：

黄修己，1935年8月出生，福建福州人，1955年考入北京大学中文系，1957年开始发表文学作品。毕业后留校任教，从事中国现当代文学批评和研究。1986年加入中国作家协会。1987年到中山大学中文系任教。历任北京大学、中山大学教授，中国现代文学研究会副会长。代表性著作有《中国现代文学发展史》《中国新文学史编纂史》《赵树理评传》等，并有散文集《我的“三角地”》。多次获得国家社科基金优秀成果奖、教育部优秀社科成果奖、广东省优秀社科成果奖、王瑶学术奖等。

目录

第四辑　中国现代文学研究评论

前　言

我是一个高校教师，只因所教的是文学，而且是中国现当代文学，所研究和评论的对象，大多属于现代和当代的作家；因而偶尔也被视为批评家，还入了中国作家协会，当个挂名的会员。这回我的部分评论性文字很荣幸地被选入“粤派评论丛书”；其实，严格一点，我是不够格的。

我发表文学评论，始于1962年，到如今，半个多世纪了。这半个多世纪里风云变幻的中国社会和文坛，变化真是巨大。这变化的痕迹也分明地刻在了我的文字上，以至读自己过去的某些篇章，有时不免感到惊异：这是我写的？我会说这样的话？然而千真万确就是我的。本书所选的文字，每篇之后都注明了发表的时间，以便于了解那是在什么背景下我曾有过的认识。

收入本书的《从失败到失败的萧涧秋》就是我最早的评论之一，那是对谢铁骊先生改编的电影剧本《二月》（柔石原著，拍成电影后改名《早春二月》）的一点批评性意见。那是十足的书呆子之见，以为改编必定要忠于原作。没想到过不多久这部改编的电影竟成了“修正主义大毒草”，于是为了“大批判”我也被人挖了出来，以我早就对它有过批评，希望我能充当先锋来批判这部电影。一个说来好笑的原因帮助我夹着尾巴逃跑了，逃避了这场“批修”的灾难。至于为什么是逃跑还夹着尾巴，这里边的故事留待以后再讲吧。这里收入这样幼稚的东西，因为它既是历史，对本人而言，也多少有着点纪念的意思。类似的比如《谈梁生宝形象艺术塑造的两个问题》，是参加1960年代初关于柳青《创业史》中正面人物和中间人物之优劣的一场论争而写的。《鲁迅和三十年代左翼文艺运动》《在论争中结束和没有结束的论争》，更是参加论争的文章。那是在粉碎“四人帮”后为了给被诬为“右倾机会主义路线”的“国防文学”平反，现代文学研究界曾经发生过一场也算激烈的论争。

我对“两个口号”之争与文艺界宗派情绪的关系并无了解，只是为了推翻“四人帮”的诬蔑而写了好几篇这类论辩的文章。上述几篇论争的文章都有具体的针对性，针对当时的另一些观点。如果脱离具体的语境，不了解当时论争双方的观点，再来读这样一些文章，可能难明其妙。也只是为了给历史留下一点资料，让以后有兴趣挖掘“地下文物”的人多一点事情可做，我选留了这几篇。对我自己来说，这仍然是一种青春的纪念，并非表示坚持过去的意见。

本书分为四辑，头两辑主要选了几篇对作家、作品的评论。将对赵树理的评论单独列为一辑，是因为在二十世纪七十年代末到八十年代初的一段时间里，我曾用了一定功夫来研究这位对农民怀有深情的作家，出版了几部关于他的评论。而我之所以特别关注他的创作，实属偶然，这位作家是我在中国现代文学史课上讲授的第一人。

第三、四辑多是从宏观角度评论现当代文学和这一学科的论文。自二十世纪八十年代末来到广州以后，我已经告别赵树理，也不再参与文艺上的论争，一心一意地投入现代文学史编写的创新。随后又开始为现代文学学术史的创建做点探索性的工作。我的一部比较有影响的著作，是二十世纪八十年代初出版的《中国现代文学简史》。后来在其基础上修改出版了《中国现代文学发展史》，这部书在北京起笔，在广州收尾。这是我下力最多的著作，到2008年，还改出了第三版。这时与初版正好相距二十年，二十年间我对现代文学历史的认识有所发展，我更加重视“人的文学”思潮在现代文学历史上的地位和意义，尝试从这样的视角来评论现代作家、作品。但我还无力完整地描述这一思潮在现代文学三十二年间的遭遇，只能把重点放在对一些作家创作的阐释上。所以本书只挑选了几篇从“人的文学”的视角对几位作家的评论，并且选了《人性论和中国现代文学》一文作为说明。

我思考现代文学历史发展特征的最大收获，还在于形成了现代文学发生、发展的“双线论”。本书也选了我涉及这一问题的文章。所谓“双线论”，是指我国的现代文学不仅由文学革命（反对旧文学，提倡白话新文学）运动而诞生；而且还有本民族传统文学（章回小说、旧体诗词、戏曲等）在社会发展推动下，发生渐进的变革，逐渐获得审美现代性，从而走向现代化，成为现代文学的重要组成部分。我认为这也是后发现代化国家的文学，从古典向现代转型的一个共同特点。但这后一条线，长期被遮蔽，现代文学史只承认文学革命一条线；这是不全面的，甚至可以说至今只写了半部现代文学史。我的观点是有争议的，但更重要的是，这样的认识要付诸实践，编出包含“双线”的现代文学史，困难不小。我们从事现代文学教学、研究的学者，对传统文学这一条线的了解还是太少了。而我因为年龄的缘故，已经无力来做这工作了，这是甚感遗憾的。但我多次说过，我相信将来一定会写出双线并进的、更符合历史实际的中国现代文学史。

最后要说明的是，过去的文章在收入本书时，都保持原来的观点，只在文字上有所修订。

黄修己

2017年6月

第一辑

中国现当代作家、作品评论

揭出病苦，引起疗救的注意

——鲁迅的《呐喊》《彷徨》

一、《狂人日记》出世

五四文学革命批判封建旧文学，同时要创造新文学，鲁迅的短篇小说《狂人日记》就是文学革命所创造的最早实绩。1918年5月，《新青年》第四卷第五号上发表《狂人日记》，立刻在思想界、文学界引起了震动。若说用白话写小说，这不是第一篇，例如1917年当时留美的陈衡哲已经发表了《一日》，李劼人更早于1917年在四川发表过几篇白话短篇小说。但只有鲁迅的《狂人日记》才把新文化运动的批判旧道德和提倡新文学两个内涵结合在一起，成为划时代意义的作品，宣告了一个崭新的文学世纪的开始。鲁迅也由于此后在文学创作上的巨大业绩，成了文学革命中影响最大的作家、中国现代文学最重要的奠基人。

鲁迅能够完成这样的历史使命，是经过了长期准备的。

鲁迅（1881—1936）生于封建士大夫家庭，少年时代家道式微，从小康而坠入困顿的过程中深深地领略了世态炎凉，形成了他初始的也是深刻的人生体验，使他从年幼时就深感人世间的生存环境对于自身个体的异己性，从而使他对被挤压在社会边缘的底层人民怀有同情。外婆家在农村，又使他有机会接触到占中国人口大多数的农民。更给予鲁迅深刻印象的，是中国社会底层人民的辛苦麻木，他们虽然艰难困苦地挣扎在生死线上，却大多缺少改变自己命运的期望，任凭社会吞噬。在走投无路的情况下，鲁迅离家到南京求学，在原先所受良好的传统文化熏陶的基础上，进而受到了现代科学文化的教育。那时正是戊戌维新的1898年，他读到了严复译述的赫胥黎的《天演论》。社会进化论所述“物竞天择，适者生存”，使他感到震惊，为自己古老民族面临的亡国灭种的危机而忧虑。同时又相信万物进化是宇宙法则，因而产生不断奋进以求改革社会的激情。1902年鲁迅到日本留学，这时他是一个深沉的爱国者，已经下定“我以我血荐轩辕”的决心。他选择了医学，就因为“知道了日本维新是大半发端于西方医学的事实”，希望用现代医学来“促进了国人对于维新的信仰”①。这时正是第一次世界大战的前夜，西方资本主义已经发展得相当成熟，物质文明的高度发达和严重的精神危机并存，现代社会的内在矛盾已经显露。理性精神失落，非理性的各种思潮已发展起来了，由人的发现到人的再发现，从发现人的高贵进而看透人的本性的丑陋与卑琐。所以尼采宣告“上帝死了”，主张彻底破坏偶像。尼采、叔本华、柏格森等的学说风行一时。鲁迅在日本接触到西方新的文化思潮，特别是尼采、施蒂纳尔、克尔凯郭尔等张扬个人、强调意志力的思想，给了痛感国人缺乏人格独立、尊严之觉悟的鲁迅以深深的刺激，他深切地希望中国能够产生具有独异的个性，能够超越俗见因而坚强勇猛的先觉者。

1906年，据鲁迅自述，一件偶然的事情成了他思想转变的契机。他在观看课间放映的幻灯片时，看到日俄战争中被日本军队杀害的同胞和麻木的看客，他们却都有着强壮的体格。他深感改变精神才是救国的第一要着，于是转而致力于提倡文艺运动。本来早已看透“世人的真面目”，深切感受了中国人性格的怯弱、懒惰和巧滑；此时在西方新思潮的激励下，更感彻底批判封建观念、改造国民性的切要，这便使他此后成了启蒙主义的思想家。但办刊物的计划流产了，他译介的西方文学作品也极少有人光顾，使他感到非常寂寞。在这种情况下，1907、1908年发表了《文化偏至论》《摩罗诗力说》等四篇重要论文。这些论文对人类文明历史的发展作了全面检视，比较了中西文化特征，并在此基础上提出自己对中国社会变革的见解。特别是在《文化偏至论》中，鲁迅从个性主义出发，表述了他追求人的个体觉醒的意见。文中提出“将生存两间，角逐列国是务，其首在立人，人立而后凡事举；若其道术，乃必尊个性而

① 鲁迅：《呐喊·自序》，《鲁迅全集》第1卷，人民文学出版社1981年版，第416页。

张精神”。他也已发现西方理性精神在历史发展中暴露出的缺陷，为纠正“重物质，任众数”的偏至，提出“非物质”“重个人”的思想，要求“掊物质而张灵明，任个人而排众数”，把“张大个人之人格”视为“人生第一义”。此文也包含他当时所受尼采“超人”思想的影响，称尼采为“个人主义之至雄杰者”。鲁迅强调他所求之个人应该是“入于自识，趣于我执，刚愎主己，于庸俗无所顾忌”，“必以己为中枢，亦以己为终极，即立我性为绝对之自由者也”。《摩罗诗力说》一篇则为“别求新声于异邦”，介绍了欧洲“撒旦派”诗人，如拜伦、雪莱、普希金、莱蒙托夫、密茨凯维支、裴多菲等，因为他们“立意在反抗，指归在动作”，希望中国也能产生这样先觉的“精神界之战士”。这时正是孙中山领导的民主革命运动进入高潮的时期，没有人能够看重鲁迅这些主张，他盼望“有介绍新文化之士人”，发“先觉之声”，“来破中国之萧条”，这愿望当然未能实现。在那时的历史环境里，鲁迅上述思想相当前卫，很少有人能够理解。这使他觉得“如置身毫无边际的荒原，无可措手的了，这是怎样的悲哀呵”①。他感到非常的寂寞和孤独，这种情绪的厚积，后来发而为他的一系列文学作品。

1909年鲁迅回国。千年帝制的覆灭曾使他一度兴奋，1911年冬以辛亥革命为背景创作了文言小说《怀旧》。1912年他应邀到民国临时政府教育部任职，并随部来到新文化运动发祥地的北京。然而，辛亥革命的果实很快被袁世凯篡夺，中国社会依然如故。自从追求救国之道以来一次又一次的幻灭，使鲁迅深陷于痛苦之中。此后数年，他只怀着失望与颓唐的情绪，埋头抄录古碑，整理古籍。正如他说的“人生最苦痛的是梦醒了无路可以走”②，从个人婚姻的不幸，到事业奋斗的失败，四面碰壁，只有被闷在铁屋子里苦苦挣扎。但他在幻灭中清醒，在沉默中思索，在痛苦中孕育新生命。一方面固然消去了年轻时代的意气，另一方面却也越发成熟了。鲁迅的痛苦并不单是属于他个人的，这也可以说是一种“时代病”。那时以至后来，许多知识分子也经历过这种梦的破

---

① 鲁迅：《呐喊·自序》，《鲁迅全集》第1卷，人民文学出版社1981年版，第417页。

② 鲁迅：《坟·娜拉走后怎样》，《鲁迅全集》第1卷，人民文学出版社1981年版，第159页。

灭的痛苦。当着新文化运动发生时，鲁迅的思想仍处于幻灭期中，所以他“那时对于‘文学革命’，其实并没有怎样的热情。见过辛亥革命，见过二次革命，见过袁世凯称帝、张勋复辟，看来看去，就看得怀疑起来”①。对新挂出的政治招牌不轻信，正是经历了许多次幻灭后所形成的一种心态。但一旦确认了新事物的意义，他是会义无反顾地投身进来，并以他坚强的人格、丰富的经验、渊博的学识，成为新运动的坚实可靠的顶梁柱。二十世纪毕竟是一个伟大的世纪。第一次世界大战后世界革命高潮的出现，激活了蛰伏的思想者的心。在新文化运动的鼓舞和召唤下，鲁迅终于又活动了起来。一篇《狂人日记》的发表，沉寂多年后的第一声呼喊，让海内震惊。而且“从此以后，便一发而不可收”，时代把他推到了新文学大军的最前列。

《狂人日记》通过塑造狂人形象，充分表现了鲁迅长期思考形成的对于人的问题的见解。鲁迅希望中国能产生超人，“惟超人出，世乃太平”，这种人应当是“独立自强，去离尘垢，排舆言而弗沦于俗囿”②。他认为有一种“个人的自大”，这种人往往有几分狂气：“他们必定自己觉得思想见识高出庸众之上，又为庸众所不懂，所以愤世嫉俗，渐渐变成厌世家，或‘国民之敌’。”③狂人的形象具有独立的精神，具有先觉者的清醒，是个现有文化秩序的怀疑者、否定者，他质疑传统、习俗和一切陈规旧矩。他说：“从来如此，便对么？”敢把“古久”先生的“陈年流水簿”踩在脚下。他又是现实的批判者，画出现世的人心是“狮子般的凶心，兔子般的狡猾”。在批判这世界时，他也能反思自我，怀疑自己也曾参与吃人。他是憧憬美好未来的理想主义者，认为“将来是容不得吃人的人的”，因而发出“救救孩子”的呼声。鲁迅在《狂人日记》里写下的这些思想，都说明他就是个庸众所不理解因而被视为“狂人”的先知先觉。鲁迅甚为明白中国不可能有尼采所说的强人，即使

---

①　鲁迅：《南腔北调集·〈自选集〉自序》，《鲁迅全集》第4卷，人民文学出版社1981年版，第455页。

②　鲁迅：《坟·文化偏至论》，《鲁迅全集》第1卷，人民文学出版社1981年版，第52、53页。

③　鲁迅：《热风·三十八》。这篇杂文发表时署名“迅”，一说是周作人写的，但鲁迅把它收入《热风》，并为新版《鲁迅全集》所保留。

有也绝不会有好的命运。他说，“先觉的人，历来总被阴险的小人昏庸的群众迫压排挤倾陷放逐杀戮。中国又格外凶”[①]，所以在世俗的眼光中只能被视为狂人。《狂人日记》用象征的方法，歪曲的、变形的样式，把超人写成了狂人，写成了精神病学上的“迫害狂”，来表现超人的思想特征，说明在中国没有超人，只有“狂人”。本是应该期待的先知先觉，却被视为精神失常的狂人，所揭示的正是现实的荒诞性，因而小说带有浓郁的荒诞的意味。狂人是一个象征的启蒙主义者的形象，这样的人物形象在中国文学史上从未有过。小说一发表，沈雁冰就指出，《狂人日记》是“用写实的笔法，达寄托的（Symbolism）旨趣，诚然是中国近来第一篇好小说”[②]。

《狂人日记》是一篇人的觉醒的宣言，它首先提出了人的问题——人是吃人的动物，这是人的真相。狂人对大哥说：“大约当初野蛮的人，都吃过一点人。后来因为心思不同，有的不吃人了，一味要好，便变了人，变了真的人。有的却还吃，——也同虫子一样，有的变了鱼鸟猴子，一直变到人。有的不要好，至今还是虫子。”这是用了尼采《查拉图斯特拉如是说》（*Zarathustra*）中的一段话，意思是人虽然越过了虫豸、猴子，但有许多人至今还是虫豸，许多人比猴子还猴子。尼采是用生物进化论的观点来揭示人的荒谬，对人自身作深刻的批判。鲁迅受这种思想的影响，早在《破恶声论》（1908年）中就指出，人类由微生物而虫蛆、虎豹、猿猴，进化“以至今日，古性伏中，时复显露，于是有嗜杀戮侵略之事，夺土地子女玉帛以厌野心”[③]。到了五四时期，他的思想又有发展，更进而揭示，中国不仅还有人野蛮地吃人，而且表面上还装饰得很文明，这种文明就是封建礼教。给这吃人的野蛮行为罩上仁义道德的伪装，这就是封建文化的特色。作品写狂人查看中国的历史，每一页上都写着“仁义道德”，其实只是“吃人”二字。这种彻底的洞察，深刻的揭示，是使思想界震动的根本原因。如果说“人吃人”含有尼采

① 鲁迅：《集外集拾遗补篇·破恶声论》，《鲁迅全集》第8卷，人民文学出版社1981年版，第89页。

② 见《书报介绍·新青年杂志》，《新潮》第1卷第2号，1919年2月出版。

③ 鲁迅：《集外集拾遗补篇·破恶声论》，《鲁迅全集》第8卷，人民文学出版社1981年版，第31页。

的影响，那么“封建礼教吃人”则是鲁迅不同于尼采的地方，是鲁迅对中国的独特的洞见。这使他在中国的反封建文化中成为先锋和旗手。因为这种思想的深刻性，《狂人日记》不仅是鲁迅小说的开篇，更可以说是他的小说的总序言。

二、《呐喊》和《彷徨》

《狂人日记》之后，鲁迅接连创作了一批小说，后来编成《呐喊》和《彷徨》两部小说集。他的小说无论思想上、艺术上，都是现代中国小说的高峰。《呐喊》所收起于1918年的《狂人日记》，讫于1922年的《社戏》，计十四篇[①]。取名《呐喊》，意指作者受新文化运动的鼓舞，“有时候仍不免呐喊几声，聊以慰藉那在寂寞里奔驰的猛士，使他不惮于前驱”[②]。所以这部集子明显地保留着作者于五四新文化运动高潮中，结束了一段时间的沉默后，奋起高呼的特色。《彷徨》收1924年的《祝福》《在酒楼上》《肥皂》等，和1925年的《孤独者》《伤逝》《离婚》等，计十一篇。这时正值五四退潮，新文化运动的队伍开始分化，他在北洋军阀统治下的北京颇感寂寞。后来在《题〈彷徨〉》一诗中说：“寂寞新文苑，平安旧战场，两间余一卒，荷戟独彷徨。”道出第二部小说集取名为《彷徨》的原因。他在此书的扉页上引用了《离骚》中的两句诗：“路漫漫其修远兮，吾将上下而求索。”反映鲁迅在思想苦闷中，仍不断探索、寻求真理的精神。

作为启蒙主义者，鲁迅写小说就是要将中国人的精神面貌展示出来，让人们看清精神上诸种愚昧、麻木、庸俗、猥琐、卑劣的表现。目的在于唤起人们的警觉，增强改造国民性的紧迫感。看了他所展示的这许多中国人的精神状态，触发人们思考：凭着这样一些人，怎么能够使国家变得富强、民主呢？怎么能够实现国家的现代化呢？

---

① 1923年初版时为15篇，内含《不周山》，后将此篇抽去，编入《故事新编》，改名《补天》。

② 鲁迅：《呐喊·自序》，《鲁迅全集》第1卷，人民文学出版社1981年版，第419页。

五四运动前，鲁迅发表过《狂人日记》《孔乙已》《药》，这是《呐喊》的前三篇。

《孔乙已》用简单的几个场面，生动地塑造了科举制度下的读书人孔乙已的形象。《孔乙已》不像《儒林外史》那样写些热衷科举的圣人之徒的穷酸之相、虚伪之心，相反，孔乙已多少还有点可爱，尚存善良之心，让人同情。这篇小说更想表达的是，封建观念、科举制度使人不像人了，人完全丧失了作为人的价值。就是这样，孔乙已最后还是遭到了毁灭。孔乙已要谋碗饭吃还是可能的，但那不是他的人生追求。他梦想踏科举之阶梯，爬上去做个吃人者；但是没有做成，反而被吃。小说描写乡镇生活，带着点人间温馨的情调，但这表面的温馨后面是残酷的，其中的批判性也是相当深刻的。

《药》通过偶然性的情节——买人血治病却买的是被杀害的革命者的血，极写群众的愚昧和先觉者的孤独、寂寞。虚写的革命者夏瑜是被吃者，封建专制的屠刀“吃”掉这位年轻革命者，愚昧的群众华老栓、华小栓也要来吃。小说名为《药》，意含双关，一指治痨病的药，又指这其实是革命者的血。革命者为民族复兴而英勇献身，然而结果不过是用自已的血，做了愚昧群众的送命的药。这是何等的悲剧呀！鲁迅感叹“英雄的血，始终是无味的国土里的人生的盐，而且大抵是给闲人们作生活的盐”[①]。群众对革命十分隔膜、冷漠，这就是当时中国的现状。鲁迅把这现状如实地、显豁地展现出来，就是要告诉还活着的夏瑜们，唤醒民众是当务之急！

五四运动后写的，包含在《呐喊》《彷徨》两部集子中的小说，有两大类题材最为重要，格外令人瞩目，即农村题材和知识分子题材。这说明鲁迅对农民和知识分子的思想、生活，给予特别的关注，做过深入的思考。

《呐喊》中塑造的农民形象较多，经历不同，却有同样悲惨的命运。

《明天》写孤孀的母爱，主人公单四嫂子把所有的爱给了独子阿宝。但封建思想使纯粹的母爱变质，单四嫂子的母爱观念中包含了很大的愚昧的成分。在“夫死从子”“母以子贵”的思想下，她把自已的命运寄托在儿子的身

① 鲁迅：《集外集拾遗·〈争自由的风波〉小引》，《鲁迅全集》第7卷，人民文学出版社1981年版，第304页。

上，视儿子为自己的“明天”。她不知道“明天”要靠自己去创造，结果她的“明天”死了，她的前景毫无希望。鲁迅把篇名定为《明天》，是一种反讽，是说单四嫂子这样可怜的农村妇女是没有明天的。

《风波》通过鲁镇船夫七斤家里因张勋复辟引起的一场小小风波，死水微澜，乍起复平，写出乡村社会像牢牢冻结的冰块，敲不碎，化不开。辛亥革命后，除了船夫七斤因为经常驶船进城被人剪了辫子，此外一如其旧。张勋复辟，“皇帝坐龙廷”的消息传来，还引起了一场虚惊，但很快又恢复了死气沉沉的旧态。辛亥革命后农村社会生活和农民思想的这种状况，令人有一种悲哀之感。

《故乡》写迅哥儿回乡接母亲，会见少年时代的朋友闰土，用前后对比的方法塑造“多子、饥荒、苛税、兵、匪、官、绅”压榨下，干枯、麻木的农民形象。闰土承受着沉重的生活压力，思想被压得麻木了，只有把痛苦归之于命运，在对神的祈祷中企求精神的慰藉和解脱。这个形象在旧中国农民中是很有代表性的，自从闰土的形象诞生后，在现代文学作品中便出现了性格上与他有血亲关系的，同一类型的农民形象系列。对于启蒙主义者来说，更加痛心的是农民完全没有人的独立、平等的思想。儿童时代的闰土还有着天真的本性，与书香门第的迅哥儿可以像兄弟一般亲密友爱地生活在一起。但是封建等级制的存在，使他长大“懂事”了，就匍伏在这种等级制度下，自觉地称迅哥儿为“老爷”了。小说轻轻的一笔画出封建等级观念在人们之间筑起的高墙厚壁。面对这样的现实，迅哥儿感到非常悲哀。小说的最后，写他希望下一代能够有合乎人性的生活，重新建立起正常的人间亲密的关系。

《阿Q正传》是鲁迅的代表作，虽然艺术上不是最完美的，但它生动地描写了阿Q形象，塑造了中国愚弱国民性的典型。自从小说发表至今，对这个形象的纷繁的评论、阐释，已经可以编一部小型的学术研究史了。各种见解层出不穷，有说阿Q是农村无产者，也有认为他是破落地主；有说这个形象是“精神典型”，也有以为是个“共名”；等等。阿Q如果不是唯一的，也是中国现代作家塑造的第一个不朽的人物形象。

阿Q是个最不像人样儿的中国人的形象。鲁迅所写的人物，从前面提到的单四嫂子、闰土，到后面还要介绍的祥林嫂等等，都不能像个正常人一样地生活在世上，他们正如鲁迅所说的，从来没有争得“人的价格”。只不过这在阿Q身上表现得最集中、最极端、最让人震撼。鲁迅的小说往往极简练地、画龙点睛地写人的精神状态。《阿Q正传》篇幅稍长，从生活状态和精神状态两个方面写人如何被践踏、蹂躏得不像人样。

鲁迅认为人在世上所追求的是“一要生存，二要温饱，三要发展”，这也是人的起码的权利。而这三条人的起码权利，阿Q都没有。不要说温饱，连活着的权利都被剥夺精光，不得不去偷尼姑庵的萝卜，不得不流浪进城做了窃贼的下手。他和常人一样有性的欲望，因为跪求吴妈不但挨打挨罚（被罚得只剩下一条裤子），而且从此在未庄被看成像瘟疫一样的可怕，无法安身。鲁迅相当充分地描写了阿Q的生存状态，一句话：他没法像个人样地活着。而鲁迅写阿Q的极其恶劣的生存状态，是为了表现他的更加恶劣的精神状态。在无法活下去或者只能极其屈辱地活着的环境里，阿Q居然照常活着，虽然有时也感到痛苦，但那只是肉体上的痛苦，如饥饿、挨揍，而无论是遭受了多么大的灾难，精神上却并不感到痛苦，反而常常觉得自己是胜利者而飘飘然，这就是鲁迅突出描写的他的“精神胜利法”，亦称“阿Q精神”。具体地说，就是自欺欺人、自轻自贱、自解自嘲、自甘屈辱，而又自我陶醉甚至妄自尊大等种种表现。在失败与屈辱面前，不能正视现实，反而使用虚假的胜利来在精神上实行自我安慰，自我麻醉，或者即刻忘却。例如他挨了人家的打，便以“儿子打老子”来安抚自己，并且自以为真的成了老子，是胜利者了。由于这种病态精神的支配，他便永难振作起来以求自强，永在屈辱中苟活。他的一生是一部受尽屈辱的血泪史，直到最后糊里糊涂地被杀，才在“二十年后又是一条好汉”的呼喊中，完成了最后一次精神胜利，真是令人感到十分痛心，十分可悲。阿Q根本不懂得“人的价格”为何物，所以丝毫没有人格尊严感。说他最不像个人，不仅指他没有作为一个人起码应有的生存状态，更指他没有作为一个人所应该具有的起码的人格尊严。如果一个国家、一个民族中，被这种精神状态笼罩着的人很多，这些人又不能尽力去改变这样的精神状态，那么这个国家、这个民族又有什么希望呢？有朝一日即使崛起于世界，也只是一群阿Q站起来，那又是多么可怕的啊！阿Q和阿Q精神都是丑陋的，这是鲁迅高悬在全民族头上的一面大镜子，让中国人时时照照，深深反思，惊醒过来，振作起来！他对自己民族的精神痼疾的鞭挞是严厉的，而每下一鞭，他的心都在流泪，都在滴血。一个伟大的启蒙主义者也是一个伟大的爱国主义者，他因此成了中华民族的“民族魂”。

“阿Q精神”的形成，最重要的原因在于封建专制制度的残酷压迫。受压迫的人民群众不是没有反抗，但反抗斗争一次次地被抛入血泊中，残酷的镇压使得群众中产生了消极的失败情绪，精神萎靡不振，渐渐地，人的正气、人的血性也被镇压掉了。在看不到反抗斗争的前景时，社会上弥漫着消沉、颓丧的气氛，有条件的可以苟且而活，甚至爬上去同流合污；更多的人感到能够“活着”也就不错了。阿Q在听到辛亥革命的消息时，曾一度感到兴奋，但是社会现状仍然没有改变，那贫穷屈辱的生活又极为难忍，只有在痛苦中自己求解脱。闰土是求神，祥林嫂是到庙里捐个门槛。可惜对于阿Q来说，来世是太渺茫了，重要的是如何快快从眼前这接踵而至的受欺压的痛苦中解脱出来，他只剩下了精神胜利法。像他这样精神上自甘屈辱的消极状态，在当时的民众中是普遍的。

鲁迅又写了辛亥革命来到时阿Q的一场可笑的革命梦幻。阿Q对革命的理解同样表现了他的愚昧，“我要什么就是什么，我欢喜谁就是谁”，这就是阿Q所可能提出的革命目标。这是典型的“我打天下，天下便是我的了”的思想，这种思想未脱农民的皇权意识。只是他还没有取赵太爷而代之的气魄，还只是想把赵家的宁式床搬回土谷祠，暂时还没有忘掉自己这个破烂的根据地。可以想见，阿Q的革命如果成功，用不了多久他就会抛弃土谷祠住进赵府去的。所以，这种革命带着自发性农民造反的特色。对于阿Q身上有革命的要求，鲁迅是明确的。他说：“中国倘不革命，阿Q便不做（革命党），既然革命，就会做的。”[①]这里，鲁迅只是肯定阿Q会革命，但并没有肯定、赞同这种阿Q式的革命，而且这样的革命正是他所批评的“盗寇式的破坏，奴才式的破坏”，还谈不上是“革新的破坏”[②]。可悲的是当阿Q怀着满腔抱屈之

---

① 鲁迅：《华盖集续编·〈阿Q正传〉的成因》，《鲁迅全集》第3卷，人民文学出版社1981年版，第379页。

② 鲁迅：《坟·再论雷峰塔的倒掉》，《鲁迅全集》第1卷，人民文学出版社1981年版，第193页。

情去投革命党时，遇到的却是“不准革命”，最后竟被当做抢劫犯随随便便地杀掉了。这是阿Q的悲剧，的确也是辛亥革命的悲剧。1913年，列宁曾经批评孙中山领导的政党“还没有能充分地把中国人民的广大群众吸引到革命中来”，指出那时的中国农民还“非常闭塞，消极被动，没有知识，对政治漠不关心。……由此也可以看出，吸引真正广大的人民群众来积极支持中华民国这件事还做得很差”[①]。在对《阿Q正传》的评论中，曾有过一种重要观点，认为鲁迅对“不准革命”和阿Q悲惨结局的描写，是为了批判辛亥革命的。这不符合鲁迅的创作意图，不符合他的批判国民性的原意；但从小说真实描写的生活图景中，可以引出辛亥革命失败的某一教训，这也是接受者可以有的一种理解，不妨视为一家之言。

阿Q形象虽然凝聚了中国国民性的弱点，但因为“精神胜利法”归根到底是一种主观唯心主义的表现，也是人类普遍的思想缺陷，所以这个人物形象也是普遍的人性弱点的概括。1923年沈雁冰就指出：“阿Q相未必全然是中国民族所特具，似乎这也是人类的普遍弱点的一种。”“作者写出了人性的普遍弱点来了。”[②]

《呐喊》的最后一篇《社戏》，是一段少年时代与农民朋友交往的回忆。在这之前鲁迅写闰土、阿Q等，主要表现了农民精神上愚昧麻木的一面；《社戏》则着重写农民的善良、淳朴、豪爽、正直，写他们心灵中美的一面。这篇小说可以与《故乡》里对少年闰土的描写连起来读，说明在鲁迅的经验里，少年人保持着纯真的人性，他们的心灵还未受到社会污染；但这些可爱的少年不就是明天的闰土吗？所以写的是美，其中包含期望“救救孩子”，让人类永远美丽的心怀。收于同集的《一件小事》，写的是城市劳动者，一位普普通通的人力车夫。作家从平凡的小事中捕捉了底层人民心灵的淳朴、善良，从他们身上挖掘人性美。

《彷徨》中有关农村题材的作品，都是表现农村妇女命运的。

《祝福》描写主人公祥林嫂的悲剧命运，主要写她的两次不幸的婚姻。

---

① 列宁：《中国各党派的斗争》，引自《历史研究》1978年第1期。

② 沈雁冰：《读〈呐喊〉》，《文学旬刊》第91期，1923年10月8日。

人们看到的祥林嫂的每一次婚姻，都只是在封建伦理观念下，对自己从属于哪一个男人的确认；即使这个男人死了，也不能解除这种从属关系，还要为他守寡，以便死后到阴间继续服侍他。她所在的鲁镇流传一个荒唐的迷信之说：寡妇如果再嫁，将来到阴间要锯开来分给两个男人。鲁迅选择这个恐怖的传说，正是为了说明封建社会里女子没有人的权利，只是从属于男人的工具。祥林嫂出现在人们面前时已经是个逃走的寡妇，这种逃走不是为追求爱情，恰恰相反，是为了恪守“从一而终”的戒律，是为了逃避婆婆强迫她再嫁的。她宁愿为一个亡魂守寡，却决没有一点点追求可能的幸福的念头。在被迫嫁到山里去的时候，她为了守节，在拜堂时竟撞向桌角以死抗争。后来的事实说明，她到了贺老六家，生了阿毛，多少像点人样儿，比在鲁四老爷家“暂时做稳了奴隶”要好些。但她没有意识到这一点，仍然摆脱不了自己有罪（未能守寡）的阴影。她不幸受到连续的打击，丧夫失子。鲁迅让她重复了《明天》中单四嫂子的命运。她失去阿毛，也就没有了明天，甚至被族人赶出家门。她想要摆脱“罪恶”而不得，精神上又受到那阴间惩罚的恐怖传说的压迫。她花血汗钱捐门槛让千人踩万人踏，以赎自己的“罪”，但最终还是被封建社会所遗弃。她被赶出鲁家，在除夕祝福的鞭炮声中，冻饿而死在了街头。小说不重在描写生活的悲惨，反而写祥林嫂在鲁四家做得不错，脸色也好起来了，嫁给贺老六后日子过得也还好。它要写的是祥林嫂的人性被严重扭曲，而鲁四家的人（包括下人）、鲁镇上的乡民，也都是人性被扭曲了的。封建主义的深重罪恶就在于毒化了人的灵魂，扭曲了人性，使人都变得不像人，从而制造了一出出人间悲剧。

《离婚》是鲁迅最后一篇现实生活题材的小说，也是表现农村妇女的。主人公爱姑的丈夫要抛弃她，而她是比较泼辣的，敢骂公公和丈夫，亲自参与离婚的“官司”，敢于申诉。这是因为她娘家地位较高，她是靠着娘家的势力拆了夫家的灶的。然而可悲也就在这里，妇女要依靠父权（家庭），自己在社会上是没有地位的；而父亲实际上并不尊重女儿的意愿，他在保住了自己的面子后便与亲家达成了妥协。这样，即便爱姑不被七大人的喷嚏所慑服，最终也还是要失败的。“离婚”本是资本主义社会才有的概念，在封建时代只有“休”“出”等。然而这民国以后的“离婚”，实际上还是爱姑的被“休”、被“出”。起名《离婚》，也是反讽。爱姑明知丈夫与寡妇私姘，她是受伤害的，在道义上占着上风，本应由她要求离婚。她却拒绝离婚，就因为怕被“休”，无脸做人。小说写爱姑的行为，有点像闹剧，实际上深刻地反映了农村妇女的悲剧。

鲁迅寻找“精神界之战士”，希望有中国的“超人”，很自然首先会考察知识分子。因为知识分子是当时社会变革的先觉者、启蒙使命的承担者，鲁迅曾对他们寄予希望，但得到的却是十分的失望。鲁迅是知识分子的一员，当然非常了解这一阶层，刻画知识分子的心灵都能入木三分，比他写农民更要深刻。

在《幸福的家庭》这篇并非特别重要的小说里，主人公是个小市民知识分子，他想成为作家。通过他来描写当时知识分子的生存状况，偌大一个中国，南北西东，竟然没有一块可以安身立命之地。在这种大环境里，知识分子能有什么作为呢？一种人是“顺势”，他们必须放弃个人的理想和志愿，与社会妥协，否则不能生存；另一种人是“逆势”，坚持与社会抗争。这两种人的结局是一样的，都在强大的、坚固的环境面前惨败下来，原先青春活泼的知识青年，一个个地被毁灭了。通过这样的悲剧，鲁迅也揭示了知识分子精神上的弱点——意志力的薄弱，所以鲁迅一直提倡“韧性战斗”精神。但鲁迅并没有把知识分子写得更坏，他没有去塑造“趁势”的知识分子形象，就是那种利用形势和环境，为自己牟私利的人。在知识分子类型的人物中，受到他鞭挞的多是受封建思想教育的旧文人、封建伦理的卫道者，如《祝福》中的鲁四老爷，《肥皂》中的假道学四铭等。这当然与当时正在批判封建文化有关。几篇描写现代知识分子的小说均收于《彷徨》，说明在五四退潮后，新文化队伍的分化对鲁迅思想的刺激，因而更偏重于反思、批评知识分子思想性格上的弱点。

《在酒楼上》中的吕纬甫，原是个敏捷、精悍的人，为讨论救国之方，可以与人打起架来，显然是个热情的、有追求的青年。可是当他在小说中出场时，竟完全变样了。他经不住环境的压迫，当了家庭教师，教起《诗曰·子云》和《女儿经》。作为失败者，他把生活的一切都看成“虚无”，不论有无是非或有无意义，都无所谓。母亲叫他为弟弟迁葬、给顺姑送花，本都是毫无意义的事，他都能来一番“做戏”。处世之道就是敷敷衍衍、随随便便、模模糊糊，于是从虚无而沉沦，变成消沉、颓唐的人。但他心里仍有痛苦，故以苍蝇自嘲：“停在一个地方，给什么来一吓，即刻飞去了，但是飞了一个小圈子，便又回来停在原地点。”

《孤独者》在叙述过程中交代了主人公魏连殳，是个对社会现实敢于无顾忌地发议论的人，因不容于世俗而被视为“新党”。他的叛逆性的表现方式更为强烈，他的存在能使那些不愿意他活下去的人感到难受不堪。他在思想上是孤独者，保持着内心的清高。但在生活上抗不过世俗社会，后来竟当了师长顾问，如他自述，不能不“躬行我先前所憎恶、所反对的一切，拒斥我先前所崇拜、所主张的一切了”。他的死，也是社会对新青年的毁灭。吕纬甫、魏连殳都可以成为有为的人才，鲁迅对他们的消沉、灭亡感到悲哀，也痛切地批评了他们的悲剧性格。

《伤逝》是鲁迅仅有的描写青年爱情题材的小说。主人公涓生、子君是五四后追求个性解放的知识青年。他们在新思潮的鼓舞下，大胆地反抗家庭与世俗，子君喊出了“我是我自己的”呼声，表明追求人格独立的决心。鲁迅描写他们勇敢地反抗社会，从自由恋爱而同居；但最终还是经受不住沉重的社会压力，一张解聘的小纸条便绝了他们的生路，轻而易举地把他们逼向死地。子君首先动摇，回家去了，不久便无声无息地告别了人世。鲁迅在杂文《娜拉走后怎样》中曾经指出，娜拉走后如果不能经济独立，那只有堕落或者回来。《伤逝》中的子君虽然回家了，但小说的要点并不在于妇女解放，诸如指出实现女子人格独立须有经济制度的改革等，这在当时也算不上是新见解了。当新文学作品为了反封建而歌唱灵与肉的解放，宣扬爱情至上时，鲁迅却通过涓生、子君的悲剧，指出人生的要义并不在于爱，“人必生活着，爱才有所附丽”。而涓生、子君并非已经到了没有活路的地步。涓生做不成小职员，也不能靠稿酬生活，难道就没有别的生存之路了？那就看能不能放下知识分子的架子，有没有艰苦奋斗的勇气和毅力。他们在患难与共的拼搏中，可能培育出更深的爱。古今有多少这样的生动的事例。然而涓生、子君是做不到的。从这样的角度看，他们二人和孔乙己这个隔代人物，处于完全不同的思想境地，实在也有某种程度的血脉相通。他们同样懦弱，同样连“活着”的能力也没有，最后同样被社会所摧毁了。这种历史连绵的性格悲剧，使鲁迅感到十分痛心。对知识分子在逆境中缺乏“韧性”而动摇，他在生活中有痛切之感。因此，最后让涓生表白还要奋起满带创伤的翅膀，寻找新生之路，此中也分明寄托着鲁迅的希望。

三、现代现实主义文学的开创

鲁迅的《呐喊》和《彷徨》，是现代文学现实主义的奠基石。现实主义在中国文学中有十分悠久的历史传统，鲁迅是这一传统最杰出的继承者，又是现代现实主义的开创者。

对于主张从精神上救治民族的启蒙主义者来说，鲁迅在文学革命中首重思想的革新。他认为文学作品是作家“思想与人格的表现”，并对群众“造成精神上的影响”。他指出，白话文学“倘若思想照旧，便仍然换牌不换货”，“所以我的意见，以为灌输正当的学术文艺，改良思想，是第一事”[①]。他深切地感受到当时广大民众的思想弱点，这就是他所说的“愚弱的国民性”，诸如虚伪、自大、空疏、依赖、因循等等，这是迫切须要改良的，为此而产生他“忧愤深广”的情怀。他曾自述，作品的取材“多采自病态社会的不幸的人们中，意思是在揭出病苦，引起疗救的注意”[②]。他说写小说是抱着“将旧社会的病根暴露出来，催人留心，设法加以疗治的希望”[③]。他要疗治的就是那思想上的病症、精神上的缺陷。他所揭出的那些病症，一件件都令人战栗，使人痛感唤起“人的觉醒”的迫切性。他几乎是编了一部近代社会病态心灵史，在思想革命中具有重要价值。

既是为了“改良思想”，鲁迅便多写“问题小说”，如他所述，要用小

① 鲁迅：《集外集·渡河和引路》，《鲁迅全集》第7卷，人民文学出版社1981年版，第35页。

② 鲁迅：《南腔北调集·我怎么做起小说来》，《鲁迅全集》第4卷，人民文学出版社1981年版，第512页。

③ 鲁迅：《南腔北调集·〈自选集〉自序》，《鲁迅全集》第4卷，人民文学出版社1981年版，第455页。

说向读者“提出一些问题”[①]。这也是现代文学中现实主义的一个特色。鲁迅小说可说是“问题小说”的源头、发端，也是最有价值和深度的部分。由于他观察、感受和思考的深刻，对所选的题材能开掘得深，许多问题一经他提出，便有振聋发聩之力。这是鲁迅小说具有高度思想性的根本原因，有的至今还是一面镜子，如晨钟暮鼓一般起着警世的作用。

鲁迅的小说能够起到这样的作用，还在于他具有最清醒的现实主义精神。他主张睁开眼睛看现实，要有敢于直面惨淡人生的勇气，坚决批判创作中的“瞒”和“骗”。他的小说真实地描绘从辛亥革命到五四运动后，一长段时间里中国社会现实的某些重要方面，描绘了这一时期可惊、可叹的人的精神状态。他描画了许多悲剧性的生活，沾血带泪的生活。人们从他的作品中，看到忠诚的革命者如何在寂寞中死去，滚烫的热血不过是做了愚昧群众的送命药；一心皈依、恪守封建礼教的妇女，却正是被封建礼教活活地吞噬了的；一个精悍活泼的少年，竟然变得敷敷衍衍，无是无非，活着与死去没有区别；一个反叛世俗的青年，终于跌落到世俗中，并被淹没了；一个敢打敢骂的妇女，却被“大人物”的一声喷嚏所慑服……哪一件不带着悲剧性？惟其如此，才那么触目惊心。他要让人们面对那许多可痛心的悲剧，想一想这是怎么造成的。

鲁迅对创立现代文学现实主义的贡献，还表现在现实主义艺术方法的卓越创造上，他也是现代短篇小说新民族形式的最重要的创造者。

鲁迅的小说贡献了现代文学史上第一批，也是最重要的人物形象，如狂人、阿Q、闰土、祥林嫂、吕纬甫、子君、乃至孔乙己、四铭等等。成功地塑造人物形象，始终是现实主义文学的任务。在五四和1920年代，新小说中塑造的能站得起来的人物形象并不多，因为写好人物需要较深的艺术功力。而鲁迅的这些人物，都有着鲜明的个性，个性中又无不打着时代的、社会的、地域文化的烙印，渗透着作家的或同情、或批判、或痛恨的强烈情感。

在人物形象的塑造中，鲁迅非常重视向人物心灵世界深深掘进。这方面，有时几乎有勾魂摄魄之力，能够用最简练的笔墨，把潜藏在人物深层心理

① 鲁迅：《集外集拾遗·英译本〈短篇小说选集〉自序》，《鲁迅全集》第7卷，人民文学出版社1981年版，第389页。

的隐秘挖掘出来。他曾认为画好一个人最重要的是画好眼睛，因为眼睛是灵魂之窗。他是小说创作中画灵魂的高手，尤其是画知识分子的灵魂。《孔乙己》只写主人公对“窃书”的振振有词的辩解，和对于屡试不中的羞愧难当的支吾，便揭示了他深受追求功名的思想毒害的心灵。《在酒楼上》通过吕纬甫受母命送花给顺姑，认真做戏，却对顺姑遭封建婚姻之害无动于衷，就把他的意志消沉写得入木三分。鲁迅也写人物外在的表象，如言谈、肖像等，但那都是进入人物深层心理的通道。《故乡》中一声“老爷”，便表现了闰土当时的精神状态。有的人物，往往一两句话就写活了，因为这是极传神的一笔。《肥皂》中光棍汉侮辱年轻女乞丐的下流话“咯支咯支遍身洗一洗，好得很哩！”竟打中四铭的神经中枢，他也津津有味地跟着说，还下意识地买了一块从来不买的香肥皂。这个道貌岸然的卫道者，其身上的兽性和那些光棍汉没有区别。但光棍汉是公开宣泄色心，而四铭却虚伪地加以包装，这样的描写把假道学灵魂的肮脏、虚伪抖落无遗。《祝福》中写祥林嫂失去阿毛之后，见人便一字不易地重复着“我真傻……”，便将祥林嫂受刺激后精神的呆痴、心灵上的深深伤痕画了出来。这种用极省俭的笔墨画出人的灵魂的功夫，是塑造典型形象艺术上成功的关键。对人物外部形象的描写有的也极精彩，少年闰土与中年闰土相貌的对比，不仅表现艰辛生活对人物的折磨，更衬托出两种精神面貌的差异。祥林嫂沦为乞丐后的肖像画，也极其真切地表现了人物精神崩溃的状态。这些描写颇有写意特色，笔墨少，蕴含深，很富有民族传统手法的意味。

鲁迅写人，也注意把人置于一定的历史背景和具体的生活环境中来表现。如阿Q活动的历史背景是在辛亥革命时期，可以看到举人的惊恐、假洋鬼子入“柿油党”等事，在阿Q心中激起的波澜。爱姑为什么那样敢打敢骂？祥林嫂已是有名望的鲁四老爷家的佣人，她的婆婆为什么敢于先斩后奏？这都与进人民国时代的大背景密切相关。鲁迅的许多故事都发生在江南农村小镇鲁镇和未庄。鲁迅描绘了那极端沉闷、闭塞、一潭死水般的封建农村的社会风貌。他还写了S城，虽为城市，却还是带着中世纪色彩和生活氛围的城镇。这些环境与他的人物思想是很和谐的，从人与环境的关系中显示人的思想。华老栓的愚昧，是从他对统治者的走卒康大叔的恭敬，与对夏瑜的茫无所知中表现出来的。阿Q的悲剧，是从他与赵太爷、假洋鬼子、吴妈、小D、王胡乃至小尼姑等一系列人物的关系中表现出来的。即使在以“手记”为形式、类似内心独白的《伤逝》中，也仍然把男女主人公放在特定社会环境中，从与周围人物的关系中写出他们的悲剧。

在人物与环境的关系上，写农民往往以人物为重，因为要展示那一个个愚昧的灵魂；写知识分子则更突出围困他们的环境，特别是《孤独者》《伤逝》。《孤独者》的主要笔力都用在写魏连殳的生活环境，从家庭到社会。让读者看到主人公所处的环境，看到他们虽作困兽之斗，终被环境所毁灭，被社会的洪流所席卷。

鲁迅小说客观地描写生活画面，非常重视细节的真实性，这方面取严谨的态度。这看来似乎并不困难，但在五四和1920年代，不用说强调自我表现的作家，就是写“问题小说”的，也因为注重倾泻主观情绪，或因为生活体验、积累的不足，便难以精细勾画生活细节。但这种功夫是严格的现实主义所不可缺少的。鲁迅在《药》中通过油腻的灯盏、带补丁的被子、小栓早起吃泡饭等，准确地写出了华家艰难的生活状况，给主人公以明确的社会身份。《祝福》中用半副对联和未必完全的《康熙字典》等，表现鲁四老爷的身份。这是写的生活细节。在《药》中写华老栓出门取人血馒头时，用“抖抖的”手两次摸摸身上“硬硬的”（银元）在不在，表现人物的紧张心理。而刽子手在接银元时，只“捏一捏”便走了，并不细数，这一捏也把刽子手的威势写出来了。这是写的动作细节。有的看来是极细小的，好比戏剧表演中道具的选择，却对真实反映生活很起作用。《风波》中七斤用的“象牙嘴白铜斗六尺多长的湘妃竹烟管”，如果换在阿Q的手里就会严重失真。祥林嫂一手挽篮，内一破碗，这是表现乞丐身份的；另一手拄竹竿，特别写下端开裂，这一笔就足以说明她流落街头非止一日了。《离婚》中爱姑坐在船上，冲着对面的男乘客将两脚张开，成个“八”字，这种姿态实不雅观，不合“妇容”，这个形体细节是用以表现爱姑性格的。这说明她的家庭教养不严格，唯其如此，她所受封建观念的约束也就较轻，所以比较敢于反抗。由于细节真实的讲究，使鲁迅的小说中有真实的可靠的风土习俗、人情世态的记录，具有极高的认识价值，对形成他的严格的现实主义也至关重要。因为这细节的真实，加上典型环境中典型人物塑造的成功，便构成了鲁迅小说的现实主义艺术的高度成就。

现代小说民族新形式的创造，要靠新文学作家们的共同努力，但其首功当归鲁迅。由于他的无与伦比的艺术创造，使同时期的年轻作家和后来者，少有未受《呐喊》《彷徨》的教益和哺育的。鲁迅的小说发表后，便给人以“格式特别”、耳目一新之感。这是因为他吸收了西方小说结构经济、灵便、多样的优点，完全打破了传统的章回小说、“某生者体”的旧套。《孔乙己》打破首尾齐全的格式，用截取人物生平片断以概括其一生的结构。《药》也不循从头写起的旧规，从事件的中途——华老栓提灯出门买人血馒头写起，到第三节茶馆开门，才从茶客们口中，交代了事件的前因，到此故事基本上完成了。最后的第四节只是尾声，交代一下结局。鲁迅后来的小说，结构不断翻新，但基本上都用这种经济、灵活的方法。最后一篇《离婚》，只用了爱姑在船上和在尉老爷家两个片断的组合。但从描写手法和小说的风格、韵味来看，鲁迅的小说又与传统小说间保持着密切的联系，例如古代白话小说的白描手法，通过人物自身的言行举止以表现其内心情绪，又如文言小说的精练、含蓄，这些特点也都保留在鲁迅的小说中。鲁迅是融汇了中西小说各自的优点，来创造新小说形式的。他的小说既是现代化的，又是中国化的。所以《呐喊》《彷徨》是现代民族文学的第一座丰碑。

鲁迅的小说把清醒、冷静的客观描写，与烈火般的激情结合着。在表面的冷峻之下，包藏着也时时流露着作家内心的激情。他描写人物、场景，叙述情节，用的是精练、简洁的白描手法；但又非常注意环境气氛的渲染，因而作品色彩朴素却情浓意深。《药》以荒凉的坟地上两位同是受害者的母亲的会面交代结局，就是特意制造的“阴冷”气氛，以烘托作家的悲愤之情。吕纬甫说自己的故事，为什么要安排在酒楼上呢？无非为了点出主人公借酒浇愁的苦闷。《故乡》中用“我”回家接母亲时那阴晦的气候、萧索的荒村作为背景，以一种悲凉的气氛为闰土的出场做了铺垫。《祝福》的开头描写许多过年的细节，如放鞭炮、杀鸡、宰鹅等等，制造了非常浓厚的年关气氛，为的是衬托祥林嫂的孤独、冷寂、悲苦。鲁迅喜欢用第一人称叙述者的视角。这个“我”与故事情节不一定有多么紧密的关系，却起了增添感情色彩的功用。如《祝福》的开头和结尾中那个“我”，故作高高挂起的姿态，并急欲脱离眼前的现实，表现了作家的极端悲愤之情。《阿Q正传》的开头，写“我”为了给阿Q

做传，“考证”他的生平，然而这个被处以极刑者，竟连犯事的案卷也没有。表面的幽默诙谐的笔调中，也寓藏着对统治者草菅人命的无比悲愤，达到“嬉笑之怒甚于裂眦”的效果。有时也不放过情节本身提供的机会。《明天》中写单四嫂子给阿宝送葬，把他的玩具放进棺材让他带去，而那玩具其实只是玻璃瓶。《伤逝》中被涓生蒙头踢入土坑的狗又回来了，然而这时子君已去，当涓生看到这见证昔日爱情的狗时，他将有多少物是人非的感慨！读到这些地方，人们很容易被那感伤、辛酸的气氛所打动。鲁迅的小说中处处都充溢着作家的强烈爱憎，对现实充满激情，却不以直接宣泄激情为快，仍然极严格而客观地按着生活本来的面貌来写。冷静而不冷漠，这就形成寓热于冷的鲁迅特有的风格，也是他的现实主义艺术的一大特征。

在鲁迅走进新文学界之前，他早已接触到大量西方现代的各种新潮理论，其中又多与文学相关，如尼采、叔本华、柏格森、克尔凯郭尔、弗洛伊德、厨川白村等的理论。这些也在小说中有所反映。《狂人日记》中有明显的尼采“超人”思想的影子，作为用象征主义的方法写出的小说，无论在精神上或艺术方法上，实可称为中国第一篇现代主义的作品。他的小说中经常可以看到现代主义方法的运用。《白光》《药》等小说中的某些意象，也都有象征性的意义。而且鲁迅绝不止于模仿，总有自己的创造性的运用。在以神话为题材的《补天》中用了弗洛伊德的学说，还可说是外加上去的。到了《肥皂》，在很严谨的现实主义方法的一篇小说里，对四铭老爷的心理描写那才是运用弗氏潜意识理论的精彩一笔，已经把心理分析与现实主义手法完全融合在一起了。鲁迅在艺术上眼光阔大，故能广收博采，为己所用。但尽管如此，鲁迅小说仍是属于现实主义的，或可说是一种开放的现实主义，这是他的最主要的小说艺术创造上的成就。

（选自《中国现代文学发展史》第3版，中国青年出版社2008年版）

鲁迅“先锋性”一解

“先锋性”一词，来自《中华读书报》（2006年3月8日）上陈思和先生的《五四文学：在先锋性与大众化之间》一文。文中提出现代文学有两种发展模式，一种是“常态”，一种是“先锋”。五四新文学就是先锋。最具有“先锋性”的，当然是鲁迅。诸如他发表《狂人日记》，参加“左联”等，都是他的先锋性的表现。可见，所谓“先锋性”当指在新文学发展过程中，始终站在前沿，以激进的态度推动历史的进程。陈思和先生的文章从创作和行为两个方面论证鲁迅的先锋性，所举出的例证我也是赞同的。这里只是就具体论述中的问题做一点补充，并就正于陈先生。

对五四时期的鲁迅先锋性，是从文学创作方面举《狂人日记》为例。陈先生的解读是《狂人日记》表现的是“每个人都要吃人，甚至于狂人自己也吃过人”。这个主题“与五四的主流完全不一样。五四的主流是人道主义，张扬个人，……反对社会把个人吞噬”，而“鲁迅明明写的是自己是吃人的。这是对人与人之间关系的反思，是对人自身的追问”，是“对人的解构”。但鲁迅这种思想认识太先锋了，不被当时的人们理解，造成“批评失语”，才被人“演化为另外一些命题：如历史是吃人的，礼教是吃人的”。历来对《狂人日记》主题的这种解读，认为是在于揭露封建礼教的吃人本质，则被他认为是误读，是被“演化”出来的。而我认为，历史吃人、礼教吃人不但不是误读，恰恰是鲁迅先锋性之所在。

狂人怀疑自己也吃过人，这样的认识在当时是具有先锋性的。但这不是《狂人日记》所要表达的唯一或最重要的思想。《狂人日记》写了人是要吃人的，包括狂人自己也有这可能。狂人对大哥说了一大段话：“大约当初野蛮的人，都吃过一点人。后来因为心思不同，有的不吃人了，一味要好，便变了人，变了真的人。有的却还吃，——也同虫子一样，有的变了鱼鸟猴子，一直变到人。有的不要好，至今还是虫子。这吃人的人比起不吃人的人，何等惭愧。怕比虫子的惭愧猴子，还差得很远很远。”这是使用尼采《查拉图斯特拉如是说》中的一段话，也可以说基本上是那一段话的“翻译”。尼采原话鲁迅在《中国新文学大系·小说二集导言》中也引用了，就是说人虽然越过了虫豸、猴子，但有许多人还是虫豸，许多人比猴子还猴子。①尼采是用生物进化论，来揭示人的荒谬，对人自身作深刻的批判。在中国，在五四时期，这种思想确是很新鲜的，但那时熟悉尼采的人已经不少，还不致于造成“批评失语”，并且把这段话“演化”为别的意思。《狂人日记》如果真的只是对人自身的批判、解构，那只能说鲁迅不过把尼采思想搬到中国来了。那它的先锋性就不够强烈、鲜明了！

实际情况是，鲁迅用了尼采的“人吃人”的思想，进而揭示在中国，有一种人表面上很文明，其实还在吃人，还很野蛮。这种掩盖吃人的文明就是封建礼教，就是奉行了几千年的“仁义道德”，它的实质是“吃人”。唯此，才震动了当时的思想界。如果说“人吃人”含有尼采的影响，那么具体地揭出“封建礼教吃人”，锋芒直指儒家观念的核心，则是鲁迅不同于尼采的地方，也是他超越尼采的地方，事实是他这时已经批评尼采的“渺茫”，明确指明《狂人日记》的主题是批判封建礼教的弊害。这才是他的先锋性，不能说是别人“演化”出来的“误读”。

五四前后流行的人性论，承认人由动物进化而来，身上还留存着兽性，因此还会有人吃人的现象。这也是五四的主流思潮，即人道主义思潮的重要内容。鲁迅早在1908年《破恶声论》中已经指出过：人类由微生物而虫蛆、虎豹、猿猴，进化“以至今日，古性伏中，时复显露，于是有嗜杀戮侵略之事，夺土地子女玉帛以厌野心”②。这证明在1908年鲁迅对“人吃人”问题已经有了认识。随着对生活的深入观察、思考，他更进一步发现中国的封建主

---

① 鲁迅：《中国新文学大系·小说二集导言》，《鲁迅全集》第6卷，人民文学出版社1981年版，第238页，

② 鲁迅：《破恶声论》，《鲁迅全集》第8卷，人民文学出版社1981年版，第31页。

建礼教的吃人本质，这比一般地谈论人“嗜杀戮侵略之事，夺土地子女玉帛以厌野心”，也就是人还会吃人，要更具体，更有针对性，也更深刻。这才是鲁迅的独创。他曾答许寿裳：“以偶阅《通鉴》，乃悟中国人尚是食人民族，因此成篇。”[①]可以证明《狂人日记》是看了中国的史书，针对中国的问题而发的，而非只是表达一般的对人的认识。鲁迅在留学日本时受美国学者亚瑟·史密斯（Arthur Henderson Smith，中文名明恩溥）所著*Chinese Characteristics*（有的译为《中国人德性》，鲁迅译为《支那人气质》）的影响，就已经在思考改造中国的国民性问题，他的思想锋芒所向非常明确，就是思考“中国人”的问题，而不是一般“人”的问题。后来他又解释《狂人日记》的主题，是“意在暴露家族制度和礼教的弊害”[②]，很明白地告诉人们这篇小说是“暴露”社会“弊害”，而不是什么对人自身的追问、反思等。他后来一系列言论，都与《狂人日记》一脉相承，如指出“所谓中国的文明者，其实不过是安排给阔人享用的人肉的宴席”[③]；中国人或者是“想做奴隶而不得”，或者是“暂时做稳了奴隶”，这样两种时代循环着，等等。[④]都可看出他要揭示的是阔人吃奴隶，而不是阔人或奴隶都一样地吃过人。《狂人日记》之后的许多小说都是描写被封建思想吃掉的人，对他们寄予深深的同情。也写那些被吃的人不自觉地参与吃人，但都放在次要的地位。吃掉阿Q的主要人物是谁？绝不会是王胡、小D，虽然也可以说他们与阿Q之死有关。他的这些思想认识与五四新文化的主流完全一致，有所不同则在于他发现得更早些，认识更深些，更早把问题提出来，因而也更具先锋性。

五四是一个启蒙的时代，当时急切的任务就是批判、清扫封建观念。这段时间虽然不很长，对推进中国社会的进步却起了非常大的作用。这时，鲁迅

---

① 鲁迅：《1918年8月20日致许寿裳》，《鲁迅全集》第11卷，人民文学出版社1981年版，第353页。

② 鲁迅：《中国新文学大系·小说二集导言》，《鲁迅全集》第6卷，人民文学出版社1981年版，第238页。

③ 鲁迅：《灯下漫笔》，《鲁迅全集》第1卷，人民文学出版社1981年版，第216页。

④ 鲁迅：《灯下漫笔》，《鲁迅全集》第1卷，人民文学出版社1981年版，第213页。

通过狂人之口，揭露封建礼教的“吃人”本质，喊出了时代的呼声，《狂人日记》才具有那么大的思想冲击力和影响力。所以，没有必要为了证明鲁迅的先锋性，显示他的与众不同，就把《狂人日记》的主题解释成只是表达一般的人会吃人的思想。

鲁迅一生都受尼采思想的深刻影响。他早年认为“唯超人出，世乃太平”①。这样，在他的第一篇新文学作品《狂人日记》中，很自然就要塑造超人的形象，狂人就是超人。但是他也知道中国不可能有超人，只有狂人，这就是他说的：“中国很少这一类人，即使有之，也会被大众的唾沫淹死。”②这就是他把超人写成狂人的原因。到了《彷徨》《野草》中，尼采的影响还是很鲜明的，直到晚年的《死》等，还可以看到尼采的影子。虽说后来接受马克思主义的影响，言论上对尼采有所批评；但在1930年代，还是经常表现出对尼采的喜爱，热情推动尼采著作的出版。至于他的思想性格中，我认为一生都带有超人的色彩，这是很难改变的。

按照这样的理解，只要鲁迅保持着尼采对他的影响，甚至渗透到他的个性中，则随着中国社会的发展变化，他还能否永远保持先锋性呢？因为五四过后又有许多更具先锋性的新思潮出现，鲁迅思想也必有变化发展。陈思和先生讲到“左联”时期，不用创作而用鲁迅的行为来证明他继续保有先锋性：“他一直把前卫、尖锐的思想放在文学创作和行为标准之中。”说到行为，鲁迅的先锋意识使“他永远与周围的人合不来”。大概凡是要保持自己的独异性的人，往往是这样的；所以尼采也只有最后发疯了，成了欧洲狂人。但是，陈先生又有描述：鲁迅“一直在与最激进、最革命的组织联盟”，“他一生都在寻找可以和他结盟、可以给他支持的先锋力量”。说到加入“左联”这时段里，有一些费解的事，按照他“永远与周围的人合不来”的特征，他就应该不参加“左联”。加盟“左联”的先锋行为是跟他的性格相抵牾的。

一、他对创造社成员早有了解。不仅在1928年的革命文学论争中受到创造

---

① 鲁迅：《文化偏至论》，《鲁迅全集》第1卷，人民文学出版社1981年版，第52页。

② 鲁迅：《再论雷峰塔的倒掉》，《鲁迅全集》第1卷，人民文学出版社1981年版，第192页。

社的无理的猛烈攻击，他曾经做出过强烈的回应，而且早就跟创造社有矛盾，早在《呐喊》出版后便受到成仿吾的批评，鲁迅对成的批评是不满的，这才有再版时抽去《不周山》之举。鲁迅还创造了一个颇具贬义的新词儿“创造脸”，只认郁达夫最没有“创造脸”。直到加入“左联”后，还在文章中批评创造社作家是“才子+流氓”。鲁迅明明知道“左联”的主要成员就是创造社、太阳社的人，这些人中还有在文章中伤害过他的，为什么还要加入进去？这和他与顾颉刚那种势不两立的态度形成鲜明对比。这是不好理解的。

二、鲁迅明明认为中国建设无产阶级文学不是时候，条件不成熟。他在革命文学论争中写过《扁》（匾），用两个近视眼争论匾上的字，匾却还没挂出来的故事，说明建设无产阶级文学不到时候。可是他最终还是加入“左联”，不但承认了现在已有了无产阶级文学的社会基础，而且认为它是现在中国唯一的文学运动了。鲁迅本是个非常严谨的人，他经过考察、思考形成自己的观点以后，一般说轻易不变，是个非常能坚持的人，这是他的重要的性格特征。而在1930年代的文学舞台上，前后思想这样的大转变，很难想象是怎么变过来的。

三、退一步说，就算鲁迅同意现在就来建立无产阶级文学，但对怎样建立这种新的文学，他和当时的左翼作家，也有不同的意见。早在革命文学论争中，他就主张“当先求内容的充实和技巧的上达，不必忙于挂招牌”①，表现了他的实事求是的稳重的态度。特别是在“左联”成立大会上的发言，振聋发聩，显然不是即兴之作，而是深思熟虑过的，是有明显针对性的。他就没有想想在一个与自己思想并不一致的团体里，他究竟能起什么样的、多大的作用？他决定加入“左联”是否思虑不足？

四、再进一步说，“左联”把自己视为（中共）“第二党”，据现在看到的老同志的回忆，在上海等白区，“左联”执行了中共党内左倾路线，因为当时白区力量损失惨重，一些冒险的行动也要这些作家来参加了。鲁迅和朋友谈话，都说自己不适于做革命党。“左联”工作的实际情况，鲁迅或者不很清楚，只觉得自己已经很努力了，“工头”还不满意，不免委屈。当初他考虑过

① 鲁迅：《文艺与革命》，《鲁迅全集》第4卷，人民文学出版社1981年版，第84页。

加入这样组织的必要吗？

五、鲁迅参加了“左联”的成立大会，会后给章廷谦写了一封信，诉说自己的与会观感。他称会场上的人“皆茄花色”[①]。我问过章先生“茄花色”指什么？章先生回答“不好看”。现在我们已经知道参加成立大会的人是谁，都是革命文学的英俊，鲁迅都看不上。信中还说我能做梯子，他们都未必会爬梯子，可见评价很低。我觉得这还是尼采影响的痕迹，也表现出鲁迅对新团体的不了解。对来找他的青年作家，不管是否共产党员，都热情相待，给予帮助，如对柔石、殷夫、萧军、萧红等。但有的党员作家并不需要他做梯子，对他们来说，有更可靠、更坚固的梯子。这一点，鲁迅大概还没有想清楚。后来，毛泽东给鲁迅以最高的评价，但毛泽东依靠、看重的是周扬，是鲁迅印象很不好的人。

再说，鲁迅作为“左联”的领导人、旗帜（不管是否有名有实），对“左联”有意见，为什么不在内部来批评，却要到盟外跟私人去讲呢？说明鲁迅实在并不一定要加入这样的团体。

六、鲁迅写信给胡风，认为来到上海的萧军不必参加“左联”。因为近几年还是外围有成绩，“一到里面去，即酱在无聊的纠纷中，无声无息”[②]，反而什么事也干不成了。看得多么透彻！那为什么自己当初却要加入呢？他对萧军的意见其实也适于他自己，他如果在外面可能更愉快，更自由，也就可能干得更好一点。

七、“两个口号”的论争把“左联”内部的矛盾大暴露，鲁迅也公开发文章批评“左联”的领导是“工头”“奴隶总管”，无论他的工作做得多么好，还是要拿鞭子打他。情绪是相当激烈的。现在搞不清楚指的是哪些事情？1949年后，“两个口号”的问题炒来炒去，包括“文化大革命”时的大揭发，也没有把周扬等人是如何当工头、当总管，如何要鲁迅拼命工作，如何拿鞭子

---

① 鲁迅：《1930年3月27日致章廷谦》，《鲁迅全集》第12卷，人民文学出版社1981年版，第8页。

② 鲁迅：《1935年9月12日致胡风》，《鲁迅全集》第13卷，人民文学出版社1981年版，第211页。

打他，等等的“罪恶”弄清楚。但是有一点可以肯定，鲁迅的情绪很大，也就是对“左联”很不满。“左联”这时已经到了结束的时候了，这证明了鲁迅和“左联”的关系自始至终都不是很好的。

八、1927年的12月，就是鲁迅到了上海后，应邀在暨大做了题为《文艺与政治的歧途》的报告，对文艺家与政治家的关系做了很透彻的说明，指出一旦革命胜利，革命家会把当初他反对人家的那一套用起来，文艺家就会又出来反对，“又非被排轧出去不可，或是割掉他的头”。他指出“革命文学家和革命家竟可说完全两回事”[①]。他把文艺跟政治的关系，文艺家跟政治家的关系都看得这么透彻，为什么在明白“左联”是革命家领导的团体时，还要加入？

为了实现左翼作家的联合，成立“左联”，中共派人做鲁迅的工作。但是具体怎么做的，怎样让鲁迅抛弃心中的不满，和许多他不喜欢的人联合起来，这方面的材料还是少。给人的感觉是做通鲁迅的工作，把他请进“左联”来做旗帜，好像也不太困难。陈思和先生的说法是“马上就接受了”。这是中共在文艺战线上的巨大胜利，是非常成功的。但是对鲁迅来说，却不一定是一个成功。现在对问题的解答，只能是鲁迅自己也有很强的联合的意愿，这是被陈先生说中的，只是参加“左联”有背他的思想性格，应该是他的思想矛盾的一种表现。

鲁迅从厦门到广州，从广州到上海，都有与创造社联合作战的意图。他南下到厦门，心里是非常的寂寞、失望甚至绝望，这在给许广平的信中说得非常清楚。这时他的思想出现激烈的动荡，在给许广平的信中，在广州和初到上海的一些演讲中，我们都看到他肯定、赞美武装斗争，把文学当作最无用之物的言论。这里面包含着他对自己过去的启蒙思想的否定，可以想见这时他的思想是很不平静的。在这样的状态下，他要寻找出路，就是“寻找可以和他结盟、可以给他支持的先锋力量”。这表现他不甘于孤独彷徨，不甘于被边缘化，他要进入主流，以保持先锋的地位（不仅是“姿势”）。而这，恰恰是中国知识分子的行为“常态”。学术界提出过鲁迅是不是自由主义者的问题。我

① 鲁迅：《文艺与政治的歧途》，《鲁迅全集》第7卷，人民文学出版社1981年版，第118—119页。

认为在政治上他不是，以发表《论“费厄泼赖”应该缓行》为标志，已经宣告与自由主义决裂了。这就决定了在国共两党激烈斗争的背景下，他的政治取向倾向中共。他的思想已经不再停留在批判“封建礼教吃人”之上，他已经进而接受了阶级论，接受“某阶级（地主、资产阶级）吃人”的思想，认为应该用“火与剑”推翻他们。所以，尽管前有他所不喜欢的在创造社、太阳社，后有他仍然不喜欢的在“左联”，只因是中共所领导的，他还是要去。“皮之不存，毛将焉附”，鲁迅未能超越一般中国知识分子的这条路，这条“常态”之路。他也要依附于某一政治力量，因为他也毕竟是书生。五四以后，文化革命先驱中的一些人，就分别找皮，胡适也一样。最终鲁迅找到了“左联”，只是当时中共还在受着国民党的压迫，还没有政权，所以鲁迅还有个自由身，他还是一个“自由撰稿人”。此后在政治上便越来越靠拢中共，如给中共发长征胜利的贺词，送火腿，批驳托洛茨基派等，我们看到越到后来，鲁迅越加政治化了。以至1936年要解散“左联”他还不同意。这些都可以证明鲁迅的先锋性。

但真正先锋性的获得，还须在创作上。鲁迅也有不少杂文揭露、抨击国民党的叛变和屠杀人民，一直批判到自由主义的胡适，并不是像李敖说的那样不骂国民党。但只有这还不够，他还要写小说，写红军战斗的小说。如果这样的小说写出来，才是极具先锋性的。为此会见了在上海秘密养伤的陈赓，向他了解红军作战的史实，有写作红军反围剿战争的意图，虽然这是难以实现的。

这样，鲁迅最后十年的思想必然比起前期来，更加充满了矛盾。加入“左联”后，又跟“左联”发生不少摩擦，都是必然的。因为他毕竟还保存着自我，这个自我还是受过超人思想深刻影响的。虽然在政治上告别了自由主义，但在思想上还保持自由主义，这就是坚持个性主义，不放弃从五四带来的自我，坚持并且要求尊重他的独异性。这在新的体制内是很不适宜的。革命还没有成功，鲁迅思想上就已经与先锋力量产生矛盾，有不少精神上的痛苦和困惑。鲁迅身上同样包含着二十世纪中国知识分子的深刻思想矛盾，他又要走进“左联”，又跟“左联”有不少矛盾，又要做先锋，又看不惯这先锋。正如后来不少进步作家又要奔向延安，到了延安又与环境发生种种摩擦，其实都是一样的，鲁迅并不例外。这是鲁迅与“左联”关系呈现不谐状态的根本原因，而不仅仅是跟哪几个人私人关系亲疏好坏的问题。他在“左联”里没有发挥更大的作用，心怀“独战”的悲哀，他还想去写最具先锋性的题材，也不可能成功。和五四时期相比，那时他在朋友的动员下，参加《新青年》，写出《狂人日记》，而且一发而不可收；这时已经再没有那时的得心应手，愉快胜任了。这些真实的历史，过去都被遮蔽了，我们的现代文学史上，对这时期的鲁迅评价最高，认为他找到了依靠的力量，过去的思想矛盾、痛苦便烟消云散，浑身充满了精神力量，杂文对事物的评论也更全面了，他比五四时期更伟大了。这是不准确的。人们在肯定鲁迅的先锋性时，对这种矛盾似乎也应该有清醒的认识和分析。

尽管陈思和先生的“先锋性”概念还有不很精确的地方，如“反社会”“反主流”“更激进”等，也有说不清楚的，如为什么先锋就常常乱打枪等；但循着他的思路，我们发现鲁迅每隔十年，思想就上了一个台阶：

1898年，接受进化论（肯定人从动物进化来的，身上还有兽性）；

1908年，指出人吃人现象（《破恶声论》）；

1918年，揭示封建礼教吃人（《狂人日记》）；

1928年，进到批判某（剥削）阶级吃人（接受阶级论，批判人性论）。

这样，终其一生他都在追求先锋性，也都站在先锋的位置上；只是到他接受了“某阶级吃人”的观点时，他自己也被定位于“有闲阶级”，是属于应该受批判的阶级，并且已经被批了一阵子。他越是先锋，越是往前走，就越走向被否定，先锋色彩就越为弱化。与众不同的是他后来得到革命领袖的最崇高的评价，极大地淡化了他生前与先锋力量的紧张关系（用陈思和先生的说法，这是“先锋与主帅和大部队有一种紧张关系，一种潜在的对立”，而且好像还是规律）。此后人们就尽量来洗刷他身上尚有尼采影响之类的事实，把他说成与最先锋的革命政党在精神上是完全一致的，一些精神上的痛苦、困惑只是与几个不尊重他的同志间的矛盾所造成的。有人的思路就局限于鲁迅的鞋上溅了几滴泡沫，而忘了至少忽略了他与整个革命洪流的关系。陈思和先生的文章在这方面倒给了我们启发，我就是因了他这启发才想到这样一些问题。

（原载《鲁迅：厦门与世界》，厦门大学出版社2008年版，收入本书时有修订）

引吭高歌人的力量

——郭沫若的《女神》

新文学是在思想开放的背景下诞生的，各种艺术方法都有被选择的机会。但成为当时的主流的，还是现实主义和浪漫主义这两种方法；当时在西方已经盛行的各现代主义方法，则被吸收进已成为主流的这两种方法之中。1919年，郭沫若开始在《时事新报》副刊《学灯》上发表新诗，1921年8月结集为《女神》出版。五四时期的现实主义以鲁迅的小说为代表；浪漫主义作为另一股重要的潮流，则以《女神》为代表。郭沫若是五四时期代表浪漫主义流派的创造社的最重要作家。

辛亥革命后，鲁迅曾因失望而沉默，在沉默中思考、成熟，告别了青年时期；所以，五四时他起而呐喊，那热情是包藏在冷峻的外壳里的。郭沫若的思想准备不及鲁迅，他更多青年人的躁动不安、情绪跌宕起伏的特点；而古代浪漫主义文学的长期熏陶，使他愤世忧时，狂放不羁，有自我表现的强烈欲望。这种浪漫的气质，使他的文学创作踏上了浪漫主义之途。1913年底，郭沫若东渡日本留学。此后，在庄子、王阳明之外，又加以泰戈尔、斯宾诺莎、海涅、惠特曼、歌德等的哲学思想、文艺思想和文学创作的影响。他从斯宾诺莎等人的思想中，接受了泛神论。因为身在国外，他在文学革命中“慢了半拍”；但在异国的初期诗作也踏着五四的节拍，而且比同期国内的新诗更显得思想新颖，形象新鲜。《夜》表现对“德谟克拉西”的向往，因为只有“夜”才能“把这全人类来拥抱”，他说“夜”是“解放、自由、平等、安息，一切和胎乐蕊的大工师”。在《女神》里大胆歌颂性爱，诗里的性爱不再是丑的、羞涩的，而是美的、自然的。他选择“死”为主题，写了《死》《死的诱惑》，赋予死亡以新的情感色彩，死被看成是人类生命过程的自然现象，不再是可怕的、痛苦的。他的早期的诗几乎都是自由、自然、自我的歌唱，但这一部分诗多不被人们所看重，甚至误为消极、颓废。其实，整部《女神》的精神是统一的，都充满了新鲜的、现代的气息，充分地表现了那个青春时代的精神。《梅花树下醉歌》唱道：

花呀！爱呀！
宇宙的精髓呀！
生命的泉水呀！
假使春天没有花，
人生没有爱，
到底成了什么世界？

花是自然的象征，爱是生命的要义，郭沫若把它看成了“宇宙的精髓”“生命的泉水”，如此重要！花和爱象征着郭沫若的、也是人类追求的理想境界。这就是《女神》的思想根底，他这时期的诗就是从这样的思想出发的。

1919年的五四运动，成了郭沫若诗歌创作的爆发点。他留日之时，正值袁世凯卖国求荣，接受日本帝国主义提出的“二十一条”丧权辱国的条约，使爱国者非常愤怒。郭沫若在婚姻不如意的“个人的郁积”上，复感“有国等于零”（《夜哭》），此时又增以“民族的郁积”，内心是很痛苦的。得到五四运动的信息，顿觉民族复兴有望了，个人意志可以伸张了，他的精神大为振奋。多年来个人的与民族的郁积得到了大喷发的时机。《黎明》一诗用男女合唱的形式描写“太阳出海。/如火烧赤壁。/万道光霞齐射。/海涛已就平复。/海水一片汪洋”，用以形容当时的形势，歌唱这时的人像“出了笼的飞鸟”“才发芽的春草”“喷出了土的火山”“黎明时候的海洋”；这时人们“出幽宫”“出囚笼”，复乐园，热烈欢呼“我们解放了”。以前他的诗风较多泰戈尔的影响，这时觉得惠特曼的自由体形式，更适于无拘无束地、淋漓尽致地宣泄内心的激情。因而放弃了冲淡雅隽的诗风，而从惠特曼那里找到了感情的喷火口，写了许多热烈、狂放、粗犷、雄浑的诗篇。这样，“在1919年的下半年和1920年的上半年，便得到了一个诗的创作爆发期”[①]，他说，“我在那时差不多是狂了”[②]。《女神》中最有代表性的诗篇，就是在这种情绪下诞生的。他的诗有对祖国的歌颂，但更多的还是在民族复兴有望的情绪刺激之下爆发出的提升、壮大自我的激情，是张扬自我力量的狂歌；成了“自我表现主义的极致，个性主义之诗的夸张”[③]。他的诗淋漓尽致、汪洋恣肆地表现自我，极富抒情性，绝胜于初期白话新诗的理胜于情。可以说，在闻一多、徐志摩、冯至等一批抒情诗人出现之前，唯有郭诗独步新诗坛。

《女神》是郭沫若诗歌的代表作，是白话新诗诞生后的第一座艺术高峰，足以作为白话新诗的时代标志。《呐喊》《彷徨》是现代文学现实主义的开山作，《女神》则是现代文学浪漫主义的先锋。

《女神》共三辑，第一辑收三部诗剧，这是郭沫若创造的、当时非常新颖的文体。第一部《女神之再生》写神话中的共工与颛顼为争帝而恶战，使天倾地陷，含有象征南北军阀混战的意思。但诗的重点在于歌颂女神，引歌德的诗“永恒之女神／领导我们走”，后来又将“女神”用做诗集的名称。诗赞美女神的创造精神，赞美她们要创造“新的光明”“新的温热”“新鲜的太阳”。这是五四时期努力创造、积极追求的进取精神和美好理想的表现，表达了“我们是不甘于这样缺陷充满的人生，我们是要重新创造我们的自我”[④]的情怀。第二部《湘累》据《离骚》的内容，塑造了屈原的形象，写他无法实现政治抱负的精神痛苦。但这不是要复制一个忠君爱国的屈原，却写的是被俗世视为“疯子”、要求个性解放的人。他宣告“我有血总要流，有火总要喷”，而且要“自由创造，自由地表现我自己”，反映的是现代人对精神自由的憧憬和追求。第三部《棠棣之花》，取材于战国时代聂政刺杀韩相侠累的历史故事，也影射当时军阀混战、民不聊生。姐姐聂嫈的“我望你鲜红的血液，迸发成自由之花，开遍中华”的歌词，表达了甘为天下人的幸福、为爱情而牺牲的

---

① 郭沫若：《创造十年》，《沫若文集》第7卷，人民文学出版社1957年版，第56页。

② 郭沫若：《我的作诗的经过》，《质文》第2卷第2期，1936年11月出版。

③ 周扬：《郭沫若和他的〈女神〉》，《解放日报》，1941年11月16日。

④ 郭沫若：《创造工程之第七日》，《创造周报》第1号，1923年5月13日。

精神，含有不自由毋宁死的思想，唱出了为自由献身的慷慨之情。

郭沫若最有代表性的诗篇多在第二辑中，如《凤凰涅槃》这首长诗，被视为他的诗歌代表作。诗用凤凰五百岁后集木自焚，在火中得以新生、永生的神话，既象征古老中国，也比喻自我个体的蜕旧变新。所以对那些群氓式的岩鹰、孔雀、鸱枭、家鸽、鹦鹉等给予藐视、讥刺。诗歌的最后反复不断地欢呼，欢呼那凤凰更生之后的新鲜、净朗、华美、芬芳、热诚、挚爱、欢乐、和谐、生动、自由、雄浑、悠久的新生活。作者不厌其烦地用十五个诗段（1928年再版时由诗人自己加以删节，留五段），表现了诗人对新个体、新生命和新中华的诞生的欢欣雀跃，生动地唱出了热切盼望新生的满腔激情。《天狗》用传说中的天狗，这天上的破坏者的形象，来宣示自我的力量："我把月来吞了，/我把日来吞了，/我把一切的星球来吞了，/我把全宇宙来吞了。"表现了要扫荡、摧毁一切旧事物的气势；同样，它也要吞食自我，表达诗人要求自我新生的意志。《地球，我的母亲！》是一首哲理诗，从泛神论思想出发，诗人只承认地球是自己的母亲，而不承认缥缈的天上还有位父亲，也就是不承认有上帝。诗歌热情地歌颂、赞美了在地里干活，最亲近自己母亲的矿工、农人，称赞他们是地球的孝子、宠子。

此辑中，有的诗篇还能看出十月革命后社会主义思潮的影响。《巨炮之教训》写到列宁和托尔斯泰。托尔斯泰宣扬博爱、克己和不抵抗主义；但诗人也很赞赏列宁，因为他号召为自由、人道、正义而战。《匪徒颂》在歌颂反抗传统的政治、社会、宗教、文艺各领域的"匪徒"时，也歌颂了"实行波尔显威克的列宁"。这反映了百花齐放、广泛接受新思潮的五四时期普遍的思想现象。

《女神》第三辑所收诗篇，写作时间跨度大，包罗众多内容。其中既有他的早期的诗，如前面所介绍的；也有写得稍晚、风格不同于五四高潮中的作品。如1921年的《上海印象》，是写当年诗人一度回国时之所见。他惊呼："我从梦中惊醒了！"这种幻灭的悲哀，使他此后浪漫主义激情渐渐减弱。

《女神》诗集中的最突出的思想特色，是对"人"的歌唱，对"人"的力量的高度张扬。这可以说是前所未有的。那时的郭沫若是个泛神论者，他认为："一切的自然只是神底表现，我也只是神底表现。我即是神，一切自然都是我的表现。人到无我的时候，与神合体，超绝时空，而等齐生死。"①在这样的思想下，《女神》中的人、神、自然达到三位一体。这里的"人"，就是诗中的"我"。贯穿着自我表现精神的《女神》，其形象中大都含着一个鲜明的"我"高声地歌唱着"我"的力量，而这个"我"就是郭沫若心中的应该如此的"人"。不同于鲁迅的主要批判人的弱点，郭沫若在五四狂飙突进的时代精神鼓舞下，主要是尽力来展示人的力量，表现人的美好。浪漫主义的艺术更增强了这种表现的力度。《女神之再生》《凤凰涅槃》都包含着对自我创造、自我更新的热烈歌颂。《天狗》的每一句诗都用"我"来开头，这个"我"简直就是一个"超人"。他是日月星辰之光，是"全宇宙底Energy底总量"，他的力量强大，还能把日月星辰，把全宇宙都吞吃了。这首诗让人看到尼采思想的痕迹，表现了叛逆传统思想的狂狷，扫荡、摧毁一切封建藩篱的决心和气势。而天狗还敢于毫不惋惜地吞吃自我，也就是有革新自我的勇气和决心。《立在地球边上放号》描写太平洋有一股能把地球推倒的力量，而主人公被赋予了这样的力量，热烈地歌唱"力"："力的绘画，力的舞蹈，力的音乐，力的诗歌，力的Rhythm哟！"面对着黑暗的现实，诗人心中的"超人"必是旧世界的破坏者。《匪徒颂》歌颂政治、社会、学术、文艺、教育各领域的破坏者。《我是个偶像崇拜者》中说："我崇拜偶像破坏者，崇拜我！/我又是个偶像破坏者哟！"主体在客体面前有压倒一切的气概，其中充满五四的青春、进取的精神。这在中国诗歌中是少见的，让人看到了鲁迅所追求的"摩罗诗力"。

除了伟岸有力，《女神》中的"人"还是个崭新的人，充满现代气息的人，这也是过去的文学中从未有过的。塑造这样的新人的形象，才能充分表现"人的觉醒"的时代精神。在《晨安》中，这个人再不是闭关自守、目光如豆、抱残守缺，而是胸怀和眼界都很宽阔，面向祖国，面向世界，充满朝气，充满自信的。他看到的不仅是黄河、长江，而且看到俄罗斯、苏伊士运河、金字塔，看到华盛顿、林肯，看到托尔斯泰、惠特曼……在旭日初升的清晨，他

① 郭沫若：《〈少年维特之烦恼〉序引》，《创造季刊》第1号，1922年5月出版。

向全世界问好，向全球道声“早安”，祝愿大家都来“享受这千载一时的晨光”。这个人没有自封天朝上国的自大狂，也没有半殖民地奴隶的自卑感，他对全世界都怀着友好之情，在他的眼里一切人、一切国家都是平等的。他歌唱祖国古老的文明，也歌唱现代科学技术是“二十世纪的名花！／近代文明的严母”（《笔立山头展望》）。这个人表示“我的脑筋中每天至少要／三四立方尺的新思潮”（《无烟煤》），他积极地接受世界上的新事物、新思想。他也充满弃旧图新、蜕旧变新的愿望：“趁着我们的血浪还在潮，／趁着我们的心火还在烧，／快把那陈腐了的旧皮囊／全盘洗掉！／新社会的改造／全赖吾曹！”（《浴海》）无论他是凤凰或是天狗，都敢于自焚、自啮，以求新生。

这个“人”敬重自然，赞美自然，追求与自然的和谐关系。《女神》中的自然总是可敬、可爱的，是人类的朋友、母亲。这一主题在《女神》中占有相当的比重。其中如《地球，我的母亲》《太阳礼赞》等都成为郭诗的有代表性的诗篇。这当然与泛神论思想有直接的关系，在郭的眼中人与自然在精神上是相通的，不是对立的；不应有人去征服、毁坏自然，或是反过来，让自然来惩罚人，让人陷于灾难中。朱自清说，中国古代诗歌“对于自然，起初是不懂得理会；渐渐懂得了，又只是观山玩水，写入诗只当背景使用。看自然作神，作朋友，郭氏诗是第一回”[①]。《地球，我的母亲》表现了人类对自然的最真诚的尊重，亲切地唱道：“地球，我的母亲！／我过去，现在，未来，/食的是你，衣的是你，住的是你，／我要怎么样才能够报答你的深恩？”而自然之所以值得我们去爱它，又不仅因为它为人类提供衣食等生存的条件，郭在自然界里也能发现人文精神：“我羡慕那一切的草木，……他们自由地，自主地，随份地，健康地，／享受着他们的赋生。”那份自由、自主、随份、健康，是郭沫若，也是五四个性解放的知识分子所向往，所追求的。所以说“我的灵魂便是你的灵魂”，人和自然达到了精神的契合。今天，当人们体会到了人类与自然界建立和谐关系的重要性时，全世界的人都应该高喊一声：“地球，我的母亲！”而且郭在许多诗中，描写了这种人与自然的和谐、融合。在《雪朝》中，诗人唱道：“我全身的血液点滴出律吕的幽音，／同那海涛相和，／松涛

① 朱自清：《中国新文学大系·诗集导言》，良友图书印刷公司1935年版，第5页。

相和，／雪涛相和。”自然万物的声响，也就是人的血脉跳动的声响，两者亲密地“相和”。而自然的律动就是“生命的写照”（《光海》）。《女神》把自然界都写得很美，充满盎然生机。如《日暮的婚筵》《夜步十里松原》等，诗的粗犷到这时往往变得柔美、婉约，这是郭对大自然的态度的表现。当着环保成为人类的基本价值时，回看郭当年这类诗，弥觉珍贵。

《女神》所受泛神论的影响是十分明显的，这表现在诗的思想、题材、形式诸方面。老庄哲学的“体相一如”[①]，王阳明的“致良知”等思想[②]，印度古代波罗门和吠陀哲学的“梵我不二”，都在郭的思想上打下烙印。其中，王阳明的“心学”影响最深，郭在《伟大的精神生活者王阳明》中，认为王的“心即是理”，就是“万物一体的宇宙观”。这种万物一体的观念，使郭走进了泛神论。这方面，又以十七世纪荷兰哲学家斯宾诺莎的影响为重。斯宾诺莎以“本体”为世界的本原，照郭沫若的理解：“这种学说认为自然界是本体的表相，本体是无乎不在的，不受时空的限制。有所谓神，那就是这个本体。”[③]本体即是神，因此作为本体的表相的一切，如自然万物，如诗人自己，便都是神的表现。对郭沫若来说，泛神论不仅反对宗教的一神论，还是打破一切偶像崇拜的个性解放的思想武器，是自我表现的思想根据，因为“我即是神，一切自然都是我的表现”。所以他认为诗人的宇宙观以泛神为宜。在《女神》的一些诗中，一切都获得了生命：“无限的大自然，／……到处都是生命的光波，／到处都是新鲜的情调，／到处都是诗，／到处都是笑。”（《光海》）而且诗人自我，也与大自然相通，达到了物我无间，物我合一。在《天狗》中，“我”便是日、月、星球、X光线的光。在《地球，我的母亲！》中，地球与我如母子：“我的灵魂便是你的灵魂。”在《光海》中，孩子说爸爸是空中的一只鸟，于是“我便是那只飞鸟！”从思想上说，泛神论构成了“无差别的世界”（《夜》），这引出了万物平等的思想。《地球，我的母亲！》把草木、动物都当做同胞，因为大家同是地球的儿孙。《我是个偶像

---

① 《庄子·齐物论》：“天地与我并生，而万物与我为一。”

② 王阳明认为人的“良知”是天生就有的，“致”指扩充。

③ 郭沫若：《女神·三个泛神论者》注一，《沫若文集》第1卷，人民文学出版社1957年版，第63页。

崇拜者》则表示崇拜一切：太阳、山岳、海洋……万里长城、金字塔，直到崇拜我自己。把一切当偶像，世间也就没有偶像了，所以“我又是个偶像破坏者哟！”这种观念表达了人类平等的思想。

在艺术上，泛神论扩大了诗人表现的范围，在《女神》中，便有许多描写大自然的诗，如《雪朝》《登临》《光海》《梅花树下醉歌》《新阳关三叠》……都达到了自我与自然的融化合一。在诗的表现形式上，有时也受影响。如《凤凰涅槃》最后的凤凰和鸣：

我们便是“他”，他们便是我。
我中也有你，你中也有我。
我便是你。
你便是我。
火便是凰。
凤便是火。

这正是物我合一的思想所引出的奇特的表达感情的方式。

郭沫若从泛神论出发，歌颂歌德“以自然为慈母，以自然为爱人，以自然为师傅”；歌颂原始人的单纯、质朴，因为他们“最与自然亲眷”。所以强调人与自然的和谐关系，他自己的创作便认为“一切自然都是我的表现”。二十世纪二十年代后，他受马克思主义的鼓荡，思想起了变化，但仍未放弃人性解放的追求，1923年在《我们的文学新运动》中说：“我们的运动反抗不以个性为根底的既成道德……我们的运动要在文学之中爆发出无产阶级的精神，精赤裸裸的人性。”①

但《女神》中这个“人”，在极度的强调自我的力量时，也包含着反理性的思想色彩。如天狗就是人的意志力的象征，带着自我膨胀的疯狂性。凤凰探问宇宙是什么，表示不相信科学，也就是表示对理性的质疑。《凤凰涅槃》本应是庄严的、悲壮的，但郭把它视为“科美体”（Comedy），即喜剧。

① 郭沫若：《我们的文学新运动》，《创造周报》第3号，1923年5月27日。

1920年在《时事新报》上发表时，本有副题，为“一名菲尼克司的科美体”。诗的主体，即凤歌和凰歌，唱的是对科学、对人生的怀疑。冷酷、黑暗的宇宙是什么？是无法解释的：“你是个有限大的空球？／你是个无限大的整块？／你若是有限大的空球，/那拥抱你的空间／他从哪儿来？／你的外边还有些什么存在？／你若是无限大的整块，／这被你拥抱着的空间／他从哪儿来？”科学也只是“莫有点知识”，无法回答这些问题。人生是什么？也是不明确的，很渺茫的：“来如风，／去如烟，／眠在后，／睡在前，／我们只是这睡眠当中的／一刹那的风烟。”凤和凰都认为，无论宇宙或人生，用科学是解释不了的，只有任凭主观的感情自由奔腾。所以当进化论成为五四思想变革的理论基础，成为主流的观念时，郭不用进化的观念来批判现实，鼓吹革命，却选择了泛神论，把自己也当做神，无拘无束地自由歌唱。非理性的思想导致他走向了浪漫主义，诗中包含着现代主义的因素也是不难感受到的。这些反理性的因素有助于表现不平庸的、非凡的精神，所以很受青年的欢迎。冯至回忆说：“《女神》在当时所起的作用，不是现在所能比的。那时，我们都会背《女神》。”①

《女神》在艺术上的成功创造，使自由体的新诗真正达到了诗的境界。1919年秋，报刊上开始发表郭沫若的诗时，新诗已有两三年的历史了，但优秀的新诗不多，或者未能全脱旧诗的韵味，有的像译成白话的乐府；或者又过于散文化，那些直白的表达使新诗缺少一种诗所应有的意境和韵味。《女神》实践了“绝端的自由，绝端的自主”②的创作主张，因而不追求任何一种诗的格式。正如郁达夫所说的，新诗“完全脱离旧诗的羁绊自《女神》始”③。郭诗任凭感情驰骋，自然流露，依据内在的感情节奏，自然地形成诗的韵律。《天狗》表现急切不可耐的要求爆发的激情，诗句短截，节奏急促，如狂暴的急雨。《立在地球边上放号》每句都很长，似不尽海潮滚滚来，写出海潮奔腾翻

---

① 徐庆全：《关于“郭沫若著作编辑委员会”成立会议的记录》，《中华读书报》2004年4月14日。

② 郭沫若：《序我底诗》，《郭沫若论创作》，上海文艺出版社1983年版，第214页。

③ 郁达夫：《〈女神〉之生日》，《时事新报》副刊《学灯》，1922年8月2日。

滚、后浪紧追前浪的韵律。《炉中煤》节拍整齐，婉转回环，有一种割不断的绵绵情意，正适合表现眷念之情。而《凤凰涅槃》表现一种雄浑肃穆的气氛，需要庄端之态，所以讲求整齐，在整齐中有变化，如：

我们这缥缈的浮生，
好像那大海里的孤舟。
左也是漶漫，
右也是漶漫，
前不见灯台，
后不见海岸，
帆已破，
樯已断，
楫已飘流，
柁已腐烂，
倦了的舟子只是在舟中呻唤，
怒了的海涛还是在海中泛滥。

这里的诗句，单双句对仗工稳，显得十分严整。然而短的有三言、四言、五言，长的达十二言，又可谓变幻多端，读起来或长吁，或短唱，节奏感很强。《女神》所包含的诗的形式是丰富多样的，它的五十余首诗并没有一个统一的格式，以实践自己的主张："诗应该是纯粹的内在律，……便不用外在律，也正是裸体的美人。"①《女神》之后，郭沫若逐渐背离这些主张，诗越写越整齐，虽然仍是自由体的，但那种四句一节、逢双叶韵的格式占了优势（如诗集《恢复》之后的诗），反而失去了《女神》无拘无束地做诗所生的艺术感染力。

《女神》常常使用比喻、象征的手法，借助某一形象来寄托、抒发自己的感情。既使用古代神话、历史故事，也借人格化的自然景色以抒情。因选用

① 转引自《沫若诗话》，吴奔星等编，四川人民出版社1984年版，第23页。

的形象十分巧妙、恰切、新颖，使感情的表达能淋漓尽致。这是郭沫若诗歌浪漫主义的主要特征。《湘累》中屈原说的“我创造尊严的山岳、宏伟的海洋，我创造日月星辰，我驰骋风云雷雨，我萃之虽仅限于我一身，放之则可泛滥乎宇宙”，实也是郭沫若的创作方法。在《女神》中，山岳海洋，日月星辰，风云雷雨，也都唱着郭沫若之歌。用天狗这民间传说中的天上的破坏者，来寄托自己破坏旧事物之情，多么恰当，这不大令人愉快的形象本身，就带着某种叛逆的感情色彩。用炉中煤表现爱国之情，煤受压于地下，满身乌黑，是低贱的，故自称“黑奴”，也可为底层劳动者的象征。他们确有煤那般的光与热，煤那般的朴实而真挚，有自我牺牲精神。由他们来唱爱国之歌，是再好不过的了。

郭沫若的诗中不拘古典、洋典，爱用X光线、摩托车的前灯、电灯公司、维纳斯、丘比特的弓弩等作比喻，都给人以新颖之感。比喻的新鲜还指具有时代性，一种“人的觉醒”时代的特征。男女之爱、裸体、亲吻，成了郭所描写的或用作比喻的形象。裸体在诗中不再是羞耻的，而是一种美，而男女的亲吻也是一种表达感情亲热的方式，不必加以掩藏或用隐喻。这样的描写在当时具有先锋性，是思想开放的表现。《炉中煤》表现炽热的爱国热情，此诗用的是恋歌的形式，用男女之爱来表达对自己祖国的真挚感情。同时期的著名诗篇，至今传唱不绝的刘半农的《叫我如何不想她》，同样是用恋歌形式来表现爱国之情的。在封建时代绝对是犯忌的，到了五四时期，要把对祖国的深情表达得充分，却需要借助男女间的爱恋来做比喻，这足以说明男女私人的爱情已得到承认，被认为是美的、善的。“我为我心爱的人儿，／燃到了这般模样！”在五四，似乎只有这样写才能强烈地表达出对祖国的爱。

《女神》是新诗中的豪放派的先驱。它的艺术风格，既“雄而不丽”，也“丽而不雄”，但能代表《女神》特色的，是惠特曼式的“雄而不丽”。它的想象新奇，语言粗犷，气势磅礴，声调激越，笔调汪洋恣肆，如振鬣奋蹄的行空天马，如翻江倒海的洪波巨浪。许多诗都像“无限的太平洋鼓奏着男性的音调”（《浴海》），它的美是一种壮美，阳刚之美。但也有些诗，如《日暮的婚筵》写海边落日景象，以巧妙的想象，把落日形容为涨红了脸庞的新娘，被鼓荡着心波的海洋（新郎）拥抱了去。这类诗娴静优雅，秀色可餐。《女神》的诗，多豪迈、雄健，也有这种清丽、婉约的，可说是花团锦簇；证明了新诗在艺术上可以充分地表现新的时代、新的生活、新的情感，而且有些方面是旧诗所不可企及的。《女神》真正是五四时期一座瑰丽多姿的浪漫主义艺术奇峰。

（选自《中国现代文学发展史》第3版，中国青年出版社2008年版）

谁编了第一部新诗集?

胡适的白话新诗集（《尝试集》）（1920年3月出版），文学史上都称之为新诗的第一部诗集，似乎是一种定论了。

胡适等人在提倡白话文，以现代口语为文学语言时，遇到一个问题或曰难点，那就是散文可以用白话，诗是韵文，也能用白话吗?

中国是诗的国度，古典诗歌成就极高。而古诗无论律诗、绝句或词曲，都属格律体，音乐性很强。这与古代汉语音韵学的发展密切相关，是经过长时期实践，总结出汉语音韵规律，才形成的。诗有了格律后，就好比戏曲表演的程式化一样，很难打破。而主张文学革命的人，如胡适，都把这格律视为束缚人们思想感情的很沉重的镣铐。为了写白话诗，只有大胆地抛弃格律诗，来个诗体大解放。这时，可以借鉴参考的，便是西方的自由体诗。因此最早出现的白话新诗，便都是自由体的，这么一来，不但古代格律诗的音乐性丧失了，就连那种简约集中含蓄蕴藉的特征也没有了。似乎只要分行写的，能把意思表达清楚的，就可以算诗。尽管寡淡得像白开水，但凭敢于这样写的勇气，也会有人欢呼，有人赞美。因此，白话新诗虽然诞生了，至今也有了近八十年的历史了，其间还有许多人做了艰辛的探索、天才的创造，但至今其艺术尚难以说是已经成熟了。新诗的成绩，便落在了其他文学部门之后。

胡适不仅有理论主张，而且也亲自实践，因而有《尝试集》出版。但这部诗集用胡适自己在几篇序里的话来说，“实在不过是一些刷洗过的旧诗”，好比已经缠脚的妇人虽已放脚，“总还带有缠脚时代的血腥气”。例如该集的第一首诗《蝴蝶》：

两个黄蝴蝶，双双飞上天。

不知为什么，一个忽飞还。
剩下那一个，孤单怪可怜；
也无心上天，天上太孤单。

这是很容易就可以还原为一首绝句或古诗的。用的白话，确实“平白如话”，实在读不出多少诗味来。当时人们把这类诗称为“胡适之体”，这个名称是对一种历史过程的概括，中间还多少带点贬义。但这首诗却可以堂而皇之做了《尝试集》的排头兵，挺着胸脯立在最前面。这也证明新诗的艺术创造，确实比白话小说、散文等困难很多，初创期的新诗，只能是这样子的。

后来，新的发现纠正了《尝试集》是第一部新诗集的不准确的结论。广州中山大学现代文学研究室，难得保存着一本1920年1月出版的《新诗集（第一编）》。这部书的版权页上写着：“编辑者新诗社编辑部（上海西门外唐家湾憩园内）；发行者　新诗社出版部；印刷者　上海国光书局；代售处　群益书社、亚东图书馆、时事新报社”，出版时间是“中华民国九年一月初版发行”，显然，比1920年3月出版的胡适的《尝试集》还早两个月。

《新诗集》有序，题为“吾们为什么要印新诗集？”这篇序的结尾用大号字印出“望大家要努力去做新诗，新文学万岁，新诗万岁！”诗集中选录了胡适、刘半农、沈玄庐、周作人、康白情、郭沫若、沈尹默、俞平伯等五十余人的诗，分写实类、写景类、写意类、写情类四大门类，共一百〇二首新诗。而以胡适的《我为什么要做白话诗？》《谈新诗》和刘半农的《诗的精神上之革新》三篇论文为附录。上面点到的几位作者，都是当时创造新诗的先锋人物，人们对他们的诗比较熟悉。而这部集子有五十多位作者，其中不少可谓名不见经传，在诗史上如流星般一闪而过，收录他们的诗，便更可以看到新诗创造初期的热烈景象和一般水平。这也是这部诗集的价值。如果笼统一点，亦可统称这里的诗为“胡适之体”。

那么编这部集子的新诗社是什么样的团体、由什么人组成？这还未能考证出来。可以肯定不是文学研究会某些成员如朱自清、叶圣陶、刘延陵等所组织的新诗社，那是晚一年（1921）才成立的。朱自清在1935年为赵家璧主编的《中国新文学大系》编《诗集》时，曾见到过这部《新诗集》。那是赵家璧借了若干诗集供朱做参考，其中就有《新诗集》，而朱自清那时已经说不知道这诗社是谁的团体，不知道这部诗集是谁编的。

到了1988年，北京的人民文学出版社选印中国现代文学作品原本时，出版了许德邻主编的《分类白话诗选》，并说明："本书是我国新文学史上第一部新诗总集。"这部《诗选》原出版于1920年8月，比《新诗集》晚了半年多，而且在5月，还有一部《诗歌集》出版（署叶伯和著），所以它不能说是"第一部新诗总集"。它选入二百多首诗，数量比《新诗集》多了一倍，但编辑方法完全同于《新诗集》，也分为"写景""写实""写情""写意"四类。而且《新诗集》注明了每首诗的出处（即原载的报刊），还专门介绍了发表这些诗的报刊杂志。其中既有《新青年》《新潮》《少年中国》这样著名的刊物，也有不少不知名的报刊，总计二十二种。而许德邻的《分类白话诗选》不注出处，读者便不知道他选的诗原发于何处，即从保存史料上看，也不如《新诗集》。由此看来，《新诗集》值得在新诗史里记上一笔。

至于谁为第一，看来不妨设两个第一。古代图书分经、史、子、集四部，在集部中又分总集和别集，别集指个人的诗文集，与总集相对。则《新诗集》为白话新诗的第一部总集；《尝试集》则为第一部别集。第一部总集显示了集体创造新诗的努力和贡献；第一部别集证明胡适个人在开创新诗中的突出地位。这样，不必争一日之长，大家都光辉。

历史事件往往有偶然性，但偶然性中又往往含着某种必然性。《新诗集》《分类白话诗选》和《尝试集》，都在1920年同一年问世，这是偶然的。然而出版时间这么集中，说明作为初创期的"胡适之体"，这时已经发展到相当的程度，已经得到普遍的承认。或者说这时达到了它的顶点。

到了1921年，第二部新诗别集诞生，这就是郭沫若的《女神》。虽然只是晚出一个年头，却标志着新诗的一个新开端，《女神》在诗的艺术上已经超越了上一年那些诗集。举有代表性的《凤凰涅槃》中的一段为例：

啊啊！
我们这缥缈的浮生，
好像那大海里的孤舟。

左也是滮漫，
右也是滮漫，
前不见灯台，
后不见海岸，
帆已破，
樯已断，
楫已飘流，
柁已腐烂，
倦了的舟子只是在舟中呻唤，
怒了的海涛还是在海中泛滥。

这是白话，然而已不能说“平白如话”了。诗句不整齐，短的三言，长的达十二言，跌宕颇大，有的如长吁，有的如短叹，节奏感非常强。因为不整齐中有整齐，前后句往往对仗工整，念起来朗朗上口，情绪随着诗句或飙升或沉落，得到了淋漓酣畅的宣泄。这里看得到对古典诗词的某些继承，如“前不见灯台，后不见海岸”，一下子就让人想起了“前不见古人，后不见来者”的表达方式；但又以白话较能自由运用的特点，使感情表达达到相当的力度，这是文言文所达不到的。新诗只有充分显示用白话写诗的特长，显示自身有着文言所无以取代的优势，才可能真正在诗歌创作中占据主流的地位。

1920年连续出现的诗集，可以说是给“胡适之体”，也就是初创期的新诗做了一次比较全面的总结。而1921年后，新诗发展便进入了一个新的《女神》的时代了。白话新诗在其艰难的艺术创造过程中，迈出了新的一步。

（选自《百年中华文学史话》，香港新亚洲出版社1997年版）

小题材里的人间关怀

——对周作人小品文的一种理解

周作人是“人的文学”的举旗者，是五四文学革命最有代表性、最有影响的作家和最重要的散文家之一。散文是他在创作上的主要成绩，不但数量多，而且是散文领域中“人的文学”的主要体现者。他还是现代小品文的开创者。1921年，他发表了著名的《美文》，提倡一种“艺术性散文”，以提高现代散文的审美品位。以他和鲁迅为主将的《语丝》周刊，是五四后新文学散文创作的重要阵地，周作人和《语丝》的部分作者以其平和冲淡、优雅清隽的风格，被视为当时散文的重要流派。郁达夫在检视五四散文时曾经认为，“中国现代散文的成绩，以鲁迅周作人两人的为最丰富最伟大”[①]。1920年代，周作人相继出版了《自己的园地》《雨天的书》《泽泻集》《谈龙集》《谈虎集》《永日集》等散文集；在三十年代又出版《看云集》《夜读抄》《苦茶随笔》《苦竹杂记》《风雨谈》《瓜豆集》等集子。抗战爆发后，周作人堕落为文化汉奸，成了民族的罪人。此后仍有相当数量的散文发表，出版过《秉烛谈》等一批集子。

周作人的小品文用轻松淡雅的文字，从容舒缓的笔调，写作小题材。他的小品文写草木虫鱼、日常生活，诸如苍蝇虱子、鱼虾螺蚌、金鱼蝙蝠、茭白菱角、喝茶品酒、风俗民情、鬼怪神祇，鸡毛蒜皮、鸡零狗碎都是可以做文章的，这也是一种题材和思想的开拓。因为所写多非关乎人的生存的最现实、最切要的事情，似有一种清闲优游的情调，表面上没有多少重大的思想意义，但实际上却是充满了对人的生活（物质和精神生活）的关怀。在描述、议论那

① 郁达夫：《中国新文学大系·散文二集导言》，良友图书印刷公司1935年版，第15页。

些小事、琐事的背后，隐含的中心思想是“人应该怎样生活”。按照他对人性的解释，凡是生而有之的、本能的欲望，就是合理的，就是善和美的，都应该得到满足。这是他主张文学的人道主义的基本内容。沿着这样的思路，就会引导出一种人生观——人活着就要奋斗，对世界有所贡献，生命才有价值；但同时也可以在这世界上有所享受。这才是合理的健全的生活。周认为人应该懂得“生活法”，讲究“生活之艺术”，人并不总在紧张战斗，也应该有轻松的休息、适度的享受。所以他说，“生活应该有张弛”，“为得要使生活与工作不疲敝而有效率，这种休养是必要的”（《谈娱乐》）。他之所以多次以喝茶为题写小品，就在于说明喝茶“也是生活之一部分”（《上下身》），“在不完全的现世享乐一点美与和谐，在刹那间体会永久”，哪怕“偶然的片刻优游乃正亦断不可少”（《喝茶》）。在《北京的茶食》中说：“我们于日用必需的东西以外，必须还有一点无用的游戏与享乐，生活才觉得有意思。我们看夕阳，看秋河，看花，听雨，闻香，喝不求解渴的酒，吃不求饱的点心，都是生活上必要的——虽然是无用的装点，而且是愈精炼愈好。”这就是周作人的独特之处，用创作实践着一种生活理念——人除了要有大的社会的、事业上的理想和奋斗，也需要生活的关怀，也要休息、娱乐，做一些看似无意义却是正常生活一部分的事情，包括读一读小品文。而对生活的关怀也就是对生命的关怀，这也是五四的“人的发现”的一个内容。只有在肯定了人的价值后，才可能有这样的世俗生活的兴趣和关怀，才不轻视这些小题材。

但周作人反对纵欲，在《蔼理斯的话》里把“禁欲”视为人性的一部分，“人有禁欲的倾向，即所以防欢乐的过量，并即以增欢乐的程度”。就是要求享乐的适度性，要有一种理性的生活态度。《生活之艺术》中指出，“中国生活的方式现在只是两个极端，非禁欲即是纵欲”，“一切在礼教的面具底下实行迫压与放恣”。他希望“把生活当作一种艺术”，而“生活之艺术只在禁欲与纵欲的调和”。他在生活方式上讲新的节制，讲中庸之道。

这就是周作人的小品文在“人的文学”中的独具的特色和地位。

再则，那些花鸟虫鱼、日常琐事虽然并不包含重大的思想意义，却可以包含人对生活的态度、情意。人们为了肯定这一类作品的价值，往往尽量说明作者怎样地能够把平常的、细小的物事写得如何精彩、精细。其实，这一类作品的意义，不在于文字功夫上，也不在于知识性强，满足了人的求知需求上；主要在于描写这些小题材，这些生活中的琐细之事中所表现出来的，对生活满含的情意上。正因为怀着对生活的情意，便看那些平凡、琐细之物事，都有浓浓的兴味、情趣，便都想去品味一番。《苦雨》其实并不是写“苦”，因为除了小孩喜欢雨天，感到快乐的还有青蛙。人焉知蛙之哀乐？实是作者自己爱听蛙鸣，以为含着农村田野的风味。凭着对生活的兴味才有这样日常平凡生活中的敏感，才发觉这雨天生活的价值。所以作者说：“倘若有人说这所记的只是个人的事情，于人生无益，我也承认，我本来只想说个人的私事，此外别无意思。”（《苦雨》）其实他想讲的就是平凡生活也还是有意思的。在以文学为改造社会的重要工具的思潮里，周作人的小品可以看作另类，但自有其独特的价值。有的通过所描写的对象，传递一种心境或心情。《鸟声》固然有许多鸟的描写，但文章的好处并不在这上头。他写对北京缺少“飞鸣自在”的鸟声的遗憾，讨厌那鸡鸭“家奴”的聒噪，认为只有麻雀、啄木鸟的叫声虽干枯倒还有点春之气息，从而表示“欢迎这些鸣春的小鸟，倾听他们的谈笑罢”，表现的是作家追求的心境和一种健康、自由、有生气的生活。有的是借着某些小东西来说自己的生活态度和主张，如借着谈养鸟来表述赞同栽树养鸟，反对笼养，因为那是“痛苦的赏鉴，是一种变态的残忍的心理”（《谈养鸟》）。《北京的茶食》也不是真的要谈茶食，关键在述说自己对生活的主张。《谈娱乐》也绝非要介绍怎样来娱乐，它是反对强加于人，要求承认人各有所好，“自己要自由，还要以他人的自由为界”，“己所不欲，勿施于人。这句话虽好，却还只有一半，己之所欲勿妄加诸人，也是同样的重要”。这显然不是谈的娱乐的问题，他谈的是大问题，是在表述自由主义的精义了。这一类不妨叫做以小见大的表现方法。

人们还能够发现周的小题材中，对民俗的记录、描述占了很大的比例。这不仅在求趣味，更在于从中考察广大民众的精神。他在《水里的东西》中说了一大段话：“我们平常只会梦想，所见的或是天堂，或是地狱，但总不大愿意来望一望这凡俗的人世，看这上边有些什么人，是怎么想。社会人类学与民俗学是这一角落的明灯……”他说自己不能做研究考证的文章，便写这样一些“闲话”，记下民俗，“引起大家对于这方面的调查与研究之兴趣”。《谈

"目连戏"》中说，从故乡民间的一剧种中，可以"了解不少的民间趣味和思想"，可以窥视"国民性的一斑"；并且认为"中国的蒙藏回苗各族生活固然大值得研究，就是本族里也很多可以研究的东西"。所以有趣之事里面有可供研究的更深刻的内容。他有不少散文有着浓厚的"民俗学上的兴味"。如《说鬼》《谈鬼论》从那些鬼怪故事来了解"鬼里边的人"和"人里边的鬼"，以见"中国民族的真心实意"。《关于雷公》从雷公迷信透视民情，上升到文化批判："中国人重实际的功利，宗教心很淡薄，本来也是一种特点，可是关于水火风雷都充满那些恐怖，所有记载与说明又都那么残酷刻薄，正是一种病态心理，即可见精神之不健全。"作为五四启蒙主义作家，周作人那时关注着国民的思想，还是出于改造国民性的目的。

周的散文中有的是记叙散文，如《村里的戏班子》等，类似鲁迅的《朝花夕拾》。除了相当一些回忆少年生活、怀念亲友的，多是写民俗或民间生存状态的。但这状态并非《阿Q正传》或一般乡土文学中的农村破产、民不聊生，而多普通人的生活小事，带着人情味，不显露地、隐隐地含着作家的同情、感慨，表示他对生活的态度（如自然顺生的态度）。也有既反映现实，也议论现实的。脍炙人口的《故乡的野菜》《乌篷船》等，都不仅是对故乡某种生活的记载，这也是他所怀念并认为值得书写的，其中隐含着作者浓浓的乡情，不妨称之为"乡土散文"。

（选自《中国现代文学发展史》第3版，中国青年出版社2008年版）

从失败到失败的萧涧秋

——谈谢铁骊同志改编的《二月》

把现代文学中的优秀作品改编成电影，让我们在银幕上和那些在过去苦难的岁月和战斗的时日里曾经给人们以极大的启发、教育和鼓舞，曾经在我们生活的道路上发生过重要影响的人物形象相见，这是多少观众所热切想望的。在这以前，我们曾经带着十分满足的心情看了北影改编的《祝福》《林家铺子》，现在，又欣幸地看到了谢铁骊同志根据柔石的同名小说改编的电影剧本《二月》（按：即电影《早春二月》）。

把小说改编成电影，这是一件很艰巨的创造性的工作。现代文学中一些伟大和优秀作家的现实主义作品，在不同程度上达到了历史的具体性和描写的真实性。撇开人物的巨大的典型意义、这些形象所包含的深刻的历史内容以及作品所概括的广阔的现实幅度不谈，就是其中一些不重要的情节、细节、动作、对话，乃至一个人物的穿着、用具也是如此地切合于当时的历史情况，切合于某一地域的生活特点，切合于作为“这一个”的特定阶级、阶层，特定生活环境中生长的人物的身份、性格，以至很多是不能随意更动的。改编者的艰巨任务就在于他首先对作品要有深刻的理解。要做到这一点是不能单靠书本上一些社会科学理论的。这里要求改编者了解作品所反映的历史时代，熟悉作品所反映的地区的人情风物，熟知各阶级、阶层的生活，有丰富的社会知识和历史知识。这些方面的条件越好，就越能深刻地理解作品。改编者不仅要一般地了解作品的主题思想，而且能够从作品中一个人物的细微的表情、神态、姿势中，从环境的一个看来是不关紧要的小小的安排中窥探出作家的用心和意图，挖掘出内中深藏的丰富内容。只有这样他才能够真实地在银幕上再现原作所描写的生活，准确地传达原作的精神；否则，有可能产生对原作的错误理解，或者由于理解得不深不透，从而不能显现原作中最有特色的东西，把它改编成一般化的作品了。

现代文学史上的作品所反映的五四以来的中国现实是如此风云变幻，雷鸣电闪！短短几十年中，我们跨过了几个重大的革命阶段，走过了几个历史时期。昨天是新的东西，可能今天就变旧了。半封建半殖民地旧中国的经济发展的不平衡性，使城市和乡村、沿海和内地、文明之区和闭塞之域在经济、政治、文化思想各方面存在着十分大的差别。因此，仅仅根据一般的社会科学的规律，常常不能对反映如此复杂多变的社会生活的作品能有很深的理解。我并不是说现代文学史上的每一个作家的每一部作品都达到了高度的现实主义，都经得起细细的推敲。例如柔石的小说都是创作于他成为一个共产主义者之前的时期，其中就不免存在着局限性。就是他的小说《为奴隶的母亲》的成就也较之《二月》为高。这样，很好地理解他的小说，充分发扬他的小说中的现实主义成分，使改编的电影更真实地反映历史面貌，更符合于原作的主题思想，就成为一件很细致的、并不轻易的事了。

《二月》中所描写的事件发生在1926年。其时北伐战争已经开始，北伐军攻占了广东惠州，而江浙一带仍然为军阀孙传芳所占据着。这时，正是“五卅”以后新的革命高潮时期。在五四运动中觉醒起来的知识分子，有许多人由于接受了马克思列宁主义，或受党所领导的工农革命运动的推动，纷纷投身到革命的队伍中去。这时奔赴革命中心广州去的青年是很多的。《二月》中作为这一类型的革命青年就是那个文嫂的丈夫李君，他在北伐战争中英勇地贡献出自己最宝贵的生命。但是《二月》所表现的不是这一类革命青年。它描写的是离开了志趣不同的朋友六年以后，又应了朋友的聘请回来的萧涧秋。这个师范毕业生当初究竟有些什么样的志趣，作品中虽然没有说明，但从他的一些经历（六年以前的1920年正是五四运动发生不久，新思潮在各地发生广泛影响，江浙一带更是如此。而萧涧秋离开了故乡，风萍浪迹，跑遍中国南北各地，不像陶慕侃那样“稳健”“中庸”，抱着“人才教育主义”，只在家乡搞搞教育）看来，他有决心有胆量出去冲冲闯闯，干一番事业，正如鲁迅所说，“他极想有为，怀着热爱”[①]，可知他一时可能是比较激进的一个人物。他离开故乡，东奔西闯。假如真正抱着寻求革命真理的决心，他很可能接触到革命斗争，参加到伟大的人民革命的行列中，锻炼改造自己，成为一个革命战士。遗憾的是，他并没有如此。他在北京住得最久，却是因为“他喜欢看骆驼底昂然顾盼的姿势，听冬天底尖厉的北方底怒号的风声”[②]。终于他对城市生活感到厌倦了，这才回到芙蓉镇来。

他变换环境是希望这里的乡村美丽清新，儿童纯洁天真，能够是个“世外桃源”。他回来了，回到志趣不同的人的身边。他没有找到真理与主义，六年的奔波一无所成，现在他已“和在师范学校时大不相同”，以至连外形也“苍老了不少”，二十七的年岁，看上去比三十岁的陶慕侃还要老哩。因此，《二月》里的萧涧秋，当他一出场的时候就已经不是一个怀着雄心壮志奔赴生活战场的战士，相反，却是在革命声浪高涨声中从战场退下来的，至于是伤员还是逃兵，是重伤还是轻伤，是完全消沉了还是暂时逃避，还要由他以后的生活去说明。指出这一点是十分重要的，因为这是人物行动的起点。《二月》只写了萧涧秋在两个月内的变故，这是他生命中短短的一个阶段。他是抬着疲惫的困乏的脚走进这个阶段来的。

那么他在这个阶段中做了什么？这个阶段起于此地而终于何处呢？这就是《二月》所要表现的主要内容。

萧涧秋在芙蓉镇的生活中主要发生了两件事：一、与陶岚恋爱，并因此与土著钱正兴发生了矛盾；二、对文嫂一家寡妇孤儿的同情与接济，并因此而引起了社会的非议，受到了流言蜚语的攻击。这两件事情的发生，从环境来说，是因为芙蓉镇并非什么世外桃源，这里的社会现实同样阴森可怕。从萧涧秋本身来看，则表现了他这时还没有完全失去对生活的热情和勇气，仍然保有一颗纯正善良的心。所以，无论从主观方面和客观方面来看，矛盾都是非发生不可的。萧涧秋的性格正是从这两件事情中得到鲜明、生动的表现。

在萧涧秋与陶岚的爱情关系中，显然萧涧秋缺乏陶岚那种大胆、热烈和

---

① 鲁迅：（《二月》小引），《柔石选集》，开明书店1951年第2版，第20页。

② 本段引文除注明出处者外，皆见柔石的《二月》，以下不再一一注明出处。

勇气。陶岚这个“放浪、无礼、骄傲、痴心”的追求个性解放的女子，却生长在芙蓉镇这么一个沉闷闭塞的乡镇里。她接触的是陶慕侃这样的行中庸之道的哥哥，或者是钱正兴那样充满了铜臭的少爷。她不满现实。她那每年要三千块钱让她出国三年然后才答应结婚的苛刻条件正是她玩世不恭式的反抗。而学理科、学法科转而又要学艺术也正是她悖社会之意志而行的叛逆行动。在这样的情况下，萧涧秋的来到就如干旱时节的甘霖，马上就吸引住了陶岚。所以尽管萧涧秋那首《青春不再来》唱的是多么低沉颓丧的调子，陶岚却觉得“你伤悼你底青春，可知你始终还有青春的，……我却简直没有青春”，“是你提醒我，用你真实的生命底哀音唤醒我”。

他们很快成了知音，陶岚的爱情滋润了萧涧秋的干枯孤寂的心。萧涧秋从小失了父母，不久又失去唯一可依的堂姊，“他在人间更形孤独，他底思想、态度也更倾向于悲哀、凄凉了。知己的朋友也很少”。他被人称为悲观主义者、独身主义者。可以想见当他得到陶岚的爱情时将感到怎样的温暖！他冰冷的心将要复苏，他的青春应该回来了吧？不是吗，因为陶岚的一封信，“似乎幸福挤进他底心，他将要晕倒了”。萧涧秋唤醒了陶岚，难道陶岚不也同样唤醒了萧涧秋吗？芙蓉镇上的这一对青年真是“涸辙之鲋，相濡以沫”。

然而黑暗的社会却像一道阴影横亘在他俩之间。钱正兴插进来了。更使人感到遗憾的是萧涧秋在这个社会的压迫面前表现得竟是那样软弱无力。他明明爱着陶岚，也知道陶岚不愿意嫁给钱正兴（陶岚曾经直接向他表明过自己的心），但是开始时，他并不给陶岚的热情以应有的回答，不愿回信，“用一种人工假造的理论来辩护他自己，以为这样做，正是他底理智的战胜。”陶慕侃征求他对妹妹婚事的意见时，他只是提出了“延宕”的办法。对陶岚的坚决反抗，他也只给以无力的安慰：“我劝你稍稍性子宽缓一点，以免损伤你自己底身体。”当钱正兴找上门来，卑鄙地要求他放弃陶岚，侮辱他的人格时，他虽然一时激动，表明了“我爱她”“她现在爱我”，但是钱一走，他马上就软下来：“爱呀，爱呀，摆脱了罢！”他在陶岚困难的时候，不能给她以热和力，给她以保护和支持。甚至到了后来，简直是陶岚反过来来拉他一把了。当他被钱正兴讽刺了几句，说他是一块冰，不懂爱，没家没钱孤独一身等等，并受到镇上流言蜚语的打击时，他已完全经受不住，只能借酒浇愁了。

这时，倒是陶岚在热情地鼓励他："不要记住那班卑鄙的人罢！萧先生，我要同你好，要他们来看看我们底好。……萧先生，勇敢些，你要拿出一点勇气来。"她甚至用"你不能否认爱情""人终究是人呢！人是有一切人底附属性的"这些话来挑逗他的感情。然而，就是这样也不能使萧涧秋的心热起来。他的青春终于没有被唤回来，他已经决定出走，他干脆拒绝了陶岚的爱情："恋爱呢，我实在不愿意说它。结婚呢，我根本没有想过。"最后连陶家也有了成全他俩亲事的意思，陶慕侃似在有意促成，陶岚自己则当面反对萧涧秋出走，以"理由就在我"的坚决、激烈的话要求他留下，但萧涧秋还是要走。他辜负了陶岚的爱情，真是个罗亭啊！他明明爱着陶岚，却一会儿称她为弟弟，一会儿又说她是堂姊；他明明有着爱情，却又要讲独身，多么的虚伪做作！他希望着爱情，却不去勇敢争取；一旦幸福来到身边，又不敢大胆接受，又多么懦弱和缺乏坚决果断的行动力量！从萧涧秋身上，我们看到了小资产阶级知识分子的软弱性和动摇性。由风雨飘摇、朝不保夕的经济地位所造成的小资产阶级知级识分子这个性格上的弱点，通过萧涧秋的形象得到鲜明的表现。

那么，像这样软弱的人为什么竟能做出仗义的行为呢？在对待文嫂、采连这寡妇孤儿的态度上，他岂不是表现出很大的勇气吗？这看似矛盾，实则统一。他对寡妇孤儿的慷慨接济当然是好的，说明他的心地是多么善良。然而，我觉得这实在不表现他的勇敢和仗义，却是如此真实又如此生动地表现出他的书呆子气。他太愚了，六年的奔波也没使他变得更世故一些。可能他还没有遇过什么大的风浪与波折，他对社会生活的理解竟然还是如此简单，简直幼稚得可爱。他曾对文嫂说："我相信好人终究不会受委屈的。"又说："否则，天真是没有眼睛。"这种好人有好报的想法，文嫂从她自己的悲惨遭遇中就已不相信了，所以她回答："你是照戏台上的看法。戏台上一定是好人团圆的。"这实在是很委婉的讽刺！看来文嫂对生活的理解比萧涧秋还要高明一等呢！因此，他在文嫂面前发表的"人底全部生命就是和运命苦斗，我们应当战胜命运，到生命最后的一秒不能动弹为止"一席话就成了他的书生气的最好的写照。

在社会舆论的压力面前，他开始愤世嫉俗，发着"群众底心，群众底口"的感慨。然而他的可爱同时也是他的可笑之处就在于他的那股愚劲。既然他是以个人和社会相对抗，那么他能够拿得出来的全部力量，也是他认为最根本的救济文嫂的办法就是和她结婚。在萧涧秋看来，这已经够彻底的了。然而，他的这个办法即使能够救起一个寡妇，却绝不能救出芙蓉镇以至整个社会上的千万个寡妇啊！这个极简单的道理，这位师范毕业生竟然连想也没想到，只在当他离开芙蓉镇的途中遇见抱着孩子的一位年轻妇人，他恍惚以为文嫂母子复活了，这才感到："莫非这样的妇人与孩子在这个国土内很多么？救救妇人与孩子！"鲁迅先生的《狂人日记》中的狂人也曾发出"救救孩子"的呼声。1918年的一声"救救孩子"曾经猛烈地震撼了铁屋子，唤醒了多少沉睡和昏迷的人们，它是五四启蒙时期的一声号角。"五四运动是第一次大革命的准备……这个时期，五四运动准备了舆论，准备了干部，准备了思想和准备了人心，到后来才有一九二五——二七的大革命。"①现在，准备的时期已经过去，革命的行动已经来到，萧涧秋经历了一番生活的波折以后，才开始悟到这个道理，他的思想岂不是整整地落后了一个历史时期吗？这时，"救救妇人与孩子"的呼声比起北伐军的枪炮声来，不知要黯淡多少倍。1927年，鲁迅先生说："现在倘再发那些四平八稳的'救救孩子'似的议论，连我自己听去，也觉得空空洞洞了。"②假如说在对陶岚的爱情上，萧涧秋表现了他的懦弱，那么，在对待寡妇的事情中，他不是同样表现了软弱无力，"四平八稳"吗？而小资产阶级知识分子那种对社会缺乏接触、缺少理解、缺少阶级斗争磨炼的弱点，更是表现得十分鲜明。

萧涧秋经不起黑暗社会的重压，终于倒下去了。他的热情、勇气越来越少了。他是被挤走了，也是自动地退走了。这时，他更加悲观感伤，认定"我自己是做了世纪末的人"。他那等待未来的思想也是那般渺茫、空洞。他甚至消极得要离群索居，"我却喜欢一个人，……我现在只觉得一个人游山玩水是非常自由"。他连人家送行也回绝了。萧涧秋以失败地归来始，又以失败地退去终。他是演着一个悲剧的角色的。

柔石在《二月》里对萧涧秋是给予深深的同情的。但是，他并没有拔高

---

① 《毛泽东同志论青年和青年工作》，中国青年出版社1961年版，第9—10页。

② 鲁迅：《答有恒先生》《而已集》，人民文学出版社1958年版，第44页。

这个人物，而是很准确地描写了他的种种弱点，并且给予一定的批判（虽然在今天看来批判得不够有力），使我们认识了当时的小资产阶级知识分子严重的缺点。作家给萧涧秋安排了一个失败的结局，这就显示了一个人尽管有多么良好的愿望，假如单凭个人的反抗，只有以失败告终，虽然，作家也没有指明正确的道路是什么。柔石没有把萧涧秋写得更高，这正是《二月》的现实主义的成功。在《二月》中，柔石批判的锋芒是向着钱正兴、方谋，向着那个“死气沉沉而交头接耳的旧社会”的。但他并没有孤立地描写社会黑暗。他描写环境是为了让萧涧秋在其中活动，以显现他的典型性格。而萧涧秋的性格、道路，正好更加深了人们对社会环境的理解。像他这样善良、幼稚、懦弱无力的人尚且不为环境所见容，且看这社会已经黑暗到了什么程度！我看这就是《二月》主题思想的积极意义。

现在再来看看谢铁骊同志改编的剧本。

剧本给人总的感觉是改编者加强了对当时社会黑暗的揭露，并拔高了主人公的形象。剧本里增添了王福生家贫失学的情节；增添了路人、老农夫、中年妇人，以加强社会上“死气沉沉而交头接耳”的气氛的渲染；增添了假罢课的风波，突出镇上统治势力的压迫；等等。我觉得这些都是对原作的加强。但最重要的是提升了萧涧秋这个人物的形象。剧本保留了萧涧秋的一些情节、对话，但却是把他作为一个“彷徨者”来表现的。贯串在整个剧本中的萧涧秋的行动就是“徘徊”。改编者把《青春不再来》的主题歌改成《徘徊》，描绘了萧涧秋在西子湖边徘徊的场面，又几次说明萧涧秋现在的行动就像过去在西湖边上的徘徊一样，到最后则以萧涧秋说“也许从此终止了我的徘徊”为结束。于是，芙蓉镇上的两个月，就是他结束六年来徘徊生涯的极其重要的两个月，是开始转变的时刻，是关键性的时刻。

但是原著中萧涧秋在芙蓉镇上的生活变故只能表现他从失败到失败。他的热情越来越减退，感情越来越感伤，是走着下坡路的两个月。靠着这样的生活内容，怎么能足以表现他要终止徘徊，走向上坡路去呢？这岂不是“南辕北辙”“缘木求鱼”了吗？也许改编者也已感到了这个问题，于是在剧本中对萧涧秋的形象作了许多更改，最重要的例如：剧本大大地删去萧涧秋对陶岚的爱情所表现的虚矫、懦弱，甚至他最后的出走也似乎是为了寻找正路而不惜舍弃个人幸福似的。萧涧秋的走最早是陶慕侃因为害怕黑暗势力而向他提出的“逐客令”式的建议。萧涧秋为了反抗黑暗势力曾表示过坚决不走，然而他最后还是走了，但那不是逃遁，而是为了可以一个人去“沉静地想一想，将一切事情能够解剖得清楚些”，是终止徘徊的一走，是可喜的一走。

在剧本中，关于萧涧秋想娶寡妇的事，陶岚是支持的，所以说：“你是对的。”但在原著中陶岚是批判萧的，她说：“你思想是错误的！”又说：“你完全想错了，你要将你自己底身来赎个人底罪么？”

剧本写萧涧秋在假罢课中表现了坚定不屈，于是说：“我们今天得胜了。”剧本又删改了许多萧涧秋悲观感伤的内容，他的借酒浇愁也成了“让自己勇敢一些”的行为了。诸如此类，这哪里是柔石《二月》里的那个萧涧秋呢？他简直是另一个人了。这难道能够如《电影创作》1962年第三期《编后记》所说，“基本上是忠于原著的情节和精神的”吗？

改编者对萧涧秋的形象作了这么重大的修改以后，剧本中就出现了一系列问题：

一、萧涧秋已经奔波六年了。假如他真如剧本描写的那么坚强，苦心追求，为什么竟徘徊六年而无所决呢？剧本把萧涧秋从二十七岁提到三十岁，就是说五四运动时他二十三岁，已经完全能够独立地选择自己的生活道路了。六年来他又尽在北京、上海几个大地方辗转，难道轰轰烈烈的五四运动竟然对他丝毫也没有影响吗？

二、既然六年徘徊尚无所决，那么芙蓉镇上的两个月又如何能使萧涧秋有所决呢？假如说六年来他一直是在渐变着，芙蓉镇的两个月正是从渐变到突变的过渡，那么，他六年来究竟是怎样渐变的？是否已到了可以发生突变的程度？然而萧涧秋仍然是个没有主义的人，以他这样的起点，芙蓉镇上的两个月生活何以一下子把他提升得那么多？

三、剧本中萧涧秋在芙蓉镇主要是经历了爱情纠纷、寡妇自杀、小王失学等几件事。这些事在旧中国比比皆是，随处可见，对奔波了六年，走了大半个中国的萧涧秋来说，恐怕已不足为奇，何至竟对他产生那么大的影响，以至“这一连串的事情，真叫我想不通啊！”剧本在开头时，改编者给萧涧秋增添了一句话：“天气的变化是自然的现象，而人间的灾难大半都是军阀官僚们造出来的。”你瞧，他不是早已自己解答了自己的疑惑了吗？这分明是一个矛盾。

四、“中路彷徨”“徘徊”这些话都是萧涧秋自己说出来的。那就是说，萧涧秋是明确意识到自己是在彷徨着、徘徊着的。一个人所以彷徨、徘徊，总是由于原先的理想破灭了，而以后的路子又没有找到。彷徨、徘徊是踟蹰不前，但也是探讨摸索。萧涧秋既然明确意识到自己是彷徨者，那必定有自己明确的理想，并且是有意识地在探索着。然而，他的理想是什么？他现在又如何在进行探索？这么重要的问题剧本却没有清楚地告诉我们。

五、然而这里有了根据了。萧涧秋说：“我开始同意你哥哥的见解：‘教育也许是有意义的。’”原来萧涧秋所以回到芙蓉镇是因为想在教育这条路上继续他的探索。那么，剧本就应该突出描写他对教育事业的苦心经营，后来这条路还是走不通，只好又放弃了。但是剧本显然并没有把萧涧秋从事教育事业当作中心，他的出走也并非由于教育事业上的失败，主要还是个人生活上的刺激。剧本增添了一个王福生，并不起什么显著的作用。

六、剧本保存了原著中萧涧秋的一些行动、语言，又增添了与之相反的一些行动、语言，这就使得萧涧秋的性格变得十分矛盾。例如，他既然表示“我现在决定忍辱住下去，就是你赶我走，我也不走”，决心这般大，那么为什么忽然又认为住不下去，一定要走呢？又如他一面说着要走，一面又说：“我对钱正兴并不介意。”并不是说生活中没有这种矛盾的人，问题在于一定要说明这矛盾的两面如何统一在一个人身上，使形象具有真实性。

七、剧本的一些情节也叫人怀疑。例如对文嫂的接济，萧涧秋深为她担忧，因为他认识到外界会用荆棘的语言打她，并且说什么“我简直不敢去了”“为了社会的嘴多”等等。假如萧涧秋对社会现实真认识得这么清醒，我想他就绝不会做出要娶寡妇的那么愚笨的决定了。

八、萧涧秋的反抗性加强了以后，他竟然在芙蓉镇上取得几回的胜利。最明显的就是捣破了假罢课的阴谋。因此，他完全可以不必走。剧本中对黑暗势力的表现虽有所增强，但比起对萧涧秋人物的提升来，则又显得不够。特别是钱正兴和方谋这两个人物并没有加强，萧涧秋出走的理由就不够充分了。

九、萧涧秋原是一个引人同情但又应该批判的人物。原作者对萧涧秋有所批判，并且真实地描写了他的悲剧的结局，是完全正确的。但是剧本却删削了萧涧秋的消极面，并且拔高了他。原著中对他的一些批判在这里几乎看不到了，这对帮助今天的青年正确认识二十年代小资产阶级知识分子的缺点是没有好处的。

胖子穿不得瘦子的衣服，硬要穿，必然要胀裂的。下沉着的人的生活，怎么增补也难据之以表现上升的人，除非是另打锣鼓另开张，不然就会弄得不上不下，浮浮沉沉。我看这就是《二月》改编中问题之症结。

（原载《电影创作》1962年第4期，署名方欲晓）

有计划地作社会现象的解剖

——《子夜》的创作特征

二十世纪是个社会变动急遽的世纪，同样也是人的观念变动急遽的世纪。不久前备受推崇的作品，过不了多久可能又会被贬得一钱不值，变动之大可以让你瞠目结舌。茅盾的《子夜》就是典型一例。大概老一辈作家和五六十岁以上的人，对这部长篇小说都还有较好的印象，但四十以下的，那可就难说了。1933年这部长篇问世，也曾有过“轰动效应”，因此瞿秋白曾把这一年叫做“子夜年”。对鲁迅、郁达夫等都有严苛之评的五四老人苏雪林，对《子夜》等茅盾小说也给予称得上公允的评价。她很准确地指出茅盾小说的特点是“有计划的作为社会现象的解剖”。今天某些文学史家把茅盾小说称为“社会剖析小说”，大概也是这个意思吧！苏女士说茅盾“一支笔将自五四以至民国二十二三年间整个社会的变化，洪纤毕现，巨细无遗地展现在我们眼前，……像活动镜头般，摄取全貌”，“他所写现代中国的危机，和整个民族的痛苦，则已绘声绘影，形容尽致”。因此她称茅盾为现代中国“文学界的巨人”（以上引文见苏著《中国二三十年代作家》）。

不意到了八十年代末，茅盾的小说，特别是《子夜》，受到了严厉的批评。论者认为其主题“伟大”，缺乏艺术魅力，枯燥无味，这占了《子夜》的三分之二。它只是高级形式的社会文件，笨重得令人望而生畏，是一次不足为训的文学尝试，等等。再到九十年代，有人出来给现代小说家排大师座次，把武侠小说家金庸排上大师榜的第四座，把茅盾干脆彻底端掉。于是为《子夜》制造了一次“后轰动效应”！

《子夜》的故事发生在1930年。主人公吴荪甫雄心勃勃地企图发展民族工业，但这理想在半殖民地社会的现实面前，仅两个月便迅速地被碰得粉碎。现在，我们就循着作家思路，也来剖析这“社会剖析小说”，看看他如何运用理论来解剖三十年代上海社会矛盾。

吴荪甫是《子夜》里最主要的人物，也是茅盾贡献给现代文学的一个典型形象。他原是个有抱负、有实力、有手腕的民族资本家，想要做正派的企业家，希望在中国实现发展资本主义的宏图。但他刚刚迈出第一步，就遇到困厄。一是厂经跌落，中国丝在巴黎、纽约被日本丝排挤；当他把损失转嫁给工人时，引起了工人的反抗。二是农民运动兴起，家乡双桥镇告急，这位出身大地主的资本家失去了一个重要的资本来源。三是买办金融资本家赵伯韬找上门来，提出联合建立多头公司，实则企图吞掉他的资产。在这种情况下，他不得不使出浑身解数，来对付如麻的棘手问题，表现出他的果决和铁腕，一时成为上海滩的风云人物。但他处境险恶，无论政治、经济上的实力，都不足以应付，不免调度不灵，顾此失彼。他和赵伯韬不同，赵有国外资本做靠山，有雄厚的实力可在金融投机中稳操胜券；所以他不仅可以扒进各种公债，还可以扒进各种女人，腐朽性是明显的。吴荪甫以全力拼搏，“过着打仗一般的生活”，不敢稍有懈怠，因此更多表现出进取性。可以说赵伯韬是躺着过日子，吴荪甫则要站着过日子，而且还要皱着眉头。这就是吴荪甫活动的背景。

这样的环境造就了吴荪甫的特有性格。一方面是魄力和学识所养成的冷静、清醒，一方面是由残忍和虚弱的结合所产生的暴躁，形成了吴荪甫特有的矛盾心态。他脾气不好，对下属严加训斥，下各种专断的命令，但有时又能克制，使自己镇定，恢复理智，这在他处理屠维岳泄密事件中，有生动的描写。吴荪甫不但有发展民族工业的理想，而且也有一定的求实精神，所以做了对外、对内的两本账，避免把自己的计划建立在另一个空洞的计划之上。但资产阶级政治上的幻想和狭隘的阶级利益，使他对自己的处境不可能有个客观的、科学的估计。当他陷入困境时，便一反科学精神，迷信“成事在天”，甚至纡尊降贵亲临公债场，晕倒在经纪人的岗亭里。当他一心专注于事业时，似乎一本正经。到了日暮途穷，便无须掩盖，从逛“秘密艳窟”，到强奸老妈子，也干出不少下流无耻之事。吴荪甫就是这样，暴躁与冷静，顽强与脆弱，求实与迷信，正经与荒唐，这些矛盾的两面均能统一于其一身。他的两重性格，正是民族资产阶级矛盾处境所造成的。

作为社会剖析小说的代表作，《子夜》在描写三十年代中国社会时，有其独到之处。作品写出吴荪甫从希望发展民族工业，到把自己出卖给帝国主义，是他所始料不及的。由于帝国主义的侵略，军阀连年混战，人民生活极端贫困，严重地打击了吴荪甫的事业，堵死了他发展私人资本之路。而另一方面，农村破产使大批农村资金流入城市，例如那个让女儿出卖色相探听公债情报的老地主冯云卿，就是带着大笔款子到上海来的。这批资金很快就流入金融投机市场，使三十年代上海金融投机活动特别昌盛，而那里正是金融托拉斯赵伯韬的天下。吴荪甫为了打败这个劲敌，也出于贪婪的本性，竟也把资金投入这买空卖空的冒险投机事业，走上自己开始时并不想走的路，终于遭到惨败。这就是堵死一条路（发展民族工业之路），又开辟一条路（金融投机之路）。是谁诱使他跳下深渊？是半封建半殖民地社会，也就是说是这个社会发展的必然。像吴荪甫这样有魄力、有胆识的人物，也非常迅速地失败了，说明中国民族资产阶级不可能有更好的命运，他的悲剧结局代表了民族资产阶级的命运。

而《子夜》对社会如何支配着吴荪甫的行为，如何决定着他的命运，是描写得肌理稠密，严丝合缝的。这正是社会剖析小说的重大特色。三十年代一位著名的经济学家就曾说过，要了解中国的经济状况，应该读一读《子夜》。那时国内正发生一场著名的社会性质论战，中心内容是“四一二”政变后的中国是已经进入资本主义了，还是依旧是半封建半殖民地。茅盾写作《子夜》有明确的目的，就是通过描绘现实生活，说明中国根本不可能走上资本主义道路。但这是通过一个个活生生的人物的活动所展现的。除了吴荪甫，在上海这座冒险家乐园里的各种人物，如赵伯韬、杜竹斋、朱吟秋、周仲伟、屠维岳、莫干丞、林佩瑶等，都是写得很有特色的。这些人物一圈圈，一层层，以金钱为圆心，围绕着它不停地转动。《子夜》的情节有点像左拉的《金钱》。但《子夜》的重点虽然是围绕着金钱展开的各种斗争，却不单是为了揭露金钱的罪恶，更在于展示中国特定时期的社会关系，涉及中国社会的出路何在的重大问题。这是马列主义理论指导下的社会剖析小说，在思想上的主要特征。

那时的茅盾真可谓雄心勃勃，他还写了描写村镇小商破产的《林家铺子》，描写农民破产的《春蚕》以及一批同一主题的小说，企图像巴尔扎克的《人间喜剧》那样，全面反映三十年代中国社会变动。这就是理论给予他的魄力，理论对他的帮助。但如果没有足够的生活储备，没有对各阶级阶层、各种性格人物的深知，那就有公式化、概念化的危险性。平心而论，茅盾的生活体验还是比较丰富的，而且有自知之明，在写《子夜》时发现自己对农村生活了解不足，只写了一章《双桥镇》便赶快收住。理论只是酵母，离了生活便起不了作用。茅盾的成功说明他在一定的生活积累之上，善于运用酵母；而他的不足，正在于生活上尚有欠缺，不能因此而责怪酵母，此中经验值得客观地加以总结。

1955年初，已经是国务院文化部部长的茅盾，特地请假亲赴上海做社会调查，搜集材料准备写《子夜》的续篇。经周恩来总理批准，当年3月他来到上海。据当时协助茅盾工作的姜之篪回忆（载《名人传记》2017年第四期），茅盾带着详细的调查计划，到上海访问了二十多家著名的、有代表性的工厂，包括公私合营的。他似乎是做社会调查，从工厂的规模、设备、产品，到职工的福利待遇等等，都做了详细的了解。从创作的角度他当然希望多获得生活“细节”，可惜得到的多是公式化的、千篇一律的“赞歌”。写作《子夜》续篇的计划流产了（据说写出了大纲和部分初稿），固然因为茅盾行政事务缠身，无法集中精力来写小说。但更重要的还是缺乏丰富的生活体验，仅仅靠着一些社会调查，而且是他人口中叙述的，欠缺属于自己的实际体验，要想写出充满真实的富有生活气息的作品，那是有困难的。文学是“人学”，如果没有对各种各样人物的比较深入的了解，对人物思想性格的深入把握，光靠听汇报是塑造不出真实生动的人物形象的，也难以写出由人物性格造成的矛盾冲突和生动的情节。《子夜》续篇的流产也可以说是必然的。从这个事例可以看到生活对于创作真是太重要了！

（选自《百年中华文学史话》，香港新亚洲出版社有限公司1997年版，收入本书时有补充）

原始生命力的赞颂

——沈从文的“湘西世界”

1933和1934年之交，文坛上发生了一场“京派”和“海派”的论争。北平的沈从文连续发表《论“海派”》《关于“海派”》等文批评上海文人，与上海作家苏汶等发生争论。沈从文在文章中把“投机取巧”“见风转舵”“招摇”“哄骗”“吃吃喝喝”“感情主义”等，都说成是“海派”作风。他主张从事文学工作应有“厚重，诚实，带点儿顽固而且也带点儿呆气的性格”，这大致上也是他自己的创作态度。沈从文的批评使人想起数年前，徐志摩肩着“健康”“尊严”的大旗批评文坛上一系列“主义”，两者之间实有关联，都表现一部分自由主义作家的生活态度和文艺观。但徐当时主要反对无产阶级文学；沈的批评范围就大多了，指向了成分十分复杂的上海作家群，因而引起了强烈的反响，连鲁迅也来参加争论，接连发表了两篇同题的分析京海之争的杂文。

因为这场论争，沈从文被看成是京派作家的中坚。当时北平确实有一个作家群体，成员多兼为学者，沈从文也在其中，但他们是否能够构成流派，是见仁见智之事。而在上海，则并不存在作为文学流派的海派。京派和海派乃是中国近代以来形成的两种文化作风，其中形成于十里洋场的海派文化，受环境的培育，有着比较鲜明的商业色彩。沈从文的观点是要求文学超越功利，走一条“纯文学”的道路。他既反对政治也反对商业的功利，所以到了抗战爆发后又成了“与抗战无关”论的支持者。沈从文自湘西故乡进入故都北平，在创作中对城市文明多有批判，还自称“乡下人”。他在北平斜着眼睛往远处一瞥，只见那十里洋场上的文化、文学也是个花花世界，他有所不满是很可理解的，同时也反映他对海派的缺乏理解。二十世纪三十年代的上海已成为“冒险家的乐园”，人的各种各样的欲望都处于亢奋状态中，那是最讲功利的地方，也是使文学商业化的地方。这时中国文学的中心急忙搬迁，已经从沈从文安身的北平，搬到“东方巴黎”来了。只是这个中心迟迟未得到正名，所以失去了中心地位的北平可以很方便地送它一个“海派”，一个颇有贬义的名称。

沈从文的创作具有极鲜明的独特性，但总体上说，还是从文化的角度对中国城乡社会的各有不同的国民性，发表自己独特的见解。沈从文是湖南凤凰人。他所生活的湘西沅水流域，由于地理位置偏僻，经济文化落后，曾被称为“中国的盲肠”。人民生活中保存着许多古风，流传着赶尸、放蛊、落洞等似真似幻的离奇、神秘的传说，也还有着原始的带着奇特野性的习俗。在半封建的中国社会里，这是个生活形态很独特的地区。沈从文出身于当地一行伍世家，高小毕业后从军，辗转于三省边境和沅水流域，因而非常熟悉这里的淳朴善良、充满生命活力却又带着原始性、野蛮性的底层民众的生活和习性。这里人民独特的生活样式和淳朴的乡俗民风，给了他深刻的印象，也培育了他对民间世俗生活特别的兴趣，促使他思考人生和人性问题。后来，他大量地描写湘西的民俗、民情、民风、民性。这里的各色人物，从行伍、商贾、船夫、水手、渔民、匠人、娼妓、巫师直至土匪等三教九流，都被他写得具体、形象，十分生动引人，构成了完整、奇特的湘西世界。这成了他对中国现代文学的独特贡献。

1923年，沈从文离开湘西来到北京，此后在《晨报》副刊、《现代评论》等报刊上发表小说，开始用他从湘西带来的特有的眼光，与在北京得到的对都市文明的感受和体验，两相参照，形成了他的人性观，构筑起他独特的文学世界。

沈从文进入城市后，喜欢称自己为“乡下人”，这个称呼已经能够说明他对城市的观感。这位深受湘西民风熏染的作家，很快就发现城市生活中令人厌恶的风气。他用“乡下人”的眼光看到了在“现代文明”的背后，在那彬彬有礼的谈吐举止的背后，上流社会一些人物的灵魂却是庸俗、低下的，人际关系中表现出的是自私和道德的沦丧。他当然不会有好感，也就不会给这些人物好看的颜色。他写了《绅士的太太》《都市一妇人》《八骏图》《大小阮》等带有暴露性和讽刺意味的小说。在《绅士的太太》的开头，他表明是在给高等人造一面镜子。沈从文特别看到了长期在城市文明教育熏染之下，越是有教养的人们，越是习惯于把本是正常的、正当的人性的欲求，加以掩饰、遮盖；结果是使人变得很虚假，行为不自然，甚至造成人性的变异和扭曲，压抑、扼杀了人的生命力。他写了《八骏图》来批判文明人的病态的“阉寺性”。《八骏图》的主人公达士先生，在青岛休养时认识了七位教授，连他本人正是“八骏”。小说通过他的眼睛，写这些体面、端庄的高级知识分子，在对待两性关系上，表面的做作和潜意识里的庸俗、怯懦的病态心理。又通过他给未婚妻的信，来揭示他的灵魂其实是一样的卑琐、虚伪。这和作家所描写的湘西乡村底层男女性爱的大胆、自然，形成巨大的反差。他要批判那些压制人性的虚矫的感情、虚伪的文明。沈从文说，看惯了乡下人自然的生存状态，熟悉他们直率的性格，“使我对于城市中人在狭窄庸懦的生活里产生的做人善恶观念，不能引起多少兴味”，他们“忧郁强执不像一个‘人’的感情了”①。

与一些现代主义作品对城市现代文明的批判有所不同，沈从文所批判的并非因科技的发达和物质的丰足所造成的文明的失落和人性堕落。他的批判基本上还是比较单纯的文化批判、道德批判。并且他的批判也没有引向宗教，而是引向他自己的天国，那个他所深深眷念的世俗世界，社会发展程度比城市更落后却保持着人性的原态的湘西世界。沈从文似乎无心来对现代都市和偏远乡村做学理的分析，他从单纯的人性的角度所做的审视，限制了他对城市生活的更深的开掘。他的这些城市题材的作品，不如表现湘西乡村的小说那样成功。在那里，他要通过笔下的湘西世界，表达自己的见解——人应该怎样生活，怎样的生命才是合理的、符合人性的，这里面可以看到他对于人生的理想。

在探究沈从文的湘西小说时，不应该忽略了他的三部描写湘西生活的散文集，即《从文自传》《湘行散记》和《湘西》。这绝非一般的游记或乡土回忆，他写这些散文并不是要人们跟随他去寻幽探胜，以满足猎奇心。他认为应该排除那些奇风异俗的神秘性，在为其中一些极端的愚昧、落后的心理、习俗感到痛心的同时，去发现里面保存着的未受现代文明浸染的人的真实、勇敢和充沛的生命力，为其在社会的进步中可能消失来担一份忧虑。沈从文并没有一

---

① 沈从文：《怀化镇》，《沈从文散文选》，湖南文艺出版社1981年版，第64页。

味地肯定乡下的生活，他说看到了民间许多“蠢事”，这些事按常理来说，是“愚昧”“怪异”“野蛮”的，这里的人可能不理解生命的价值，曾令他产生“无言的哀戚”[①]。这些事肯定会令有的作家产生改造国民性的痛切感。但沈从文同时也从另一个角度看到了这些现象中所蕴含的人性的力量，所包藏的人类强悍的生命力。大概在他进入大城市后，在与城市文明的对比中，这种感觉更加强烈了。

散文的纪实性使它更具真实感，其中很多故事成了他的小说的素材或原型后，这些散文便成了理解他的小说的一把钥匙。也使人深信，正是湘西哺育了沈从文，没有湘西就没有沈从文。在《怀化镇》一文中，记卖豆腐的青年男子爱着一女子，在她活着时得不到，死后掘坟盗尸，与其尸体亲热。（这情节后来衍化为小说《三个男人和一个女人》）青年人因此获罪，在被执行死刑前，沈曾问他为什么做这样的事？答曰：“美得很。”他以微笑面对死亡，这给了沈以深刻的印象。卖豆腐青年之所为从道德、法律上来评论，都是不允许的。但沈从“美得很”的回答中，看到人性的力量，看到人性欲求的强烈和决绝，甘愿以生命相抵；所以在小说里，描写女尸被放在鲜花上。沈自己说，对他看到的事不以“社会价值”来估定爱憎，也不用“道德君子的感情”去对待。他不“领会伦理的美”，只是以“艺术家的感情”去看这些现象[②]。他说自己是“一个以鉴赏人类生活与自然现象为生的乡下人”[③]。这种与众不同的态度和观点，可能是他的作品长期不被理解的缘故之一。《一个大王》记土匪大王的传奇经历，这个土匪头子凭着自己的本性无拘无束地活着，做着自己想做的事，为此也不惧、不惜以生命为代价。沈显然认为这比那些扭曲人性而不自然地活着，要更好些。在散文《鸭窝的夜》《一九三四年一月十八日》《一个多情水手与一个多情妇人》等篇中，写到辰河上的水手和妓女的感情，后来成为小说《柏子》中的人物的原型，说明沈是根据辰河上看到的同类人物，塑

① 沈从文：《一九三四年一月十八日》，《沈从文散文选》，湖南文艺出版社1981年版，第157页。

② 沈从文：《女难》，《沈从文散文选》，湖南文艺出版社1981年版，第81页。

③ 沈从文：《学历史的地方》，《沈从文散文选》，湖南文艺出版社1981年版，第117页。

造了柏子这个“有人性的多情水手”的形象。沈从文看到草根阶层在表面的粗野之下有着文明人所没有，或少有的真情，不禁慨叹乡下的妓女也比城里的人更有真情，他要歌唱这种朴实的情感。他从湘西乡村的许多人物、事件中，看到了顺从着人性“所发生的景象，如何离奇，如何眩目”[①]。那些“化外之民”做出的反常规的事情，其实只是循着生命的自然进程，自由自在地生活，这才是自然、真实的人的本性。沈从文的这种观点基本上是属于自然人性论的。“自然说所坚持的‘自然’来自自然哲学中的本原观念，特指人类本性。自然说认为人应该按照自己本性决定自己命运，不应受外在法律和习俗的约束。”[②]沈从文的湘西题材的创作，张扬人的自然性的合理，反对加以压抑或扭曲。他说要在“一切有生中发现了‘美’，亦即发现了‘神’。……生命之最高意义，即此种‘神在生命中’的认识”[③]。这些成了沈从文散文、小说的最有特色的部分。

这样，在沈从文的小说中就有两个世界，城市的世界和乡村的世界，就有了两个世界的鲜明对比。1928年，他在《阿丽思中国游记》中，写阿丽思所遇到的农民，虽然野蛮，却坦诚谦虚，强过假绅士。他把最大热情给予了湘西的乡村世界，希望在自己的笔下保留住自在自足的原态的湘西世界，保留住这里的丰富多彩、极具地域特色的乡土风貌和人民的生活图景。无论是水乡市埠或山野村庄，在他的笔下既是和谐雅丽的诗，又是富于光色的画。他自己也说：“最亲切熟悉的，或许还是我的家乡和一条延长千里的沅水，及各个支流县份乡村人事。这地方的人民喜怒哀乐、生活式样，都各有鲜明特征。我的生命在这环境中长成，因之和这一切分不开。”[④]他要写出这里底层的人民，没有文化，言行粗野，好像不很文明，但能够不掩饰自己的真实欲望，把“自然性”的一面坦率地表露出来，显得更自然，也更健康。

---

① 沈从文：《一个大王》，《沈从文散文选》，湖南文艺出版社1981年版，第109页。

② 赵敦华：《西方人学观念史》，北京出版社2005年版，第28页。

③ 沈从文：《云南看云集·新废邮存底·美与爱》，《沈从文选集》第5卷，四川人民出版社1983年版，第179页。

④ 沈从文：《沈从文小说选集·题记》，人民文学出版社1957年版。

《夫妇》写农村一对年轻的新婚夫妇走娘家时，在大草堆里做那被认为是羞耻的性事。周围的人提议用各所想出的法子惩罚、羞辱他们。叙事主人公璜认为，他们的欲望是人所共有的，反而那些要惩罚他们的乡人是很无聊的。璜帮助他们解围，还把青年女子头上的野花留作纪念。这一举动当然表明了作家欣赏的态度。《雨后》中也有一对农村男女青年，也写他们的野合。女的读过书，会念几句诗，男的听不懂，但他的“撒野”“放肆”令女子“醉到不知人事”。作家似乎想要表明，返璞归真的人性本来是最美的，比诗还美。《柏子》写辰河上的水手和吊脚楼里的大脚婆妓女，说着粗鲁的话，相互调情。通过这样的描写，传达他们在粗鲁后面的真挚情意，把嫖客和妓女的金钱交易淡化，淡化到了简直看不见了。他们都那么卑微，情感却那么真挚，就像一对热恋的情人，读者能感到他们是可爱的。沈从文感慨文明社会失落的人间真情，还在这蛮野之地、蛮野之民中闪着亮光。沈从文的这些小说都涉及性爱，而且他的大部分作品，包括城市题材的《八骏图》等，情节也往往是与性爱有关的。这还是与沈的自然人性论的观念相关，性爱既是人的本能，应该包含在他所追求的“不悖乎人性”的人生形式中，应该是合理的，不必故作“高尚”“文雅”而加以束缚、压制或遮遮掩掩。他以这样的认识来考察不同社会、文化背景下的文明，肯定自然的、健全的人性，批判那些病态的戕害生命力的伪道德、伪文明。

但沈从文也并非只重肉而轻视灵的一面，他还要构筑一个善与美的理想世界，那当然仍属于湘西世界的，只是把时间推向遥远的过去。他据民间风俗和佛经的材料，尽情地讴歌带着原始性的湘西少数民族的爱情生活。那一桩桩动人的甚至有点欧化气味的爱情故事，实是作家梦幻里一个个极乐世界的象征。这就是《龙朱》《媚金，豹子与那羊》《月下小景》等。在这些篇章中，用带着浓厚浪漫主义色彩的笔致，写苗族人民淳朴坚贞、洁白无瑕的爱情。那里是景美、人美、歌美、情更美，说不尽的委婉动人。《月下小景》写到原始野蛮的婚姻陋习，本是悲剧的题材，因为着力渲染青年男女的纯真爱情而成了一曲真诚的爱的颂歌。也许作家更希望这一切发生在现实的土地上，于是他又写了著名的中篇《边城》，后来这一篇竟成了他的代表作。作家明确地声明，他并不是为了带领读者到边城去旅行：“我要表现的本是一种‘人生的形式’，一种‘优美，健康，自然，而又不悖乎人性的人生形式’……为人类‘爱’字作一度恰如其分的说明。”[①]地处三省边界的茶峒，生活是那么宁静、安谧，然而又是停滞、沉闷的。人们对生活的要求十分低微，知足常乐，少有变革的企望。所以作家说他固然希望给人带来勇气和信心，却只能给予一点怀古的幽情，甚或只能给“一次苦笑”“一个噩梦”[②]。好在这些都不是读者所关注的，他们被作家编织的感人肺腑的爱情故事所深深吸引了：茶峒乡船总顺顺的两个儿子天保、傩送，同时爱上了碧溪岨渡口老船夫的外孙女翠翠。按照当地风俗，二人应该各自呈献自己的歌声，任凭翠翠选择。天保不擅歌，但傩送宁愿替他歌唱。天保不受，毅然外出，不幸中途遇难。哀伤的傩送也出走了。经不住这打击的老船夫，在一个暴风雨之夜溘然长逝。江边的白塔也倒了，渡船也漂走了，只留下了孤独的翠翠。虽然好心的顺顺要接她回家，但傩送呢？“这个人也许永远不回来了，也许明天回来！”这爱情的悲剧如此凄美，却又那么暖人心怀。作品中几乎没有一个人物不是美与善的化身。温柔天真的翠翠、她的殉情的双亲、侠骨柔肠的外祖父、豪爽慷慨的顺顺，都具有作家所想望的“人性”美。还有那一对爱情上竞争的对手，相互毫无嫉妒怨恨之心；傩送为了纯真的爱情，宁愿放弃一座碾场的陪嫁，而选择了渡船；天保则宁愿牺牲自己的幸福，希望成全弟弟。就连当年向翠翠母亲求爱遭到拒绝的杨马兵，最后也来照应翠翠。这里没有邪恶、贪欲、嫉妒，人人都那么和善、诚挚、自足、豪侠重义，古道热肠。这一切并非毫无生活根据的，正是在那宁静、安谧、停滞、沉闷的偏僻角落里，才保存着这样的古风，足以令作家怀念，又不免忧虑随着社会的变动，将失却这一切。所以他创造了美，又让美在一场风雨里被冲毁了。

湘西小说里还有一部分作品，可以看到受鲁迅起始的、以乡村回忆为题材的“乡土文学”的影响，触及某些发人深思的社会问题，有着鲜明的启蒙

---

① 沈从文：《从文小说习作选·代序》，《沈从文散文》第3集，中国广播电视出版社1994年版，第395页。

② 沈从文：《边城·题记》，《沈从文文集》第6卷，花城出版社1983年版，第72页。

文学的特征。《萧萧》写女主人公十二岁时被嫁到婆家，小丈夫还不到三岁。后来她被工人花狗的歌，唱开了心窍，做了妇人还怀了孕。于是按老规矩，她或是被沉潭，或是被发卖。只是由于偶然的原因，她生下个男孩而被婆家留下了。花狗虽然是类似柏子那种有强悍生命力的青年，但作品不以他为主角，而突出地描写封建宗法制下婚姻的不合理性。作者还进而描写萧萧后来还是跟她的小丈夫圆房了，那时她（与花狗所生）的儿子已十岁，过了两年又忙着给儿子娶了个大他六岁的媳妇，这才是更可悲的。受害者对自身的悲剧并无半点醒悟，照着世代相传的老谱，她又亲自给下一代安排悲剧。《丈夫》写的是旧传统美德的消泯和解体。这当然是由于农村经济的衰败，农民为了求生，再也顾不得旧传统了。一些妇女出去“做生意”，也就是卖淫挣钱，这是得到丈夫允许的。由于生存方式的变换，她们失去了农妇的质朴与羞涩，不但肉体被蹂躏，精神也被锈蚀。连那麻木的丈夫也难以忍受，他终于带着妻子回去了。还有《牛》，写农民所受苛捐杂税的痛苦。沈的这部分作品，与描写农民的苦难、鞭挞他们的愚昧灵魂的五四启蒙文学是一脉相承的。

身处剧烈变动的时代，沈从文感受到了这变动的影响力。他未曾把农村全都看成世外桃源。他看到了“二十年来的内战，使一些首当其冲的农民，性格灵魂被大力所压，失去了原来的质朴、勤俭、和平、正直的型范”。他既有怀念，也看到过去的毁灭。《新与旧》中通过一位老刽子手三十年间两次行刑的不同遭遇，点出了时代的变迁。他还在《七个野人与最后一个迎春节》中，揭露国民政府残酷剿灭少数民族的血腥行径。他的未完成的长篇《长河》，“力图再现抗战前夕，蒋介石推行‘新生活运动’对湘西的影响，以及随后而来的蒋介石政权以欺骗手段，将湘西苗族起义武装送上战场，企图假日军之手一举消灭苗族主力的图景”①。从已成的第一卷看，这部小说如能完成，可能是反映现代湘西政治变动的力作。

（选自《中国现代文学发展史》第3版，中国青年出版社2008年版）

① 凌宇：《从边城走向世界》，三联书店1985年版，第227页。

为市民画像的高等画师

一

二十世纪四十年代中期，在上海沦陷区，中国市民阶层找到了一位能够用高超的艺术手腕，描绘他们的生活和心灵的人物，这就是张爱玲。她不仅非常熟悉上海市民的生活形态和心理特征——这在当时中国市民中无疑是最具代表性的；而且有着深厚的、多方面的文化修养，是艺术地运用汉语言的高手。因而最有资格把市民生活表现得色彩绚丽。

1943年，张爱玲在周瘦鹃主编的《紫罗兰》杂志上发表小说《沉香屑　第一炉香》和《第二炉香》。这之后，在不到一年的时间里又接连发表许多小说，包括公认的代表作《金锁记》《倾城之恋》等。她也写散文，她的主要散文作品大多也是发表于此时。1943和1944年，可以说是蓄积于张爱玲身上的艺术才情大爆发的时期，也是她创作的高峰期。1944年8月，她出版短篇小说集《传奇》，11月又出版散文集《流言》。这是张爱玲最重要的、奠定她在文学史上地位的两部创作集。1946年11月，《传奇》增订本出版，增添了《红玫瑰与白玫瑰》等篇，包括了张爱玲最重要的中短篇。后来在香港和台湾，又各以《张爱玲短篇小说集》之名出版。张爱玲的出现立即引起沦陷区文坛的注意，1944年5月，傅雷以迅雨的笔名发表《论张爱玲的小说》，热情赞扬《金锁记》等的高度成就。

张爱玲创作的高峰期是短暂的。抗战胜利后，她已很少有作品发表。这时编过《太太万岁》等几部电影剧本，但已无沦陷时期的风头。上海解放后，她以梁京的笔名发表长篇小说《十八春》（后略作修改，易名《半生缘》在台湾发表）。写长篇不是张爱玲的特长（1966年她以《金锁记》为底本，创作了另一长篇《怨女》，其成就也远不及《金锁记》），虽然如此，《十八春》的发表，算是她的创作生涯的回光一闪。此后，她渐渐地被人遗忘了。

1952年7月张爱玲离开大陆，先在香港美国新闻处工作，1955年后定居美国。在港期间受命写作了两部长篇《秧歌》和《赤地之恋》，均为反共政治小说。到了美国后把兴趣转向了研究工作，1977年出版《红楼梦魇》。她受《红楼梦》影响最大，每隔几年就要重读一遍。《红楼梦魇》就是她长期研究所得的学术成果。1981年又出版《〈海上花列传〉评注》，并将这部人物对话为苏白的小说，译为国语，又译为英文。

张爱玲重新引起注意，是由于美国哥伦比亚大学华裔学者夏志清，他的在西方影响很大的《中国现代小说史》，给她辟了专章并加高度评价。1979年这部小说史被译为中文在香港出版，很快传入大陆。人们惊喜地发现一块久违了的精美的艺术小天地，于是大陆也掀起了一阵“张爱玲热”。而在台湾，她较早受到重视，她的艺术风格影响一些颇有成就的年轻作家，而且拥有被称为“张迷”的读者群。1991年起，台湾皇冠文学出版有限公司出版《张爱玲全集》，包括《秧歌》《赤地之恋》《流言》《怨女》《倾城之恋》《第一炉香》《半生缘》《张看》《红楼梦魇》《海上花开》《海上花落》《惘然记》《续集》《余韵》《对照记》《爱默森选集》，共十六种。这是迄今最为完整的一套张爱玲作品集。

张爱玲晚年在美国闭门谢客，过着寂寞的隐居生活。1995年9月8日，她被发现死在自己的住宅，终年七十五岁。

二

在初版《传奇》上，有一段张爱玲的卷首题词：“书名叫传奇，目的是在传奇里面寻找普通人，在普通人里寻找传奇。”她所说的“普通人”大多是生活在上海弄堂的各类市民，她有好几篇小说写香港，仍多是“上海人在香港”。她的题材几乎全是他们的婚恋生活、两性关系。因而依照古代传奇的分类，可以归入“言情类”。如唐传奇的“言情类”有《李娃传》《霍小玉传》《莺莺传》等，我们亦可称《金锁记》为《曹七巧传》，《倾城之恋》为《白流苏传》。正如有人所说，张爱玲的出现，开了我国言情小说的新生面。

《金锁记》写的是麻油店女子曹七巧嫁给富户姜家残废的二儿子，以青春为代价分到一小部分家产。自从有了这“卖掉她的一生换来的几个钱”，便开始了疯狂的报复。她赶走了自己曾经爱过的老三季泽，狠心地破坏子女的婚姻幸福，自己没有得到的也绝不让他们得到。金钱的腐蚀使她丧尽母性、妻性，心理变态，成了可怕的畸形人。七巧只是张爱玲塑造得最完整的形象，她笔下男男女女的婚恋，也同样都以金钱为支点。如果没有明显的财产追求的目的，也一定受着某种利害关系的支配。《沉香屑　第一炉香》里的富孀梁太太，当初就是为了金钱而嫁给老头，她所盼望的便是丈夫的死。等到她有了钱，就尽情地拿钱去买快乐。《倾城之恋》中离了婚的白流苏不受娘家人的欢迎，为了生存就把婚姻当赌博，要去争夺范柳原的“爱”。而范也赤裸裸地视婚姻为“长期的卖淫”。他们的恋爱只是相互用心计，使自己在财色交易中至少不吃亏。《第一炉香》中葛薇龙和乔琪乔，简直就是另一对白流苏和范柳原。本集所选《琉璃瓦》《花凋》诸篇，都充满着令人难耐的俗气，就因为那世俗的得失利害，多是毫不掩藏地、毫不羞涩地站在婚恋过程的排头。有人说张爱玲善写人身上的情欲，准确一点，应该说她的许多人物只有欲，如财欲、肉欲，没有真情。

除了七巧等个别人物，张爱玲笔下的婚姻已非包办式的，即便由亲友穿针引线，当事人自己还是有决定权的。然而从她描绘的一个个故事中，看不到现代自由恋爱的天真、纯情，甚至连封建时代后花园私定终身式的浪漫气息也没有。不妨说市民阶层是最缺少激情、缺少诗意的。他们从客厅转到卧室，从卧室转到厨房，在那平庸而又平淡的生活状态中，也许婚恋还比较能撞出些感情的火花。然而又是多么微弱、暗淡。张爱玲选择了这样的角度，从无情的言情中，直切了下去，切入市民阶层的五脏六腑，切到人性的至深至痛的部位上了。

心理描写达到相当的深度，是张爱玲小说成功的重要因素。如果说在财色交易中对利害的算计，这一方面的心理活动，可以赤裸裸摆在外表；那么关于性的意识，对于中国人来说，宁愿掩藏起来，只允许它游弋于潜意识的浅水滩里。由于上述题材的特点，张爱玲小说的心理描写，必然偏重于性心理。

《封锁》在张爱玲写实小说中，是难得的一篇象征小说，它想说的就是“世界上的好人比真人多”。在封锁（戒严）中，时空都被切断，一部电车像荒岛般立于没有人烟的大海上。这种条件下才有真人，于是吕宗桢和吴翠远谈恋爱了，读者这时才从他们亮出的婚恋心理的底层，看到了真人。张爱玲无法每一篇小说都切断时空，她还要在日常生活中捕捉人的性心理，这也许更难。

张爱玲笔下人物的性心理，几乎没有发育得健康、健全的，几乎都带着不同程度的畸变性。七巧、梁太太等自不待言，还有《茉莉香片》写年轻的聂传庆，他对言丹朱由求之而恨之、由懦弱而疯狂的心理变态过程。《心经》中许峰仪对女儿的畸恋，发展到与貌似女儿的女学生同居。而最成功的，还数《红玫瑰与白玫瑰》。这篇小说里的佟振保，是张爱玲笔下重要的男性形象，他使人一下子就想起了沈从文《八骏图》里那些顶着教授头衔的男人。在他与几个女性的关系中，之所以做过“好人”，并不是因为真的修炼成了柳下惠，而正是他也有《八骏图》所表现的“阉寺性”。他之所以最终做不成“好人”，无论是与娇蕊的同居，或是不满妻子而去宿娼，那是因为他毕竟是彻头彻尾的俗人，文明的举止压不住原始的欲求。《红玫瑰与白玫瑰》的不一般化，就在于它不仅写一个人物的婚恋史，而且相当细腻地写出这过程中性心理的浮沉变幻，在参差对比中凸现了人的世俗性，使一般的婚恋题材得到升华。甚至可以这样说，性心理刻绘的深入、精妙的程度，也是张爱玲表现市民阶层的深入、精妙的程度。

三

市民阶层是一个十分复杂的群体。张爱玲塑造的一系列市民形象、“里弄人物”，大致上有这么几类。一类是沦落在弄堂里的封建旧家庭的人物，如《金锁记》里的姜家诸人，《倾城之恋》里的白公馆诸人，《花凋》里不承认民国的郑先生等。后来的《创世纪》《多少恨》《小艾》等，也多涉及旧家庭人物。其中有逐渐洋化了的，但多半是封建遗老遗少。现代都市接纳了这些时代的弃儿，用品目繁多的“销金窟”，来吸取他们肌髓，总有一日要把他们都变成“酒精缸里泡着的尸骸”。第二类大致属中产阶级，如《心经》《鸿鸾禧》中的银行高级职员，《琉璃瓦》中自有房产的广告部主任，《留情》中那“股票公司里有地位的人”等，还有一些有着浓厚市民气味的知识分子，如医生、教授、工程师、会计师等。他们端人家的饭碗，多是些不自由的自由职业者。这第一类形象都是些末路人物，在打牌赌博抽鸦片玩妓女中等待历史的淘汰。这第二类人物，对上层社会心向往之，极想爬上去，可惜命运不济。在中国，如果连吴荪甫这样的具有法兰西英雄性格的人物，都难免惨败，他们也就没有什么指望了，他们时时提心吊胆的是如何不被甩进城市贫民的队伍。于是有种种痛苦的挣扎，正是在这过程中，他们的世俗性、市侩性得到比较充分的显露。

张爱玲对她笔下的这些人物，有所同情和怜悯。她要写人生安稳的一面、和谐的一面，“不把虚伪与真实写成强烈的对照，却是用参差的对照的手法写出现代人的虚伪之中有真实，浮华之中有素朴”（《自己的文章》）。这说明她对自己的人物适度的温情。但是凭着她特别的敏感和细腻的观察，清楚不过地看出他们是没有出息的一群。他们没有资格充当悲剧人物，只配扮演喜剧角色，因而张爱玲的某些小说竟不免有点《儒林外史》的风韵（如《琉璃瓦》《花凋》等）。她声明虽喜悲壮，却更喜悲凉。其实她写不出悲壮，只有悲凉。作为“最后的贵族”，她睥睨这些人物，用微讽的笔调写他们，从眉梢嘴角流露出不易又不难察觉的鄙夷不屑的神色。作为“最新的市民”，她又无可奈何地充当“一个孤伶伶的旁观者”，眼睁睁地看着这没出息的一群，“一级一级走进没有光的所在”。

但在“里弄人物”中，最值得注意的还不是上述这些。若说旧家庭人物，从《家》《春》《秋》到《财主底儿女们》都写过很多，中层的市民人物在张天翼等的小说中也不少。张爱玲的人物最值得注意和称道的，还是女性形象。首先当然是曹七巧，这是现代文学史上最厚实的市民形象。她本来就是小市民，类似鲁迅《故乡》中的“豆腐西施”杨二嫂。如果不嫁到姜家，她充其量也只是个“麻油西施”。可惜没落的姜家无法把她提升为贵族，她以卑贱之身要在姜家立足，不能不拼死挣扎，而赖以抗争的本领，就是她的市民性。这里表现了市民阶层特有的生命力和破坏性，直搅得姜家天昏地黑，断子绝孙。这生命力的来源就是世俗的物欲、情欲，而她的破坏性则源于市民阶层的盲动性，因为他们目光短浅，缺少理想和教养，不能把握自己的命运。因而他们生命力越是发挥得淋漓，市民性的丑陋一面，也越表现得尽致。另一个人物则是霓喜，由于《连环套》遭受批评，使人们忽略了这个人物。又由于张爱玲在为《连环套》辩解时提到姘居的女人多有泼辣的生命力，又有人误以为张爱玲肯定霓喜与多个男人的姘居。如果从《连环套》的文本出发，不难看出张爱玲写的是姘居女人的可悲命运，无论是东方文化（中国人窦尧芳、印度人雅赫雅）还是西方文化（英国人汤姆生），都允许将霓喜弃如敝屣。霓喜内心里是希望成为某个男人的正式妻室，她为此也苦苦挣扎，同样地带着盲动性，但她的生命力可能比七巧更强悍些，她的下场也更惨。一旦获得机会，说不定她向社会报复的劲头比七巧更疯狂。但在《连环套》中更多地揭示了市民性的柔弱性。

还有一个是《桂花蒸　阿小悲秋》中的丁阿小，她来自农村，但在城里做佣人，已成了“里弄人物”的重要角色。和霓喜等也来自偏远村镇的女人不同，阿小身处下层，在市民中地位最低，也许因此而保存一点农民的厚道，以至对主子表现出一种母性的关怀。但这关怀中又掺进了市民的滑头，会替主子撒谎，去欺骗别的女人。她对主子的护卫，最终还是护卫自己的生存。于是人们看到代表西方处世哲学的哥儿达，与奉行东方市民求生之道的阿小，能够相安相适，共存互补。这奇异景观说明阿小的生命力是潜伏于生活的底层，有的已衍化为能够忍受屈辱的某种奴性。

如果没有这些有特色的、成功的形象，只有那大小家庭里的阔太太、娇小姐，洋场上的浪荡公子、酸腐先生；那么张爱玲就不成其为张爱玲了。但是审视了这些最底层的“里弄人物”，竟也找不到半点发光的性格，那就难怪张爱玲会感到生活是太没有希望了。她目之所及，也就是这样一个狭小的人物圈。

四

张爱玲的重要贡献，还有她对小说艺术的创造，她不愧“才女”的称誉。近来还有人封她为艺术的“大师”。

她并不重视结构的技巧，像《封锁》《等》这样的小说是例外。这可能与她不注意主题的提炼有关。她是个非常感性化的作家，非常熟悉她的人物，有一大堆烂熟于心的关于这些人物的素材，可以随心所欲地铺排成长的或短的故事。从这个意义上讲，她是相当自由自在的。她不愿像西方的写实小说家，为构思的精巧花费过多的精力，也不想跳进中国传统小说的章回的老套。但她既基本上遵循传统小说依照时间顺序，叙述故事的进展，使作品比较通俗，易为一般读者接受；又能为组织故事在必要时打乱这顺序，也适当吸取截取生活片断以少概多的写法。所以张爱玲的小说很像通俗小说，但又高于通俗小说。

我们读张爱玲的小说，首先要欣赏她那工笔细描的写实手法，她的描绘以细腻、逼真见长，颇得《红楼梦》的神韵。例如她对人物服饰的精细勾画，被人称为《红楼梦》之后没有第二人。对塑造人物来说，她对房屋建筑、居室装饰摆设的描写，艺术上作用比写服饰更大。如《第一炉香》里梁太太山头华贵住宅，在西式建筑、西式布置中放着中国的小摆设，《阿小悲秋》中哥儿达上海弄堂居室则布置得像上等白俄妓女的妆阁。这里同样写出半殖民地城市文化色彩，但让读者鲜明地看到一个高等华人和一个下等洋人的教养、情调、习性等的差别。还有更细致的，如葛薇龙的上海老家，黑铁床、黄杨木的梳妆台等都表现过往的日子，又特别写月份牌，那画面中美女的胳膊上记着裁缝店、豆浆店的电话号码，这个细节极准确地呈现一个已是普通市民家庭的现状。还有阿小在她活动的厨间墙上，粘贴的一只缺角的小粉镜，这本是个坤包上的附属品，也许是哪个太太废弃的，却是阿小的奢侈品，使她免去在水缸里照身影的不便。这小粉镜便是阿小身份的说明书，进而又显示她的哥儿达身份。这些都是张爱玲捕捉到的精彩的特写镜头。

但居室环境描写也和写服饰一样，毕竟仍是外在的、间接的，而那些直接来写人物的，他们的言谈举止，往往写得惟妙惟肖。《等》里的庞医生看病间歇吃汤糰，把嘴里的香烟交给太太，太太接着抽。庞医生吃完了，太太把烟还给他，他再接着抽。动作连贯默契，说明已是习惯。《怨女》中一位老账房先生，饭后坐在油腻发黄的藤椅上休息，顺手撕下一条藤片剔牙。这些都只是小动作，却起了画龙点睛的作用，三两笔点活了人物。可见作家观察真仔细，有时简直能钻入人心，她的小说中一句话、一个动作的背后，往往可能包含着丰富的心理活动。读张爱玲的小说，品味、咀嚼人物言行背后的心理内涵，可以得到很大的审美乐趣。

有一些小说重点是写心理的，如《茉莉香片》《心经》等，本集都未选入，相反却选了比较通俗的《琉璃瓦》《鸿鸾禧》等。因为写心理问题的小说，心理描写未必好，重故事情节的可能包含许多心理描写。如《鸿鸾禧》，可称之为“结婚进行曲”，并无多少深刻内涵；然而随着婚礼进展，把新娘、小姑、公婆、客人等各类人物的心理波动写得颇为充分，一个个小市民的嘴脸都活灵活现，饶有情趣。

小说艺术上的另一重要贡献是语言上的创造。上述对人物内外两个方面的细腻描绘，当然也颇见语言上的功力，这方面明显受到旧小说影响，但多有助于人物的描写，又使小说风格显得通俗、平易。而真能表现作家才华的，是那连珠般的妙喻。她的一些奇崛而又极贴切的形容、比喻，堪称经典性的。从中表现出的奇妙高超的想象力，令人惊异，令人叹服。人们会像反复地欣赏名画、名曲那样，多遍地诵读她的小说，且百读不厌，就是为了欣赏那语言的美，从中得到一种艺术上的享受。有人还专门摘录这类妙喻、警句，编成“妙语金句”供人赏玩。读者从本书中任何一篇作品里，都可以发现这样的例子，不必在此摘引了。

与奇譬妙喻相关联的，就是意象的繁复。一些用得好的比喻，往往超越形象自身而产生一种象征性的效果，使描写的形象变得意味无穷，也给作品增添了抒情性。例如用“笼中鸟”来形容被关闭在家庭中的弱者，已成俗套。张爱玲出人意表地用“屏风上的鸟”来形容，自是高人一筹。在《茉莉香片》中写聂传庆的母亲嫁到聂家后，“她是绣在屏风上的鸟——悒郁的紫色缎子屏风上，织金云朵里的一只白鸟。年深月久了，羽毛暗了，霉了，给虫蛀了，死也还死在屏风上。”接着又用它来形容在家庭管束、虐待下成了精神残废者的传庆。跟具体的故事情节一联系，这“屏风上的鸟”就不仅是对聂家母子的比喻，而且具有更广泛的意义，成了某种生存境遇和思想性格的象征，还包孕着作者主观的见识与情感的因素，那么浓郁、强烈。

如果说这是比较鲜明的，还有一类要靠读者细心体味的，那是隐喻。往往伴随情节的发展，用一些外部的景色，或某一物件，赋予它某种感情色彩，不仅起加强或烘托的作用，而且本身也成了一个含义深刻的意象。如《金锁记》开头结尾都写月亮，其实三十年前或三十年后的月亮还是同一个月亮，并无变化，然而人世沧桑，人的情感变了，于是月亮似乎也变了。读者读到这些月的描写，感受到的不会只是月色如何，而是对人生的无限感伤，几声苍凉的叹息。在故事进展中，月亮也随着变，到了七巧心理变态，狠心虐杀自己子女，家成了疯狂世界，于是月亮竟也变成了白灼灼的太阳，同生活一样的荒诞。有时更可怕，“像个戏剧化的狰狞的脸谱”，月光从乌云底下透出，像“面具底下的眼睛”，给人以恐怖感。月亮意象里隐含的是一种对人生的感受。

本来张爱玲的小说以工笔细描的写实为见长，但那些巧妙的意象的营造，使她的作品又多了些写意的色彩，而这是不露痕迹地、自然地融化在写实之中，二者相得益彰。又由此形成浓艳、繁复、典雅的风格，带着珠光宝气的贵族相，却能够和通俗、显露、平易的文字水乳交融着。写实与写意、叙述与抒情、高雅与通俗，经张爱玲的艺术化合，亲密无间地统一在她的作品里了。

张爱玲的艺术并非十全十美。有人批评她的旧小说格调，这并不重要，正如不必过多地指责欧化形式一样。但如果损害生活的反映，那就是缺点。读张爱玲的小说，会感到许多人物都善于言辞，伶牙俐齿的。而他们的语言，风格颇相似，都有点旧小说（如《红楼梦》《金瓶梅》）的意味。像《第一炉香》里的睨儿，这是个颇为生动的形象，但似曾相识，太像大观园里的丫环，难道现代香港富家的女佣也是这样的？她开口闭口“姑娘”，现代粤语（或吴语）对小姐是这样称呼的吗？这让人怀疑作家写着写着，已不知不觉进了大观园，忘了自己是写香港。书画市场上有一些假冒名家之作的赝品，我们猜想张爱玲如果冒充曹雪芹来写一部小说，会不会也有以假乱真之力。这样的假想当然很抬举了张爱玲。平心静气地说，她在艺术创造上贡献是很大的，将来的人也许对市民生活不再有兴趣，但仍会爱读张爱玲的小说，因为她那语言艺术上的创造，是有永恒价值的。当然在盛赞她的艺术才华的同时，也会为她惋惜，生在一个大变动的时代，以她的才华，应该有更大的贡献，不应该只有现在这样的成绩。此中缘由，也值得深思。

（原载《博览群书》，1996年第3期）

张爱玲和市民文学

一

张爱玲悄悄地走了，一部传奇画了句号。各地传媒争相报道，新一轮的“张爱玲热”似亦在悄悄地兴起。

张爱玲的作品在八十年代后，重新受到重视，人们在惊艳之余，不免产生一种困惑。正如一位研究家说的：“读不透的张爱玲，如一团谜，一片雾，一段生发于现代中国的人间传奇。”[①]天下没有读不透的作品，也没有解不开的谜。张爱玲的作品已经有不少评论文，作了相当精彩的解读。问题出在如果把她放在既成的中国现代文学史的观念里，说不清她到底算什么，说不准她应该摆在什么位置上。

她是启蒙主义者、人道主义作家吗？不大像。虽然傅雷曾经指出《金锁记》“颇有《狂人日记》中某些故事的风味”[②]，那就是也有揭露旧家族制度的意味，但鲁迅借着狂人的嘴巴，发出震撼人心的“救救孩子”的呼喊，让人们看到一个启蒙主义者的阔大的胸怀。而张爱玲只是冷冰冰地站在一旁，用鄙夷的目光，看着那些没落者，“一级一级走进没有光的所在”。那时不时地流露出的悲天悯人的情绪，并没有达到真正的人道主义的水平。

那么是自由主义，是“第三种人”？这类作家虽然反对政治“干涉”“侵略”文艺，但他们自身的政治意识是很浓的。张爱玲则连反对政治干涉的口号也不喊，她从来就“不管政治”，作品也不涉及政治。（至于离开大陆后写了《秧歌》和《赤地之恋》，那是后话，另有原因。）

① 于青：《天才奇女——张爱玲》，花山文艺出版社1992年版，第3页。

② 迅雨：《论张爱玲的小说》，《万象》第3卷第11期，1944年5月出版。

那么是左翼作家？当然不是。是右翼作家、汉奸文人？也不是。

可以归入“新感觉派”吗？固然张爱玲小说中有一些类似“新感觉派”的艺术手法，但毕竟是次要的，更不能说凡有心理描写的都可归入此派。固然她读过穆时英的小说，但更熟读《红楼梦》，又该算什么派呢？

她真是有点孤零零的了。

我认为困惑的产生实因我们过去的现代文学经络图上，少了一根市民文学的脉管，而张爱玲恰是现代市民文学的艺术成就最高的作家。

二

现在已经有研究家指出：“张爱玲的出现，使中国的言情小说开出了新生面。”[①]我是十分赞赏这一评价的。言情小说，正是二十世纪以来市民文学的一个最重要的门类。只是在我们对二十世纪中国文学发展的认识里，在已出的中国现代文学史著中，很难找到市民文学的面孔，这到底是为什么呢？

说到言情小说，自然要提到鸳鸯蝴蝶派。文学史家们认为鸳蝴派包括言情小说、武侠小说、社会小说、侦探小说等。鸳蝴派的名称来源于“卅六鸳鸯同命鸟，一双蝴蝶可怜虫”，出自晚清言情小说《花月痕》中，所以在许多人的感觉里，往往以为鸳蝴派也就是言情小说派。这亦可证明言情小说在作为市民文学主体的鸳蝴派中的地位。

发生在二十世纪初的鸳蝴派小说，在市民中曾有过广泛的影响，说明那个时期市民文学的兴旺。它反映了两个世纪之交，中国资本主义商品经济一定程度的发展，现代都市的形成和市民阶层的兴起。市民文学出现的历史比新文学要早些，在当时也是文化上的新因素，也包含着反封建的要求，哪怕是微弱的，本来也是可以从它们中诞生、衍化出新文学来的。可惜这半殖民地社会的市民文学未得健全的发育，显得孱弱，缺乏创造力。因此，中国的新文学（现在习惯上已与“现代文学”混用），是稍晚一些由一批激进的民主主义者、

① 马以鑫：《张爱玲的神秘意味及其对台湾文学的影响》，《华东师大学报》1992年第6期。

启蒙思想家们，在猛烈的文化批判中，另搭炉灶创造出来的。为了这创造，启蒙思想家们便把以鸳蝴派为主体的市民文学，与封建旧文学放到一起，悉予扫荡。五四新文学的主流派——“为人生派”，一登场就大声宣告：“将文艺当作高兴时的游戏或失意时的消遣的时候，现在已经过去了”①，其矛头直指鸳蝴派。新文学的创造者们心里明白，封建旧文学已属于历史，已是“死老虎”。就是他们极力抨击的桐城谬种、选学妖孽，还有江西派的诗等，也已是旧文学的强弩之末，无力对新文学的诞生构成威胁了。倒是当时广泛流行的鸳蝴派小说，那是现实的，是“活老虎”，必须重重加以打击。事实上新文学的大力扫荡，确也打击了鸳蝴派的气势，使鸳蝴派作家难以抬头，许多人竟不敢承认自己是鸳蝴派了。好在市民中还有读者，它们尚未丧失生存权，不过此后只能挂着“旧派小说”的招牌，以俗文学的身份，在主流文学即新文学的冷眼之下，慢慢地滋长着。到了1949年以后，靠了行政的力量，这一支市民文学在大陆的地面上绝了迹，只在台湾和港澳继续发展。

由于上述历史情况，我们的现代文学史家们，眼之所见只有五四新文学，只为新文学立传，从来都把市民文学当作批判的对象。这种状况直至今日尚未有多大改变。同时，人们还有一种误解，以为市民文学就是俗文学。就鸳蝴派作家而言，本来与一般民间口头文学创作者或民间艺人并不一样，他们中许多人都是专业作家，有的文化修养还相当高。只因受市场规律的支配，为了适应市民读者的欣赏水平和艺术趣味，便要保持旧形式，把作品写得通俗易懂，于是便被笼统地归入俗文学中去了。这样，当张爱玲一旦出现，她的作品表现出非常高的艺术水平，人们立即就把这些作品归于新文学、雅文学、纯文学，很难想到它也是市民文学。

三

然而张爱玲对自己的身份似乎很有自知之明。她曾经自我表白：“如果必须把女作者特别分作一栏来评论的话，那么，把我同冰心、白薇她们来比

---

① 《文学研究会宣言》，《小说月报》第12卷第1号，1921年1月出版。

较，我实在不能引以为荣，只有和苏青相提并论我是甘心情愿的。”[①]这话说得很坦率，也很坦然。的确，冰心、白薇是属于五四新文化的，而苏青，这位与张爱玲关系甚为密切的、一道在上海沦陷区出名的女作家，她的作品就比张爱玲更其鲜明地表现了市民意识。胡兰成说她是世俗的，有“一种新兴的市民气象”[②]。谭正璧说她过多的“直言谈相”，“有时很使我感到肉麻”[③]。最近出版的一部《二十世纪中国女性文学史》也认为：苏青作品有时给人以粗鄙之感，“作为市民文学，苏青小说倒可占一席之位。”[④]从过去到现在，人们认识如此接近，因而比较容易给苏青定位。张爱玲宁愿与苏青并列，正是物类相聚，说明她自己也能意识到与一般新文学家的差异。有一位研究家谈张爱玲的风格，认为：“在她的小说中，既闪烁着一个有才华的作家洞察人生的深沉目光，也流露出下三流的流氓女人浅薄庸俗的兴味。”[⑤]这后半句说得过火了一点，引在这里是为了说明在文章情趣上，张爱玲实有接近苏青之处。

同时，张爱玲还毫不隐讳地宣称：“我对于通俗小说一直有一种难言的爱好；那些不用多加解释的人物，他们的悲欢离合。”她认为这种被断定为“太浅薄”的东西，实在也很难写。[⑥]她的《多少恨》就是有意要写得接近通俗小说。她还喜爱《海上花列传》，后来把它翻译为纯国语，又译成英文，这部小说便是鸳蝴派的始祖之一。她的最早的一些作品，如《沉香屑》，就发表在鸳蝴派的著名杂志《紫罗兰》之上。她又特别爱读张恨水的小说，按照她的文化修养，本不至于去欣赏张恨水的艺术。就是因为钟爱通俗小说，才对张恨水的书有那么浓厚的兴趣。这位张恨水，可以说是个由俗而雅的过渡性人物，在主流文学的冲击下，已在吸收新文学的艺术手法，只是尚未完全走出他那“改良章回体”的门槛。只有张爱玲，一下子就把言情小说推进了新文学、雅文学的高门，尽管免不了要接受新文学家们的严格检查。傅雷化名迅雨写的评

① 张爱玲：《我看苏青》，《天地》第19期，1945年4月出版。

② 胡兰成：《谈谈苏青》，《苏青文集》下册，上海书店出版社1994年版。

③ 谭正璧：《论苏青与张爱玲》，《苏青文集》下册，上海书店出版社1994年版。

④ 盛英：《二十世纪中国女性文学史》，天津人民出版社1995年版，第523页。

⑤ 颜纯钧：《评张爱玲的短篇小说》，《张爱玲研究资料》，海峡文学出版社1994年版，第248页。

⑥ 张爱玲：《多少恨·序》。

论，当头一棒就是狠狠批评她某些小说中，还留着旧派小说的陈词滥调。这大概是劝蝌蚪快快甩掉尾巴。但是毕竟高声赞美《金锁记》。这是代表新文学所致的一篇欢迎词。

四

张爱玲的许多小说都贯串着情欲的描写，许多人物是有欲无情的。她的主要题材，即婚恋生活和两性关系，又突出表现财色交易的实质。

这里不妨把《金锁记》再与同是描写封建家庭没落的巴金的《家》比较一下。巴金怀着“我控诉”的激情，尽力揭示封建家族制度的不合理性，对被残害的家中年青一代及被压迫的底层小人物，寄予满腔的同情。民主主义、人道主义的色彩极其鲜明。《金锁记》虽然客观上也反映了封建家族制度的反人性，写出七巧既是个害人的魔鬼，又是个受害的女奴，长安、长白更是被吃的弱者。但整部作品的重心，是在于描写人欲。通过与季泽的关系，写七巧的情欲，又写她的黄金欲如何压倒了情欲，写她的人性如何被扭曲得不成样子。这七巧，无疑是现代文学史上少有的市民形象。鲁迅在《故乡》中塑造了“豆腐西施”的形象，鞭笞了她身上那俗不可耐的市民气。七巧如果不嫁入姜家，取得个富家少奶的身份，则也只能是个“麻油西施”。而当她有了身份，有了钱财之后，就把那市民性的丑恶的一面，尽情地痛快地挥洒无遗了。

此类例子甚多，如《沉香屑　第一炉香》里的富孀梁太太，当初就是为了钱而嫁给老头，她心里盼望的便是丈夫的死。等到她有了钱，她便拿着钱去买快乐，以满足自己的情欲。《倾城之恋》中的白流苏，把婚姻看成了赌博，而在她所要争夺的对象范柳原的心中，“婚姻就是长期卖淫”。《第一炉香》里的葛薇龙与乔琪乔，则是另一对白流苏和范柳原，只不过不及他们的精刮。把婚姻切切实实地当作财色交易，在《琉璃瓦》《花凋》的某些人物身上，也表现得很明显。所以谭正璧说张爱玲小说气氛总是相似的，“它的主要人物的一切思想和行动，处处都为情欲所主宰，所以她或他的行动没有不是出之于疯狂的变态心理”[1]。就连《茉莉香片》里小小的聂传庆，最感兴趣的乃是练习签名，为了父亲死后接过家产，可以任意地签名开支票。正是强烈的人欲追求，使这些人变了形，成了一批畸人。这使人想起张天翼那三部《畸人集》，移来用作张爱玲小说的集名，实无不可。

市民文学要满足市民阶层的文化消费的需求，表现的对象就要广大，可以写古人、洋人，但毕竟希望有描绘自身的作品，即写市民阶层的生活，反映市民的意识。张爱玲笔下正多这类缺少理想和激情，更没有英雄气息却多了市侩作风的“里弄人物”，通过精细入微表现他们的人欲追求，把人的世俗性作真切的剖析，把市民性格中丑恶的一面表现得淋漓尽致，堪称典型的市民文学。

但是张爱玲却不给她笔下的市民好颜色看，尽管她自身和作品也常有市民气。这又和她特殊的经历有关，她是封建贵胄的后裔，据她的胞弟张子静最近回忆，张爱玲小时上学来回还有汽车接送，所以自己不认识路，但不久便家道衰落，“直到1949年搬到现在这间小屋子时，他父亲已经穷困潦倒，手边家产都变卖光了”[2]。所以她是“最后的贵族”，又是“最新的市民”，破落的命运已把她抛入“里弄人物”中去了。她便有可能对市民阶层（包括像阿小这样从农村来的佣人），有深入骨髓的了解。而越是了解得深，便不免越是鄙视他们。在某些时期，市民阶层也可能具有朝气和生机，发出较为响亮的声音。然而在四十年代，在当时的政治发展趋势下，市民阶层也确是最没有生气的。这样，眼前尽是如此一批没有出息的人物，难怪她成了彻底的，或曰彻骨的悲观主义者。她只能孤零零地站在一边，带着一息尚存的封建贵族的傲气，那种悲天悯人的情绪，冷眼欢送她的人物“一级一级走进没有光的所在”。这里既有着张爱玲的艺术个性，又具有那特定历史条件下市民文学的时代色彩。

---

① 谭正璧：《论苏青与张爱玲》，《苏青文集》下册，上海书店出版社1994年版，第484页。

② 萧关鸿：《寻找张爱玲》，《南方周末》，1995年11月10日。

五

近来有一些事很值得注意。一是在文化出现世俗化倾向之下，京沪穗诸地“新市民小说”的问世。“所谓的‘新市民’，是指我国社会主义市场经济开始启动后，由于社会结构的改变，社会运作机制改型，而或先或后改换了自己的生存状态与价值观念的那一个社会群体。”同时产生出这样的作家：“他们不用政治的或道德的或知识的尺度去审视别人，他们打量对方的眼光是‘欲望对欲望’”。[①]尽管这概括或许尚欠精确，但在1949年后，差不多隔了四十年，市民文学又重新在大陆崛起，这回登场的可能不再是“里弄人物”，而是另一批新人，但市民文学的复生已是无可置疑之事了。

还可提到香港武侠小说家金庸被北京大学聘为名誉教授，接着又在有人排“大师”座次时，坐上第四把交椅，压过老舍等许多名家。这当然引起了强烈的反响。在传统的市民文学中，武侠小说的重要性仅次于言情小说，现在经了金庸之手，以强硬的姿态，挤进了新文学领地。如果说张爱玲的成就，证明市民文学并不就是俗文学，照样可以是非常高雅的；则金庸的出现，强化了这个观念，说明经过几十年的发展，市民文学在一些有高度艺术修养的作家的苦心经营下，已分蘖为雅俗两支。其中雅的一支，已经成为五四后新文学的一个组成部分了。

文艺上出现的这类现象，对传统的现代文学观念发起了猛烈的冲击，促使人们对现代文学的历史作进一步的反思。人们开始感到五四主流派完全否定文艺的娱乐、消遣作用的片面性，认识到在现代文学的经络图上，应该补上市民文学这一条线索。这脉络的大致线路是：

从二十世纪初至五四，是现代市民文学的生长、兴盛的时期。自五四至三十年代，是它遭受新文化运动的批判，潜入俗文学阵中的时期。在四十年代，是它的雅俗分蘖时期，出现了张爱玲、苏青等，还有以写作《北极风情画》《塔里的女人》而名噪一时的无名氏。当时有人称他的作品为“洋鸳鸯蝴蝶派”，其实也是言情小说的雅文学化。自五十年代而后，大陆市民文学消

---

① 周介人：《寻找文学新的生长点》，《文学报》，1995年11月2日。

失，只在台港澳继续发展。直到八十年代，台港市民文学对大陆发出强烈的冲击力，又主要由于大陆社会经济结构的变化，于是有新市民文学的抬头。

我觉得今后无论是写中国现代文学史，或是写二十世纪中国文学史，在描述五四新文学这条主线的同时，还应增加市民文学这条副线。这样来描述历史，就会比较全面些。我们的张爱玲姑姑，也就魂有所归了。

（原载《岭南文论》第2辑，广东高教出版社1996年版）

论《白毛女》中的喜儿

中外文学史上许多不朽的杰作，常常经历了一段诞生、成长、最后定型的漫长的创作历程。它们有的甚至是在几个世纪中，经过无数群众的心血的营养、生命的培育，让岁月的风雨洗磨去身上的糟粕，承受时代智慧惠赐的光彩，这才登上了人类艺术的高峰。无论是希腊的伟大史诗《伊利亚特》《奥德赛》，或者是我国的《水浒》，都有过这样的经历。这些作品，凝聚了多少年代里人们思想的精华，包含着多少创造的辛酸与欢乐；从它那成长的年轮里，将能窥探出多少创作的奥秘啊！

作为我国现代民族新歌剧的奠基石作品《白毛女》，也有着类似的经历。虽然比起历史上一些伟大的杰作，它的经历是太短了，只有二十余年的时间①，而且直到现在还没有最后定型。但是它幸运地在毛泽东文艺思想的哺育下发育壮大，它的迅速、健康的成长过程，提供了更为宝贵的经验，值得我们好好探讨。主人公喜儿，是《白毛女》中塑造得最成功的形象。在整个创作过程中，作者对这个形象进行了不断的修改。这个形象的成长历程，将会告诉我们一些什么呢？

传说中的白毛仙姑

歌剧《白毛女》是根据四十年代初流传在晋察冀抗日根据地的民间口头创作“白毛仙姑”创造成功的。现在看到一些同志记录的“白毛仙姑”的传说中，有一个值得注意的地方。传说对白毛仙姑变成“鬼”以前的生活描写得很

---

① 歌剧《白毛女》的创作是在1945年；但“白毛仙姑”的传说则在四十年代初就已经流传在晋察冀抗日根据地了。

简略，而变成“鬼”以后的情形，描写得比较具体。她的确像个“仙姑”了：

> 她在村头的奶奶庙里寄居，曾向村人命令：每月初一、十五两日一定要给她上供。……一次没有给她上供，便听见从阴暗的神坛后发出尖锐的怪声：“你们……不敬奉仙姑……小心有大灾大难……”①

有的还绘声绘色地描写解放后干部捉“鬼”的情景：

> 半夜，鬼真的来了，在昏黄的灯光下，好像真的浑身白毛。这个干部心里也有些发毛，斗着胆子走出来，问道：“是人是鬼！”那个“鬼”不作声，向前逼进三步，干部倒吸一口冷气，后退三步。干部……挺着身子向前逼进三步“鬼”就后退三步。干部举起大刀，一刀砍过去，因为心慌，砍了个空。“鬼”噢的一声，跑了出去。干部紧跟着不放。“鬼”跑的很快，追着追着不见了。②

传说的作者并不着力于对现实生活的描绘，他们并不是通过表现自己受压迫受欺凌的生活，来诉说自己的苦难。他们撇开了或者忽略了这些，而选取了另一条道路：让自己炽热的阶级激情，穿上了离奇神妙的情节的外衣。这就造成了故事的强烈的传奇色彩。它的着重点就不在于精确地描写客观生活，相反地却突出地渲染了“鬼”的生活气氛。这一方面表现了人民群众的被压迫，以致过着鬼一般的生活。另一方面，更重要的是表现人民群众被压迫得不能过人的生活时，他们像鬼一样也仍然要坚持着生活，坚持着在反动统治森严强固的地方生活；而且这个人恰恰又是一个受到严重残害、打击的孤立无援的少女。这样，不是更能够强烈地表现出人民的深刻的阶级仇恨、顽强的求生意志和不屈的反抗精神吗？很显然，这个故事的着重点是在于表现人民群众的这种情绪和

---

① 贺敬之：《〈白毛女〉的创作与演出》，《白毛女》，人民文学出版社1960年版，第216页。

② 马可：《从秧歌剧到〈白毛女〉》，《中国青年报》第4版，1962年5月12日。

愿望。魏晋的志怪小说和唐宋传奇中，有许多鬼魂、精灵的神异怪诞的故事，凡是积极的进步的，大都是着重于表现当时人民群众的理想愿望的。这可以说是一种传统的精神。“白毛仙姑”的传说和这种精神正是一脉相承的，因而被称作新传奇。这个新传奇突破了旧传奇的局限。人民群众大胆地描写了白毛仙姑的“鬼”的外貌与行径，却不像过去的志怪、传奇那样，没有把她说成是真的神仙或鬼魂。她还是人，是一个过着鬼一般生活的人。人而至于过鬼的生活，这不正是旧社会的深重罪恶吗？在这里，情节的神奇怪诞与深刻地揭示社会本质达到了高度的和谐、统一。这不能不说是人民群众的一个天才的创造。“白毛仙姑”故事的传奇性的情节，主要为了更强烈更充分地表现人民群众的理想和愿望，指出这一点是重要的，因为作为歌剧《白毛女》的强烈的浪漫主义基调，应该说在这原始的传说中，已经被定下来了。

但是，传说在渲染阴森恐怖的“鬼”的生活气氛时，也使白毛仙姑的形象给人以神秘之感。这是有损于人物形象的完美的。而且白毛仙姑借庙里的贡果为生，竟然“命令”村人按时上供。村人偶有疏失，她还发出尖厉之声来吓服。这些描写很容易使人联想起旧社会民间靠迷信来欺诈群众的巫婆仙姑之类的人物的行径。白毛仙姑与村人是血肉相连的阶级的父女兄妹，他们的利害是一致的。传说把他们处理得很隔膜，过于突出了他们的矛盾。而且这还很容易把白毛仙姑与地主阶级的矛盾（这是本质的矛盾）遮盖了起来。这也许是当初一些缺乏敏锐深邃的目光的同志，不能一眼就看出传说所寓藏的深刻的思想意义，而主张把它当作破除迷信的题材来处理的一个原因吧。人民口头创作的粗糙、幼稚，甚至夹杂着一些糟粕，常常是难免的。“白毛仙姑”的传说提供了一个具有强烈反抗精神的农村少女的奇特经历，然而这个少女的具体面貌还不很清晰，不很完美，还需要一个创造。这是一块珍贵的矿石，就看我们的作家怎样熔炼和锻造了！

最初的喜儿

延安鲁艺的同志们把白毛仙姑的故事搬上了歌剧舞台。1945年《白毛女》的演出轰动了延安。在传说里由白毛仙姑口述的她的简略的生活经历，为生动丰富的现实生活内容所充实了。白毛仙姑得到了她的名字——喜儿，也获得了自己的鲜明的性格。她已经不再是一个如神似鬼的“仙姑”，而是以一个血肉丰满的真实的人的形象出现在舞台上。我们看到的已经不再是她如何“命令”村人按时上供的情节，而是她作为一个人如何被逼成“鬼”，以及如何从“鬼”被解放而变成人的充满了无限悲欢的整个遭遇。

从第一幕在浓重的悲凉与淡淡的欢乐交织着的一个农家的年关夜里，我们看到年轻的喜儿充满了稚气。她热爱生活，追求幸福；但她不谙世事，不懂得黑暗社会有怎样的残酷，也还没有意识到受压迫者的命运将是何等的悲惨。她还那样的天真无邪、单纯淳朴。就是这样一个少女，却承担了深重的灾难，受到了旧社会灭绝人性的迫害。喜儿，她简直就是个苦难的化身。就是在苦难的熬煎与磨炼里，她迸发出了仇恨的烈焰。当第三幕喜儿逃出黄家时，她唱道：

向前走，不回头，
我有冤呀，我有仇！
他们害死了我的爹，又害我，
烂了骨头我也记住这冤仇！

想要逼死我，瞎了你眼窝，
舀不干的水，扑不灭的火！
我不死，我要活，
我要报仇，我要活！！①

假如说杨白劳是为了冤屈而死，嘉儿则是为了冤仇而活。杨白劳要以死来控诉地主的暴行；喜儿则要活下去，活着等待仇人的灭亡。强烈的复仇意志，坚决的反抗精神，支撑着她在极险恶的环境里顽强地活下去。劳动人民在长期与剥

① 本段所引的有关喜儿的材料，均见1946年6月新华书店出版的《白毛女》，以下不再一一注明。

削阶级作斗争中所形成的坚强性格，在喜儿身上得到了充分的表现。喜儿已经成了仇恨的化身。

但是，上述这一些还不是喜儿性格的全部。从最初的喜儿形象中，我们还看到了另外一些东西。

在第二幕第三场喜儿被黄世仁奸污后，她曾经想上吊。这种自杀当然也能表示自己不愿屈服、不愿苟活，但毕竟是软弱而且消极的。这是杨白劳的道路。然而喜儿在一时间产生这种念头并非不可能。旧社会里有多少妇女遭到了这样的迫害啊！《赤叶河》里的燕燕就是在被恶霸地主吕承书奸污后含羞自尽的。作者阮章竞说："严酷的封建压迫下的中国农村妇女，所受的痛苦更苦，更重，常常因很小的事，就自寻短见，……她是死了，她是这个野蛮社会的殉葬者！"[①]喜儿却没有死，她在张二婶的鼓励下活下去了。她抛弃了自杀的念头，标示着她抛弃了杨白劳的道路。然而她也并没有马上就走上坚决反抗的道路。

第三幕第二场，黄世仁筹备结亲：

（喜提木桶上，……行动不便，形容憔悴）

喜：（唱）（第五十八曲）

自那以后七个月啊，
压折的树枝石头底下活啊，
忍辱怕羞眼含泪啊，
身子难受不能说啊！
事到如今无路走啊，
没法，只有指望他……低头……过日月……！
（进门，看喜帖）要办喜事了，少东家，他……

这时恰好喜儿与黄世仁相遇，他们还有这样一段对话：

① 阮章竞：《赤叶河——后记》，《赤叶河》，新华书店1949年版，第118页。

喜：（挡他）我问你……

黄：好，……（只得停下）

喜：你也该知道我……身子，……一天一天大啦，叫我怎么办呀！……

黄：唔……

喜：人家都笑我……骂我……我想死也死不了……

黄：唔……（欲走）

喜：（哭）你可怜可怜我呀，你……

喜儿在一段时间内对黄世仁有过幻想。她的处境的确是十分困难的。她被奸污而身怀有孕，得不到同情反被人耻笑，又与自己的亲人隔绝，孤独无依，已经到了“想死也死不了”的地步。这时，假如阶级意识还不鲜明，阶级仇恨还没有被激发起来，为了求生，只好含垢忍辱，甚至哀求地主的同情，对他们抱有幻想。这在旧社会里是并不奇怪的。劳动人民当他们还受着统治思想的影响，还没有觉醒起来，还没有找到自己的出路时，对统治阶级有些错误的认识，是可能的。我们在鲁迅的《祝福》里看到祥林嫂卖命地给鲁四老爷家干活，反而肥胖了起来。在柔石的《为奴隶的母亲》里看到被典给秀才的皮贩子的妻子，对秀才也曾经有过幻想。假如说“甚至那最革命的典型——现代的无产者——因为是在资产阶级观点的压力和包围之中教养出来的，也不免在他们的心理上带有资产阶级气味底或显或隐的印迹”[①]，那么，喜儿，她生长在旧社会的环境里，为什么就不可能也有一些这样或者那样的旧思想的影响呢？何况她还那样年轻幼稚，她对社会生活还欠缺深刻的认识。正如张二婶子说的：“憨孩子，一时糊涂啊，……”只有当她经历了这样一番磨难，认清了地主阶级的真面目时，她的仇恨才大大地加强，她的反抗性终于爆发起来了。她拉着黄世仁，愤怒地撕他，说道：“今儿个我明白啦，你害死我爹，又害我！”“我给你们拚啦！”

第四幕，喜儿逃到山上后，生了小白毛。十冬腊月，饥寒交迫，母子无

---

① 高尔基：《俄国文学史》，新文艺出版社1956年版，第69页。

以为生，终于下山来向王大婶求救。为了这，她经历了一番思想斗争：

……我去找王大婶子去，……不行，他们知道我有了这个孩子，我没有脸再见他们……（转向孩）孽种，你！……不行，不行，我没有脸去见他们，咱们就死在这儿吧！……（孩子声嘶力竭地哭，喜儿下了决心似的）我，我舍着这个脸去找王大婶子去，就当是个要饭的，也跟她要口吃的……（欲下又回）我怎么还有脸？！……哎！（下）

当王大婶子听见喜儿的敲门声令大春出去开门时，“原先下的决心又动摇了，她本能地退到了一旁，隐蔽起来”。她在门外窃听到王大婶说她“有了身子，寻了短见”，赵大叔赞扬道：“喜儿这孩子性子烈，死得有骨气。”这时：

喜：……唉——（唱）（第六十六曲）
喜儿啊，
我成了什么人，
有什么脸面见他们，
我是一个罪人哪，
——我对不起死了的爹，也对不起大婶大叔，
就是冻死我，饿死我——
也不能把这门来进！

一道封建意识的高墙，终于把喜儿和她的亲人们隔开来了。喜儿所以一直觉得自己没有脸见人，甚至把自己视为“罪人”，就是因为她被奸污生了“孽种”。按照封建道德和封建贞操观念，假如她“性子烈”“有骨气”，就应该去死，而活着当然是没有脸见人的。这种封建意识还使喜儿把对黄世仁的仇恨，错误地转嫁给小白毛，把自己所以受苦受罪的原因，看成“都因为有了你，你……你……你这孽种！”甚至差点亲手将他掐死了！一直到最后一幕，王大春到山洞来救她时，喜儿和亲人之间还很隔膜，她误会了王大春：“你，

大春，……你们也来害我了！”以至在这样的刺激下，她昏倒在地。

喜儿，在她整个受迫害的生涯中，都有一块旧思想旧意识的阴影投射在她的心灵上。看了这些段落的戏以后，有一个问题发人深省：剥削阶级不但在政治上、经济上残酷地压迫劳动人民，在肉体上摧残他们，特别令人切齿痛恨的是还污染他们的思想，伤害他们的心灵，用统治思想的烟雾迷了他们的眼睛，使他们受着深重压迫却缺乏觉悟，看不清仇人的面目，疏远了自己的亲人。这就是剥削阶级的深重罪恶啊！描写喜儿心灵上的这些阴影，对加深对旧社会罪恶的揭露与批判，加强对受压迫者的苦难的申诉，不是没有好处的。

作者正确地表现了喜儿最终没有被这些统治阶级的意识所损害。悲惨的生活使她产生了很强的抵抗力，使她始终保持着劳动人民的本色。与强暴的反抗斗争始终是她性格的主导方面。虽然有过自杀的念头，但很快就抛弃了。虽然对黄世仁一时间产生过幻想，但马上就识破了他的嘴脸，爆发了强烈的反抗性。虽然有不敢见亲人的思想，但只是强烈的复仇信念才使她坚持三年山洞的非人生活。最后在王大春的怀抱中感受到阶级的温暖，误解也很快就冰消雪融了。苦难的磨炼，不但使她变得更深沉，而且磨掉她思想上的杂质，使她变得更加纯洁了。她的思想历程是比较复杂的、曲折的，但却是合情合理的。

这就是我们最初所看到的喜儿。这个喜儿既有着坚决反抗的一面，也有着受旧的意识沾染的一面。而最终是前者克服了后者，她成长起来了。她的性格和成长过程赋有这样的时代内容：它反映了从中国共产党成立以后，在农村暴风骤雨的革命运动中，广大农民的觉醒。固有的传统的反抗精神开始得到高度的发扬，但旧意识的阴影一时还没有完全扫净，而正在斗争的过程中被逐渐地扫净了。这个喜儿形象比起传说中的白毛仙姑要美得多了，她受到了千百万人民群众的热烈喜爱。

但是，人民群众是不是对这个喜儿形象完全满意了呢？

一个新的喜儿

《白毛女》诞生后，在各地广泛的演出过程中，接受了群众的意见，不断进行修改。1946年在张家口的修改中，增加了赵大叔讲红军故事、大春和大锁痛打穆仁智，以及大春参军的情节。[①]1950年的修改中，删去了喜儿山洞生活的第四幕，增加了赵大叔放羊的情节。1954年的修改中又删掉了第三幕喜儿对黄世仁的幻想。这就成了我们今天看到的《白毛女》[②]。经过一系列修改后，喜儿的面貌有了很大的改变，她已经是一个新的喜儿了。

在创作的熔炉里被熔炼得更为纯粹，喜儿的形象更加光彩夺目，晶莹透亮。除了她被奸污后曾经想寻短见之外（这在电影《白毛女》中也被合理地删去了），表现喜儿对黄世仁的幻想、她的封建意识以及对王大婶等人的隔膜的那些情节，全部被删去了。也就是说原来喜儿性格中的阴暗面已经没有了，她变得更纯洁了。她的反抗性便显得更加突出，她成了一个顽强的复仇者的形象。当黄世仁欺骗说要娶她为妻时，她是“意想不到地，如蒙大耻，如受重击，欲呼又止”。她对二婶子说：“他能害我，能杀我，他可别妄想拿沙子能迷住我的眼！”“我就是再没有能耐，也不能再像我爹似的了。杀鸡鸡还能蹬打他几下哪。哪怕是有一天再把刀架在我脖子上吧，我也要一口咬他一个血印！”[③]喜儿的阶级意识十分鲜明，她的反抗行动是十分清醒的。喜儿被提升了。

在修改的过程中，《白毛女》的整个典型环境也经过了改造。在杨格村里虽然还有着落后迷信的思想，然而红军播下的希望的火种，从老一代农民的心里传到新一代农民的心里，一直没有熄灭。而在离它不远的地方，党的红旗在迎风飘扬，招引着这儿反抗失败的儿女投奔到她的怀抱里来。杨格村已经不再是落后愚昧、闭塞停滞的未庄或者鲁镇了，而且比起最初那个杨格村来，也已经很不一样了。有趣的是，这个典型环境的改造先于喜儿形象的提升。这就是说剧作者们首先感到的是典型环境的描写还没有充分反映时代现实的特点。而当他们改变了环境之后，主人公形象的提升就成为合乎生活逻辑的了。在对整个时代生活的认识加深之后，也加深了对主人公性格的理解，认识到她的思想可以更高一些，从而很自然地要求修改人物形象。这就绝不像有些作者那

---

① 1949年新华书店出版的收入《中国人民文艺丛书》的《白毛女》，就是根据张家口修改本稍加修订后出版的。

② 见《白毛女》第2版，人民文学出版社1954年版。

③ 本段引文均见于1954年修改后的《白毛女》的各种版本。

样，他们从主观的愿望出发，为了要“加强思想意义”，而“提升”了实际上是“拔高”了人物。这就是为什么对喜儿的异乎寻常的反抗行动，人们认为是理所当然的；然而假如让祥林嫂觉醒，让皮贩子的妻子起来和秀才娘子斗争，那就成为滑稽的事了。

当然，剧作家改造了杨格村的典型环境之后，并没有同时就提升喜儿。从1946年对典型环境的修改，到1954年最后删去喜儿的幻想，整整经过了八年的时间。认识的提高是需要时间的。删去喜儿的幻想这是接受了群众的要求。那么，为什么群众会有这样的要求呢？

十月革命以后，高尔基曾经希望苏联的艺术家们不应该害怕在艺术中把苏维埃现实和新人加以某种概括性的理想化，因为他认为在这个时代里，劳动人民创造了这么多美好而奇异的东西，艺术必须找到具体表现他们的新形式。在《白毛女》诞生的四十年代后期的中国革命根据地，应该说也已经到了高尔基所说的那个时代了。在这儿，人民群众在共产党的领导下，进行了史无前例的翻天覆地的伟大斗争。这个伟大的斗争使他们推翻了几千年的封建统治，也推翻了对劳动人民的传统的错误观念。这个伟大的斗争使他们开始认识到自己的扭转乾坤的巨大力量，认识到自己是历史的真正创造者。报了仇伸了冤，翻了身抬起头的人民群众，意气高扬，精神奋发。人民要求在文艺作品中看到的自己的形象应该是创造历史的巨人的形象，要求文艺作品帮助他们倾泻对剥削者的最深刻的仇恨，并且像号角和战鼓一般激起他们向着压迫阶级勇猛进军的战斗激情。一个需要而且产生革命浪漫主义的时代已经来到。然而过去许多文艺作品中，特别是在十九世纪欧洲批判现实主义的作品中，劳动人民的形象却是另一个样儿的。他们常常被描写成从肉体到精神上被惨重的阶级压迫所扭歪了的被侮辱者、被损害者。在五四以来的新文学作品中，我们也看到了这种影响。而这样的劳动人民形象当然已经不符合于当时革命群众的新的美学理想了。最初的喜儿身上尚残存着旧意识的影响，残存着被侮辱者、被损害者的一些痕迹，反映了创作者在思想上还没有明确地认识新时代的新群众的美学理想。因此最初的喜儿形象不被通过，群众要求在理想的指导下，大胆地毫不顾惜地洗去喜儿形象中的旧痕迹，而把劳动人民的美好光辉的东西集中在她的身上，突出地加以表现，使人物发出更大的光彩。于是喜儿被理想化了，一个劳动人民认为“应该如此”的喜儿形象终于被塑造出来了。显然，修改后的喜儿形象是更美、更理想，也更富有革命浪漫主义的色彩。可不要小看了这个变化啊，它不但对研究革命现实主义与革命浪漫主义相结合的创作方法有很大的启示，而且这实际上是一个转变，一个如同在现实生活中一样，在文艺作品中劳动人民的地位、面貌也正在经历着的有革命意义的转变啊！

但是，这样说绝不能理解为要求文艺作品中的任何一个劳动者的形象都必须是十分高大的，而且不准许描写劳动群众中的落后人物。事实并不如此。群众希望把喜儿塑造得更高、更美，然而却没有要求杨白劳不要喝卤自杀啊！这是为什么呢？

喜儿是一个贫苦农民的女儿，她那样聪明、美丽、纯洁，岂但是杨白劳爱她如命，所有的劳动人民也都爱她的。然而她所经受的苦难又实在是太深重了，她很自然地得到了人们深深的同情与关怀。“农民本来把最好的希望和理想寄托在苦难深重的喜儿身上”，并且要求“对喜儿付出满心的热爱，把她当成一个苦难的阶级的女儿来看待，始终细心地爱护这一美丽的形象”。[①]而喜儿又是农民中的年轻一辈的新人，人们有理由不愿再让那些旧意识玷污了她。因袭的重担就让杨白劳挑着走吧，喜儿应该而且可以是无瑕之玉。同时，她性格中原来就有坚强的一面，可以特别强调地表现出来。正因为人物自身具有这些特殊的条件，人们才把理想寄托在她的身上。

其次，上面说过《白毛女》的浪漫主义的基调早在民间传说中就已经定下来了。人民要求看到自己坚决反抗斗争的理想和意志，是这个传说创作的核心意旨。同时，为这所创造的强烈传奇色彩的情节，又提供了可能，让主人公把她的反抗性充分表现出来。因此，比较起来，无论从创作的意旨到整个故事的情节发展，应该说修改后的喜儿更适合于《白毛女》这个具体的作品。这也是喜儿形象可以塑造得更理想的具体条件。

可以看到，正是人物自身特点、作品创作主旨和故事情节的特点，这些具体条件，才使得喜儿的被理想化成为可能。修改后的喜儿形象，既是理想化

---

① 丁毅：《歌剧〈白毛女〉创作的经过》，《作家谈创作》，中国青年出版社1955年版，第69—70页。

了的，而她的性格又是深深地扎根在历史和现实的土壤中的。历史上人民反抗斗争的传统血液，在受到无产阶级革命时代的影响而震动了的反抗者的心里，澎湃翻腾，终于化为强烈的仇恨，向着压迫者的阶级爆发了出来。喜儿成为劳动人民中反抗者和复仇者的一个典型，足以在现代文学史上和阿Q、祥林嫂、吴荪甫、朱老忠这些第一流的典型形象相媲美。

小　结

把喜儿形象的发展过程，也就是这个形象的典型化过程，作了上述的分析之后，简略地归纳一些浅陋的看法。

《白毛女》的正面主人公喜儿虽然并不是一个叱咤风云的英雄人物，甚至可以说她只是一个普通的受害者；但她的反抗行动是异乎寻常的，她的阶级意识是极清醒极鲜明的。这在当时的现实中是罕见的，或者说是不可能有的。（旧社会时在山洞里逃生，甚至坚持数年生活者是有的，但能具有如喜儿这般清醒的反抗意识、强烈的复仇意志者，显然是少有的）她是理想化了的，是现实生活中反抗的劳动者的更高、更集中、更强烈的表现，因而是升华到现实以上了的。从传说到不同时期的剧本，人们不断修改这个形象，使之日臻完美，日益高大。这个过程有力地证明了喜儿是个理想化的人物。这种在革命理想的指导下，塑造正面主人公，使这个形象足以充分反映革命群众的理想愿望，甚至为此可以选择一些离奇的不寻常的情节，这正是革命浪漫主义的方法。

作家企图运用革命浪漫主义的方法把自己的主人公理想化，这是有条件的。对喜儿来说，这就是典型环境的影响（党的影响、红军留下的火种，使杨格村群众的反抗性增长）和人物自身的特点（诸如她是年轻的新一代人物，她聪明、纯洁并有反抗意志，以及足以充分表现这反抗意志的一段生活经历等等）。如果离开了这些条件，人们就很难理解喜儿强烈的反抗性是从何而来的。这样，无论把喜儿写得多高也是不足以说服人的，也是缺乏艺术感人力量的。革命的浪漫主义必须与革命的现实主义相结合。这种结合不仅仅是说革命的理想应该是从现实的基础上产生出来的，而且革命的现实主义应该在作品的描写中也有所表现。《白毛女》对整个杨格村阶级关系的描写都是现实主义的。但是对这个现实的描写是在革命理想指导下的，描写的目的也不是为了精确地展现客观生活的图画，而是为了使主人公的强烈的反抗行动在不脱离现实生活的基础上可以充分地被理想化。树木把根儿植在土壤中，它的枝叶向着阳光伸展出去。它所扎根的土壤越深厚，它的枝叶就可能向着天空伸展得越高，距离太阳越近。由于《白毛女》对现实生活描写得深刻、坚实，喜儿才能被如此地升高了。

在小说和戏剧的领域中如何运用革命现实主义和革命浪漫主义相结合的方法，《白毛女》中喜儿形象的塑造，在这方面对我们是有启示的。

1962年暑假作

1963年9月修改

（原载《北京大学学报》1963年第6期，署名方欲晓）

谈梁生宝形象艺术塑造的两个问题

近日对梁生宝形象的讨论正在继续深入进行着。这里，我想就争论最多的两个问题：人物是否在矛盾冲突的第一线上和人物理想化问题，谈谈不成熟的一些意见，希望得到同志们的批评和指正。

一

《创业史》第一部把梁生宝摆在尖锐的矛盾冲突中描写，这已经是没有异议的了。蛤蟆滩的多少条矛盾线索，——敌我矛盾、人民内部矛盾、贫农内部的、党内的，乃至家庭的、爱情的，大大小小，里里外外，都和梁生宝有着联系（在第一部中有的暂时还是间接的联系）。主人公有着广阔的活动天地。现在的问题是必须考查一下作家是否已经充分利用了这个有利条件。

我觉得要弄清这个问题，必须先来谈谈“面对面搏斗”的问题。“面对面搏斗”这个概念是含糊的，既可以理解为生活的矛盾冲突，也可以理解为艺术的矛盾冲突。诚然，要把人物的性格表现得非常鲜明突出，不能没有尖锐的矛盾冲突。但是，是否只有“面对面的搏斗”才算尖锐的矛盾冲突？显然不能这样狭隘地理解。在第一部中，梁生宝与梁三、与梁大、与郭振山、与白占魁、与拴拴（实际上是与王二瞎子）、与改霞等，难道没有程度不同的但同样都很深刻或很微妙的矛盾冲突吗？而且差不多都是“面对面”的，只是没有“搏斗”罢了。《创业史》所大量描写的是人民内部的矛盾。解决这个矛盾的方法，不能只靠“面对面的搏斗”了。列宁曾经指出：“消灭阶级不仅仅是驱逐地主和资本家，——这个我们已经比较容易地做到了，——还要消灭小商品生产者，可是对于这种人既不能驱逐，又不能镇压，必须同他们和睦相处；可以（而且必须）改造他们，重新教育他们，这只有通过长期的、缓慢的、谨慎的组织工作才能做到。”[①]整部《创业史》描写的梁生宝，他正在做着这个“长期的、缓慢的、谨慎的组织工作”，怎么能要求他出来“搏斗”呢？《创业史》第二部已经发表的章节中，有一段卢明昌（乡支书）批评樊富泰（乡长）的话，这段话说得很好，显然包含着作家在实际斗争中的深刻体会。当樊富泰指责卢明昌太软弱了，不敢和郭振山面对面斗争时，卢回答道：

> 富泰！你动不动急躁做啥嘛。前两年是土地改革，咱们提倡农民与地主面对面斗争。现时社会主义改造哩，你老念一本经！……
>
> ……可是县委书记叫梁生宝把决心抱定，甭顾一切，进山搞副业，闹丰产。说这是同自发思想斗争的好办法！你看！梁生宝一股劲换稻种、割竹子，接受新技术，县上就在咱下堡乡试办灯塔社呢！要是梁生宝听上你的话，今天和他爹斗争，明天和郭振山斗争，后天和郭世富斗争，蛤蟆滩的群众能像现时这么信服社会主义好吗？[②]

当然，强调示范的作用，并不等于可以放弃社会主义思想教育。但社会主义思想教育主要也是采取说服教育的方法，也不能靠“搏斗”。过去，在急风骤雨式的阶级斗争中曾经产生了多少英雄人物。今天的新英雄人物则有着自己独特的成长道路。新的事物总是要在矛盾斗争中成长，这是共同的规律；但这矛盾斗争的性质、表现形式是会随着时代的变化而变化的。新英雄人物的身上也不能不打着时代的烙印。在新的时代环境中，文艺作品如何描写新英雄人物的成长，我觉得《创业史》在这方面的创造有一定的成效，值得好好探讨。

其次，我们再来看看作品中梁生宝的具体处境。我觉得作家是遵循着现实主义的原则，让梁生宝在他的环境中做了他所当做、所能做的事，而没有做他所不当做、不能做的事。可以说在《创业史》第一部中梁生宝按照他的地

---

① 列宁：《共产主义运动中的“左派”幼稚病》，《列宁全集》第31卷，人民出版社1958年版，第25页。

② 《延河》，1961年10月号，第3—4页。

位、身份、性格，只能是现在这个样地活动，而不能是另一个样地活动。

当梁生宝登上蛤蟆滩政治斗争的舞台时，他还是一个年轻的预备党员，一个普通的村代表。他在群众中还远没有郭振山那样高的威望。他的互助组，受到人们的讥笑，在十分困难的环境中支撑着。党内有郭振山的讥刺、打击；社会上有富裕中农的嘲讽、抵制；家里有继父的羁绊、拖累；甚至连心爱的人也动摇了。在这样的情势下，有谁和他来“面对面的搏斗”？姚士杰吗？才不呢！梁生宝在他眼里不过是个小毛孩子，“那算啥东西？看他连骨头有几两重吧！”[①]郭世富吗？他已经开始感到梁生宝的不平常，然而现时还只和郭振山发生直接的关系。郭振山吗？那才更不呢！他像对待下辈一样对待梁生宝，他这个支委要闹也不会找预备党员闹，而是到乡里找卢明昌闹。至于梁生宝，现在也没到他跟上述这些人直接发生冲突的时候。当《创业史》第一部的幕拉开来时，在舞台中心挥手踢脚的，不是梁生宝而是郭振山！明明是郭振山越来越脱离贫苦农民了，然而你看活跃在借贷会上的那些贫农们，他们是怎么想的。他们现在“尤其把希望，寄托在代表主任郭振山身上”[②]。只有当他们亲眼看到郭振山再不能当群众的支柱时，才把梁生宝包围了起来。毫无疑问，梁生宝是要取郭振山而代之的，然而现在还只是刚刚开始了这个取代。作家真实地写出了新生力量取代落后保守力量的艰难过程，而并没有一开始就把梁生宝写成振臂一呼、应者云集的英雄，这是完全正确的。

这里还要提到梁生宝受到郭振山两次精神的侮辱。这两次都不是展开矛盾的机会，已经是各家一致的意见了。那么这样写是不是使梁生宝显得软弱或近乎软弱了呢？不能这样认为。张牙舞爪，踢腿伸胳膊，表面上看来坚强，其实往往是恰好表现了人物的虚弱。色厉内荏，这是一切行将没落的阶级的共同特征。梁生宝忍受住同志的侮辱，把它吞了下来。他毫不计较郭振山对他个人的态度，极想促使郭回过头来，发挥出能力。这种无产阶级先锋战士的改造世界的伟大胸怀，是极宝贵的，怎么能说是软弱呢？梁生宝对郭振山的问题，其实是认识得很透彻的。当他第二次受辱后，有这样一段心理活动：

---

① 《创业史》第一部，第165页。

② 《创业史》第一部，第134页。

……直到今天，他才明确地感觉到：他和郭振山之间，存在着相当程度的斗争。尽管郭振山那股神气，使他那么反感，他还是要竭力控制自己，不要使斗争发展到直接的冲突。他决心以互助合作的成功，促使郭振山认识自己的错误。要是郭振山终于不觉悟，他“在党”不久的；不是光光在嘴巴上讲几句有党性的话，就可以永远“在党”啊！要看行动怎样哩！

生宝蹲在那里想：他对郭振山毫无畏惧！逼不得已的时候，他准备着和他正面冲突哩。……他不愿和郭振山正面冲突，只是为了有能力的郭振山同志，有时间终于觉悟过来，领导他梁生宝往前干，而并不是为了他自己胆小怕事。郭振山要是把世事，看得只有下郭村第五村这么大，任着性子抱住梁生宝解放前发家创业的梦想，当做人生的目的不放，有他难看的日子！……[①]

不厌其烦地引出这一段，就是为了让大家看看，梁生宝有的是怎样的气魄和胸怀！他还曾经想哭，但这怎能作为证明他软弱的充足理由呢！总之，梁生宝在这两次冲突中的表现，和他在全书的整个思想性格是统一的。

还有一个“另有任用”的问题。在第一部中梁生宝两次离开了蛤蟆滩，一回是到郭县买稻种，一回是进终南山。让人物两次离开矛盾斗争的主要发生地，是否影响了把人物放进尖锐的冲突中来描写呢？也不是的。这只要看看梁生宝离村期间，村里发生什么事便可明白。

第一回发生了两件事情。第一件是活跃借贷。应该说梁生宝是参加了活跃借贷的。正是他，在富裕中农抵制活跃借贷，郭振山束手无策，贫苦农民的生活眼看难以维持的严重关头，挺身而出，支撑住局面；又奋勇率领贫农进山取宝，渡过难关，坚持并且发展了互助组。梁生宝所没有参加的，只是代表主任召集各村代表布置任务的会。召集这个会是郭振山职责范围内的事。即便梁生宝在家，也只是出席参加，领受任务，而不会像郭振山那样和郭世富展开了

① 《创业史》第一部，第479页。

尖锐的冲突。第二件事是姚士杰半夜转移粮食，被高增福发现。这个矛盾更只能在姚高之间展开，因为这是历史的安排。至于高增福发现姚士杰的阴谋后，即便生宝在家，他也不会去报告生宝的。高增福是村人民代表，发生了事他当然是向代表主任报告，而不会向另一个村的代表报告，更不用说当时郭振山的威望还在梁生宝之上哩。

第二回同样发生了两件事。一件是新式培秧。这件事不必梁生宝亲自动手，何况进山比之培秧在当时更为重要。现在把培秧的任务交给欢喜，这样安排更合适些。第二件事是由于王二瞎子的退组，引动得梁大也退了出去。王二瞎子的退组又是由听到拴拴进山受伤而爆发起来的。这件事直接受进山的牵制。假如没有生宝他们的进山，家里根本就不会有这件事。至于梁大倒是和欢喜发生了一场很尖锐的冲突。可不可以把这个机会让给生宝？可以。但是，第一，生宝已经和梁大发生过一回十分尖锐的冲突，那就是梁大以长辈的威严蛮横地要强分生宝互助组的稻种。这并没有难倒生宝，他处理得非常妥善，充分表现了他办事的魄力。第二，生宝临进山以前估计到梁大可能发生问题，因而特地授计给欢喜，让他万一出事赶快往区里报告。根据这两点，即使在目前情况下，我们也完全可以估计到假如生宝在家里，他将怎样处理这件事。梁生宝没有直接参与这个矛盾，是无损于人物性格的刻画的。何况假如生宝在家，梁大恐怕也不敢这么猖獗，矛盾或者还不会暴露得这么鲜明哩！

这样看来，根本就不存在什么“另有任用”的问题。生宝两次离村都没有失去表现自己的机会。出产百日黄的郭县、茂林修竹的终南山，都是斗争的第一线。去吧！大胆地放人物到那儿去吧！主要问题不在于作家要派遣他的人物到什么地方去，而在于把人物派到那里去以后，让他活动得好不好。买稻种这一回应该说是很好，这就证明作家是成功的。进山一回比较起来要逊色许多，不过那已经不是没有把人物放在矛盾冲突中的问题了。进山难道不是一件很紧张、很艰巨的事情吗？不但要与人奋斗，还要与天、与地奋斗。人物在这样的环境里表现得不够好，恐怕主要是作家生活感受不足的缘故吧！

最后，我们来看看梁生宝和姚士杰的关系。有的同志认为在《创业史》第一部中梁生宝始终没有和姚士杰接触，这两个人物的两条线索平行发展，是艺术上的一个缺陷。可是，1953年，土改刚刚结束，姚士杰这个富农元气尚未完全恢复，他还只能站在富裕中农的背后进行破坏的勾当；因此在整个第一部中，除了最后统购统销中，群众在高增福、郭振山的带领下涌进他的院子，和他“面对面搏斗”了一回之外，他便没有和正面力量有过什么接触。当时，姚士杰还只能在郭世富、白占魁、高增荣、素芳这些人物的地盘上活动，而且还是提心吊胆的。有一些反映合作化的小说中，描写了富农亲自进行破坏活动，但反而不如《创业史》这样描写来得深刻。我觉得这是因为《创业史》这种结构方法，更能够真实地深刻地反映出特定时期农村阶级斗争的错综复杂的面貌。至于这样写是否影响了梁生宝呢？上面已经提到过，梁生宝这时在姚士杰心目中还不占太重要的地位，姚士杰心里真正仇恨的还是郭振山；因而姚梁正面冲突的爆发，还没有孕育成熟。即使今后两人发生了正面冲突，那也只是梁生宝所遇到的抵抗力最强的矛盾困难之一，而不是全部；因而也不能只根据这一条来判断《创业史》中梁生宝有没有走上斗争的第一线。评论者可以为第一部中姚梁未展开正面冲突而感到遗憾，但这倒未必是作品的真缺陷。

上面是就《创业史》第一部中已有的矛盾冲突，来考查作家是否充分运用了这些矛盾冲突表现他的主人公。至于生活中的矛盾冲突当然比这里描写的要丰富得多。作家为什么只提炼了这些矛盾冲突，而不描绘其他的矛盾冲突，现在这样的写法是否已经够了，可不可以有更尖锐的矛盾冲突使梁生宝得到更好的表现，这些问题实际上牵涉到作品的整个构思问题，我觉得还值得进一步探讨。其次，艺术的矛盾冲突是否完全等同于生活的矛盾冲突？社会主义时期生活的矛盾冲突已不同于民主革命时期，但是文学创作中艺术的矛盾冲突的规律是不是也要随之发生变化？这同样值得进一步探讨。把这些问题搞清楚了，对梁生宝形象的评价也就容易更准确一些。

二

下面再谈谈梁生宝形象的理想化和性格化问题。对这个问题的看法也有很大的分歧。有的认为梁生宝形象只是现实人物的概括、集中，有的则认为是理想化的人物。我是赞同后一种意见的。从王家斌到梁生宝，这个变化的实质，就是作家把一个残留有小农私有观念的党员积极分子，改造为彻底的纯粹的一个由伟大思想所武装起来的无产阶级先锋战士。像这样的人物在1953年的历史条件下，作为一个新解放区的农民，入党不到一年，就能够达到如此的高度、如此的完整，肯定是理想化了的。现实生活中的先进农民王家斌就没有达到这样的高度。一般的贫下中农积极要求走社会主义道路，主要是由他们贫穷的或还不富裕的经济地位决定的。不要说任老四，就是高增福吧，也是属于这个类型的。而梁生宝，假如要按经济情况来说，虽然也是个贫农，却很有希望在阶级分化中爬上富裕中农的位子。他那么坚决地、积极地组织群众走社会主义道路，这个行动已经不是由个人的经济利益所左右，而是为崇高的理想所支配。这正是一个自觉的阶级战士的特色。经过这样的处理，梁生宝的身上凝聚了我们时代的革命精神，闪烁着共产主义的思想光辉，他的形象便具有更高更大的概括力。同时，为了使梁生宝的行动建立在令人信服的现实基础上，作家就描写他如何接受党的教育、革命传统的教育，并力求把他写得非常清醒，写出他的许多言行都是出自对党的理论、政策的深刻的理解。这些方法都是可以采用的，用得成功，效果还可能很好。问题在于作家为了回答英雄性格是怎样产生的，为了说明人物所以能在某时某地做出某种高尚的行动，单靠描写他当时如何想起革命先烈或领导同志的话，是不够的。一个英雄行动的深刻的历史根源、社会根源和阶级根源，绝不是这种简单的回想所能概括的。这里主要靠对典型环境的真实描绘。同时，最好是由人物自身的有血有肉的、饱含着个性色彩的行动，来表现他是我们时代新社会关系的总和，并从他的行动中自然地反射出党的思想教育的光辉。其次，更重要的是，上述的描写必须是充分性格化的。作家必须对人物性格有深刻的把握，才能在描绘人物接受思想教育、在表现他的思想认识活动时，不致使其个性面貌很模糊。拿这样的要求来衡量《创业史》，就可以看出梁生宝形象的理想化有其成功之处，也有不足的地方。

为了使梁生宝形象更高、更理想，作家描绘了他的高尚的共产主义道德品质面貌（如买稻种）和无产阶级先锋战士的广阔胸襟与气度（如分稻种、处理白占魁入组）。这些方法都是成功的，因为它通过人物在尖锐的冲突中的具体行动来表现人物的精神面貌，而且这些行动是充分个性化的。但是，当作家在许多地方描写了梁生宝很高的政治认识水平时，效果就并不一样了。《创业史》中描写梁生宝的“理念活动”所占篇幅虽然不多，但分布甚广，常被安排在关键性的场合，其所占地位甚为重要。这里想着重谈谈这个问题。

首先，一般地说，只要有党的教育，领导的培养，参加过政治学习，一个人便能够具有一定的政治思想水平。但是，假如从严格的现实主义原则来要求，则某一个具体人物能够具有多高的政治认识水平，那必须考究时代条件、环境条件、人物自身的政治经验、认识能力、文化水平等条件。即使是理想化的人物也不能无视这些条件，被描写成超现实的人。我们不能为了理想而忘掉现实。《创业史》第一部中的梁生宝绝不仅仅是学会几个新的政治名词、政治术语，不大协调地运用于日常言谈中，而是经常能够从复杂的现实生活中许多平常的在他人是视而不见的事件中，来印证党的理论、政策，从而更深刻地理解党的理论、政策；还常常有“新的发现”“新的认识”；并把这些理论和政策，化为个人思想认识的血肉部分。而且，他有时在行动之前，已经预先理解到这个行动的深远意义了。例如，在没有进山之前，便“已经分明感觉到：向终南山进军的意义，是更重大了”①。懂得新名词和运用理论认识实际生活，生硬地使用政治术语和把理论认识化为自己思想的血肉部分，这是有质的区别的两回事。达到后一种水平，绝不像有些同志说的那样轻而易举。我们不必去深究梁生宝政治上是否成熟。从“理念活动”的那些部分所描写的梁生宝的思想认识水平，在新解放区对一个新参加革命、文化水平很低的农民干部，的确是很难具备的。不错，梁生宝参加了1952年冬新解放区农村的整党运动。但是，能不能说只要参加过一次这样的整党运动，就能够具备很高的政治思想水平？至于当时的农村整党运动，柳青同志也参加过，是十分了解的。他曾经说过：

我想起整党教育只解决了村干部土地改革以后的退坡思想，社会主义的教育却是抽象的、笼统的。那时我到过的四个区，都没有

① 《创业史》第一部，第200页。

拿具体的互助合作问题教育党员，这皇甫村也是一样……[1]

这样看来，梁生宝当时能不能具备那么高的思想认识水平，是可以讨论的。我觉得作家把人物思想认识水平写得很高，这并不是很成功的。

其次，“理念活动”究竟写得好不好，不能只看这些“理念活动”是不是“缘事而发”的，即有没有现实根据。的确，梁生宝有那样一些思想活动，大多是由于当时的某一件事而引发起来的。但是，只做到这一点还很不够，最重要的是“理念活动”必须与人物个性特征结合在一起。同样一件事情，不同身份、职业的人对它的思考就并不相同。同样是无产阶级先锋战士，知识分子出身的和工农出身的，其思维方式、语言表达方式就很不一样。同是工农同志，他们之间也还会有差别。假如说农民出身的共产党员，只要写出他的无产阶级先锋战士的东西，而可以不必写出其农民的气质、亦即作为“这一个”农民的个性特征，不必通过个性来表现共性，这样的主张我是不能同意的。能不能从“理念活动”中看出这只能是“这一个”的“理念活动”，而不可能是另一个的，那才是衡量“理念活动”写得是否成功的重要标准。假如要举对话作例子，《创业史》中就有。且不说杨副书记、王书记等在一起商谈工作的对话，也不说高增福讲社会发展史，就是梁生宝与他继父辩论应该走哪一条道路的对话，不是也很精彩吗？[2]这里重要的不仅是梁生宝的认识有多么深刻，而还在于这些话的确是饱含着一个农民的切身经验，抽象的理论与一个农民的有血有肉的生活体验亲密无间地融合在一起，它的表达方式又完全是农民的。总之，从这段议论里我们听到了看到了梁生宝的声音笑貌。可惜作家写到梁生宝的“理念活动”时，这种个性的色彩就淡然了。我们很难说那些“理念活动”一定是出自梁生宝的脑子，而绝对不能把它换到另一个人物身上。更不用说如有些同志的文章中所谈的，有些地方人物的“理念活动”还和作家的抒情议论糅合着了，有时还难以分清。

假如我们再退一步，承认只要“理念活动”是“缘事而发”的就算成

---

① 柳青：《皇甫村三年》，第12页。

② 《创业史》第一部，第114—115页。

功，那么，《创业史》中对梁生宝“理念活动”的描写，也并非全都做到自然天成。例如，梁生宝带队进山时，遇到了一个“不认识的庄稼人”，这人“只知其一、不知其二”，因而说：“这是梁生禄互助组组长没进山来，打发他叔伯兄弟领进来了……”梁生宝从这句话印证了王书记说的“小农经济的汪洋大海里头，富裕中农是受人敬重的人物”，从而“他在这个深山丛林中走着，对革命的道理，又有了新的发现”[①]。这位外村的“不认识的庄稼人”，对蛤蟆滩的事变，并没有真实的了解，而是“只知其一、不知其二”。因此，他会做出上述那种错误的判断，并不一定是因为他对富裕中农特别敬重，很可能只是因为不了解情况而又“夸夸其谈”。因而他的话并不一定是王书记所说的那种错误思想的表现。善于思索的、作风一贯小心谨慎的梁生宝，这回为什么忽然马虎了呢？有时，当“一群庄稼人严严实实把生宝挤在中间。大伙争着抢着，要分稻种”，“生宝实在被挤得受不了”[②]的情况下，让人物去作很长的很细致的庄稼人的特点和党根据什么提出互助合作道路的思考、分析，也给人不自然之感。可见，作家对梁生宝每一个思想认识活动的描写，并非都达到合理、自然、天衣无缝的境地，有些还不免露出斧凿之痕来。这恐怕是由于作家对主人公性格的把握，还不是很够的。人物在作家心中孕育着，假如不到呼之欲出的地步，不到可以任意调遣而又能使其任何言行都准确无误地符合其自身性格的地步，那么表现他的时候，在这里或那里，出现一些不够真实的细节，那是不奇怪的。假如再从艺术上看，《创业史》中“理念活动”的描写，也是不够民族化的，因而能不能算是新时代的新笔墨，还有待今后的探讨。

当然，梁生宝形象艺术塑造中所存在着的一些问题，并不能掩盖整个形象的成功。我们希望作家继续深入生活，更深刻地把握新英雄人物的思想性格；我们热切地期望在今后几部《创业史》中，看到更高大、更丰满结实的梁生宝形象。

（原载《北京大学学报》1964年第4期，署名方明）

---

① 《创业史》第一部，第345—348页。

② 《创业史》第一部，第109—110页。

放荡的严肃，嬉笑的悲哀

——关于《废都》的评价

1993年的中国文坛上，最热闹的事，也许莫过于“陕军突起”。几位陕西作家，出版了很有分量的长篇小说，在全国引起轰动。其中，以贾平凹的《废都》和陈忠实的《白鹿原》影响最大。《废都》尚未出版，就传出作者得了一百万元稿酬的消息。在《十月》杂志上刊登时，人们发现作者删节了许多性描写。随后有些地区又风传此书已被查禁，接着当然又有辟谣。真真假假，的确起到了刺激读者“读欲”的效应。在西安，《废都》的作者签名本，被炒到六十元一本（原价十二元）。如果不是某种原因，可以肯定评论界也会有一番热闹，因为大家的评价很不一致。

本来任何一部作品都要接受时间的考验，由时间来决定取舍。真理不是权威的奴仆，而是时间的女儿。对于《废都》来说，特别有这种必要。

一、拨开性描写的云雾

《废都》是现代文学中最露骨地进行性描写的小说。其实这不是《废都》的重点，不应该太过于注意这个问题。不要被它所纠缠。现在，不得不先来说说这个问题，以拨开云雾，露出其庐山面目。

贾平凹在《废都》中，用加括号注明此处删去多少字的方法，企图给读者造成一种该书有许多性描写的感觉。其实，很可能是故弄玄虚，人们切勿上当。因为未删的性描写，已经相当露骨，试想，如果再要作进一步的描写，还能有多大意思？他之所以这样故弄玄虚，无非是为了制造“轰动效应”，是书籍促销的一种手段。这也是当今中国文坛之一景。

三十年代，郑振铎编《世界文库》时，很有眼光地选入了中国的《金瓶梅》。此书因为有露骨的性描写，而成了禁书，不宜公开发表。郑便想出加括号注明此处删去多少字的方法。后来一些《金瓶梅》的“洁本”，如香港的某些版本，则连这类注也不要，干脆彻底地把性描写删个干净。贾平凹是聪明的，用了郑振铎的方法做掩饰，却又保留许多仍是相当露骨的性描写，这更有利于吊读者的胃口。

至于他已写的性描写部分，其内容、方法都超不出《金瓶梅》《肉蒲团》的窠臼。这方面，他并无什么创造性。然而，并不是说这些部分只是抄《金瓶梅》，而没有新的含意。像贾平凹这样的当代名家，还不至于贫乏到要靠渲染色情来吸引读者。他是有意图的。很明显，贾平凹夸大了人的性欲。主人公庄之蝶和他的妻子在一起时，是个性无能者，然而在周敏的饭席上，见到了美貌的唐宛儿，竟然支持不住，要上厕所去“解决”一下，让“秽物”奔流一番。唐宛儿，还有柳月等女人，也差不多，她们心里想到性的事，下身竟即刻“湿淋淋”的流成一片。如果我们人真是这样，简直比动物还不如。显然，这是作家故意的夸张。其目的，在于更加显豁地让人们看到人身上的兽性。

早在五四时期新文学先驱主张“人的文学”，那时提出“神性+兽性=人性”的见解。兽性即动物性，说明人是从动物进化来的。人有食欲、性欲，无论是尊严的帝王将相，还是儒雅的才子佳人，这些方面和任何一个普通人都是一样的。但人又是进化了的，他出离了动物，高于动物，有他神性的一面。这理论在当时有明显的反封建意义，撕下了一些假正经的道德家的“神圣”的外衣，还他一个俗人的真面目。正是在这种思潮下，郁达夫写了《沉沦》。只因为小说中写了人的性欲，冒犯了道德家，招来了许多反对之声。在他们看来，如果人都像郁达夫写的那样有性的冲动，还会做出些非礼的举动，那么人的尊严、神圣何在呢？而没有虚幻的神圣和尊严，他们怎能高高地立在人们的头上呢？

今日的中国已不再是五四那时的了，然而长期道学传统的影响还是有的，不过涂上了阶级的色彩。那就是，资产阶级才是兽，于是把性欲承包给资产阶级了。“文革”中的“样板戏”，那里的正面主人公，便只有神性，没有七情六欲。如果有人说李玉和、杨子荣也喜欢看美丽的异性，江水英也要谈恋爱，那会被认为是对无产阶级英雄的严重亵渎，是一种犯罪的行为。“物极必反”，作为对上述现象的反拨，到打倒“四人帮”后，一些原先至高至圣的大人物的私生活的种种传闻，便在民间广为流传。这也是不正常的现象。

现在贾平凹又来如此夸张地写性欲。庄之蝶是坏人吗？不是，他是大作家、大都市市长的座上客、青年人崇拜的偶像。然而，却把他写得如此世俗化，在性生活上也有庸俗不堪的一面。这可以说是对人的虚幻的神圣感、尊严感，来了个猛烈的冲击！的确会使某些人感到相当的难堪。但平心静气地想一想，庄之蝶又算什么？如今各色各样的绯闻，已经不是人们私下交头接耳的内容，而是许多小报争相捕猎的宝贝了！

当着中国全面发展市场经济，当着商品经济的大潮席卷神州大地时，这已经不是英雄的时代了，这个社会开始走向世俗化了。人们可以不喜欢庄之蝶等“四大恶少”，不喜欢唐宛儿、柳月等女性，然而他们活得比一般人还滋润些。当着多少农民还没有脱贫时，他们一伙吃着松子煎鱼、火爆腰花、清炖甲鱼，拿珍贵的古董互相赠送。他们早已超前“小康”了。他们有着四面八方的关系网，他们会拉关系、走后门、耍手腕，有时市长还有求于他们哩。尽管你不喜欢，他们却已是“大腕”级的人物了，你只能眼睁睁地看着这些俗人们在西京叱咤风云。赤裸裸地描写他们的性生活，更加显露了这伙人精神领域中的庸俗面。贾平凹放荡笔墨，其实他触及的问题是很严肃的。

贾平凹最后还是让庄之蝶中风倒在车站，这是否表明他的心里也并不希望这些人有个好命运？

二、要害在一个“废”字

《废都》的要害在于一个“废”字。好比古长城上的烽火台，狼烟冲天，向远方传达告急的信息，所有的烟柱都缠绕成一个“废”字。那么它所要告急的，是什么东西“废”了呢？

是告急西京的千年文物没有保护好，要“废”了，请赶快抢救？不是。是告急西京的人口爆炸，请赶快严格地执行计划生育？不是。是告急西京的环境遭到破坏，污染严重，生态失衡，请赶快采取环保措施？不是。是告急西京城市废旧，请搞好市政建设吗？也不是。今日到中国，可以在任何一个城市看到楼越盖越高，车越来越挤，人们穿得比过去好，生活水平已有提高。城市是更加繁荣了。

那么书中写的什么东西要“废”呢？是精神！是人的精神，是整个社会的精神状态。从书中可以明显看出“物质爬坡，精神滑坡”。庄之蝶等物质生活比过去富裕多了，但他们的精神，真叫人不敢恭维，越发低下了。在中国，作家曾被尊为“人类灵魂的工程师”；但庄之蝶配吗？他的灵魂，客气点说，也只够个灰色，哪堪师表？

围绕一个“废”字，贾平凹制造一种特别的氛围。一是通过一个捡破烂的老头，歌唱出不少民谣。这方法在现代文学中也有先例。如赵树理《李有才板话》中李有才讽刺阎家山的快板。高晓声《李顺大造屋》中李顺大的“稀奇古怪歌”等。但《废都》中民谣全不是贾平凹的创作，而是收集近年来中国大陆流行的民谣，内容全是讽刺腐败现象的。如开首一首《十类人》，在流传过程中就有多种“版本”，有的叫《十等人》。这首民谣几乎是此书的一条纲，通过它勾画了弥漫全国的社会风气。又通过周敏在城墙上吹埙，与捡破烂的老头的吼声，“一个如狼嚎，一个呜咽如鬼，两相呼应”。这埙，状如鹅蛋，是极古的乐器。它能吹出什么声音？无非是悲凉的。包括那农妇牵着牛到城里卖牛奶，也不是闲笔。实在伪劣产品太多，这种当面挤奶法，虽是原始的，却比较可靠、可信。总之，整部书所营造的，是低沉的、颓废的，甚至是一种末世的气氛。

作为作品主体的，以庄之蝶为首的一群人，又在干什么？是干改革开放，还是干坚持四项基本原则？都不是。这一群文化人整日里忙忙碌碌，他们可以为制造假农药的101黄厂长做假广告，把他吹成“优秀农民企业家”。（当然，作为“回报”，黄厂长也要“赞助”他们的“文化事业”。）他们可以为政府的“文化搭台，经济唱戏”服务，市长要早出“政绩”，就离不开这批文人帮着“搭台”。而且有时还要靠他们与省报的关系，发表文章，帮助市长巩固其政坛的地位。从而他们成了市长的座上客，成了人民代表。（而为了反驳政界对手，竟可不惜花一百万元来买报纸版面，也够骇人听闻的。）庄之蝶端坐在人民代表大会的庄严的主席台上，八面威风地让电视转播他的形象；

同时却在宿舍与唐宛儿乱搞。不仅如此，他还把自己私通了的柳月，送给市长的残疾公子做老婆。他们攀上了与市长的关系，自然会有许多好处。人们看到，不仅钱权可以交易，就是文与权，也可以交易。全书的重头戏，是庄之蝶与景雪荫的一场名誉官司。这类官司在文艺界似已司空见惯，要紧的是双方为了打赢官司，便各显神通，据说连美人计也用上了。于是，曲曲折折，变幻无常，胜负莫测，不靠真理，不依法律，全看手段。如果说庄之蝶稍微表现出一点正义感的，是给钟维贤争高级职称，但高职的"红本本"争到了，钟维贤也因经不起折腾而断气了。人们可以把各种污秽泼到庄之蝶头上："流氓""淫棍""伪君子""无耻文人"……但他如孟云房所说："在这个城里的文化圈里，庄之蝶算是最好的！"他还是"年轻人崇拜的偶像"，"在外边前呼后拥的"。

法院是保卫真理与正义的，人民代表大会是体现人民意志的，高级职称是代表国家文化学术水平的，……这些本来都应该非常神圣、非常尊严的。然而，在《废都》里，神圣在哪里？尊严又在何方？当柳月接近了庄之蝶，便从性的问题上，"看透了这以往自己崇拜的名人，不畏惧也不觉害怕"了。这时，庄在柳的心目中，已失去了尊严和神圣。而当柳自愿嫁给市长的残疾儿子，充当庄与市长间交易的一个砝码时，她自己在人格上，也没有尊严和神圣了。牛月清发现自己丈夫与唐宛儿的关系时，也曾感到痛苦，然而得知尼姑也不干净，慨叹道："出了家的慧明也打胎，这世上还有什么是真的？还有什么让人可相信、可崇拜、可信仰呢？"实际上，牛月清已经到了精神崩溃的地步了！

三、要振奋，先震惊

读罢《废都》，绝不会给人以振奋之感。但如果说会让人人都垂头丧气，倒也不至于。它还有其警醒的作用。好比我们身上穿着一件很时髦的西装，贾平凹不去描写它的笔挺、鲜亮的气派，却把它的里子翻了出来。人们看到那里子是烂布做的，有的地方还打着补丁，当然感到难堪。但如果肯于顺手就把这里子撕了，换上上好的羽纱之类，这身西装表里都新，穿着也心里踏实。

不能振奋，可以震惊；震惊而后也能振奋。但究竟《废都》会起什么样的社会作用，社会又会怎么样地对待《废都》，这一切尚未见分晓，所以说还要等待时间的回答。

西京写的是西安，这里历史上曾经发生过许多事。这里是统一的中国的第一个首都，通过秦陵兵马俑的地下兵阵，人们可以看到两千多年前第一个皇帝统一中国的宏伟气势。它成了世界的奇迹，至今令世界惊叹。往后，又有华清池让它出了名。华清池记载着无限风流、缠绵的爱情故事，不过已经没有兵马俑的气势了，它不过是皇帝宠爱的一个女人洗澡的坑。但这时毕竟还有盛唐气象，当时的长安，也比今天大得多。多么雄伟啊，西安曾经辉煌。此后则跟随着我们的民族渐渐地衰落，不过到了现代，那里还发生过“西安事变”，发生过张学良、杨虎城对蒋介石实行兵谏的壮举。在那中华民族已到了生死存亡的最危险的关头，张杨的举动让人看到了民族的希望。但这代表民族正气的人，是没有好下场的。再往后它会怎么样呢？这要等待历史来回答。

中华民族是非常古老的，也是非常伟大的民族，它曾经多次跌倒，但也多次再爬起来前进。一个民族，不管有多么大的灾难，只要精神不死，它就有希望。如果精神“废”了，那才是可怕的。切不可一座座楼房盖起来，一根根精神支柱倒下去。贾平凹似在用嬉笑的眼光，写那一堆可笑的事，却掩盖不住他的内心的深沉的悲哀。如果说今日的中国又到了真正的“盛世”，那么在“盛世”而发“危言”，这正是民族有希望的表现！

（原载日本《中国当代文学研究会会报》，1994年第9号，收入本书时有删节）

第二辑

赵树理创作评论

邪气从何而来?

1948年10月，赵树理发表了中篇小说《邪不压正》，这篇小说在他的创作中占有比较重要的地位，但长期以来却没有得到应有的评价。

《邪不压正》以中农王聚财的女儿软英的婚事纠葛为线索，描写了从1943年到1947年间，围绕着土改斗争，下河村阶级关系的剧烈变化，表现了农村各阶级——地主、中农、贫雇农、流氓等在这个变化过程中的种种动态。美貌的软英被逼迫许给地主刘锡元之子刘忠为填房，媒人是刘锡元的走狗、流氓小旦。幸好八路军来到，刘锡元在清查斗争中气死，刘忠须守孝三年，故软英未曾过门。但其父王聚财也不敢贸然退婚，因恐时局有变，抱“看看再说”的态度。后来在土改运动中农会主席小昌多占胜利果实，小旦亦混入积极分子队伍，他们以“挤封建”之名，扩大打击面，侵犯中农利益，王聚财亦以与刘锡元联姻的罪名遭到斗争。小昌并通过小旦逼迫王聚财将软英嫁给自己十四岁的儿子。1947年，上级派来工作团，纠正了下河村土改中的“左”倾错误，开展了整党运动，软英才得以与自己心爱的小宝结婚。

《邪不压正》非常真实地反映了从1946年中共中央发布“五四指示”，到1947年10月公布“土地法大纲”，决定开展农村整党运动，这一时期晋冀鲁豫边区土改运动中的问题。这个时期正好也是《太阳照在桑干河上》和《暴风骤雨》这两部著名长篇中的故事发生的背景。这两部长篇以及当时不少反映土改的作品，主要都正面地反映农民的翻身解放。当着桑干河旁的果树园里贫苦农民们闹腾起来时，当着元茂屯的老孙头睁大双眼为自己挑选好马时，赵树理却着重反映土改运动中一些倾向问题。这些问题既不出在钱文贵身上，也不出在韩老六身上，而是出于贫农队伍之中。1946年6月，晋冀鲁豫边区开始贯彻“五四指示”，发动了土改斗争。这一阶段的运动中，发生了从抗战时期土地政策到现时政策转变中的动摇，如没有贯彻阶级路线，干部、积极分子多分果实等问题，也发生了不给地主生活出路，侵犯中农利益，乱打乱杀等偏向。而这种偏向的产生往往因为多占果实的干部、积极分子，为了保护自己多得的利益而歪曲党的政策，扩大打击面，把运动引向“左”倾。1948年4月21日，晋冀鲁豫中央局指示太岳区党委坚决纠正土改运动中的“左”倾冒险主义。27日，又指示太行区党委纠“左”。5月10日，在晋冀鲁豫的《人民日报》上发表了毛泽东同志的《在晋绥干部会议上的讲话》，目的也是为了纠正土改中的偏向。赵树理这一时期亲自参加了土改实践，对运动中所存在的问题，感受深切。他在《新大众报》上那些短评中，已经提出了这类问题。为了“想写出当时当地土改全部过程中的经验教训，使土改中的干部和群众读了知所趋避”[①]，他又写了《邪不压正》。这个作品写了土改中的“左”的倾向，而且表现了土改初期各阶级动态。据赵树理的体会，这就是：“一、中农因循观望。二、贫农中的积极分子和干部，有一部分在分果实中占到便宜。三、一般贫农大体上也算翻了身，只是政治上未被重视，多没有参加政治生活的机会。四、有一部分贫农竟被遗忘，仍过他的穷苦生活。五、流氓钻空子发了点横财，但在政治上则两面拉关系。”[②]这些也就是《邪不压正》的内容，因此这个作品对帮助人们认识农村土改斗争的复杂性，具有很大的作用。

体现着土改中问题的人物是农会主任小昌。他原来也是个穷苦人，是给刘锡元抬食盒的角色。在八路军解放了下河村后，他以具有积极斗争刘锡元的勇气，当了干部入了党。他的小生产者的思想局限立即显露出来，不但多占了斗争果实，而且思想、生活都很快脱离了贫苦农民。连他的老婆、孩子也神气起来，公然欺压住在同院的阶级兄弟。这又是一个陈小元。然而陈小元顶多不劳动，派别人给他锄地。而小昌的变化却使党的路线发生偏差，打击了一大片应该团结的对象，搅乱了整个村子的阶级阵势。他起的作用比陈小元坏多了。小昌变心后，立即与小旦结合起来。像小旦这种社会渣滓，他不会给社会创造任何财富，却只是像寄生虫一样到处吮吸、消耗社会财富。过去他投靠刘

---

① 赵树理：《关于〈邪不压正〉》，《人民日报》，1950年1月15日。

② 赵树理：《关于〈邪不压正〉》，《人民日报》，1950年1月15日。

锡元，助纣为虐以分食残羹剩菜。现在又佯装积极，以侵占斗争果实，蛀空革命。他可以变换着花样，制造理由，回回补窟窿，永远填不满。只要有果实可分，他永远是积极分子。斗完了地主他要斗中农，斗争了中农他又要斗干部。别看他当初巴结干部，口蜜嘴甜，出谋划策，多么顺人的心意。形势一变，他立即就成了斗争干部的急先锋，把干部说得比刘锡元还坏。可以想见，一旦变天，他又会如何地摇着尾巴滚到刘忠的脚下去。任何大的革命潮流中，都会有泥沙俱下、鱼龙混杂的情况。领导层中这种现象造成土改政策的变样。在第三章中，极为生动地描绘了这种情况。由于干部、积极分子多占了果实，到了填平补齐时，村里只有五六个封建尾巴，而且又多是清算过多次了的，可是窟窿却有四五十个。这说明原来的分配果实多么不合理，大批财富落入了干部、积极分子之手。而他们却还要在补窟窿中再捞一把，他们说："光补窟窿啦？咱们就不用再分点？""那只好叫他们那四十七个窟窿户自己干吧！谁有本事他翻身，没有本事他不用翻！咱们不给他当那个驴！""还是公私兼顾吧！"于是只好再多找些"封建尾巴"，"越多越能解决问题"，"要不动个几十户，哪里还轮得上咱分果实？"地富已经分了，那只好分中农。各种各样的名目都出来了：父债子还，出租过二亩地，放过一笔债，连谁家爷爷打过人，谁家奶奶骂过媳妇等等，都算作应斗的条件，他们的"土政策"就是这么产生出来的。其结果，人人自危，土改运动就乱了套了！这种情况不止下河村有，作品通过住在上河村的二姨写出临近地区的同样状况。她来走亲戚，过去骑驴，现在步行，因为怕斗争把驴卖了；过去可以给小外甥带点花生，现在没有，因为怕斗争连花生种也吃光了。这表现了错误政策对生产力的严重破坏。

当着贫苦农民跟随无产阶级，打倒了地主阶级，成为胜利者的时候，怎样分配从地主阶级手里夺回来的劳动果实，就成为一个重大问题。历来的农民起义，如果推翻了封建王朝，掌握了政权，这种胜利果实往往归属少数领导者，以及他们的功臣、亲属。农民起义建立的新政权，实际上只是一个新的封建王朝，这在分配胜利果实上首先表现了出来。在这个问题上充分反映了农民小生产者的阶级局限性。新民主主义革命是由无产阶级领导的。关于分配果实，也就是改变土地所有制的问题，无产阶级根据马列主义、毛泽东思想，作了最正确、最彻底的规定，制定了具体的政策。但是，这种正确的政策能否贯彻到每一个地区、每一个村庄？那里的大批干部，昨天还是小生产者，今天也还是小生产者，他们还十分缺少无产阶级思想的教育，更不可能在旦夕之间克服私有观念，他们能够忠实贯彻无产阶级的政策而不走样吗？显然是不可能的。而且这种小生产者的观念如果反映到指导土改的干部队伍中，形成了一种倾向或路线，哪怕只是发生在局部地区，其危害性也是很大的。赵树理从实际生活中看到加强对农民的领导、教育的重要意义，这是他对生活的了不起的真知灼见。

无论是小昌的蜕化，或者是小旦的混入，都与农民群众没有真正地发动起来有关。旧的统治者推翻了，不等于农民群众已经把命运把握在自己的手中了。因此尽管有元孩、小宝等正派的干部、党员，但或则孤掌难鸣，或则受打击排斥，被开除出党了。下河村的刘锡元虽然已经被打倒了，但是政权也还没有真正掌握在群众手中。看看下面这种场面，熟悉农村工作的人，大概是并不陌生的。

> 第二天开了群众大会，是小昌的主席。开会以后，先讲了一遍挤封建和填平补齐的话，接着就叫大家提户。村里群众早有经验，知道已经是布置好了的，来大会上提出不过是个样子，因此都等着积极分子提，自己都不说话。有个积极分子先提出刘忠，说出他是封建尾巴的条件，别的积极分子喊了些打倒的口号，然后就说“该怎么办？”又有个积极分子提出“扫地出门”，照样又有人喊了些“赞成”，就举手表决。……这时候，干部积极分子自然还是那股劲，别的群众，也有赞成的，也有连拳头也懒得举的，反正举起手来又没有人来数，多多少少都能通过。……

这哪里是群众运动，这是典型的运动群众，即赵树理所说的“干部通，群众过”。长期宗法制下的农村，群众没有任何民主生活的习惯。辛亥革命后，资产阶级也未曾给广大农村带来任何一点民主，就连“训政”也不过是空话一句。真正的民主，是共产党和八路军开辟农村根据地时才传播开来的。但是，像二诸葛这样的农民，对于民主也是有抵触的。既然在家庭中他要维护一家之主的尊严，不允许年青一代有思想自由，那么他在社会政治生活中，也不理会什么叫做民主。或者他恭顺地追随上面的“长官”，安然地当一条尾巴，或者把自己的意志代替别人的意志，要别人做自己的尾巴。下河村群众在填平补齐中的表现，以及因为触犯了小昌的利益，小宝就随随便便地被开除出党等等，都说明民主生活的缺乏。正因为不知道民主为何物，有时就会曲解民主，走向无政府状态。例如积极分子会上确定斗争对象，就是只讲绝对的民主，不要集中。下河村的现实告诉我们，打倒了地主不等于挖掉了封建思想，没有民主就会出现新的专制，封建主义还会被保留下来。这回不是刘锡元，而是换了一个小昌来实行专制。赵树理认为农村民主生活的不足，是一个重大的问题，迫切需要解决。

由于没有真正的民主生活，也就不可能发现正派的、优秀的人物，并发挥他们的作用。例如老拐，就是正派的农民。他能够在旧势力统治下，不趋炎附势，很有贫苦农民的骨气。可是土改后，并没有真正翻身，仍过着半讨乞的生活，根本无法挤入下河村的政治生活。而小宝，尽管有人责难作家把他写得不像个共产党员，但他总还是个正直的青年罢。因为不会说话，受了多年剥削竟然只分到一点点胜利果实，他也并无怨言。至于软英，她有见识、有心计，虽然是中农出身，仍是妇女中可以培养的对象。然而她始终只被看作一个生儿育女的工具，还远未走到政治生活的边缘。正派的人物出不了头，群众又没有真正的民主权利，少数坏人和坏干部才敢于任意摆弄他人，为非作歹。

所有这些，都十分真实地反映了特定时期农村阶级斗争的实际状况。据1949年2月，太行区党委办公室的统计，土改运动结束时，农村中“支部不纯、历史上党群关系裂痕较大，干部作风不民主，甚至支部内有不少不纯分子存在，结束土改执行政策有偏差，但不很严重”的二类支部，就占百分之五十①。下河村支部至少应归属于这一类。当着土改运动即将在全国范围展开时，《邪不压正》反映的问题，是有现实意义的。而且，这个作品虽然写的是土改，是批判“左”倾错误的，但由于作家从生活出发，真实地描绘了农村政治生活的某些方面，它的意义远超出题材的范围。它向我们提出了革命高潮

① 见1949年2月20日《人民日报》。

和胜利时期，革命队伍大发展时可能发生的一些问题；提出从思想上批判封建主义，普及民主思想的迫切性；提出启发农民群众的政治觉悟、教育农民的严重意义。《邪不压正》在典型人物的塑造上、在艺术成就上，无法与《李有才板话》匹敌；但它提出的问题，比较《李有才板话》所提的工作作风问题，更具有深刻性。《李有才板话》主题的明显性，使它的意义立即被人们所理解；《邪不压正》的主题却一时半时不易为人们所理解。但随着岁月的推移，新时期社会矛盾的不断暴露，这个作品的意义已经越来越显露出来了。

在《邪不压正》中，赵树理为新文学提供了一个中农的典型形象。作品中的主人公王聚财，虽然一直站在政治生活的圈外，“前怕狼后怕虎”，只求明哲保身；但他处于铁砧与铁锤之间，各种打击纷至沓来，使他无法安生。在女儿婚事上，他看不起小宝。明明是一个“好孩子，又精干又漂亮”，又合女儿的心意，只为他“家里没甚”，而拒绝他向软英的求婚。甚至小宝不计私利，不会在分配果实时为自己争利益，竟也被聚财看作是“没有出息”。这里表现了他的势利眼和对贫苦农民的鄙视。另一方面，他也不去趋奉地主，并不情愿与刘锡元联姻。因为他本来也是贫苦出身，民国二年到下河村开荒，借过刘家的钱，受过刘家多年的高利贷盘剥。所以他与地主阶级之间，也有尖锐的矛盾。刘家逼婚，他从心底里迸发出“太欺人了”的呼声！他就是这样一个两头挨不着的人物，这恰好是中间阶级的特点。作品还把他放到政治斗争中去表现。八路军解放了下河村，斗争了刘锡元，王聚财明明是个苦主，却以“人没前后眼，你知道以后是谁的天下”为由，不肯投入斗争。他认为断婚后祸福难卜，不如“看看再说”。这也把中农的政治态度和为人处世的哲学，表现得很真切。王聚财在赵树理的人物画廊里，也可以占有一席地位。

《邪不压正》以婚姻问题为线索，也在某种程度上反映了婚姻问题，但这条线索只起串线的消极作用。只有第一节的地主逼婚写得比较充分，因为从时间上说，这时还未进入土改时期，作品还未接触到真正的主题，作家也要通过这一节交代各方人物，为后面的展开情节作准备。可是此后的三节，婚姻问题纯粹为了贯串情节，因而对婚姻问题上的一对主要人物小宝和软英，就写得过于消极、被动。他们像水上的浮萍一般，随风逐浪而走。地主逼嫁，软英哀泣，小宝无奈。地主垮台，聚财等待，软英也等待。小昌逼婚，聚财愤懑，软英圆场。直等到上面派来了工作团，纠正了下河村土改中的错误，小宝、软英才得到解放。不必指责作家没有把他们写得像小二黑、小芹那样，也不必要求把他们的斗争性写得更强。生活中的人物本来就是多种多样的。但是因为人物在斗争中表现得过于消极、被动，他们的性格便无法得到深刻的表现，所以《邪不压正》在人物形象上也仍然是年青的不如老一辈的写得好。

《邪不压正》发表后，立即引起了一场小小的争论。反对者固不必说，就是赞成者当时也没有真正发掘出这个作品的意义。不过群众仍然是爱读的。石家庄工人反映："报纸上发表了赵树理同志的《邪不压正》一篇小说以来，我们厂里，工人们都非常愿意看，有过去不看报的工人，也抢着看了，当第一次看到后，因为小说还没有登载完，工人们都在焦急：'是不是不再续了呢？'这都是说明赵树理写得好……"。[①]这表现了工人们关心土改运动，关心农民生活，从这种反映中亦可看出《邪不压正》在当时的意义。

（选自《赵树理评传》，江苏人民出版社1981年版）

① 《石家庄工人来信，请赵树理写工人》，《人民日报》，1949年1月25日。

赵树理小说欣赏和移象作用

在艺术的各个门类中，有一类是视觉形象艺术，即通过视觉使人得到形象，如绘画、雕塑；有一类是听觉形象艺术，即通过声音给人以形象，如音乐。戏剧、电影则是这两类的综合。而文学，既非通过视觉，亦非通过听觉，而是通过特殊的工具——文字，来表达形象，传播形象。“看”小说，不是如看电影那样直接看到形象，而只是看到了文字。“听”小说，听到的也只是读出声音来的文字。所以，文学（包括小说），是以文字为媒介，间接地给人以形象，而不似绘画、音乐那样使形象直接地作用于人的感官。

文字是一种符号，每一个符号代表一个概念。通过一连串的概念的结构，使人们联想到某种画面、某种声响、某些人物的活动等等。这些画面、声音、活动等，都不是作家直接制造出来的，而都要读者阅读了文字之后，自己在脑海中去勾画出一种画面，想象出一种声音。书上写个“风”字，你读到这个字时，书上是不会发出真的风声的，那就要靠你自己根据平日听到的各种风声，想象出某一种呼呼的声响来。书上写个“红”字，其实是白纸上黑色的字，也要靠你平时对种种红色的经验，在脑际闪现出一片红艳艳的色彩。由于这样一些特点，在阅读文学作品时，人的主观能动性具有特别重要的意义。最不肯用心的人，看小说时也不能不加紧脑筋的活动。他们会在不知不觉中，按着书上的描写，不断地以自己的生活经验，给予补充，使得在自己的头脑中重现书中的那许许多多生动的形象。这个过程，有的美学家称之为“再创造”。心理学上则叫做“再造想象”。尽管我们不是作家、艺术家，但普通的人都会有这种“再造想象”的能力。这种能力越强，我们就越能够接近作品。

为了进一步解释这种现象，可以举一个我们通常具有的经验：当我们读电影剧本时，脑子中就会出现一个个人物，展开了他们的活动，形成了一个个场面。这就是我们在读电影剧本时所进行的“再创造”，我们已经在自己的头脑中演了一遍电影了。后来，电影拍成了，我们在看电影时会发现，那里的人物形象、生活场景，有的与我们自己阅读电影剧本时的想象相吻合，但往往竟是与我们先前在脑子中演过的大不相同。因为影片是导演、演员们根据他们对生活的经验所拍摄出来的。由于生活经验的差异，他们所再创造的形象，必然与我们读剧本时的再创造不会完全一样，所以说一百个观众会看到一百个不同的哈姆莱特。这个例子正说明文学鉴赏的特点，不是直接的，而是间接的，通过文字的媒介而得到形象。

由于文学鉴赏的这种特点，就对作家在文字上提出了要求，要求他善于通过自己的语言，把读者带进一个形象的境界中去。我们平常讲“绘声绘色”，就是指文字的这种功用。文字代表概念，其中实词所代表的概念就是有具体的形象的。读者读到这个字时就可以把它还原为形象。因而从生活到作品，再到阅读作品，经历了三个阶段：生活形象→文学形象（文字）→再造形象（读者的再创造）。这第三个阶段是最重要的，因为文学作品最终能否产生效果，产生多大效果，都要在这个阶段中实现和检验。文字在这里，第一要保证第三阶段的还原工作的准确性，使读者的再造形象尽可能地符合、接近原来的生活形象。第二，还要能进一步地调动读者的经验，使得再造形象不仅符合、接近原来的生活形象，而且还加上读者自己的经验，比起原来的生活形象更为充实、更为丰富。这种根据作家的文字所提供的范围，把读者自己的经验补充进去，使形象更丰满，就是文学欣赏中的移象作用。

德国美学家立普斯（1851—1914）曾经提出文学鉴赏中的移情作用。在立普斯那里，这是一种主观唯心主义的美学观，他所说的移情指人的知觉、情感外射到物上去，变在我为在物。他否认事物本身具有属性，认为人们感觉到某物有其色、其味、其状，那是人把自己的知觉、感觉外射给它。这种观点当然是我们所不赞同的。但是，移情作用作为一种鉴赏心理，却是存在的。立普斯所谓“物我同一”“拟人作用”，就是由形象所引起的联想、共鸣，然后读者把自己的主观的情感，充实到客观的艺术形象上去。这也就是我国古代文论中所谓的情景交融（由人到物）和触景生情（由物到人）。

除了这种移情作用，在鉴赏中还有一种类似现象，就是上面所说的移象作用。这更多地表现在小说的鉴赏上（包括剧本、电影剧本的鉴赏）。因为一般说来小说重客观描写，重形象的塑造。读者着重的不是以自己的感情去补充小说中的形象，而首先是以自己在生活中获得和积累的类似的形象去补充。例如，如果我们在生活中接触过许多富裕中农，具有对这类人物的很丰富的感性认识，那么，当我们读到《三里湾》中有关马多寿的段落时，这个人物立即就变得有眉有眼，非常具体生动。因为我们已经把生活中许多同类人物的音容笑貌充实到马多寿身上了。这时，在我们头脑中再创造出来的这个马多寿，已经打上了我们自己的生活经验的烙印，与赵树理所依据的原型，便绝不会是一样的。

移象作用的心理根据，是因为感觉、知觉过的事物可以在大脑中留下痕迹（又叫暂时神经联系），这种留下的痕迹的活动会产生出表象。表象就是过去被我们所感知的事物的形象。人的生活经验越丰富，记忆中形象性的东西越多，表象也就越丰富。人们还有一种思维能力，就是想象。想象不是过去感知的事物，而是把已有的表象通过大脑活动加以重新组合，形成新的表象。所以，想象就是人脑对于感知材料的改组过程。而文字可以帮助这种改组。例如小说中的文字引导人们重新组合过去的表象，使之产生符合于小说中所描写的某些人物的形象。这种形象是活生生的，不仅外貌鲜明，而且有内心活动，有喜怒哀乐。而无论是外形或内心，都是作家用文字引导你，调动你头脑中的表象，促成、催化这些表象按照文字的规定实现重新组合。这种心理活动，就是再造想象，也就是一种移象作用的过程。这个过程也是产生美感的过程。因为它在调动、改组表象时，唤起了人们对生活的回忆，加深了对作品的理解、感受，并且积极地参加了再造想象的创造活动，产生了一种愉快和满足。

一部优秀的小说，能够引起人们美感的小说，应该是有利于这种移象作用的发生的。赵树理小说的一个很大优点，就在于有便于读者进行移象活动的条件，这也是他的作品能受到欢迎的重要原因。下面就这个问题做一些具体分析。

形象化的语言

鉴赏中的移象作用的发生，首先要求语言的形象化。赵树理由于使用农民口语，在这方面便具有很大的优越性。因为农民口语的一大特点是新鲜、活泼、形象、风趣，而绝无堆砌辞藻所造成的干瘪、僵硬、凝固的书呆子气。语言学也是美学，此话不假。正如画家创造美离不开彩色，音乐家创造美离不开旋律一样，文学家创造美的唯一工具就是语言。语言的准确、鲜明、生动，这不仅是为了沟通思想的需要，同时也是一种美的创造。从触发移象作用的要求来看，赵树理作品的语言，至少具有三个方面的优点。

第一，广泛使用形象性强、容易引起联想作用的词语。

鲁迅曾经说他常用书本上的词汇，虽然并不冷僻，但如有精细的读者，交给一支笔一张纸，说："您老的文章里，说过这山是'峻嶒'的，那山是'巉岩'的，那究竟是怎么一副样子呀？您不会画画儿也不要紧，就勾出一点轮廓来给我看看罢。请，请，请……"这时，就要腋下出汗，恨无地洞可钻了。"因为我实在连自己也不知道'峻嶒'和'巉岩'究竟是什么样子，这形容词，是从旧书上钞来的，向来就并没有弄明白，一经切实的考查，就糟了。"[①]鲁迅举出的这些词，还有诸如"峥嵘""嶙峋"等等，并非不可用，但它们确有一个弱点，那就是在长期沿用之后，已经与原来所反映的形象完全脱离了。因此，我们读到这些词时，只知道那是说明山的高大险峻，却无法知道究竟讲的是什么样的高大险峻，当然也就无法勾起自己的联想。相比之下，来自农民口语，又经过了加工创造的赵树理的语言，却能与客观形象贴得很紧密。不仅形容比喻之类的词语如此，就是一般的动词，也求形象的鲜明性。例如他用"裂""磨"等字说明动作，就是利用汉字的引申义而达到形象化的目的。他是这样用的：

> 这时候，忽然从庙门口闪进一道亮光来，正往庙里走的人们往

① 鲁迅：《且介亭杂文二集·人生识字糊涂始》。

两边一裂，那亮光好象更大了些，从中间的人缝中穿到庙院里。[1]

这里的亮光，是来庙里看戏的地主提着的马灯，群众急急忙忙地给他们让出一条道来。用了“一裂”，表现原来是挤成一个整块的人群，由于让道而分成了两半，好比地震或者受到别的什么剧烈的震动，而裂开来似的。这“裂”字把群众队伍的动态表现得多么逼真！再看另一个例子：

他停了车考虑了一阵，最后觉着还是不过去好，因此就拨转牛头磨过车来往回返。[2]

这是利用磨子转动的形象，来说明掉转头来的意思。比较用“回过头来”“转过车子”，都要好得多。因为读者们对“裂”“磨”这些动作，都有许多具体的感性的认识，如见过震裂的地皮、干裂的木头、自己撕裂过布匹，也见过大大小小各式各样的石磨、碾子等等。就是说头脑中储备着这一类的表象。所以一读到“裂”“磨”，便立即把原有的表象调动出来，与书中的描写相联系，使书中那些行为更具体化、形象化了。

为了形象化和联想作用，赵树理还有选择地使用方言。这些方言确实具有特殊的表现力，是普通话中所没有的，如“死受”“团弄”“开解”等等。一是它们并不生僻，至少与上下文相连，意义都是清晰明白的；二是相当的形象化。

“死受”是用来形容三仙姑那位又老实、又懦弱的丈夫于福的：“不多说一句话，只会在地里死受。”“死”字，包含着死板、木讷、笨拙之类的意思。“受”字，包含着受苦、受累、受罪的意思。把“死受”二字连在一起，于福在家里受苦受累，还受气受欺，然而又钝口拙腮，有苦说不出的活生生的形象，便显现在我们脑子中了。

“团弄”是阎家山地主势力商议的腐蚀、拉拢陈小元的方法，即“把他

① 赵树理：《刘二和王继圣》。

② 赵树理：《表明态度》。

团弄住”。“团”字使人联想起团团包围住，把陈小元与广大群众一层一层地隔离开来。“弄”字又含有捉弄、耍弄、玩弄于股掌之间的意思。这两个字把一个阴谋诡计说得又概括又十分具体化，使人感到了地主的阴险狡诈。

“开解”是《“锻炼锻炼”》中王聚海的埋怨之言：“你们闯下了事自己没法了局，我给你们做了开解，倒反落下不是了？”这里，“开解”就是解开疙瘩之意，也比用“调解”“调处”“调和”等都要好。不仅因为这个词新鲜，而且也因为更为形象。

“死受”“团弄”“开解”这几个词也都是动词，因为内涵的丰富性，容易引起读者的联想，因而使用它们有利于移象作用的进行。

第二，用语言来唤起读者的视觉和听觉形象。

这种语言能使读者接触到它，就像立即见到它所代表的那个事物的形状，听到它的声音。就是我们常说的作家的描绘使人如睹其状，如闻其声。例如说庄稼长得好，人们并不能知道究竟如何好，也就是说这一句话无法唤起我们的视觉形象来，因此不能说它成功。如果来看看赵树理的语言，当他描写庄稼时，似乎我们的眼前立即就显现出那一片庄稼地来。解放区的作品中写庄稼的不少，可以从对比中说明问题。我们先来看一段写庄稼遭受旱灾之害的例子：

> 咱那个老天爷，也怪，到五月还不下雨，秋庄稼种不上，亏了年里雪大，麦子还长住了。可是这能顶个啥？……眼看着大毒日头天天烧着，连树叶也快吃不上了……

这一段文字除了最后一句“连树叶也快吃不上了”，还比较具体一些（不过，仍是比较一般化），可以说明庄稼大约已旱到颗粒不长的地步；从整段来说，缺乏能够引起人们产生视觉形象的力量。因此，人们读了之后，对旱灾之下的庄稼情况，并不能获得深刻的印象。赵树理在《孟祥英翻身》中也写到旱灾，说：“一夏天不见雨，庄稼干得差不多能点着火。到秋来谷穗象打锣锤，头上还有寸把长一条蜡捻子”。对比之下，就形象得多了。说庄稼“能点着火”，人们便可联想到可以点着火的许许多多东西，当然都是十分干燥的。由此又可想见那庄稼已经干枯到何等严重的程度。又可以从锣锤的样子，想见谷子长得多么可怜。同样写旱灾下的庄稼，赵树理这一段好就好在使人如见其状。

赵树理为了达到形象化，他使用了比喻。那么，能不能说比喻越多就一定越能引起联想，因而效果就越好呢？也不是一定如此。还是先看一个例子。有一篇解放区的短篇小说这样来写庄稼的丰收：

> 全村的人都说刘小七今年庄稼长得好：玉茭棒棰大，谷穗儿老鼠大，黍稷穗儿扫帚大，芝麻一串串，咧着嘴露着白牙笑眯眯，高粱眯着眼露着白眼笑眯眯，南瓜象水桶，茄子碗口大……

这段文字中的比喻一大串，有的也还用得比较巧妙，说明作者很注意向民间文学和群众的口语学习。但读了这一段，并不能引起多少联想，也不能产生充分的美感。且不说比喻是否运用到家，主要因为过多的比喻可能同过分堆砌辞藻一样，会产生反效果。读者的注意力都忙于应付那接连不断地涌来的比喻，哪还有工夫去进行联想？比喻的目的不应是为了炫耀自己的博学和才华，而应该以能触发读者联想，调动读者自己的想象力为节度，适可而止，否则是达不到唤起视觉形象的要求的。我们看看赵树理在《地板》中另一段描写庄稼的文字：

> 最高的一层是蒿，第二层是沙蓬，靠地的一层是抓地草。在这些草里也能寻着一些谷：秀了穗的，大的象猪尾巴，小的象纸烟头，高的挂在蒿杆上，低的钻进沙蓬里；没秀穗的，跟抓地草锈成一片，活着的象马鬃，死了的象鱼刺，三亩地打五斗。

这里也用比喻，但并不专用比喻。先写地里都是草，高高低低的长成三层。略有农村生活经验的立即从这三层草的描写中想象出那地里荒芜的景象。但又说并非没有谷子，不过有秀穗的，也有没有秀穗和草锈成一片的。再对其中高大的、矮小的、活着的、死了的，分别用了些妥帖的比喻，使形象突现出来。读这一段就好比欣赏画一样，可以说赵树理是用文字在画画，画面清晰，所以很容易在读者脑子里映现出同样的画面。

写景是这样，写人也是这样，通过文字的叙述，使人好比看到一群人物在舞台上表演一样。

另外，赵树理小说中也常用象声词。写到打仗时加上形容枪炮声音的词，写走路时则写脚步踏地的声音。其目的也在于造成一种有声有色的气氛，使读者如临其境，增加形象感。

第三，注意语言的动作性和运动感。

赵树理语言动作性、运动感强，这很可能与学习评书有密切的关系。赵树理也要求自己的小说能“说”，像《登记》《灵泉洞》就都是以评书名义发表的。按照这种标准，他的全部小说都可以说成是评书，或评书体小说。评书除了它的文学性外，还要适于表演。否则只能印在纸上给人看，说书人就要失业了。而为了表演，必须强调语言的动作性和运动感。通过口说（也就是念出声的文字），让听众得到看戏、看电影那样的印象、感觉。

《三里湾》写马有翼反抗家庭的包办婚姻，手里挥舞装有烟叶的筐子，阻挡家人的接近；写惹不起的孩子耍赖，满地打滚；《“锻炼锻炼”》中写小腿疼气势汹汹冲进灶房，拉住杨小四就要打，王聚海上前劝架；《催粮差》写崔九孩在二先生家里低眉顺眼和在孙甲午家里趾高气扬，……都是通过人物的动作，三言两语，使形象毕肖。由于这类动作描写，使语言有运动感，使人物活了起来。

写劳动场面，像《三里湾》《老定额》等，为了烘托紧张、热烈的场面，也是选择那些运动感强的事物来比喻，如飞翔的大雁、迅疾的旋风、奔腾的流水等。

有些地方描摹动作，更是精雕细刻，使人物的一举一动都清晰地呈现在读者面前，如《传家宝》中写金桂搬箱子的动作：

> 金桂仍是笑嘻嘻地答应了一声“可以”，就动手把箱子一拖拖出床沿，用胸口把一头压低了，然后双手抱住箱腰抱下地去，站起

一脚又蹬得那箱子溜到床底。

这里写了胸、手、脚三个部位的拖、压、抱、蹬四个动作。本来是一件比较简单的事情，由于描写得精细、准确，使人物毫无平面感，而是真正在活动着。试想，如果只写“金桂笑着说了一声‘可以’，便轻易地把箱子移到床下去了”，意思也说到了，可是混沌、朦胧，绝不像赵树理那样由于动作描写的明晰，给人以鲜明的感受。

如果我们花一番工夫来做精密的统计，我们可能会发现，赵树理小说中形容词的使用是较少的，尤其是赤橙黄绿青蓝紫之类的色彩的形容词少。相对地说，动词的使用量比较大。所以，赵树理的作品色彩感不强，这大概也是他的作品给人以质朴之感的原因之一；而动作感很强，指手画脚地活动着的人物很多。这是由于他主要是通过描述人物的动作来表现人物的性格。托尔斯泰曾认为艺术语言中最重要的是动词，必须首先找到能说明物体动作的准确动词，因为全部生活都是运动。毫无疑问，语言的动作性强正是赵树理艺术上成功的重要条件。

写实与写意相融合

写实和写意本来是中国绘画中的两种方法。工匠画偏重于写实，重形似。文人画偏重于写意，讲究形神兼备。如齐白石作画，认为要在似与不似之间。当然，这两种方法也互相渗透。工匠画中高明的，也注意画神态，就是要求神似。文人画中也有工笔画，十分讲究描摹的工细、精确。现在，借用来说明小说创作中的描写方法。所谓写实，就是对描写对象的精雕细琢，力求把描写的对象尽可能完整、致密地反映出来。赵树理小说中，有许多片断都具有工笔画的特点。如《传家宝》中对李成娘的针线筐和箱子的描绘，不用“破破烂烂”“陈旧不堪”之类笼统的说明，而是具体而微地将每一个棱角描出。写柳条筐破了用破布补上，日久年深，不知糊上了多少层破布，连原来的颜色都看不出来了。写旧箱子，把老鼠的咬痕，用麻绳穿过的角落，黑漆脱落的疤痕……都像用显微镜照出一般，写得极真切。上一节引金桂搬箱子的动作一段，就也是一种工笔画的方法。

小说创作中有没有写意的方法？应该说有。就在以写实见长的赵树理的作品中，也可以看到写意方法的运用。一是虚写，一是夸张。

虚写指的只用粗线条勾勒，写出事物的大概的轮廓，造成朦胧、恍惚、若隐若现的境界。这些地方的描写当然是不精确的，但应有能引起读者以自己的想象加以补充的功用。因此，这种虚写必须与实写结合在一起，才能发生移象作用。否则只剩下个朦胧不清、难以确定的事物，人们的想象也就没有准确的方向。虚与实的结合，也就是要处理好藏与露的关系。虚实相融，有些地方露一些，给人以实感，有些地方藏一些，给人的想象留下回旋的余地。如果没有真实生活的显现，读者的再创造就会失去一定的范围，变成海阔天空、无边无际的漫想、乱想，实际上是无从可想。如果读者的想象走了样，便达不到引导读者认识作家所要反映的生活、所要表达的主题的目的。反之，如果没有一定的隐藏，什么事情都说得干干净净，读者便再没有什么可想的了，变成只是消极地接受，妨碍再创造的能动性的发挥。只有虚实结合着，该藏的要藏，该露的要露，在有的地方写得细致一点，在有的地方只是虚晃一枪，这才既有利于调动读者再创造的积极性，使他能不断以自己的生活经验去充实形象，又有利于他在规定的范围内进行再创造，使之不致背离作家原有的意图。这种虚实融合的方法，符合鉴赏中心理活动的特点。

赵树理小说中这种例子也不少。如《套不住的手》中招待员引导陈秉正到住房去时，须要描写这里新盖的房子，为后面陈秉正带头清理院子做好交代。赵树理是这样写的：

> 招待员向他说："小心点老人家！这房子刚修好，交了工还不到一礼拜，院子还没有清理完哩！——这边些，那里是个石灰池！——靠墙走，那里还有两截木料……"

本来招待员说到"院子还没有清理完哩"，就已尽了交代之责。如果只有这一句就是太虚，所以接着让他多说了两句。这里"石灰池""两截木料"，就是我们所说的实写。地上当然还有碎砖烂瓦、木屑锯末等等，如果都一一写出，毫无遗漏，又会太实。现在把这些都藏起来，只露出个石灰池和两截木料，加上招待员的招呼之声，便已构成一个杂乱不堪、不便行走、急需清理的院子的景象。读者好像随着招待员那“小心点”的提醒的话音，看到散乱满地的东西。那些被藏了起来的乱七八糟的东西，全可让读者根据对施工工地现场的印象、经验，自已用想象去加以补充。

再看《登记》中小飞蛾初嫁张木匠，正月初一拜亲友，群众争看新娘子的描写：

> 早饭以后，背红毯的孩子刚一出门，有个青年就远远地喊叫：“都快看！小飞蛾出来了！”他这么一喊，马上聚了一堆人，好象正月十五看龙灯那么热闹，新媳妇的一举一动大家都很关心：“看看！进了她隔壁五婶院子里了！”“又出来了又出来了！到老秋孩院子里去了！……”

这段引文的前边，还有一些具体描写，如新媳妇如何由两位妇女搀着，后头跟着背红毯的小孩，等等。这些都是实写，这是绝不可少的。因为这种描写给新媳妇拜亲友定下了规定情景，绝不是城里的新嫁娘走亲戚，而是特定地区农村中按照特定风俗进行的。而最后群众的两句话，则是虚写，却是包含着无限的生活情趣。“又出来了又出来了！”从这语言中我们可见群众围观时之热烈气氛，说不定还夹杂着许多对新媳妇的品头评足的议论。如果读者有点农村生活的经验，可以想象出一大篇这类议论来。而隔壁五婶是谁？她的院子是啥样的？老秋孩又是谁？小飞蛾到了他们家会有何种表现？是低着脑袋说不尽的羞涩？还是大大方方，仪态自然洒脱？这些，统统不说。如果把这些也都一一写出，不但太实、太啰嗦，同时也取消了读者的想象。现在这样写，可说是虚实融合恰到好处。以两句虚写（群众的话）为引导语言，起个“指示灯”的作用，告诉你小飞蛾现在走到哪里了。至于她在那些人家里的具体表现，你可以根据前面关于小飞蛾性格的描写以及周围典型环境的交代，足够地进行再创造了。这种自由而又是准确的再创造，是艺术欣赏中最愉快、最有兴致的时刻。

夸张的描写至少在外在的形态上是失实的，它重在传达内在的精神实质，所以也可以说属于写意的方法。这种方法也是赵树理所常用的。例如他是使用外号的能手。这种外号，就是鲁迅所说，要“夸张了这人的特长”，所以鲁迅也把它列为写意方法：“这正如传神的写意画，并不细画须眉，并不写上名字，不过寥寥几笔，而神情毕肖”①。鲁迅还认为中国人不善于用外号，像《水浒传》中的诨名，偏重于人的形体特征的概括。然而赵树理对外号却用得很好，成为他刻画人物形象的不可缺的一种手段。大概有三种方法：

第一，他也有写形体特征的，如《老定额》中的蛹蛹，就因为小时长得皮紧肉满，“赤光光地在床上滚来滚去象个大蛹”。但这外号更重要的还是形容人物的性格。因为蛹蛹为人憨厚、直率，不会来拐弯抹角的一套，一切心思都无须掩藏，坦然地摆在面上给人看。这性格也像光溜溜的大蛹一样，线条简单，全身形态可以一眼看遍。这是把形体特征与性格特征结合着写的。

第二，以外号概括生平，如翻得高、小腿疼、吃不饱等等。这种概括也可以说不完全真实，因为一个掌故怎能概括人的整个生平？但又可以说很真实，因为它选择了生平中最有代表性的，同时也最能体现人物思想、品德、情操的事情，以少见多。范登高在翻身伊始便以职权之便多占果实，李宝珠饭饱茶足，却嚷嚷吃不饱，狠心剥削自己的丈夫；这些事实虽小，不是很有典型性地表明他们的品质吗？所以抓有特征的掌故起外号，也还是为了表现人物的思想性格。

第三，就是直接以性格特征来起外号，如一阵风、惹不起、糊涂涂等。因为概括得准确、巧妙，既生动风趣，又入木三分。

不论上面哪一种方法，都作了夸张。在似乎有些过分的渲染中，达到了更突出地传达人物精神面貌的目的。

赵树理在叙述故事的过程中，有时也用夸张。顺口村解放后，孟祥英参加了社会活动，婆婆和丈夫再也无法管束住她了。“梅妮没法，吸一吸嘴唇；婆婆也吸一吸嘴唇”，但孟祥英在外边干得却更欢了。“梅妮有什么办法呢？还不是母子两个坐到一块各人吸各人的嘴唇？”这个吸嘴唇的动作就是夸张，

① 鲁迅：《且介亭杂文二集·五论文人相轻》。

包含着作家的揶揄、调侃，当然不能说是写实的，只是为了突出梅妮母子俩无可奈何的神态。为什么《孟祥英翻身》写真人真事却给人以讲故事的感觉，与叙述中这种有意的夸张也有关系。又如《传家宝》里，李成娘向自己的闺女诉苦，短短一段话，连用了八个“人家”。这是为了突出她对儿子与儿媳亲，不跟自己站在一边的不满、抱怨之情。当然，夸张的写法也只有与写实结合着，才更显得有力。像三仙姑的外貌，如果只说脸上擦粉，“看起来好象驴粪蛋上下上了霜”，固然是十分辛辣的讽刺，但对描写三仙姑的肖像来说，还嫌笼统。而与前边的写实——四十五岁了穿绣花鞋、裤腿镶花边、黑手帕盖着秃脑壳等结合着，便有实写有虚写，工笔细描与写意的夸张齐备，艺术效果就十分强烈。上面提到写孟祥英丈夫、婆婆和李成娘时的夸张，也都因为有了写实的基础，所以适当夸张才没有使人物变形，倒反而使他们的形象更突出。

写实与写意方法的融合，是适合我们民族欣赏习惯和艺术趣味的，特别是能受到农民的欢迎。农民在欣赏艺术时，首先是求真，即希望描写逼真，要求艺术作品尽可能符合生活的本来面目。这不仅指形与神的酷肖，而且包括要求故事情节的完整性。农民在生产劳动中，必须正确地认识客观对象，要讲求科学性，否则在自然界面前就会碰钉子。例如农民在稻田中拔稗子，如果不是观察得细密、准确，就会把稻子当作稗子拔掉了。于是他们在欣赏一幅稻子的图画时，首先就要求完全符合稻子的特征，像画标本一样。在改造自然、与天与地的斗争中，养成了他们的观察习惯，反映在艺术欣赏上，就是讲求真实性。而且，他们参加的农业生产劳动是全过程的，从选种、播种、育秧到收成后把粮食拿到手，才算结束了。不像现代工业生产的分工严密，很少有工人参加机器生产的全过程，因而必须了解自己工作与整体的关系，养成从局部看全体的习惯。而农民则从头到尾了解整个生产周期的情况，并不习惯于从某一片断来看全局。于是，听故事也要求有头有尾，听起来才觉得真实可信。农民在欣赏绘画时，比较乐于接受工匠画。工匠画所以重写实，与画家接近民间受农民欣赏习惯的影响有关。在欣赏小说时，很自然希望严格地按生活本来面目来写，因而也欣赏本色美的艺术品。

但是，农民也能欣赏写意的作品，例如欣赏戏曲就是农民重要的甚至是最重要的艺术生活。写意，恰是中国戏曲表演的最重要的方法。演员手持一鞭、一桨，就代表骑马或划船，可以进行优美的表演。这比较将真马、真船搬上舞台，如果不是更高明一些，至少也是艺术表演中的自成一派。做一个舞蹈性的动作，就可代表开门、关门、上楼、下楼。或用十分夸张的动作表示愤怒、悲伤、恐惧、兴奋等感情。所有这些农民都看得明白，乐于欣赏。还有净角画的大花脸，完全不是写实的，而是极度的夸张，但同样为农民所接受。农民看不惯西洋人物画中的“阴阳脸”，认为人的脸哪能一半白一半黑？然而他们为什么不说包公的脸那么黑，而且额头还有个驴蹄印是不真实的呢？这当然不是如过去某些鄙视民族文化传统的人所说的，由于农民不懂艺术；而是由于不同的艺术传统所熏陶出的不同的欣赏习惯所致。总之，由于特定的劳动生活和特定的艺术传统共同地孕育农民既求写实，也喜爱写意的艺术欣赏习惯。

赵树理正是根据他对农民欣赏习惯的深刻了解，对民间艺术和民族戏曲特征的深入学习，创造了把写实与写意相融合的小说描写方法。唯其写实，使作品有逼真之感，才获得了农民的相信、接受，认为是真实的。同时，又用了写意的方法，引起了农民欣赏的兴味，调动了他们欣赏中的主观能动性。通过移象作用，农民把自己丰富的生活体验，注入到赵树理提供的艺术形象中，使他们得到了再创造的满足。

（选自《赵树理研究文集》，中国文联出版公司1996年版）

赵树理创作和晋东南地理

1949年后，赵树理在北京定居，他把太行山区（主要是他的故乡晋东南地区）作为自己的生活根据地。如果说他不熟悉工人，而特别擅长于写农民；那么，为什么不到北京郊区生活？那里也有农民，而且还有抗日战争时期建立的老根据地。但是，赵树理还是宁愿跑远路，每年回晋东南去。除了乡情之外，不可否认这里也有地理上的原因。由于地区的差别，同是农民，晋东南农民与北京郊区农民在生活习俗、风度气质、语言上都是有所不同的。赵树理最熟悉的是特定的晋东南的农民，描写他们得心应手。因此，研究一下晋东南地理对赵树理创作的影响，这对于我们了解赵树理的风格特色，会有一定帮助。同时，对于避免文艺批评内容的偏狭，开拓文艺批评的路子，或者也有些好处。

地理与文学的关系，过去许多文艺理论家和批评家都曾注意到了。我国古代的文论中，有大量这方面的言论。一般都承认不同地区的自然环境对人的审美观的影响，即所谓“骏马秋风冀北，杏花春雨江南”，造成了北方文学风格的刚，比较雄浑刚健，有气概；南方文学多秀丽典雅，讲神韵，风格属于柔。由于诗歌、绘画、书法等南北流派的实例证明，这种观点一般人都是承认的。近代法国文艺理论家泰纳，在他提出的文学三要素之一的“环境”中，就包括了地理因素。泰纳用植物带来比喻，认为不同纬度上的气候产生不同的植物带，某种植物即是随气温地带的开始而开始，也随此气温地带的结束而结束。这叫“物理气温”。他把精神产品也这样来解释，提出“精神气温”的概念。认为某种才能的发展，需有某种精神温度，否则将流产。而这精神温度也由地理条件造成。泰纳是受孔德的实证哲学影响的，也有人把他的理论称为社会学派的文艺观。五四以后他的学说曾传入我国，有过一定的影响。但他的观点和实例都有明显的漏洞，他的影响在三十年代便趋衰弱。文学与地理的关系也很少有人来研究了。我们把这一内容放在社会学批评之中，倒不是因为社会学中有一分支叫“地理社会学”。这派社会学家把产生社会问题的原因归结为地理的决定作用。这当然是十分错误的。我们认为自然地理与人文地理相比较，后者对文学创作的影响更大。自然地理对文学的影响往往不是那么直接的。文学作为上层建筑的一个部门，它受经济基础和上层建筑中其他部门的不同形式、不同程度的影响。而“包括在经济关系中的还有这些关系赖以发展的地理基础”①。因此，自然地理之影响文学要通过经济关系和其他上层建筑部门的转折而达到的。这种影响主要是间接的。而人文地理中所含的政治地理、历史地理、地方文化、民俗等内容与社会学，与文学创作，关系就直接得多了。因此之故，我们才把文学与地理关系的探讨，归入于社会学的批评之中。

为了探讨赵树理创作所受地理影响，先要简略地分析一下晋东南地理，特别是他自己的家乡沁水的地理状况。

沁水在山西省上党地区西部，在太行、太岳两大山脉之间，为沁河盆地凹陷的南端，晋南与晋东南之间的交接处。一方面是两个地区往来的必经通道，地理位置重要；另一方面离这两个地区的中心都比较远。晋南是山西经济比较发达、物产比较富饶的地区。晋东南的中心在上党盆地，以长治为本区政治、经济、文化最发达的所在。沁水离这两个较发达地区都远，加以地处崇山峻岭之间，地势险阻，有历山、鹿台山、仙翁山、东坞岭等与四邻县份相隔，交通不便，与外界处于一种半隔绝的状态。1949年以前，只有当地官僚地主贾景德，为了转移财产，从高平修了一条公路到沁水。解放后，1959年10月，沁水才有第一辆汽车。到1962年10月，增加到三辆。今天已有东通阳城、晋城、高平、长治的公路，西连翼城、曲沃、侯马的公路。通过这两条公路，与同蒲铁路和太焦铁路相连，交通状况已有极大改善。但夏天如遇大雨冲坏公路，冬天如遇大雪封山，与外界的交通仍可能暂时中断。由此可见，在旧中国，这里又是多么偏僻、闭塞。因此经济、文化之落后可以想见。

由于地处山区，沟壑纵横，石厚土薄，十年九旱，水土流失严重，加以土壤关系，这里只可种杂粮（以玉茭、谷子、高粱三种为主要食粮，但解放

① 《恩格斯致符·博尔吉乌斯》，《马恩选集》第4卷，第505页。

后已能种水稻），产量也低。人民长年只吃杂粮，很难吃到白面，日子过得相当艰苦。当地民谣说:“山大石头多，出门就上坡，不是人担担，就是驴驮驮。”长期的贫穷落后曾使山西人被某些外省人讥为“侰子”。（“侰”由“山、西、人”三字组成，读“枣”，含老土之意。上党梆子传到山东菏泽，就被叫做“枣梆子”。）但这里本来有悠久的历史和文化。三四千年前，我们的祖先就已在沁河两岸定居。周代在沁水设县治。汉至唐，这里经济都比较发达。如离赵树理老家尉迟村不远的端氏镇，在唐代便有缫丝、织绢、榨油、制烟等行业。但是，阶级压迫也是十分严重的。《诗经》中最有名的反映阶级剥削的两首诗《伐檀》《硕鼠》，便都是魏风。经过了几千年的封建剥削，这里经济逐渐衰落，成了贫穷的地区。到清光绪三年和二十六年，又两度遭严重旱灾。旧县志记载当时情景：“颓垣破舍，荡然无存者有；户口寥寥，家徒壁立而釜甑生尘者有；沿途乞食鹄形鸠面环向而涕泣者有；嵩目心伤，绘图难尽。”经济受到严重破坏，人民生活更趋贫困，有的是今天青年难以想象的。赵树理作品中常写旧社会农村打官司之前要先吃烙饼，这正与人民生活贫苦有关。因为当地很难吃到白面，加上油料作物很少，产量又低，吃油也十分困难。烙饼在当地又叫油馍，是上好食品。主持诉讼的地主乡绅定下了一条规矩，趁农民发生纠纷请求评理公断的机会，敲诈他们请吃一顿又有白面又有油的油馍，满足自己的口欲。后来代代沿袭，成了一种陋规。

近代以来，中国社会发生急遽变动。山西因地理位置的缘故，在整个华北地区中，属于受资本主义影响较晚的。像沁水这样山沟沟里的县城，变动就更小。辛亥革命中，山西于1911年10月29日宣告独立。不久，革命军开到临汾，但没有来沁水。沁水知县上书省里声明愿领全县军民拥护民国，于是摇身一变，成了民国的县知事。县衙门口贴一告示，宣告宣统四年改为中华民国元年，而政制却一切如故。辛亥革命后阎锡山任山西都督兼省长，成为山西的土皇帝。以进士出身的端氏人大地主贾景德，任阎锡山的秘书长、山西政务厅厅长，后来当过国民政府行政院副院长。沁水开始形成以贾家为中心的地主统治网。在长时期里，沁水人民仍然遭受地主阶级的沉重压迫。

由于上述经济、政治以及文化上的落后，风气不开，人民思想上保留的旧观念也多。仅举迷信为例，在这里的农村中就相当盛行。群众多信奉多神教，即儒释道三教合流的一种杂教，把儒家的忠恕、佛教的慈悲、道教的感应糅合在一起，集其糟粕之大成，当地称三教圣道会（简称三圣教）。赵树理一家就入过几种会道门。农民把什么东西都看成了由神力支配的。养蚕敬蚕神，养畜敬圈神，连老鼠也被敬为耗神。其他如门有门神，山有山神（狼被看成是山神爷），碾曰青龙，磨曰白虎，等等。总之，无处不有神在。农村节日多，亦多带有迷信色彩。旧风俗习惯，如婚丧诸事，所举行仪式也无不与迷信有关。几乎村村都有神庙，因敬神而唱戏，称庙会，如《刘二和与王继圣》中所写的给关老爷唱戏。旧县志记载：民众“敬神信巫，少有不平，必质之神，故乡多庙祀，醮赛纷举”。所以像二诸葛、三仙姑那样的人物，在赵树理的故乡实非极少数的。人们感到赵树理小说中对落后人物的描写比较成功。如果了解一些晋东南地区的地理、历史特点，对这种现象便不难给予解释。

简单地叙述了晋东南地理上的某些特点，再来看看在这样的环境中产生的作家，以及他的创作怎样受地理环境的影响吧！

人物形象的地区性色彩

文学作品要塑造各种各样的人物形象，这是它的首要任务。在阶级社会里，人的思想性格无不打着阶级的烙印。各种社会关系造就了思想面貌迥然相异的人。除此之外，由于人所生活的环境是复杂的，人所受环境的影响也是多方面的，其中也包括了地理因素的影响。因此，同是地主，不同地区的地主是不会完全一样的。土改运动中曾有一种所谓南方地主“无封建”的论调，这是掩盖地主阶级剥削本质的言论。而这种言论就是利用了南方地主与北方地主由于地区差别所形成的不同剥削方式的现象。同样的农民，都是被压迫者，南方农民与北方农民由于生活环境的差别，在性格、气质、风度等方面也不尽相同。翻翻上党地区一些县的旧县志，如潞安、长治、屯留、襄垣、黎城、平顺、高平、阳城、武乡等的旧县志，讲到“民性”时，大都说是“勤俭质朴”“民俗淳古”“其民淳俭”“其气豪劲”“淳本好义”“其俗悲歌慷慨，而尚气节，俭以自奉”，等等。沁水的旧县志中，也说当地居民“廉俭尚义，悃愊无华”。封建文人记述民风，强调淳厚的一面，当然有他们的意图。但也不能不看到这在一定程度上反映了这一地区农民群众性格上的特点。因为山区闭塞，农民少见世面，眼界较窄。在自然经济下，交通不便，商业不发达，交换很少。农民谋生之道全靠自己卖力耕地，种瓜得瓜，种豆得豆，否则无以为生。因而，他们终年埋头于田地。由于共同的阶级地位和境遇，为了求生在与自然界斗争中的相互帮助的习惯，都形成了他们思想单纯质朴、性格直率，待人热心、诚恳的特点。近代以来的资本主义影响，所谓欧风美雨，被太行山所挡。生活的变动少，旧的风习便保存得多，这也是民风仍然保持淳厚的原因。比之江南水乡的农民，那里交通较为便利，商业亦较为发达，农民经营的门路多。除去种地，还搞渔业，农闲时有的也兼做小买卖。他们与市镇往来多，见识较广，思想较开通。为了适应这种环境，他们当然与赵树理笔下太行山区的农民不会完全一个面目。

赵树理写的旧时代的那些农民，大都善良、质朴，往往老实可欺，如二诸葛、老秦、老宋等。年轻一点的，如铁锁，也是一样的。只看他从太原回乡，路遇小喜，一路伺候他，最后连自己的军装也被剥去，仍毫无怨言，便知是个何等老实、厚道的人。或者有的性格耿直、倔犟，只认直理，不会机变，如聚宝、张来兴等。这样一些性格就是上述特定地区生活环境所造就的。试将二诸葛与闰土来比较一下，尽管二人经历不同，却有十分相似之处。他们都参加劳动，辛苦地支撑着一个家庭，性格都很驯良、老实，由于愚昧麻木，都不相信自己有力量支配自己的命运，而把希望寄托在虚无缥缈的神的身上。因此，可以说他们是属于农民中同一类型，即辛苦、麻木的人物。但是，二诸葛更为老实巴交，他的迷信行为，或者在精神上自找烦恼、自我折磨，或者造成生产上自己吃亏。而闰土来向迅哥儿告别，却在要去的草灰堆中埋了十多个碗碟。本来迅哥儿家的东西可以任他挑拣带回，当然不在乎这十几个碗碟。也许闰土不好意思多要东西，但心里又想要，才打了这么一点埋伏。就这么一个十分细小的行为，把他与二诸葛区别开来了，显出了山区里成长的二诸葛更板直，也更淳朴。而每日看着潮汐涨落、大海变幻的闰土，在江南海边乡村谋生的闰土，比较机巧、灵敏一些。再把福贵与阿Q做个比较。过去有的评论家曾把这两个人联在一起分析，这说明他们确有相似之处。他们都是破产的农民，都曾离乡背井流落在外，因而都曾脱离过土地和生产劳动。当然，他们命运的悲惨也是很相似的，如果不是时代的变迁，福贵也不见得比阿Q有更好一点的下场。然而，这两个人物的性格也有区别。福贵身上没有阿Q的“狡猾”。鲁迅解释阿Q，说他“有农民式的质朴、愚蠢，但也很沾了些游手之徒的狡猾。在上海，从洋车夫和小车夫里面，恐怕可以找出他的影子来的”[①]。如果按照福贵当了吹鼓手的经历，他同样可能“沾了些游手之徒的狡猾”，这是游民阶层的人很难避免的。但阿Q生长在浙江（鲁迅说过未庄在绍兴），所以可在上海的洋车夫里找到他的影子。而福贵的形象离上海洋车夫便太遥远了。他也赌博，凡是输了，绝不回家拿妻子的东西。如果赢了钱，却一定拿回家来接济妻子。他的身上更多地包含着山区农民的善良。如果也拿个洋车夫来比，只能和北京城里那个入城不久，尚未沾染上城市游民习气的骆驼祥子相接近。因为祥子也是从北方的农村出去的。这些性格的异同中，确实看出了地区生活造成的影响。

还可以再举出一个例子。鲁迅在《明天》里描写寡妇单四嫂子的儿子死后，周围的人借着帮忙料理丧事之名，来揩她的油，使这位孤苦可怜的弱女子，把耳环、银簪、板凳、衣服都抵押掉了。而在办丧过程中，“凡是动过手开过口的人都吃了饭”，等吃过了饭，便“不觉都显出要回家的颜色”。鲁迅深刻地揭露了这里人情的凉薄！而赵树理写《催粮差》，其中写到司法警察崔九孩，进到山里向老实农民孙甲午敲诈勒索，邻里们又是怎样对待孙甲午的？长者刘老汉出面对付崔九孩，不让他把人带走。其他人从地里回来，也“都挤在甲午家里话弄这件事”，表现了对受害者的关心。按照习惯，甲午家里也做了饭，请这些邻里吃饭，以示感谢。“可是有好多人不吃，都说：‘小家人吃不住这样破费。’”又是多淳朴的阶级情谊！鲁迅在《明天》里所说的鲁镇的“古风”，其实倒是保存在甲午的荒凉山庄里。而《明天》里的“古风”，不过是鲁迅的一句反话而已。如果说二诸葛和闰土、福贵和阿Q还只是个人性格的差异，那么，在《明天》和《催粮差》中写到的地区民情风气之别，就更为有力地证明地理环境对人物性格的影响，并可以更鲜明地看出赵树理作品的地方色彩。反之，从比较中又可看出，鲁迅小说大量描写人与人间的关系的冷

① 鲁迅：《且介亭杂文·寄〈戏〉周刊编者信》。

漠，尤其是对于被侮辱被损害的小人物，没有一点同情心的冷酷现实，这大概与他所写的人物大多活动在浙江东部沿海有关。而在闭塞的山区，情况并不一定完全相同。赵树理人物与鲁迅同类人物的差别，除了时代条件的制约，也与地理条件有一定关系。

特定地区的自然景色和社会生活形态

地理条件也造成某一地区特有的自然景象和社会生活形态。特别是后者，对创作影响更大。俗谓："百里不同风，千里不同俗。"这种不同的生活习惯、民间风俗的描写，配上特定的自然景色，可以构成特有的地方色彩。而地方色彩对丰富作品的内容，加强反映现实的厚度、深度，都是有益的。关于赵树理作品的地方色彩，在不久前出版的拙作《赵树理评传》中，特辟"乡土风味"一节做了分析。这里便不多谈了。只想补充一点，对文学作品中描写的社会风习进行分析研究，这不仅是民俗学家可予注意的，文艺批评家也不妨一试。因为，通过这个途径，也可以帮助文艺批评家深入到作品中去，有助于他对作品的理解和评论。

赵树理描写的上党地区，由于前边提到的偏僻、闭塞的地理条件，使得这里旧习俗保存得比较多。当然也比较多地反映在赵树理的作品中。常见他在作品中提到"这地方的风俗"如何如何。这话仅在一篇《邪不压正》中就说了好几遍。例如写到婚丧红白之事，其中民俗的描绘都是有根据、有讲究的。研究他为什么这样描写，对理解他的现实主义的创作方法很有帮助。

《邪不压正》写一个男方给女方送聘礼的场面。这表明地主刘忠为了续弦，要明媒正娶，因而行三茶六礼之规。而且还按照"三媒六证"的古话，凑了三个媒人。从这一点来说，算是看得起中农王聚财，同时也是为了维护自己的面子。所谓六礼，各地风俗虽有不同，但基本上是纳采、问名、纳吉、纳征、请期、迎亲等内容。如沁水旧规为月老介绍、行聘、送吉日书、行礼（纳采）、约客、婚礼，与别处大致相仿。但刘忠娶亲只有行礼（纳采），而无行聘。所以后来流氓小旦混入土改积极分子队伍，只以王聚财收了刘家的金手镯来要挟，而没有说他收过多少聘金没有退还。这一方面表明在兵荒马乱的战争环境中，结婚的风俗有所简化，把行聘和行礼两个步骤合而为一。同时也说明门不当户不对，刘忠家里鄙视中农，送礼来不过摆摆样子（东西多是前妻用过的，并非新做的），其实是逼婚。从这段风俗的描写中，作家告诉我们男女两家地位不同，婚事不隆重，严格地说不完全是正式的。王聚财对此并非不知，慑于刘家势力，只好忍气吞声。再看一桩喜事。福贵与银花成亲时，福贵娘为了体面，“嫌豆腐粉条不好，特别杀了一只鸡，做了个火锅四碗”。这又该如何理解？原来晋东南一带请客吃饭，有多种规格。如果讲究排场，有“十碗菜”、“十二起”（即上十二道菜）、“八八”（即八大碗、八小碗菜）等。这对于贫穷的福贵，当然是办不起的。“火锅四碗”是请客中最寒碜的。虽说如此，他家能办到这一步，却已是简朴之中有讲究，已经是勉力为之了。又写迎亲过程：银花本系童养媳，早与福贵生活在一起，但仍要“借东屋婶家里梳装上轿，抬在村里转了一圈，又抬回本院”，形式上非要做这么一下。再看沁水一带贫苦农民，迫于经济困难，因而有各种迎亲的简便方式。最不花费的如“乱岁上头”。因迷信说法，腊月二十三日灶王爷上天度假，家中便没有神的监视，人们便可自由办些事。于是女子可以趁除夕夜里过门，把一切迎亲的仪式免去。这对于福贵这样贫穷之家，倒是合适的。但他家没有这么做，说明无力冲破旧习俗的束缚。虽然这些花费对他来说也是不小的经济压力，还是硬着头皮花钱。接着是福贵娘去世，为了办丧事又忙乱一阵。不过这回丧仪简陋极了，只剩下“缝缝孝帽，挂挂白鞋”。因为按当地习俗，还得搞一番繁文缛节，其复杂的程序，非三言两语说得清的。光糊纸扎一项，有钱人可有铭旌楼、香幡、锞幡、金山、银山、轿、马、鹤、鹿、童男童女等等。最穷的人也要糊一对童男童女。然而福贵这回连这一点也办不起了，说明办完婚事后家庭经济更为困窘。结果是连娶亲带出丧，已欠下了王老万三十块钱，从此背了债，一辈子卖身给王老万干活也还不清了。这在揭露地主高利贷的剥削罪恶上，是非常深刻的。这是通过旧风俗的描写表现出来的。

五四以后的小说创作中出现过“乡土文学”，这种文学的重要特色之一就是比较注意地方风俗的描写，使之成为情节的重要构成成分。三十年代后这种“乡土文学”渐趋衰落。但如果就描写地方风俗这一点来说，赵树理的作品无疑与“乡土文学”间有着明显的共同点。地理对于文学的影响，在这类文学创作中，是比较容易找到痕迹的。

风格、情调、色彩的地方特点

地理条件、地方文化对当地人们审美趣味的形成，也有一定关系。为了适应这种特定的审美趣味，就使某些文学作品具有本地区特有的风格、情调、色彩。目前人们谈论较多的山药蛋派（山西）、荷花淀派（河北）、木芙蓉派（湖南），不论其是否能称得上流派，在某些省份的作家创作中，具有较近的艺术风格，则是事实。这除了作家个人因素外，显然与各地区地理特点也有关系。

自然景色对艺术风格、色调的影响是客观存在的。举个显而易见的例子，就是我国的地方戏曲唱腔的千差万别。北方的梆子不论哪一省、哪一路的，都有一个共性，就是唱腔的高亢激越。而南方的地方戏曲，唱腔大都比较婉转柔媚。这就是因为地方戏曲的音乐与民歌、民间小调等关系甚密。或是吸收、运用了民歌的曲调，或是受其感染。北方大平原、大草原，雄浑阔大，但景色比较单调，缺少变化。或是黄土高原，崖耸沟深，岿然不动，纯然一色。就是山，太行山的山比之桂林或广西地区的山，也是大不一样的。一个雄伟高大，一个灵秀可玩。南方水乡，小桥流水，九曲十八弯。这些对人们审美趣味的形成起到一种潜移默化的作用。加以北方农村风大水缺，与自然的搏斗很艰苦，养成人的性格的粗犷、强悍。而南方人多地少，要求精耕细作，经营的项目多，也要求思想的精密、细巧。所有这些，大概最容易反映到音乐中，形成了南北不同的风格。试想如果在黄土高原上对歌，不用高亢的调子怎能把自己的歌声传送到对面崖畔上去？而调子高了，就很难要求多变与婉转。音乐如此，文学也如此，不过没有那么直接罢了。由音乐而影响戏曲，戏曲对于文学，又会发生影响。赵树理酷爱上党梆子，这种爱好和对这一地方剧种的研究，难道对他的小说创作毫无影响吗？这是一个有待深入研讨的问题。

上党地区的自然景色，大体上与一般北方山区农村略同。像沁水县，即位于崇山峻岭之中。旧时文人编写县志，往往总要凑个“十景”。沁水县里也有鹿台积雪、榼山夜月、坞岭雄云、碧峰耸翠等。光从这名称，也大致可以看出其特色。这里景多险峻，而少秀丽。山峰连绵，石多树少，有雄浑大块之势，而缺精巧雅致之姿。这种景色正与当地人民生活的简朴、勤劳，性格的质朴、淳厚相映衬。同时，也就与当地的地方文艺的风格相应。如上党梆子，除了有一般梆子曲调的慷慨奔放的特点之外，还更带山野风味。唱腔分外粗犷炽烈，为山西各路梆子之最。配上强烈的锣鼓，音响大，刚劲有力。剧本结构一般都粗线条、大轮廓，情节直入直出，大起大落，还常常有杀人的场面。表演上，动作强烈、明快。化装上，净角脸谱线条粗显，色彩对比分明。小生脸部不化装。旦角的化装也不讲究，只略施薄粉。因此有人认为它“土”。确实是乡土味浓，农村草台班的色调很浓。这里说的当然是解放以前的情况，三十多年来上党梆子经过改造，已经不完全这样了。但如研讨它对赵树理的影响，还得根据解放以前的带有原始性的上党梆子。

看过了晋东南的景色，看过了流行在那里的上党梆子，熟悉那里山区人们的性格的憨厚、质朴，再来看看赵树理的作品，你会觉得它们之间有一种和谐感。赵树理作品风格，色彩朴素、实在，表面上淡泊、平易，内容却扎扎实实的。尽管作家本人多才多艺，但他的作品表面上并不是才华横溢的，没有那种“才子气”，其貌不扬。如果比作人，像个脚登布鞋，身着粗布衣，膀大腰壮，健康结实的北方山区农民，像铁锁、像孙甲午，或者也像陈秉正、王玉梅。他们聪明，但内秀，表面上没有那种灵气秀色，却端庄、憨厚，一眼看去，就给人以可信可靠的印象。如果比作自然景色，也像作家故乡的山川。在审美批评中，我们说到赵树理小说色彩感不强，而富于动作性。从晋东南的景色看，色彩也不是很强烈的。如山上树少，裸露着黄的颜色，河里的水也常带黄色。但这黄色，与江南春天满地菜花黄、彩蝶纷飞，大不一样，那个黄色是耀眼夺目的。荒山秃岭上的黄，绝无这种鲜艳。因此，生活在这种自然环境中，审美要求上可能不太注意色彩的华丽；而人们对形状的感受力更强些。这种欣赏要求在赵树理作品中就形成对人对物对景的形状、形态描绘得工细，而并不敷染色彩。因为描得细，产生丰满充实之感；因为不敷色，产生质朴之感。再看上党梆子，过去这种剧种在服饰化装上也是比较简朴的，这也与赵树理小说的色彩相近。他在小说中，如做修饰，大概也只相当于略施薄粉的程度。这种山川景色、人的性情、地方文艺与成长于这地区的作家作品在风格、色彩上的和谐，说明了客观的自然环境和社会环境对于作家思想感情的感染、熏陶，因而在他的作品中留下了印记。

说到地方戏曲，即上党梆子对赵树理创作的影响，还应该多做些分析。因为赵树理是有意识地向民间文学和地方戏曲学习的，他不是不自觉地受到感染，而是有目的吸收。我们看到他的小说至少在三个方面与传统的戏曲之间，有相通之处。

第一，脸谱是传统戏曲中极有特色的部分，它用十分夸张的手法，把人物的特征表现在脸部，使观众一眼便能辨别忠奸正邪。与此相应，赵树理小说中爱用外号。外号也很有与脸谱类似的作用，也是用夸张的手法，以显现人物的性格特征。习惯于欣赏戏曲舞台上的脸谱的人们，当然也能领会外号的奥妙。

第二，戏曲是一种歌舞剧，还包括一些武术杂技，形成唱、念、做、打（舞）的一套独特的表演体系。这是与西洋歌剧很不相同的。人们欣赏传统戏曲时，除了要听唱念，还要看做打，有的戏还主要靠做功来表现人物。农民看戏，不可能像城里人那样，可以坐在戏园子里闭着眼睛听戏。他们是真正的看戏，对做功的要求很高。而做功，实际上就是通过动作来表现人物。与此相应，赵树理小说中塑造人物的方法，除了靠人物的语言，也十分倚重人物的举止动作，让他们用自身的行动去表明自己的性格。所以我们读他的小说，往往有一种观看人物表演的感觉。对喜爱戏曲的农民，这也是适合于他们欣赏习惯的。

第三，从文学上看，戏曲的故事大都有头有尾，比较完整。重要人物出场，先自报家门，把自己的身份明确地通知观众，最后的结尾，很多是大团圆式的。与此相应，赵树理小说也重视故事的完整，头尾齐全，开头先介绍人物，结尾是问题的解决。这种结构法，除了评书的影响，也与戏曲的影响有关。赵树理自己也写过许多戏。显然，在他写小说时，构思故事的过程中，会很自然地带着写戏的习惯。

赵树理认识和掌握民族传统戏曲的特点，主要是通过上党梆子得到的。也就是说，在整个传统戏曲对作家创作发生的作用中，上党梆子的影响占了最大最显著的作用。这本是不同文学部门间的相互影响，但因地方戏曲中含有地理影响的成分，所以也是地理对赵树理小说影响的间接表现之一。

（选自《赵树理研究文集》，中国文联出版公司1996年版）

他仍然活跃在今日文坛上

赵树理虽然在十年浩劫中被万恶的林彪、“四人帮”夺走了生命，但是，今天他好像还活在我们的身边。因为他所塑造的有血有肉的人物，还在按照自己的性格逻辑，活动在文学的舞台上。

粉碎“四人帮”后，赵树理的一些著名作品，有了续篇。赵树理的故乡沁水的青年作者潘保安，写了《老二黑离婚》，描写二诸葛、三仙姑，小二黑（已成老二黑）、小芹和他们的子女，三代人在“文化大革命”中的经历、遭遇。作品发表后，引起了热爱赵树理著作的广大读者的兴趣。《山西日报》上还曾就这篇小说的评价问题展开了讨论。老作家王希坚，也写了《李有才之死》。不过，我们所谓赵树理的人物还在活动着，却主要不是指的这些。为著名作家的作品写续篇，只能说明这位作家的影响。何况给别人续书而得到好评的，自古以来就少有。真正能说明赵树理还活着的，还是粉碎“四人帮”后，站在新的思想高度，表现新的主题的农村题材作品。我们常能从中看到它们与赵树理作品在精神上的联系，看到那里的熟悉的陌生人，原来身上也有着赵树理人物的血液在流淌。同时，也看到这些作品写出了赵树理想说而没有来得及说的话，表现了赵树理所未能表现的问题。它们既与赵树理的作品有某种程度的联系，又没有停留在赵树理的位置上，而是往前迈出了自己的新的步伐。

为了说明这个问题，我们选择几篇粉碎“四人帮”后影响很大的作品，来与赵树理的作品做比较分析。

一个“活着的赵树理”

首先我们要举出近来被一些农民称为“活着的赵树理”的高晓声，举出他这一时期的代表作品《李顺大造屋》来比较。

高晓声在这篇小说中塑造了一个江南农民李顺大的形象，并通过他的起落无常的造屋史，概括了中国农民三十年来所经历的悲喜哀乐，描写了他们的坎坷道路。这是一篇通过一个人的命运来反映一个时代的艺术概括力很强的作品。李顺大算不上新人物，只是一个普通农民的形象。高晓声正是要通过普通农民的普通生活史，来反映某一时代的重大事变。这种构思方法，与赵树理有相近之处。赵树理作品的绝大多数，也都是写农村的凡人小事。更重要的，李顺大的性格在中国农民中有相当的代表性，因而不能不有许多也是赵树理描写的农民身上所曾有的。这里，先要对李顺大这个形象做些简单的分析。

李顺大在政治上是个“跟跟派”，这指的他非常信任党的话，不管思想通不通，凡是党的号召，他都执行了。他对于政治并没有十分的兴趣，大概也从来没有想到过自己要跻身到政治舞台上去。而所以成了“跟跟派”，表明中国农民选择了共产党做自己的政治领袖，认定了走共产党指引的道路。这是他们从长期的经验里所做出的结论。对党的信念，已深深地嵌入李顺大的脑中。包括在党的领导出现了严重失误的情况下，李顺大的信念也没有动摇。这种坚贞不渝的精神体现了他的劳动人民的高贵品德，也是他政治上有觉悟的表现。另一方面，李顺大身上也有至少是不很觉悟的一面。他信任党，就认为党是万无一失的，从来没有想到党员不是神，党也会有失误之时。他把党的错误也当做了正确。自己挨了坏人的勒索，受了许多皮肉痛苦，已经感到是非颠倒而唱起“稀奇古怪歌”了，却不能从实际生活中有进一步的领悟，反而怀疑自己是否“修”了。这不仅仅是政治水平高低的问题。“跟跟派”这个词本身就含有消极性。那就是永远跟着走，政治上满足于“跟”的状态，而缺少主动性、积极性，缺少当家做主的精神。这也不利于民主精神的发扬。归根到底，这是封建家长制下的农民思想的一大弱点。所以，李顺大是又有觉悟又不太觉悟。

李顺大性格中还包含有坚强与软弱的矛盾。坚强是指他十分经得起生活中的挫折、摔打，能咬紧牙关熬过许多苦难的时刻。这方面，他是有十分顽强的适应环境的忍耐力的。但另一面，他又软弱得像可以任人宰割的羊羔一样。这种软弱使他因老实可欺而遭受更多的苦难。“文化大革命”中他是个受害者，同时也是在横逆面前的屈服者。他那种极端的软弱甚至使人产生“怒其不争”之感。

李顺大思想上还有清醒与糊涂的矛盾。这种清醒来源于一个农民、一个务实主义者对生活的实感。李顺大也有是非观，而且判断往往很正确。盖三间房的砖头、木料统统化为乌有，而大炼钢铁却毫无成果。李顺大认为这是严重糟蹋人力、财力，他有切肤之痛，因此绝不相信那些浮夸的言论，哪怕形容得再美丽一些也不信。尽管表面上看，他后来好像有点疯疯癫癫，其实对现实心中有数。他知道刘书记是正派的共产党员，他知道砖瓦厂的革委会主任、所谓的“造反派”，不是好东西。但另一面，他确实又理不清这复杂的现状的头绪，说不出个道理，许多事还停留在实感阶段。因为解释不了眼前的现实，难免对生活有惶惑之感。

李顺大身上的矛盾，正是农民的革命性和局限性的反映。农民既是无产阶级的天然同盟军，身上集中着许多劳动人民的传统美德，经过无产阶级的教育，觉悟更高了；又由于小生产者的地位，家长制思想的影响，存在着一些缺点，还有待随着社会的进步不断加以克服。赵树理作品中，还没有塑造过像李顺大这样具有较大集中性、普遍性的农民形象。但又可以说赵树理笔下的农民形象中或多或少地包含着李顺大这样的矛盾性格。从这个意义上说，高晓声的李顺大性格，并没有超过赵树理人物的新因素。

赵树理写的农民，多的是“跟跟派”。《李有才板话》中从李有才到“小”字辈，都是这种“跟跟派”。如果说对于阎恒元，因慑于他的威势暂时还不敢大胆斗争，那么对于上面派下来的章工作员，一个犯了严重错误的干部，也没有人敢于提出批评。他们只有等待上面来的可以跟随的好干部，等待正确的领导，从来也没有想到自己可以帮助章工作员改正错误，没有想到自己有这样的力量。所以只有老杨来了，他们才在他的带领之下出了头。如果没有老杨，他们还只能发发牢骚，讲讲“冷话”，或者编几段快板，政治上还不够积极。在《邪不压正》中，土改运动傍入邪道，下河村群众也都是“跟跟派”。表面上实行民主，事实上是“干部通，群众过”。他们心中自有不满，但还是跟着走。最后还是工作团来了，进行了整党，“跟跟派”们于是大声欢呼：“这真是讲理的地方！”至于农民中的软弱性，赵树理就写得更多，不但有二诸葛、老秦、铁锁、福贵等在阶级压迫面前的屈辱，而且有于福、袁天成、张信等在家庭生活中的软弱性，没想到过了几十年，这种软弱性还在李顺大身上起作用。他被骂为“孱头”“阿木林”，并不冤枉。不同的只是二诸葛他们是任凭封建势力的宰割而不思反抗，李顺大则是受左倾的错误和“四人帮”的蹂躏而无力抗争。这种人物性格的连续性，说明了两个作家，一前一后，一南一北，对中国农民性格的理解，却有共同之处。高晓声在艺术上与赵树理并不接近，他是被称为“寓土于洋”的一派。为什么人们把他叫做“活着的赵树理”呢？主要就是他们塑造的人物性格确有相通之处，呈现出了一种连续性。

对人物思想性格理解上的相通，使得赵树理对李顺大们的遭际，也是满怀同情的。他比高晓声早了二十年为李顺大们大声疾呼。1956年他就以自己家乡农业社的严重问题，向长治地委领导同志写了信，指出那里农村“供应粮食不足”“缺草”“缺钱”“命令太死板”“买煤难”“基本建设要求太急”“地荒了，麦霉了……”。他怀着激愤的心情说：“进入社会主义社会了，反而使多数人缺粮、缺草、缺钱、缺煤、烂了粮、荒了地，如何能使群众热爱社会主义呢？劳动比前几年紧张得多，生活比前几年困难得多，如何能使群众感到生产的兴趣呢？”[①]可以想见，李顺大要听到赵树理这一番情真意切的话，不知将如何的激动！到了1958年“五风”大刮后，也就是李顺大的砖和木料已经上了“高炉”的时候，赵树理在给《红旗》杂志的信中，又有针对性地提出所谓“政治挂帅”，“是要看参与工作的大多数人的工作热情是否由他们自己的政治思想支持着的”[②]。这显然是在批评“强迫命令”风。他又呼吁关心群众生活，提出要“使群众有钱花、有粮吃、有工夫伺候自己，可以精神饱满、心情舒畅地参加生产”[③]。他因此而在“反右倾机会主义斗争”中受到批判。不过仍不气馁，到了1962年大连的“农村题材短篇小说座谈会”上，又进一步批判“五风”，满怀同情地描述了李顺大的境况：“日子愈过愈困难。过年连火柴也买不上。……这是五八年以后，愈来愈少，少得不像话。分了钱，只能买包花椒面。”“六〇年过年，是二两红糖，四两海带，几个门窗

① 《给长治地委××的信》，《赵树理文集》第4卷，第1514页。

② 《公社应如何领导农业生产之我见》，《赵树理文集》第4卷，第1663、1669页。

③ 《公社应如何领导农业生产之我见》，《赵树理文集》第4卷，第1663、1669页。

分几张纸，一户半斤煤油，两包火柴，有的农民因为半斤煤油闹分家。”他也提到大炼钢铁时有的干部提出“凡是能走路的都要上火炉。这太过火了”。“因为要收豆子，有个地方把锅子搬到工地上去，不去也不行，孩子回来没饭吃就哭了”。[①]如果赵树理知道李顺大是偷偷地把锅藏在家里了，大概对这点小聪明，也会会心一笑吧！比起那位关照供销社多供应饴糖，好让李顺大能换破烂的好心的刘书记，赵树理对农民们的关怀可能更广大一些。可惜他当时没有把这些长期的、强烈的感受化成像《李顺大造屋》这样的艺术品。这一是客观环境不许可。那时赵树理要发表批评农村工作中的错误的作品，也只能写成像《实干家潘永福》这样的。就是树立一个受李顺大们欢迎的、爱戴的干部形象，与那些不顾群众死活的官僚主义者相对照。二是赵树理自己的原因。他在没有见过“文化大革命”这种大动乱的世面之前，他还认为对我们工作中的错误，只要向上级领导反映，便能得到解决。所以，《“锻炼锻炼”》之后，他便不大写反映农村的现实矛盾的作品了。如果写，就无法回避当时农村的问题，“怎么避得开？”如果不回避，或者“不能写”，或者“不好写”[②]，那就只好不写。从这个意义上，我们要感谢高晓声，他在新的历史条件下，写出了赵树理想写而没能写成的作品。虽然李顺大性格并没有比赵树理写的农民性格提供多少新的因素，但写了1958年以后中国农民的一段噩梦似的经历，这是高晓声超越了赵树理的地方，因为他做了赵树理想做而没做到的工作。

菱花是艾艾吗？

张弦的《被爱情遗忘的角落》从艺术风格上看，与赵树理作品的区别是很明显的，为什么我们要提出这篇小说与赵树理小说比较，并认为它们之间也有血肉的联系？

首先，揭露农村由于经济文化落后，造成人在精神上的贫瘠，并产生一

---

① 《在大连“农村题材短篇小说座谈会”上的发言》，《赵树理文集》第4卷，第1711—1712页。

② 《在大连“农村题材短篇小说创作座谈会”上的发言》，《赵树理文集》第4卷，第1716页。

些愚昧的畸形的行为，包括在男女关系上的表现，这些方面赵树理小说与《被爱情遗忘的角落》有着内在的联系。《被爱情遗忘的角落》中存妮与小豹子，两个十九岁的青年男女难道不知道他们可以正正当当地恋爱、结婚，却任凭“原始的本能”支配自己？他们的作为绝不是什么惊世骇俗的对封建习俗的反叛，只能说是一种愚昧的轻率行为。即使在被“捉奸”之后，他们仍然来得及补救自己的过失，并且取得结为夫妻的合法权利。然而发生的却是存妮的轻生，同样轻率地断送自己的生命。并且连累了小豹子，实际上也葬送了他的前途。小豹子呢，在被诬为“强奸致死犯”后，为什么不申辩？小说中我们只看到他跪在存妮墓前，表示自疚、悔恨。因此，他很可能甘心接受了错判。表面上看，是他们自己的责任，因为太缺乏理智，无力克制身上的“原始的本能”，遂酿成悲剧。但是，他们在处理相互关系时，只剩下这“原始的本能”，恰好说明精神生活的极端贫乏，似乎他们的文明程度还不足以使人完全从动物本能中超脱出来。作家从这样的角度揭示了农村生活的落后性，从而又揭露了“左”的错误阻碍、延缓了农村进步的严重性。由于作家用笔十分精炼，没有铺开来做环境的描绘，也许他不愿过多地渲染落后面，可能使人感到存妮与小豹子的事件是孤立的、偶然的。但是，读者只要对“左”的错误的严重破坏性，对前些年某些地区农村生活的实情有所了解，大概不难从作家的描写中寻找出作品所蕴含的深刻内容，感受到它的内在的批判力量。我们在社会学的批评之一中，曾经分析了农村产生三仙姑这类人物的社会原因。农村的经济极端贫困，买卖婚姻盛行，产生了农村的光棍汉队伍。文化的落后、精神的贫瘠，使人们在繁重、疲倦的劳动之后，只有端着饭碗到三仙姑家来说一些下流轻薄的话，聊以解闷、消闲。正是这种特定的社会环境产生了三仙姑这样畸形的人物。《被爱情遗忘的角落》并不描写类似三仙姑这样丑的形象，但存妮与小豹子的关系是畸形的。在新社会里长大成人的青年不懂得享受正当的合法的权利，却要偷偷摸摸地干些自己也认为丑的事情，这难道不是畸形的现象？前后两种畸形表现形式不同，却有着共同的社会根源。赵树理通过畸形人物揭露了封建农村的极端落后、愚昧。张弦则通过畸形的人物关系揭露了严重的左倾错误阻碍了社会进步，使原来的封建农村的极端愚昧、落后未能得到彻底铲除，或者造成已经有了进步的农村社会又倒退回去。这就是《被爱情遗忘的角落》与赵树理创作之间思想上的联系。

其次，某些人物形象也有血缘的关系。菱花的形象就既像《登记》中的小飞蛾又像艾艾。她和艾艾一样都经过与家庭、社会的斗争，而在新婚姻法的保护下，比较顺利地争得婚姻自主的权利。两个人物遭遇的相像，是一种巧合。菱花是在“宣传婚姻法的挂图在乡政府门口的墙上贴着”时，“不需要任何别的”，只凭她一句话就从土改工作队那里得到了结婚证书。艾艾也是在“婚姻法公布出来了”之后，得到区公所的“模范婚姻”的表彰，而与自己所爱的人幸福结合的。不过赵树理的小说写到这里就结束了。艾艾后来怎样了呢？如果说她变成了菱花，也就是变得跟当年自己的母亲小飞蛾那样了，这是完全可能的。按理说曾经为争取婚姻自主而斗争过来的人，应该也尊重晚一辈人的同样权利。然而人的思想毕竟要受社会存在的制约，由于社会进步的停滞，艾艾也可能变得保守了。和她同辈同经历的菱花正是这样，她在对待儿女婚事上又太像小飞蛾了。小飞蛾备受包办婚姻之苦，却无力摆脱传统观念，明知女儿已有心上人，还要来包办一番。后来由于听到“人是苦虫！痛痛打一顿以后就没有事了”这一句话触痛了心灵的伤疤，才放弃了包办女儿婚事的念头。菱花比小飞蛾晚一辈，不再受包办婚姻之害了。但同样忘却了当年自己争取婚姻自主的经过，却学着母亲的样儿，也要来包办荒妹的婚事。同样，一句“你们是要把女儿当东西卖呀”的旧话，触痛了她的伤疤，勾起她的回忆，可以肯定她也将改变对女儿婚事的态度。这里我们看到小飞蛾那种软弱、因循的血液，流到了菱花，一个与艾艾有相似经历的人的身上了。把《登记》和《被爱情遗忘的角落》连起来读，我们看到了两位作家笔下的三代人：小飞蛾和菱花的娘——艾艾和菱花——存妮和荒妹。从二十年代到七十年代，整整经历了五十年，前两代人的思想竟有所相通。而第三代的存妮的悲剧竟也会使人想起岳冬至、孟英祥的悲剧，难道没有一点点近似之处吗？五十年过去，无论如何我们的社会经历了翻天覆地的变化，我们前进了，但这三代人在思想、经历上的相似，这又该怎么认识呢？

这告诉我们改造旧思想是一个长期的任务。五十年来翻天覆地的变化首先是在社会制度的变革上，而人的思想变化相对地要慢些。旧思想的惰力在拉扯着人们前进的步伐。其次，也告诉我们历史走的是曲折迂回的道路。本来我们可以前进得更快一些，本来艾艾可以不至于变成菱花，存妮也可以不死；如果没有左倾的错误，没有十年动乱的话。我们在前进过程中这一段大弯曲，它所造成的悲剧（存妮与小豹子的悲剧只是很小的一桩），留给我们的教训太沉痛了。张弦通过一个小角落里发生的事，正是要启发人们对此进行认真的思考。

赵树理的小说与张弦的《被爱情遗忘的角落》，除了上述的联系之外，也还有不少区别。恰好是这些区别也使我们看到时代毕竟是在前进着，后辈也正在追赶并争取超过前辈。

第一，赵树理小说中造成许多人婚姻的挫折与悲剧的原因，都是封建制度。迫害小二黑、小芹的是代表反动势力的金旺、兴旺。欺压孟祥英、小飞蛾的固然是她们的丈夫、婆婆；但那时他们施虐是合法的，得到了封建礼教的认可，即使逼死了妻子、儿媳也是无罪的。所以，归根到底，罪恶的根源是封建制度。到了张弦的笔下，封建势力已不复存在，《被爱情遗忘的角落》中没有一个是坏人。存妮和小豹子双方的家长都是好人，面对子女的不幸和家庭的羞辱，他们处事都还通情达理。当小豹子被逮捕时，存妮的爹还冲出来向公安人员申明自己没告他，想要救下他来。周围的群众，那些“七嘴八舌，詈骂、耻笑、奚落和感慨”的人们，主要还是封建思想的作祟，而并非全是恶意。客观环境总要比小二黑、小芹、小艾艾、小晚他们争取婚姻自主时强得多了吧！通过存妮、小豹子的悲剧，作家所要揭露批判的，已经与赵树理不同了。张弦所要表明的是在打倒了封建势力以后，在建设社会主义过程中，由于中国的特殊社会条件，建设物质文明与精神文明的重要意义包括了继续清除封建思想影响。只有这样，才能把产生悲剧的根源挖掉。他所考虑的比赵树理要深。赵树理在六十年代初就曾说过：“不要以为进入社会主义了，农村反封建是个长期的任务。”[①]虽然他在不少作品中也描写了社会主义时期农村继续清除封建影响的问题，但不如《被爱情遗忘的角落》这样写得尖锐、突出。

第二，赵树理描写婚姻问题的小说，最终都是喜剧的结局。尽管他也写带悲剧性的故事，如孟祥英险遭虐待至死，小飞蛾的孤寂而漫长的守活寡式的

---

① 《文艺与生活》，1962年4月27日，当时未发表。

生活，等等。但最后还是新的战胜旧的。在《被爱情遗忘的角落》中，虽然也写到了荒妹的觉醒，也出现了许荣树这样有希望的新人物，预示靠山庄的光明前景；但整体上看，故事是悲剧性的。它的要点在于让人们看到现实生活中发生的这种早该消逝的古老的悲剧。赵树理写“问题小说”当然也要摆出问题，揭露矛盾。而最后安排“团圆”的结尾，使故事在喜剧的笑声中结束，这是时代特征的表现。四五十年代人们对自己的生活充满着信心，对前程满怀希望。这一点不仅在赵树理作品中，而且在那个时代的许多文艺作品中，都有着共同的特征。到了张弦写《被爱情遗忘的角落》时，正是经历了一番大曲折，革命的航船刚刚拨正航向之时。噩梦初醒，人们对社会主义时期也仍然会有悲剧，而且会有大悲剧，感触十分深，这必然也通过文学表现出来。所以这时期写悲剧性作品的，或所谓“伤痕文学”的，绝不止是张弦等个别人。无论赵树理还是张弦，都无法超脱自己的时代，因此，我们从他们作品的不同色调中，看到了时代的发展变化。读《被爱情遗忘的角落》，感到有一股深沉的力量。因为它不仅揭露一些生活中的阴暗面，而且能启发人们去思考一些更深刻的问题。如果硬要加上一条喜剧的尾巴，反而会冲淡这股深沉的力量。社会主义文学能不能写悲剧，怎样写悲剧，这些问题在赵树理的时代还不能解决。而张弦则在特定的历史条件下，用自己的创作实践，做了有益的探索。这也是他较之赵树理有了发展的方面。

第三，赵树理的某些小说和张弦的《被爱情遗忘的角落》，都反对封建包办婚姻，都支持婚姻自主。但是赵树理到此为止，而张弦又进一步提出婚姻应该以爱情为基础。因为婚姻自主并不意味着这自主的双方一定都具有爱情。当婚姻自主权掌握在吃不饱（李宝珠）手里时，自由离婚就成了她要挟丈夫的武器。她的丈夫张信因为怕离婚，就不得不屈服于吃不饱那许多无理苛刻的条件之下。而他们的结合确实不是父母包办的，恰是吃不饱经过“自由恋爱”自己选了对象。在这里，婚姻自主已被歪曲得完全失去其真正的意义。所以说，如果不提倡以爱情为基础的婚姻，而单有婚姻自主，还不可能使所有的人在婚姻生活中得到幸福。对于这一点，赵树理似乎注意得不够。这在《三里湾》中表现得最明显。王玉生这样一个很可爱、很有作为的农村青年，恐怕也是个缺少爱情的人。他与袁小俊的离异，责任固然在女方，但二人思想、性格差别如此之大，当初玉生怎么会同意与她结婚呢？后来范灵芝来求婚，他在思想上毫无准备，竟然立即答应下来。且看这两个人的一段对话吧：

范：“你爱我不？”

王：“你是不是和我开玩笑？”

范：“不！一点也不是开玩笑！”

王：“我没敢考虑到这个事！”

……

范：“以前没有考虑过，现在请你考虑一下好不好！”

王：“我的老师！只要你不嫌我没文化。我还有什么考虑的呢？”

于是，两个人四只手一握，四只眼睛对着一看，婚姻大事就这么定了，连当事人自己“都觉着事情发展得有点突然”。有人说这是“缺乏爱情的爱情描写”，是很有道理的。本来这样描写也有一定的真实性，说明即使是老根据地的农村青年，也普遍过着缺少爱情的婚姻生活。但赵树理没有认为他们这样做多少有点轻率，反而看成是模范婚姻。而张弦对存妮和小豹子虽然也怀着同情，却没有去肯定他们那种“原始的本能”的轻率行为。存妮之死，连殉情都够不上。她是在封建意识的重压之下，感到难以生存才去死的。小豹子被捕时跪在存妮墓前磕头，也非出于对她的恋情与怀念，而只是一种负疚心理的表现。作家对此深表悲哀。这种比较，使我们明显地看出在婚姻问题上，张弦的认识又有所深化。

十年动乱给中国人民带来了大灾难，但同时也深深地教育了中国人民。经过这场浩劫，人们对自己的社会，对革命事业，在认识上得到了一次大飞跃。因此，粉碎“四人帮”以后发表的作品，与“文化大革命”前的作品相比，在某些问题上思想深度必然是不同的。赵树理在解放后到“文化大革命”这期间写的作品，从反映社会主义现实这一点来看，与粉碎“四人帮”后的新作品相比，思想深度上有所差距是很自然的。往往是一些问题早被他涉及了，却没有也不可能认识得像今天这么深刻。客观上他已经写出没有爱情的婚姻即使是自己做主也是不幸的。王玉生与袁小俊的结合，吃不饱与张信的结合，都可以作为这种不幸的典型例证。然而他却没有认识到这是一个应该揭示的问题，没有进一步挖下去。只要他再往前迈出半步，作品的思想性就会深刻得多。因此，历史地看，既要看到比起思想大飞跃后的作品，他是有局限性的；又要看到，在这之前，凭着革命现实主义作家的慧眼，他已经涉及一些今天看来很重要、很有意义的问题，这又是很了不起的。

这两家多么相似

电影《喜盈门》获得1981年的“百花奖”，是当年最受欢迎、上座率最高的影片之一，在国外也获得了好评。这部影片描写某地农村一家农民的家庭纠纷。老大陈仁文，性格比较懦弱。大媳强英斤斤计较个人得失，唯恐自己吃亏。于是在老二仁武成家之后，由于兄弟姑嫂的矛盾，导致分家。强英先是不愿赡养爷爷，后又虐待他，并抛下两个孩子跑回娘家。仁文在忍无可忍的情况下，乃提出离婚。二媳水莲，不但思想进步、劳动积极，而且性情贤惠，在家庭矛盾中善能委曲求全，明理重义。在她的协助调解之下，陈家终于得到大团圆。强英在生活的教育下，也改正了错误。

这部影片无论故事情节或表演，都没有什么特别显眼的，它之所以受到热烈欢迎，有着深刻的社会原因。它提出一个家庭伦理问题，认为我们民族的敬老扶幼的传统美德，在新的历史条件下，有加以发扬光大的必要。因为这有利于我们正确处理家庭内部人与人的关系，有助于建立民主、友爱、和睦的家庭。十年动乱中，一切民族传统都被不分青红皂白地当成“四旧”而遭到横扫，致使今天一些青年同志对传统美德了解很少，受到的影响、熏陶很弱。由于林彪、“四人帮”对马列主义的歪曲、糟蹋，共产主义道德观念的影响也受到严重的损伤和削弱。因此，粉碎“四人帮”后，在批判封建主义的影响时，有的人又把爱情的意义强调到了不适当的地步，似乎爱情就是一切。为了个人幸福别的全可不顾。上述种种原因，造成在家庭中不愿赡养老人，甚至虐待老人的不良现象，时有出现。家庭仍然在我们今天社会生活中起着重要作用，只有家庭内部的安定团结，才有助于实现整个社会的安定团结，才有利于为实现四个现代化而奋斗。当着家庭伦理问题成为需要研究、解决的问题时，《喜盈门》的出现很自然地得到了普遍的重视和欢迎。至于它在国外得到声誉，也是因为在许多资本主义国家，老年人晚景悲惨是难以克服的社会顽症，《喜盈门》所提出的问题在异国也有人产生了共鸣。

那么，这样一部影片和赵树理又有什么关系呢？

当我们看完《喜盈门》之后，只要稍微思索一下，就会发现它与《三里湾》的相像之处。《三里湾》是描写五十年代初期农村合作化运动的，其题材与《喜盈门》并不相同。但家庭问题也是《三里湾》的重要内容，是它的现实主义成就的基础。特别是其中描写的王宝全一家与陈仁文之家正十分相像，可以说是很有意思的一种巧合。

陈仁文有一个热爱劳动、深明事理、有长者风度的老爷爷；王金生的父亲，外号“万宝全”的王宝全老叔，也是一个生产上的能工巧匠，王家的良好家风当然与这位长辈的开明思想关系密切。

陈仁文家有三兄妹，即仁文、仁武、仁芳。王金生也是三兄妹：金生、玉生、玉梅。两个哥哥都成了家，只有妹妹正在恋爱之中，这一点两部作品都一样。

他们的家庭都正在闹纠纷，而且问题也都出在媳妇身上。区别只是《喜盈门》的问题发生在老大房里，仁文媳妇强英的思想不好。而《三里湾》的问题发生在老二房里，玉生媳妇袁小俊思想落后。玉生是个技术革新迷，一心扑在生产上，家庭的事不大管。仁文是个兽医，也是做技术性的工作，同样不大管家。

另一房的媳妇都好。金生媳妇是贤惠的，她承担着繁重的家务劳动，能任劳任怨，与小姑的关系也相当融洽，能说心里话。仁武的媳妇水莲，更是模范媳妇，在解决家庭纠纷中起了很好作用。她与小姑仁芳的关系，也十分亲密。

两位闹事的媳妇，思想不好，都因受了娘家的影响。袁小俊到了婆家后的一套处世方法，是其母不能够亲自教给的。强英对付婆家和丈夫的办法，也是强英娘直接指导的。这两位母亲教唆女儿的内容，也是大致相仿的。而且她们的丈夫都比较老实，都有怕老婆的毛病。袁天成是个共产党员，在家里却要接受能不够领导。强英爹虽然也有不同意其妻做法的时候，但只要妻子使个眼色，他就不敢吭气了。

还有，两家都遇到离婚的事。区别是《三里湾》离成了，《喜盈门》没离成，最后经过调解，矛盾解决了，合家团圆了。但《三里湾》后来离婚双方都找到了可心的对象，经过一段曲折，也达到了团圆。两家人最终都还是以团圆为结局的。

我曾经将这些比较说给人听，听者皆曰："这两家真像！真像！"当然，我们毫无《喜盈门》的情节是脱胎于《三里湾》之意。《喜盈门》的作者辛显令同志，是山东一位农村基层文化工作者，他有长期农村生活体验。他从这些切身的体验中所写出的作品，与赵树理作品的某些部分有所相似，也很自然。因为他们的创作都扎根在相似的生活土壤中。

赵树理在描写农业合作化运动时，根据他对农村生活的长期观察，认识到家庭问题的重要性，因而在《三里湾》中给予显要的地位。过了二十多年，《喜盈门》提出类似的问题，引起了社会的热烈反响，得到普遍的好评。这说明当初赵树理感受到的农村这一问题，今天仍然具有现实的意义。如今重新来突出地加以表现，甚至比五十年代初更引人注目。老问题还有新意义，这除了社会改造的长期性外，不能不说赵树理观察农村问题眼力深邃。他所抓取到的问题，不是转瞬即逝，而是往往有长远的价值。这是从两部作品两个家庭问题的相似中，说明《三里湾》的生命力。

同时，它们也有区别，这同样给人以启示。

概括地讲，有两个方面的区别。首先在离不离婚上。《三里湾》解决王家与袁小俊的矛盾，用了离婚的方法。《喜盈门》处理陈家与强英的矛盾，则用了调解的方法。如果让仁文与强英离婚，那么《喜盈门》就不成其为《喜盈门》了。这个区别不仅是处理矛盾方法的不同，更反映了两部作品产生的时代背景的不同。《三里湾》产生于五十年代初，当时抗美援朝取得伟大胜利，经济建设五年计划刚刚开始，全国一片欣欣向荣的景象，民心振奋，社会道德面貌焕然一新。《三里湾》鲜明地涂抹着这种时代色彩。那时对袁小俊这种思想落后的人物，社会上的谴责也比较严厉一些。当着整个社会生活比较安定，人们的道德水准比较高时，对不良作风便更加不能容忍，更迫切地要求改变。所以，当时赵树理处理袁小俊和她的母亲能不够时，先让玉生，后让袁天成，采用了决绝的态度。作家用严峻的生活本身，用他们自己手造的苦果，来教育他们，逼使他们改变旧思想。如果《喜盈门》也照此办理，可以肯定不会收到如今这样的好效果。因为它出现之时的情况，正如仁文爷爷所说："这前几年乱哄哄的瞎闹腾，虐待老人吗不算个罪，两口子离婚吗不丢人"。我们面临着恢复民族传统美德，重建共产主义道德的艰巨任务。在这种时候，人们需要看到的是破镜重圆，是安定团结的新生活。所以当仁文改变主意，用强硬态度坚持离婚时，爷爷就批评他："张口闭口离婚，怎么光彩呀！"人们不希望看到夫妻离异——这已被有的人看成很随便的事了——而是希望强英悔过，陈家恢复和睦的生活。水莲的调解，正是反映了这种社会的要求，所以她是博得人们喜欢和称誉的角色。两部作品对同一问题的不同处理，让我们看到了社会思潮对于文学创作的影响。

其次，《三里湾》对家庭问题的处理，表达了赵树理对改造农村家庭的见解，包含着他的理想，显然是经过深思熟虑的。比较起来，《喜盈门》这方面有所欠缺。作者对所写的生活思虑得还不够深入、周密。这使它所涉及的问题，有些是可以商榷的。

影片情节可分为前后两部分。前一部分以强英与仁芳、仁武的冲突为中心，表现姑嫂、叔嫂间的矛盾。到分家告了一段落。后半部以强英与爷爷为冲突的中心，表现强英从不愿赡养到虐待老人，形成了全剧矛盾的高潮。影片的成功主要在后半部，强英在这时成了应该受严厉谴责的人物，因为她不仅违反了道德，而且违反了法律。但影片的前半部，早已把她作为批判的对象了。而在前半部的矛盾中，只是谴责强英，便不尽恰当了。

影片以老二成家开头，在这之前，似乎陈家四代同堂，相处还是比较和谐的。强英对水莲说："你没来的时候，家里根本没有这么多乱七八糟的事！"那时仁武还小，穿的戴的要靠大嫂照顾。仁芳更小，当然少不了大嫂的拉扯。大房媳妇除了伺候丈夫、公婆，还得照应小叔，小姑，这在旧式家庭中历来如此。从仁武那时把大嫂当成"香油壶"来看，似乎强英也还是照着传统办事的。说不上是个好媳妇，至少也还不坏。为什么仁武一成家，立即家庭矛盾大爆发，闹得鸡飞狗跳墙？这个矛盾不是来得太突然了吗？而仁武全然不念大嫂过去的恩情，如强英所诉，一结了婚，就把“香油壶”踢开了。加上影片中表现他在与强英冲突中的暴躁脾气，使人觉得这位小叔子也不够尊重大嫂、未免薄情。然而作者却不认为他有错，把一切不是归之于强英，未免偏心。自家的儿子是好的，媳妇总是不好的，农民中也有这样的传统观念，这是不应恢复的。

再看当时强英与家庭矛盾的具体内容，大致有二：

一是经济问题。陈家原来生活不算宽裕，十年前仁文结婚时只添置个小半厨。但十年后仁武成亲时，就比较讲排场，添了大衣柜，这说明他家经济生活有了提高。除老二、老三都已自立了之外，一个重要原因显然是老大当了脱产干部，领国家工资，每月资助家里三十元。毫无疑问，这对家庭生活的改善是重大的贡献。这种情况下，如果兄弟感情好，像金生、玉生那样，那是不会计较谁负担多、谁贡献大、谁吃亏等，他们便可继续共同相处。反之，如果因此发生矛盾（这是经常有的），那么在目前的社会条件下，分家还是好办法。所以爷爷说：树大了分杈，兄弟大了分家。这并没有什么不好。《喜盈门》中问题出在私心重、心眼小的强英身上，结果也分了家。这从伦理上说，强英的错误不在于要求分家上，难道兄弟只有至死共处才是天下至善至美的吗？问题是在思想上，她确有不少自私的观念，因而不能处理好家庭关系。若也从思想上看，仁武、仁芳也并非没有缺点，这对弟妹对兄嫂抚育之情似乎不放在心上（只承认父母养育自己），个性一个比一个更强，很少表现出对兄嫂的尊重、体贴、关心。其实这也要进行教育，然而却只责怪强英，对弟妹二人，还取欣赏的态度。如果追究分家之责，弟妹们也是有责任的。何况在分家问题上不必多所指责哩！

强英在经济上另一个要求，是把副业劳动收入中的一部分（即绣花和踩缝纫机的收入），不交给家里，留在自己房里开销。这个要求也不一定就错。因为旧式大家庭中经济全权归于家长，不仅农业生产的收入，而且各房媳妇做女工的收入也要交，没有家长的同意无使用权。自己劳动所得不能归自己所有，这是封建家庭中不合理的事，其结果是影响各房子媳的劳动积极性。因此强英的要求，家长亦应予以考虑采纳。然而《喜盈门》作者显然把她提出的这个要求，当作她不贤不肖的一条罪状。这也值得商榷。

矛盾第二方面内容，是长辈对待晚辈的态度问题。对此，强英也没有非分的要求，她提出家长对自己的闺女和对儿媳，应该一碗水端平。这实在是很合理的。她的问题不出在这里，而还是思想上的缺点。她不能开诚布公、直率地在家里提出自己的意见和要求，却采取了旁敲侧击、指桑骂槐的手段。其实陈家爷爷和妈妈都还是通情达理、思想比较开明的。只要强英明白地提出要求，就不会为了一块裤料而闹出一场误会，导致姑嫂勃谿。

综上所述，强英此人除了在不愿赡养并进而虐待老人这点上犯了错误之外，在其他一些家庭纠纷中，她的意见并无什么问题。错只错在思想态度上。如果说袁小俊在家里无理取闹，她的要求没有合理的因素，不值得同情，那么强英提出的要求，至少是可以商量讨论的。把她的这些值得考虑的要求与错误的态度混在一起，全部否定了，这客观上就产生这样的印象：作者认为几世同堂、兄弟聚居才是好的，分家是坏事。而且在家里子媳不应有自己的要求，只有敬重老人之责，媳妇则只要顺从叔姑的义务。这样的思想未免陈旧一些。

无巧不成书，《喜盈门》上半部涉及的家庭问题，《三里湾》中和赵树理其他言论中，也都涉及了。而赵树理的见解，与《喜盈门》的作者并不一样。赵树理不但赞成感情上无法结合在一起的夫妻不必勉强“糊补”着，可以允许他们离婚，而且也赞成一些几房兄弟聚居的大家庭，在适当时候分家；除了像金生、玉生这样确是出于自愿的，就不要勉强凑合在一起。而像马多寿这样的家庭，还要用外力来促其分家。在《三里湾》中详细地说明了分家的诸种好处。赵树理认为把大家庭拆成小家庭，有利于社会进步，因此并不是什么不光彩的事。至于大家庭中经济权全握在家长手中，赵树理也认为不合理，因为不利于调动每个家庭成员的劳动积极性。赵树理对农村家庭中媳妇的处境，怀着很深的同情心。他曾经说过，农村家长有的把女儿看成亲人，把媳妇看成外人；有的把媳妇看作自己人，认为女儿终要出嫁，把女儿看作外人。因此，有的女子在娘家和婆家，两头都被当外人，这种境况是最苦的。有了这种看法，当他听到强英要求对闺女和媳妇一碗水端平时，他绝不会简单地视为无理。所以他的笔下从孟祥英、金桂，到陈菊英等，写了许多好媳妇的形象。而对惹不起这样的人，则写她是与封建家长站在一起的。他把改善媳妇的境遇、地位，作为妇女翻身的一个内容。所有这些，都立足于反对封建思想，改革旧家庭。

今天，这些任务并不能说已经完成了，赵树理的见解仍有其合理性，还值得我们注意。如上所述，《喜盈门》的创作有其特定的背景，它的着重点不同于赵树理的某些创作，而在于希望恢复和保护家庭伦理道德的优良传统。只是在这样做时，作者思虑似有不密，对一些传统中应该有所变革的一面，认识得不够，造成作品内容有某些可以商榷的地方。

比较研究告诉我们：对于前人的成果的研究，在文学创作中不可忽视。表现农村题材的作者，如果了解一下赵树理和其他前辈作家已提出了、解决了哪些问题，便有可能把他们的终点作为出发点，在新历史条件下，迈出自己的步伐，而不至于走冤枉路、回头路。这样，就有可能提供前人所没有的东西。

在结束本章时，应该说明，这里谈论了《李顺大造屋》《被爱情遗忘的角落》和《喜盈门》三部有影响的作品，目的仅在于与赵树理对比，说明某些问题，而不是要全面地给予这三部作品以评价，这个任务已有其他的同志做过了。

（原载《北京大学学报》，1984年第3期，原题为《从比较分析看赵树理作品的生命力》）

总也忘不了他

——纪念《小二黑结婚》发表五十周年

五十年前，中国文坛上升起一颗新星——后来人称“农民作家”的赵树理。那一年，他连续发表《小二黑结婚》《李有才板话》。这些作品的诞生显示了一个文学新时期的到来。

粉碎“四人帮”后我一度研究过赵树理，不过已经与他“告别”多年了。但是，总是忘不了他。使我不能忘却赵树理的原因，大概有二。一是近年来风起云涌般地出现了大量的通俗文艺，问题不少，让人想起赵树理的主张和实践。二是在学术研究中，对赵的评价出现了大起伏。这都够扣动我心弦的了。

在商品经济大潮的冲击下，严肃文艺处境艰难，而通俗文艺却大为兴盛，这是近年来文艺领域的一大景观。一些城镇，“文摊”越铺越大，只要你在它前面站个三五分钟，读一读那些书名，看看那封面的图画，你会感到说不清它是什么性质的文化市场。当年赵树理要动员作家去写通俗作品，提出“把文坛拆下来，铺成文摊”。现在是文坛不必拆，文摊自兴旺。不否认时下这通俗文艺中，有不少健康的，对繁荣社会主义文艺起了好作用的。但确也有相当多内容庸俗，格调低下，甚至思想内容有害的。对这些东西，迎合不对，放任不行，但禁也禁不住，因为它之得以流行，说明它能适应某些文化层次的人们的需要，才肯于为它掏腰包。主要的办法应该是引导它，提升它，创作人们喜爱的、乐于接受的优秀通俗作品，挤掉有害的。赵树理曾经为此做过许多工作，提供了不少经验。所以我心里常想：“尽管现在有人对赵树理评价很低，我们今天还是很需要他的啊！”

赵树理认为中国现代文学有三个传统。一是古典文学传统（指古代作家的创作），二是民间文学传统（也是从古而今贯穿着的）。他认为这两个传统都形成于封建时代，因而往往缺乏表现封建社会以后的新生活的因素，于是有第三个传统，即外国文学传统。这是五四新文学从域外引进的，以弥补民族传统之不足。这个见解的价值在于，强调了作家和文学史家往往忽视的民间文学传统，而这是不应被忽视的。五四新文学猛烈地批判古代文学传统，注重借鉴外国文学。同时也忽略了本民族的民间文学传统。这成为一个重要原因，使新文学在很长一段时间里，影响范围仅及于知识分子和有一定文化的市民、工人等，而与广大农民，则互相隔膜。

这里要说明，从赵树理所举的实际例子来看，他说的民间文学，包括了通俗文学（这两个概念是有区别的，但在通俗性上是一致的）。因为通俗文学或通俗文艺这名称，是近年来才流行开来的，就是1986年出版的《中国大百科全书·中国文学卷》里，也没有这一条。赵树理当时便也只用民间文学一词。

五四过后二十多年，在解放区文艺整风运动中，号召作家向群众学习，为群众服务，此后，民间文学才受到充分的重视。人民群众长期的智慧结晶，民间文学的艺术成果，开始为新文学家所发现和吸收。在《小二黑结婚》《李有才板话》中，在其他解放区文学的代表性作品中，如《白毛女》《王贵与李香香》《漳河水》《新儿女英雄传》等的艺术创造中，无不含有受益于民间文学的成分。这说明，到了四十年代，新文学才与民间文学传统接上了关系，并受到这个传统的很大影响，使新文学的艺术形式出现了新面貌。

赵树理主张三个传统的交融，不赞成互相排斥。他批评五四文学革命，对民族传统“一度采取过不理办法，消灭办法，用外国东西取而代之的办法。这些办法也不能说不是革命的，只是那样做是彻底粗暴的”。“洋花洋草应该搬——多一种有一种的好处，不过那并不妨碍我们同时培养土生土长的东西”[①]。同时，他认为通俗的不一定就是低级的，有的艺术性也很高，值得作家细心研究，而作家还不一定就学得好。“认为它们低级，或觉得很简单容易，随随便便就可以写成，那是不对的。”[②]他主张普及与提升的统一，认为这是可能的，如《董西厢》《水浒传》《白毛女》等，便都是普及的，又都是

① 赵树理：《我对戏曲艺术改革的看法》。

② 赵树理：《在大众文艺创作研究会成立大会上的讲话》。

高级的。他自己的创作，从《小二黑结婚》开始，就是上述主张的实践。“交融”“统一”的追求，创造了前面说的高品位的俗文学，或曰通俗性的雅文学。当着这些作品在农村不胫而走，被争相传阅，二诸葛、三仙姑等成了家喻户晓的人物时，被鲁迅称为“陈腐的劳什子”的旧通俗作品，便再也不能独霸天下了。通俗文学因为有了赵树理，能在新文学的殿堂里坐了一把交椅；新文学因为有了赵树理的优秀作品，而为中国革命贡献了更多的力量。

赵树理能够这样做，最根本的还在于他有崇高的为人民服务的精神。1949年，在谈到自己改变文风，会不会降低艺术性时，他说：“只要能叫大多数人读，总不算赔钱买卖。”[①]这就是他的价值观。他甚至表示不求在文艺界“立案”，不被承认也不计较，只要广大群众喜欢读，就可以了。这可能被人认为是以牺牲艺术性为代价，去俯就群众。然而怀着对人民群众的浓厚的、热烈的爱，他的笔下绝无伪劣产品，对待艺术创造，从来是严肃的，呕心沥血的。

今天，多么需要赵树理这种精神，多么需要有人认真地对待通俗文艺，认真地研究这一传统，吸取它的长处，融汇到自己的创作中，在新的时代条件下，创作出更加优秀的通俗作品，去挤掉那些乌七八糟的东西。其中也需要有高度文学修养的人，不怕大材小用之讥，不怕受委屈，下决心来做这工作。所以我感到需要赵树理！他的精神，他的经验，都有现实意义。

但在今天，对赵树理的评价似乎越来越低，这似乎是很时髦的趋向。正如任何在历史上起过作用的人物，都有其局限性，赵树理当然也有他的不足。就以从事通俗化工作而言，他也不是都很成功的，或者说也有许多未完成的课题。1949年他进了北京城，立即怀着高度热情投身改革通俗文艺的工作。他积极筹组，领导北京大众文艺创作研究会，与老舍共同主编《说说唱唱》。这个刊物停办后，他做了《曲艺》杂志的首任主编。成绩不小，为《说说唱唱》发现了陈登科等。但总的说来，成绩不算太显著；所以还是打道回府，重归太行山，写他的《三里湾》去了。那时城市里的通俗文艺没有得到应有的发展，有其客观的历史原因，赵树理也就未能提供更多的成功经验。说他的创作还有现实意义，是指其根本精神，而不是叫人再去写《小二黑结婚》。同样在评价他

---

① 赵树理：《也算经验》。

的创作时，那种一味说好，只能赞美不让批评的态度，也不足取，因为无助于科学地总结历史的经验、教训。

再有，赵树理的作品有其长亦有其短，必然有人爱也有人不爱。例如现在有人说他的小说没有心理描写，因而人物没有厚度。但我也看到有些知识分子在读外国小说时，对那些大段的心理描写，采取“跳跃式”的阅读法，干脆不读。有人批评赵的艺术表现太不“现代”了，有人却正因为它很“传统”，所以爱读。例如我欣赏赵的一篇很不起眼的短篇《催粮差》。在那么短的篇幅里，靠着三言两语，把山区各类人物都写得神韵十足，显然得益于文言小说的素养，也表现了作者勾画人物神态的深厚功力。但也会有人不喜欢，可能还会笑我艺术欣赏水平低。艺术性是有科学标准的，但对艺术的感应又带有很强的主观性，应该允许自由的选择和评论，不可能强求一律。赵树理的创作，由于特殊的原因，五十年来对它的评价，起起落落，浮浮沉沉，起伏的程度很大，频率很高，构成了一部曲曲折折的赵树理作品接受史。而每一次起伏，无不与当时的社会思潮、文艺思潮的演变紧相关联。可以肯定，人们还会把这部接受史继续编下去。

但是无论今后还会有什么变化，赵树理的创作毕竟已经是历史，它曾经起过的作用、它的局限，也都已是历史。爱因斯坦说，将来不能影响到现在。我们也可以说，现在不能影响过去。我们已经不可能为赵树理弥补他的那些缺陷，也不可能抹杀掉他曾起过的作用，因为历史是不能改变的了。因此，在主张可以根据自己的认识、爱好自由地评论赵的创作时，我又主张对历史应取客观的态度。一定要把问题摆在一定的历史范畴内，不可脱离具体历史条件，去作抽象的议论，或者用今天的标准，甚至单凭个人的好恶去评论前人。只有这样才可能使我们的认识比较接近客观的历史事实。

我以为以下三件事是赵树理实实在在地做过的，都是在文学史上起进步作用的，后人应该感谢他。

首先就是让新文学与民间文学传统接上关系，这其中有赵树理的巨大功绩。新文学因为多了民间文学的乳汁的哺育，是更健壮了。《小二黑结婚》《李有才板话》等出现后，在国统区也引起很强烈的反响。郭沫若、茅盾等都给予了很高的评价，因为他们不仅从中看到了解放区的新生活，而且感到艺术上非常新鲜。为什么似乎是老一套的传统手法，未让人感到陈旧反而是新鲜呢？因为赵树理所创造的、我称之为“评书体”的小说，既是人们熟悉的、喜闻乐见的，又是崭新的，是改造了的、提升了的，与旧的民间文学有质的区别。所以，赵树理当时又被人称为“艺术革命家”。主要借鉴了西方文学而创造出来的新文学，在四十年代，因为吸收了本民族民间文学的养料，其艺术面貌发生了一次蜕变，变得更民族化也更丰富了，这是历史的进步。

艺术面貌的改变，又使得新文学得以走进农村，在广大农民中发挥思想启蒙的巨大作用。在这个意义上，赵树理和解放区文艺家们，继承并发扬了五四启蒙精神，扩大了五四的影响。这之前，五四的民主、科学和社会主义思想，难以通过新文学普及到广大农村，新文学与中国人口的大多数还相当隔膜。像《阿Q正传》这样的杰作，赵树理兴致勃勃地念给父亲，一个略有文化的老农听，得到的反应是摇摇头，不感兴趣。他因此痛感新文学的进步性，对农民来说，那是遥远的彼岸，他们之间无法沟通。于是他在小说的表现形式上进行了革新、创造，使之能为农民所喜爱，这才在思想启蒙中，发挥了作用。他在小说中涉及的，似乎多半是日常的、平凡的事，诸如争取婚姻自主、处理婆媳关系、反对迷信、反对地主剥削等等。但这些无不与民主、科学和社会主义思想密切相关。对农民的启蒙，必须切切实实地从这里开始。如果当时给农民讲叔本华、尼采，讲达尔文、赫胥黎，或者讲卢梭，请想想看，会有什么效果？坐在沙龙里怎么高谈阔论都是可以的，但那些高见一拿到实际生活中，难免碰钉子。脱离实际的启蒙，是难以奏效的。

赵树理还创造了风格独特的文学语言，其特点在于非常大众化，又是经过提纯的，既平易朴素，又能充分地表情达意，可说是一种既健康纯正，又十分生动活泼的现代汉语。难怪许多语言学家喜欢举他的语言，用作典范性的现代汉语的例句。五四以后的现代白话文，也有一个发展过程。今天文学作品的语言，已经与五四时期的，如鲁迅的，有所变化。其总趋势是变得更能适应表达现代生活和思想感情。四十年代的解放区文艺，包括赵树理小说，由于自觉地大量运用工农群众的口语，促进了现代文学语言的进步。我们今天使用的文学语言，就是由五四先辈们开创，中间经过赵树理等的改革、推进，经过几十年大批新文学作家的共同创造，才达到的。1950年赵树理将田间的《赶车传》

改编为鼓词《石不烂赶车》，这个作品得到著名语言学家罗常培的激赏，认为优于原著。罗先生不是在评诗或评曲艺，而是欣赏赵树理那清纯、圆润、流利而富于乐感的语言。将来有人编写《现代汉语史》，一定会记述赵树理在文学语言创造上的功绩。

如果这三点都是确凿的，那么就应该给这位前人以一定的历史地位。这才是历史唯物主义的科学的态度。

（原载《文艺报》1993年9月18日）

赵树理研究的当代意义

——答贾克勤先生

贾克勤：在赵树理诞辰百年之际，我们以不同的方式来纪念这位人民作家。这么多年来，您一直在深入地思考着、关注着，也一定也有很多新的见解。希望您首先给我们谈一谈，我们在研究赵树理中如何更好地结合社会实际，更贴近现实，使赵树理研究更加富有现实意义。

黄修己：首先要说明，我的确在上世纪七十年代末和八十年代初研究过赵树理，但那以后，已经不再专门地研究这个作家了，所以也就很难说有什么新见解。

赵树理已经离开我们三十多年了，他和他的作品都已成为历史。那么，今天研究作为历史人物的他，还有什么意义呢？赵树理不是现代文学史上成就最高的作家，今天不少人也并不喜欢他；但无论如何，他还是重要的作家，有鲜明特色的作家。他的特色是什么呢？我以为最重要的还不是通俗化、大众化，创造了新的民族形式等等，而是他跟农民的密切关系。现代文学史上写农民的作家真是多啊，但是再没有谁能有赵树理与农民关系这么深的。我们中国有几亿农民，在这样的背景下才出了一个赵树理，还真是不容易。无论是启蒙主义作家对农民弱点的批判，无论是革命作家对农民革命的歌颂，都无法与赵树理相比。我曾经说过，别的作家与农民的关系是从外面插进去的，赵树理则是从里面长出来的。他从生活到情感全是农民化的。他深深地爱农民，可能连缺点也爱了；他眷恋农村，包括眷恋某些人看来太不“现代”的生活，他可能觉得那才有无限的情趣哩。现在不是有句时髦话叫“片面的深刻”吗？我看赵树理也有点片面，但他也深刻，对农民爱得深刻，别人达不到的深刻。然而他并不是守旧派，他怀着博大的爱期盼着农民的生活能好起来，期盼着农村的进步。所以他既有着强烈的启蒙精神，含着温情鞭笞农民的封建、落后的观念，他也歌颂农村的进步，又怀着割不断的忧虑，看到农村进步的艰难，农村工作中太多的问题，以至要把自己的小说叫做“问题小说”。今天，如果要问纪念赵树理有什么当代意义，我的看法就是发扬他这博大的爱，对于农民的深深的爱。这太需要了，从学术研究的角度来说，不管有人怎样贬低他，重要的是把他的特点，他在现代作家中无以取代的特点挖掘出来，加以彰显。我认为他在现代文学史上自有独特的价值，他的地位是无人取代的。

我们的社会正在发生巨变，人的认识也随之发展，对客观事物的认识，包括对历史的认识在不断地深化。这必然会推动我们的学术研究、作家研究。譬如“以人为本”“建设和谐社会”成为今天重要的治国理念。能够提出这样的理念并且立即得到大家的认同，就是社会进步的表现，代表了历史前进的新动向。而赵树理身处“阶级斗争为纲”的时代，所以他的一些作品被认为是不及格的。《三里湾》里怎么没有地主啊？怎么不写合作化过程中贫下中农与地主的尖锐斗争啊？那时恐怕很多人都会觉得赵树理反映阶级斗争有所不足，不如柳青、周立波等；这样就逼着赵树理要去写“典型”的阶级斗争，如《十里店》那样的剧本，而不能按照自己看到的实际生活来进行创作。从那时跨到今天的“以人为本”，这是多么大的距离啊，是付出了多么惨重的代价才获得的认识成果。赵树理好像没有讲过要“以人为本”，他不一定有那么自觉的意识，但从他生平的许多事迹中完全可以证明他有强烈的人本思想。我在上世纪八十年代初写的《赵树理研究》一书中，专立了一章《赵树理创作中的革命人道主义精神》，我写道：“从他的著作中不一定能找到很多长篇大论的关于关心人、爱护人、尊重人的言论。然而，他却用自己的整个生平谱写了一曲关心人、爱护人、尊重人的动人优美的乐章。”然后我举了十个方面当时调查收集到的材料，证明他有强烈的人的关怀，对广大农民的深广博大的爱。如果今天我再写这个题目，一些观点和表述一定与二十年前的又不一样了，会更突出这个问题。这就是社会的发展推动我们认识的深化，也推动了我们对作家认识的深化。

所以，我觉得不是我“如何更好地结合社会实际，更贴近现实”地研究赵树理，而是社会实际，是现实生活，推动着我的认识，使我能够步步深入地去认识赵树理。关键是我们不要脱离社会实际，不要脱离现实生活。只要你能够感受到社会发展的脉动，只要你的思想乐于接受新现实、新思潮的冲击，你一定会获得新眼光、新视野、新角度、新深度；再去看你的研究对象，就会有新发现，产生新的认识成果。

贾克勤：在中国二十世纪文学现代化的进程中，赵树理是一个不容忽视的巨大存在。他是著名的文学流派“山药蛋”派的开创者。他以自己的人生方式、创作实践和审美构成对中国文学的现代化做出了深刻的阐释与杰出的贡献，影响了整整一个文学时代并对今天的中国文学仍然不断地产生着影响。既然我们谈论的话题是赵树理研究的当代意义，那么，请您给我们简要地回顾一下赵树理研究的现状，并展望一下今后对赵树理深入研究的前景。

黄修己：赵树理对现代文学的发展确实有过重要的贡献，他才成了上世纪四五十年代现代文学研究的热点之一。我们需要的认识是：

一、在一个文化多元的时代，是允许对文学、对作家有不同看法的，不必也不可能强求一律。今后肯定还会有对赵树理的不同评价，有不同的意见才好相互驳难、切磋。要提倡这样的局面，这有利于赵树理研究的发展、提高。

在这样的局面下，如果你很喜欢赵树理，认为研究他很有意义，那你就尽管好好研究。但你要耐得住寂寞，坐得住冷板凳，没人理你也不要感伤，不必感慨。往往在寂寞中不受外界的影响，不那么急功近利，工作反而会更踏实，看问题会更客观，成果会更具科学性，你对现代文学研究还是会有贡献的。会不会有一天赵树理研究又重新热了起来，而且热闹非凡？那也并非完全不可能，只是这不完全是文学的问题，我们难以预料。

二、把对作家的历史评价和他在现实中的作用分别开来。生活在变化，现实中人们喜欢唱卡拉OK、跳街舞、看选美、上网吧等等，你对他讲：“听啦，刘家皎有两个神仙，好玩着呢……”恐怕人家也不来。这并不是独独对赵树理这样，《红楼梦》够意思了嘛，它已经是我们中国人的骄傲了，但今天有几个人喜欢贾宝玉、林黛玉？既然赵树理已经成为历史了，我们要做的是研究他在历史上的地位、作用，研究他为历史增添了什么新东西，提供了什么历史经验，有什么历史的局限等等。经过这样历史的总结，那些还有现实的、当代的意义的，就会对我们有所启示，有所激励，有所教育，有所鼓舞。而不是要求现在的人们还像上世纪四五十年代那样地喜爱他的作品；也不能因为今天有人不爱读他的作品了，就把他的历史作用也否定了。

贾克勤：在大众传媒时代，在文化成为产业的时代，如何赋予赵树理的大众化和通俗化以新的社会意义？请您针对目前社会上流行的文学作品的低俗、粗鄙化，单纯追求利益至上，一味夸张地表现物欲，无节制地展示性爱等不良现象，从文学理论的高度谈一下您个人的见解。

黄修己：我对“大众传媒”“文化产业”之类，虽不特别钟情，至少也不反感。但对眼下充斥于文化市场的品格低下的作品，是很反感的。它们跟赵树理的通俗作品根本不是一回事，相互之间没有共同性。赵树理创造了“评书体小说”（这是我用以概括赵的小说艺术特征的名词），以其独特性与五四后文学精英们的创造，在艺术风格上显出明显的区别，但在精神上实是完全一致的，那就是“启蒙”，可以把他的作品看成是启蒙主义之有特色的一支。你看，《李有才板话》是反对封建专制政治的，《邪不压正》是反对新贵的封建性压迫的，《小二黑结婚》《登记》都是反对封建包办婚姻的，《孟祥英翻身》《传家宝》都是批判封建性的婆媳关系，主张妇女解放的，《福贵》是反对封建家族统治，主张人的解放的。总之，赵树理的作品贯穿着反对封建主义，要求个性解放的总的线索，属于五四新文学的主流，又是这主流中最接近农民群众，最能被农民群众所接受的一支。现在那些“通俗作品”，散布落后意识，实是精神毒品。赵树理立志写通俗性的作品，就是要与《秦雪梅吊孝》之类的宣传封建思想的作品争夺读者。今天，也希望有人学习赵树理，写出优秀的通俗作品，与那些精神毒品争夺读者，并取得胜利。

贾克勤：您的《我说山西好风光》发表后，我们这里有人问，你那时候研究作家还要深入穷乡僻壤做调查，访问知情人，查旧报刊资料；但现在的研究者大多只做文本分析，讲自己的见解，这是为什么？据我所知，一些比较接近、了解赵树理的人，像赵的子女，都说最喜读您对赵的评论，因为他们感到您写的赵树理最接近真实的赵树理。为了今后的赵树理研究，您能否就研究方法问题谈点意见？

黄修己：我们那一代学者受师辈治学作风、方法的影响，是重实证的，讲话要求有根据，写文章要有证明，资料多多益善。那时我们比较尊重客体。

譬如研究赵树理，他是我们的研究对象；研究者是主体，研究对象就是客体。主体的任务是怎样正确地认识自己的对象，认识这客体。这就须要做大量的调查研究，掌握尽可能多的资料。能提出见解，很好，但必须符合客体的实际才可能有科学性。你的认识很高，很了不起，但必须接受客体的检验，才能判定它的真正价值。我写赵树理，先在北京各图书馆查阅各根据地的大小报纸，得到许多感性的材料（因此还查到赵最早的作品《打卦歌》，特别开心），所以《赵树理评传》出来后，有的专家就介绍说“他这部书里的背景材料很多”。《评传》出版时（1982年），我的《赵树理研究》也基本上完稿了。《研究》一书中很多资料也是写《评传》时收集的。你看其中“人道主义”一章的材料，就知道很多都是在山西调查得到的。因为重客体，先就要搞清楚自己的研究对象是什么样的，所以赵的子女读了，认为我写的更像他们的父亲。对这种认可，我感到高兴，因为这使我知道我写下的事实是比较可靠的，可以负责任地留给后人。至于我的观点，随着时间的流逝，肯定渐渐不新鲜了，过时了，这是必然的。将来的人离赵树理越来越远了，怎么评价赵，那是他们的事；赵树理是什么样的，则还得要看看我们写的书。这种重视客体本身价值的书，我相信会有比较久远的价值。后来出的有关赵的著作多了，成绩不错；若有不满，则在“注水”，有的描写是凭着想象的，这是靠不住的。后人如果不加鉴别、考订，信以为真，那是要上当的。再后来，就是您说的多为文本分析，讲一套自己的见解。

改革开放后，上世纪西方许多新的批评方法涌入中国，出现了文艺批评的“方法热”。出于对过去长期狭隘的政治批评、庸俗社会学批评的不满，大家都希望突破，便对西方那一套东西趋之若鹜，不怕生吞活剥，先拿来再说。以实证为基础的一些方法被称为“外在的批评”，认为是过时的，现在要向“内在的批评”转换，强调对文本的分析，以为是“回归文学”了。我所学的是“社会———历史批评”，所以我要在作品之外收集尽量丰富的材料，至今我还觉得很有收获，因而感到这“外在的批评”也很有魅力。但我绝对没有放松对文本的细读，这也是向我的老师学的。而此时“崛起”的年轻人，则与我等有所不同，他们希望的是一新二快。新是为了表现自己的超越，快是希望快出成果，这样才能快一点超越。如果还是沿着前辈的老路，坐冷板凳，一张一张地翻旧报纸，还要跑到穷乡僻壤做调查，那什么时候才能超越呢？必须另辟蹊径。他们的优点是改革开放了，视野开阔了，又没有旧包袱，接受新思想快，正好可以以先锋的姿态批判“外在批评”，高举起“向内转”的新旗，树立自己领导新潮流的地位。“向内转”重文本的分析，而要能经过阅读从文本中有所发现，有所挖掘，除了理论、方法的指导外，主要靠发挥主体的作用。以赵树理为例，客体（赵和他的作品）是什么样的，已经不重要，重要的是主体（研究者）对他和他的作品怎么看，有没有自己的见解，这些见解是否新鲜、独特，够不够先锋。如果是有轰动效应的，说不定可以一夜成名。而那时急功近利也是很普遍的，社会风气已经很浮躁。一些年轻人在“文革”中被抛到社会的底层，现在虽然回城进了大学，还是甚感“一无所有”，甚望早日改变自己的地位。而“向内转”正是一条便捷之路。

我认为“内在的批评”和“外在的批评”都有其合理性，都是需要的，无须加以对立。后来到了上世纪九十年代，现代文学研究又向外转了，有人强调研究文学与城市、学校、教育、出版、传媒、宗教、地域文化等的关系，好像不研究这些就没法研究文学了。于是又来了个从内而外，转来转去的。我希望今后的年轻人把这两种方法，都学到手，两手都运用得好。

（原载《山西日报》2006年8月1日，收入本书时有删节）

第三辑

中国现代文学史评论

论二十世纪中国文学

二十世纪刚刚离开我们。在人们的记忆里，二十世纪还是非常新鲜的，就像刚摘下的一簇含露的鲜花。

一个世纪就是一百年，一百年的时间在人类的历史上只是一瞬间。然而二十世纪这一百年，无论对我们的民族、国家，还是对我们的文学、艺术而言，都太重要，太不平凡了！

在这一百年里，我们中国由一个破败、凋敝的，面临亡国灭种之灾的半封建半殖民地，经过艰难曲折，流血牺牲，变为独立自主的社会主义国家，并且开始为实现现代化，走向繁荣富强而奋斗。回想二十世纪的开头，1900那一年，历史并没有让中国人欢天喜地来迎接新世纪，却残酷地安排一场八国联军攻陷北京的惨剧。写在二十世纪中国历史第一页上的，竟是这样的奇耻大辱！而到了二十世纪末，尽管现实还有许多不尽如人意的地方，尽管前进的路上还会有风浪，甚至是险恶的风浪，但中国人毕竟创造了令世界瞩目的成就。人们欢庆中国加入“世贸”，欢庆“申奥”成功，真的在欢天喜地中跨进了二十一世纪。这真是天翻地覆的变化啊！用“沧海桑田”来形容百年中国的巨变，好像都不够。

二十世纪的中国文学，同样经历了巨变，从延续了几千年的古典文学，转变为崭新的现代文学，这是几千年才有的一变。经过作家、艺术家们百年的共同努力，在光辉灿烂、源远流长的民族文化传统的基础上，以人类史上少见的规模，广泛吸纳外部世界先进的、新鲜的文化和文学的养料，创造了一批优秀的新文学作品。它们描绘时代的风云，反映历史的大变迁，展现一个世纪里中国人民的精神历程，有的已成为中华民族文化宝库中新增的精神宝藏。

这是伟大的变革，这是伟大的创造。这变革，这创造，当然是不平静的，充满着大痛苦，大欢乐，大挫折，大胜利，大进军，大迂回，大开大合，大起大落，大喜大悲……这里有多么丰富的值得珍视的宝贵经验和教训，对于迈进新世纪的中国人，尤其是从事文化、文学工作的人，多么值得去了解、学习、思考、总结。

因为历史从来都是我们的良师。

“二十世纪中国文学”过程的完整性

鸦片战争至今的中国文学史，习惯上被分为三段，即1840—1917（或1919）年的近代文学史，1917—1949年的现代文学史，1949年到现在的当代文学史。我们现在编的二十世纪文学史，跨越、包容这三个阶段。一个世纪在时间上是一个段落，却不一定在文学发展上也是一个段落。但仅就中国文学而言，二十世纪这一百年，大致上具有过程的完整性。这就是在十九和二十世纪之交，中国文学开始向现代转型，并于世纪之初经过五四文学革命，完成了这种转型，实现了千年的一变。随后这新生的文学，经过启蒙文学、革命文学诸种形态，逐渐被定位为社会型的文学。到了二十世纪末，随着中国社会的变动，文学又发生急遽的变动。社会型文学开始分化，出现了社会型、思想型、娱乐型等多种文学，正在形成文学上多元共存的局面。这变动还在进行中，不过，大局已定，标示着二十世纪中国文学过程的结束，并且可能影响二十一世纪或更长时间里中国文学的面貌。二十世纪中国文学史一直处于不断的变动中，这是一百年以来一以贯之的态势。

这种变动的驱动力，首先来自文学之外的社会变革的需要。

二十世纪文学基本上处于中国的社会革命期。鸦片战争后，古老的中华面临被帝国主义列强瓜分、灭亡的严重危机。爱国的志士仁人在痛苦中思考拯救民族之路。起初只是看到败于列强的船坚炮利，因而幻想“以夷制夷”，取西方之技艺，行“器物层”的变革，以为是挽救国运之途。但甲午之役（1894），新式海军北洋舰队被日军击溃，人们进而看到中国失败的更深层的原因，还在于政治制度的腐败，于是开始求“制度层”的变革。这就有企图建立君主立宪制的戊戌维新，它惨遭镇压后则有推翻帝制建立共和的民主革命的兴起，求更为激进的“制度层”的变革。同时作为戊戌维新主要领导人之一的梁启超，从失败中又认识到，中国落后的更根本原因，还在于人民群众的不觉悟，为“制度层”变革的成功，必须改变国民之魂，进行“精神层”的变革。于是提出“新民说”：“欲维新我国，当先维新我民。”[①]梁启超等人企图从文学入手，以文学作为“开通民智”的工具。有了“精神层”变革的要求，才有文学上的改良和革命，才促成了旧文学向新文学的转型。这时，正是二十世纪的一抹曙光照临中国大地之时。好像专门是为了迎接新世纪，梁启超在1899年的12月底，在《夏威夷游记》一文中，发出“诗界革命”“文界革命”的号召。在两个世纪的交接点上，响起了变革中国文学的呼声。然后经过世纪初的酝酿、准备，终于在五四文学革命中，诞生了中国的新文学。

这种变动的驱动力，也来自中国文学自身的变革要求。

经过几千年的发展，中国的古代文学一方面创造了光辉灿烂的成果，已经是烂熟了的。另一方面这烂熟的古老的文学艺术，逐渐跟不断变动着的社会生活越来越显得脱节，如果不变革，就越来越不能适应社会的需求了。文学内部便有了变革的要求。在文学语言上，文言文与日常口语的距离越来越大，与现实生活的距离也越来越大，它已失去真切地反映生活和思想交流的工具之作用。文言文的难以学习、掌握，严重阻碍了文学在广大群众中的传播。社会要走向现代化，“言文合一”势在必行。1897年，语言革命的先行者裘廷梁发表《论白话为维新之本》，已经指出语言变革与社会变革的关系。十九、二十世纪之交，出现了白话文的热潮。中国被称为诗的国度，经历了唐诗宋词的辉煌，但到了清朝，古代诗歌已呈衰落之势，这和它以文言文为载体密切相关。这才有黄遵宪于1868年提出的“我手写吾口”[②]的主张。小说、戏曲在古代本没有地位，但到宋元之后，随着都市的逐渐繁荣，市民阶层的兴起，社会上的世俗化趋向，使长期被轻视的小说、戏曲发达了起来，已经产生了成就极高的巨著。到清末，白话小说作品更多了。如1898年出版的小说《小额》（已先在北京《进化报》连载），竟然全用北京口语。其口语化的程度，在五四后的很

① 梁启超：《新民说》，《新民丛报》第1号，1902年出版。

② 黄遵宪：《杂感》。

长时间里，新文学作家的小说尚难以达到。而新文学作家中也已有人在五四前写出白话小说。如文学革命的先驱胡适，在1908年就写了白话小说《真如岛》。中国文学的总体情况说明，到了十九、二十世纪之交，文学内部已经积蓄了足够的力量，已经可以发出要求变革的呼声了。

社会的和文学的要求，两股合力，促使古老的中国文学发生变革。有了这种变革的要求，那么，怎么变？这与当时的环境有重要的关系。这时中国的国门已被帝国主义列强用大炮打开，而且不能再关上了。于是古老的文学巨流与外来的文学，主要是欧美文学的巨流开始发生碰撞，并且承受外部力量的猛烈冲击，中国文学的面貌于是发生大改变。在这里，中国文学的变革要求是内因，欧美文学的影响是变革的外因。没有内因，外因难以发生作用。过去，我们往往强调外部因素对发生新文学的影响和作用，比较忽视中国文学自身的变革要求，甚至以为新文学与民族文学传统“断裂”了。正如有人批评的：“较长时间内，学术界把现代文学主要视为学习和借鉴西方文学而成长起来的，较少谈古典文学、近代文学对现代文学的影响。应当说这是认识上的一种偏颇。”[①]所谓“断裂”是一种误解，现代文学在思想观念上、语言上、形式上与古代文学有很大的差异，使人们容易产生这样的误解。实际上，二十世纪中国文学连接着久远的中国古代文学，按着自己的规律，像一道不停息的大江巨流，夹带着光辉灿烂的历史风采，从遥远的过去奔腾而来。任何抽刀断水的行为，诸如一些五四先驱的否定民族传统的批判，只能在这巨流上激起一阵浪花，却使这巨流奔腾得更加欢畅。到了十九、二十世纪之交，以前被轻视，宋元以后有了很大发展的小说、戏曲，得到了高度的评价，小说的作用更被抬到空前的高度，在二十世纪之初就出现小说的繁荣。后来为新文学奠基的也是鲁迅的小说。衰落的诗歌并没有因为换成白话而改变命运，当前诗歌创作的不景气是和中国诗歌渐行渐落的历史趋势相关的。新文学的这些现实状况，或起或落都是从过去延续下来的，与古代文学的发展是一脉相传的。这是重要的文学现象，应该引起人们足够的注意。

为了说明二十世纪文学大致有其总体上的完整性，还要对习惯上划归于

① 郭延礼：《中国近代文学发展史》第3卷，山东教育出版社1993年版，第2369页。

近代文学的、世纪初的十几年文学（1900—1917）的历史作些分析。

我们翻开任何一本《中国近代文学史》，都会发现一个有趣的现象，从1840年鸦片战争爆发，到十九世纪末的文学，和进入二十世纪以后那十几年的文学，面貌不大相同。也就是说，大致可以1900年（或1898年）为界，把近代文学分为两段。前面那一段大约六十年，因为缺少文学上的新因素，总体上仍属于古代文学或曰旧文学的范围。只是这时旧文学已到了末路，有人看到旧文学衰亡的趋势，便企图出来挽狂澜于既倒。这就有曾国藩领导的著名的“桐城中兴”运动，拥有人称曾门四弟子的张裕钊、吴汝纶、黎庶昌、薛福成等古文大家。曾氏的幕僚、友人中还有郭嵩焘、李元度、莫友芝、俞樾、方宗诚等古文名家，形成颇有声势的文学集团。经过他们的努力，这个清朝最主要的散文流派，一度又兴盛起来了。连后来对五四文学革命的准备有过重要贡献的严复、林纾，也被视为桐城派大家，被称为曾国藩的再传弟子。所以胡适说：古文“到曾国藩，这一派的文字可算是到了极盛的时代”，“姚鼐曾国藩的古文差不多一统了十九世纪晚期的中国散文”[①]。诗歌方面有同样得到曾国藩扶持的“宋诗运动”。前有“学人之诗”的程恩泽等一批诗人，后有“同光体”的陈三立、陈衍等。此外还有以复古为号召的，以王闿运为代表的汉魏六朝诗派。还有“常州词派”的“词学中兴”，出现庄棫、谭献和“近代四大词人”王鹏运等。具有相近倾向的还有中晚唐诗派的樊增祥等。这些流派多冠以汉魏六朝、中晚唐、宋代等名称，显出复古、拟古的倾向，显然含有挽救旧文学的意图。这构成十九世纪后期中国文学最有历史特征的现象。这时虽然已有黄遵宪提倡“我手写吾口”，有谭嗣同、夏曾佑等的新派诗，冯桂芬、王韬、郑观应等的新体散文，但从总体上看，“文学变革的步子跨得不大”[②]。文学史家们也认为，那些旧文学的流派，“在当时的实际影响要比新诗派诗人大得多”[③]。事实是十九世纪后六十年，虽然在社会变动的促使之下，文学有了要求变革的苗头，但尚未成为当时文学发展的主题，因为主张变革的新力量尚弱

① 胡适：《中国新文学大系·理论建设集·导言》。

② 吴组缃，季镇淮，陈则光：《中国近代文学大系·总序》，上海书店1991年版，第3页。

③ 章培恒等主编：《中国文学史》（下），复旦大学出版社1996年版，第588页。

小。现在的近代文学史著作，都把龚自珍拉来做了近代文学的首席演奏家。然而，龚自珍于1841年便逝世了，其时中英《南京条约》尚未签订。鸦片战争尚未结束便已逝世的人，怎么能做鸦片战争后的最重要的作家呢？但不这么做，十九世纪后半期的近代文学上，便没有重量级的作家了。这真是令人尴尬之事。实事求是地说，此时求变革的新力量还很弱，旧文学还坐在主位上。古典文学在延续、挣扎，在企图复兴，这是它们回光返照和尾声的时期。

但是到进入二十世纪，情况就大为不同了。继“诗界革命”“文界革命”之后，1902年梁启超又发出“小说界革命”的号召。文学改革掀起了高潮，“桐城中兴”“宋诗运动”等就再也唱不响了。在“文界革命”方面，出现了“新文体”，带有从古文向白话过渡的特征。白话文报刊大量涌现。“小说界革命”影响更大，引起小说观念的大变动，产生了著名的四大“谴责小说”，产生了市民文学的主要流派鸳鸯蝴蝶派。在二十世纪初，出现了小说的大繁荣。话剧被引进中国，称“新戏”或“文明戏”，尽管有诸多不足，毕竟从此中国有了话剧运动。西方文学开始被大量译成中文，大开了中国人的眼界，成了文学革命的极大助力。而梁启超、王国维、鲁迅、周作人等在西方学术思想影响下，开始形成新的文学观念，他们的文艺理论开始与西方现代文学思想接轨。进入二十世纪后出现的这些新事物、新气象，都是前述十九世纪时期的近代文学中所没有的。如果说十九世纪那六十年的近代文学，与古代文学有更深的关系，可称为古代文学的终结期；那么二十世纪开头这十几年的近代文学则与五四文学革命、与现代文学的诞生，关系更为密切。

在这十几年间，文学上完成了两件极重要的大事。一是市民文学的繁荣，用一种半新半旧的东西抢占了主流文学的地位，把古典文学即旧文学，挤到边缘去。另一件是培育了新文学的创造者和接受者。新文学（现在习惯上也叫“现代文学”）如果没有这两方面的准备，尤其是后一个条件，其诞生便十分困难。因此，我们把新文学诞生的时期叫做“五四时期”，把二十世纪之初、五四之前这十几年，称为“前五四时期”，这也是为了强调这十几年的文学与新文学有更密切的关系的有意之举。为了说明问题，还要对这十几年的历史略为多说几句。

进入二十世纪后，中国的社会生活、文化生活都有了明显的变动。城市商业化程度越来越高，封建时代的郡县都邑，已渐渐演变成了现代城市。印刷业、出版业随之发展，报纸杂志数量剧增。十九世纪末报纸还很少，1901年梁启超回顾说："以京都首善之区，而自联军割据以前，曾无一报馆，此真天下万国之所无也。十八行省每省之幅员户口，皆可敌欧洲一国，而除广东福建外，省会之有报馆者无一焉，此亦世界之一怪现象矣。"[①]梁之所言并非精确统计，但事实大致如此，他的印象才这么深刻。进入二十世纪，情况大变，各地尤其是沿海地区，报纸数量激增，出现许多《白话报》。到1911年辛亥革命时，据统计全国报纸已达五百家[②]。报纸与刊物的风行，直接影响了文学的发展。报纸大多设副刊，都要登载合读者口味的文学作品。如1900年5月创刊的《中国日报》，副刊名《鼓吹录》，开了副刊登杂文的先河。随后创刊的《申报》副刊《自由谈》，所发杂文更多，其坚持时间最长。报刊对杂文这一现代文体的形成、发展，关系甚为密切。许多重要的小说，如反映太平军起义的《洪秀全演义》（载香港《少年报》）、四大谴责小说之一的《官场现形记》（载《世界繁华报》）、鸳鸯蝴蝶派代表作《玉梨魂》（载《民权报》）等，都是先在报纸上连载的。出版业的兴盛同样于文学发展有大关系，一些出版社出版文学或与文学有关的期刊，如商务印书馆出版《东方杂志》（1904年创刊）、《小说月报》（1910年创刊）等。报纸、杂志、书籍的出版，多是商业性的，不能不照顾读者的需求。而当时的读者对象，主要是随城市发展而壮大的市民阶层。梁启超的"新文体"以能适于报刊读者口味而得以风行，所以又称"报章体"。连载小说更是副刊的主要卖点，有力地推动了小说的繁荣。谴责小说、鸳鸯蝴蝶派的言情小说，还有黑幕小说、侦探小说等，正因为适合大多数市民的文化消费需要，能满足他们的情趣，才得以生长、繁荣。话剧初入中土，在商业化的演出中，不得不迁就市民观众的趣味，以致被人视为"堕落"。"诗界革命"成绩不大，根本原因在于保持着旧诗样式的"新体诗"，不受市民的喜爱，缺少群众基础。而桐城派、选派、宋诗派等已被挤压到日渐

---

① 梁启超：《中国报馆之沿革及其价值》，《中国出版史料补编》，中华书局1957年版，第81页。

② 戈公振：《民国初期的重要报刊》，《中国近代出版史料二编》，中华书局1957年版，第304页。

没落的士大夫阶层的小圈子里去了。它们与此时文学的主要接受者市民阶层，是没有什么关系的。

二十世纪初文学的繁荣与梁启超等的号召有重大关系，但梁的本意在于“新民”，结果却是促成了市民文学的发达。他对此很不满意，于1915年说过：“今日小说之势力，视十年来增加蓰什百”，但“其什九则诲盗与诲淫而已，或则尖酸刻薄毫无取义之游戏文也”[①]。中国市民不同于西欧市民，因为“中国的城市、市井、市肆，却从来是在皇朝控制之下……皇朝决不会允许商业本位的城市、城邦的产生”[②]。因此就不能像西欧那样，从这些城市的“市民等级中发展出最初的资产阶级分子”[③]，这也决定了中国市民文学的局限性，难以转化、产生取代封建旧文学的现代新文学来。这就须要另外来培养现代新文学的创造者，同时还要培养它的接受者。早已悟到思想启蒙意义的鲁迅，创办《新生》失败了，与周作人合译的两卷《域外小说集》，竟只售出四十册左右[④]，这都说明接受者的作用。后来他的《阿Q正传》一发表就引起轰动，如果早若干年问世，恐怕只能在《开心话》专栏里登到底。十九世纪末培育出的新文学创造者和接受者，待到进入二十世纪，就在其开头的十几年里，被较大规模地造就成功了。

跨入二十世纪，已是风雨飘摇的清王朝，为了挽救其覆灭的命运，不得不进行某些改良。1905年废科举，国内官办的不同等级的新式学堂在各地兴起，加上外国人在华所办的学堂，所培养的新式知识分子逐渐多起来了。辛亥革命后，蔡元培出任北京大学校长，实行“思想自由”“兼容并包”的原则，不仅推动各种新学理的输入，更培育了独立思想的风气。中国向欧美和日本大批派遣留学生，很快造成了一大批了解世界文明进程的激进的青年先锋，这些人对二十世纪中国社会和中国文学的发展，起了举足轻重的作用。文学革命的

---

① 梁启超：《告小说家》，《中华小说界》第2卷第1期，1915年出版。

② 顾准：《资本的原始积累和资本主义发展》，《顾准文集》，贵州人民出版社1994年版，第315页。

③ 马克思，恩格斯：《共产党宣言》，《马克思恩格斯选集》第1卷，人民出版社1972年版，第252页。

④ 胡适在《中国新文学大系·理论建设集·导言》中说，十年中只卖出21本。

中坚分子，如陈独秀、李大钊、胡适、鲁迅、周作人、郭沫若、郁达夫等，无一不有留学的经历。而在各级新式学堂里培养的青年知识分子，不再只学子曰诗云，所修除国文外，尚有算学、格致、舆地、史学，乃至西文、商业、体育诸课程。青年学生受现代思想气息的熏染，便再也不满足于谴责、言情之类作品。他们学习了现代科学知识和社会思想，与传统的忧患意识相结合，便成了不满现状，追求民族新生、个人新生的巨大动力，成了拥护文学革命，创建或接受现代文学的基本力量。出版事业的发达，版税和稿酬制的实行，又提供了脱离传统的“学而优则仕”的晋身之路的可能，于是出现了不再依附于官府，单靠个人写作为生的职业作家群体。他们的力量大到能使清政府从法律上保护他们的利益。1910年（宣统二年）清政府公布了《著作权律》凡五十五条，承认“著作权归著作者终身有之；又著作者身故，得由其承继人继续至三十年”。并规定“著作物经注册给照者，受本律保护”[①]。后来北洋政府亦于1915年公布新的著作权法。在法律维护下，以写作为生有了保障，像著名的李伯元、林纾，都有机会踏上仕途，但在可能以写作为生之后，他们就拒绝了。社会上形成了类似今日的自由撰稿人的群体，这对于现代文学的诞生是极重要的条件。

1911年的辛亥革命，推翻了最后一个封建王朝，皇权崩塌，祖宗成法动摇，社会生活起变化。这时思想上的反孔教、反封建形成了一次重大的思想解放运动。现在人们已知道五四时提出的文化革命、文学革命主张，在五四之前已经有了，已经在传播了。但只在有了上述的准备后，猛烈地批判正统儒家思想的新文化运动才有发生的可能。有了彻底的思想革命，才导致全面的文学大变革。

以上事实说明，1900年后的十几年里，无论是社会条件或文学自身条件，都已为一种崭新文学的诞生做好了准备。把这十几年置于五四文学革命的前头，作为二十世纪文学大变革的开端或准备，更能够揭示这一段文学发展的历史特征，更能够准确地显示它的实际的历史位置，也是讲清楚现代文学的诞生，讲清楚二十世纪文学的脉络所需要的。只有这样，五四新文学才不致成为

① 戈公振：《中国近代出版史料二编》，中华书局1957年版，第397页。

无源之水，才不致把外来的影响（无论是来自何方），视为决定的因素。我们的这一见解，并非创见，一些前辈学者、作家，曾经批评“我们过去有些现代文学的研究者，总是片面地觉得，中国的现代文学，是五四运动以后才出现的东西，从而切断了历史”[①]。有的则提出“论述五四新文学运动的时候，应该立专章论述清末的风气变化和一些起过重要间接作用的前驱者。梁任公、黄遵宪等人的新运动（新小说运动和所谓‘诗界革命’）已经在动摇着旧文学的阵脚，同时在一定程度上替五四新文学运动准备了条件。至于清末的翻译西方文学和各地出现的白话小报，都是五四新文学运动的前驱，这是大家都比较重视的，现代文学史的前边也应有一定的篇幅论述”[②]。这也说明将二十世纪开头十几年与五四文学革命后的新文学连在一起，确有其历史的合理性。

但是，把这十几年划给了二十世纪文学，会不会破坏了近代文学的完整性呢？这个问题并不重要。因为文学史划分为多少个段落，可以随着人们的认识而变，有合理性的划分不应该只有一种，而是可以有多种。已在研究近代文学的人，完全可以继续把1840—1917年的文学作为一个段落来研究；有的人则可以认为在中国文学史上，不设近代文学这一阶段，也未尝不可。这就是所谓的“穿鞋戴帽”说：将现在普遍认定的近代文学的前六十年，划归古代文学，为古代文学的收尾，好像给古代文学穿鞋；将进入二十世纪后的十几年，划归现代文学，为现代文学的准备阶段，好像给现代文学戴帽。本书正是这样做的，把二十世纪开头那十几年设为“前五四时期”。

至于以1949年为界，将五四至今的文学拦腰切断，划分为“现代文学”和“当代文学”，是没有充分理由的。它们本是相互承接，紧密相连的，这是明显的事实。今日多数研究者都能认同这样的认识，主张现代、当代文学的合并。

“二十世纪文学史”记述二十世纪这个时间段里的文学；而这个时间段里的文学，其自身又具有大致的完整性，便于我们作整体的把握，有助于人们对其认识的深化。从教学上说，对完成现代、当代文学的衔接，有积极的

---

① 许杰：《五四新文学与外国文学·序》，四川大学出版社1989年版，第3—4页。

② 茅盾：《中国现代文学史的另一种编写方法——致节公同志》，《社会科学战线》，1980年2月号。

作用。

这就是“二十世纪文学史”的合理性。

“二十世纪中国文学”的突出特点

二十世纪中国文学的最为突出的特点，当是文学与社会变革的紧密关系。文学在人类生活中，本有着多种的作用，而在二十世纪的特殊历史背景下，文学成了社会变革的重要工具，所以我们前面把它称为社会型的文学。

在整个二十世纪，主导的文学观念始终要求文学成为“工具”，一种社会变革的“工具”。梁启超要用文学作为“开通民智”的工具，才提出“诗界革命”“文界革命”“小说界革命”诸号召。到了辛亥革命流产，袁世凯妄图复辟帝制，制度层的变革又一次失败，这新的现实更加刺激了先进的人们，痛感扫荡封建帝王思想，扫荡一切封建伦理观的紧迫性。于是，他们猛烈地批判封建文化，高举起“人的文学”的旗帜，建立了二十世纪中国的启蒙文学，用以取代封建旧文学，其目的仍在于实行思想革命。

但是，要根本改变中国的社会面貌，毕竟不能单靠精神层的变革，不能单靠“文化救亡”。为新文化运动而创办的《新青年》，开始时只图从事文化批判，宣称“批评时政，非其旨也”[①]。然而没有多久，陈独秀就在非常强调伦理革命的文章中表示：“吾人既未能置身政治潮流以外，则开宗明义之第一章，即为抉择政体良否问题。”他号召为舍旧谋新，为“吾国欲图世界的生存，必弃数千年相传之官僚的、专制的个人政治，而易以自由的、自治的国民政治”[②]。他已先于号召文学革命起来号召“干预政治”了！毫无疑问，陈独秀是当时启蒙运动的领袖，但他明确地认识到，启蒙的目的还是为了社会的变革。他的思想与世纪初梁启超的思想，实是一脉相承的。

正在新文化运动和文学革命的高潮期，北邻俄国发生了十月革命，建立了苏维埃政权。它提供了一种新的社会理想和制度模式，必然再度激起中国谋

---

① 《通信》，《新青年》第1卷第1号，1915年9月出版。

② 陈独秀：《吾人最后之觉悟》，《新青年》第1卷第6号，1916年2月出版。

求新生的先进分子，对于制度层变革的热情。1921年中国共产党成立后，又一轮制度层变革的热潮兴起。在二十年代，改变中国的社会制度，成了最紧迫之事。鲁迅是启蒙主义的先驱，对新文学的建立做出了巨大贡献。就是他，经过自己的观察、思考，也在二十年代肯定了政治革命的意义。他对人说，中国社会"无论如何，总要改革才好。但改革最快的还是火与剑，孙中山奔波一世，而中国还是如此者，最大原因还在他没有党军"[①]，后来又表示文学是最不中用的[②]。此话由一个伟大的启蒙主义者口中说出，更见文学家心里社会变革才是最重要的，第一位的，文学似乎并不重要，因为它毕竟是"工具"而已。

与社会变革的极密切的联系，使得文学运动的发展往往具有与政治斗争进程的基本的同步性。五四后启蒙文学高潮的消退，革命文学的萌芽和壮大，是与新的制度层变革的高潮（大革命运动）的兴起基本同步的。1930年代文艺战线的激烈斗争，与当时国共间的政治搏斗基本同步。而当"九一八"事变后民族救亡运动掀起高潮，随着"七七"事变的爆发，文学也进入了抗战文学的新阶段。正是在抗战中，中共有了较大的根据地，这是未来国家的雏形，也就在此时此地孕育了共和国文学的雏形。到了1976年粉碎"四人帮"，结束了"文化大革命"，共和国文学也就进入了新时期。新时期文学的巨变，其实还是中国社会大转型的反映。文学发展受社会变革的影响，这在历史上是常见的；但像二十世纪这样关系紧密，如影之随形一般，倒是少见的。

文学与社会变革的紧密关系，使得在整个社会革命期中，文学具有非常突出也非常崇高的地位。梁启超等人误以为欧美某些发达国家和日本的改革、进步、是因得了小说之助，便把小说等文学作品的地位，抬到惊人的高度，乃至认为欲革新道德、宗教、政治、风俗、学艺、人心等等，都要先从革新小说入手。[③]鲁迅弃医从文，从"科技救亡"走到"文化救亡"路上，选择了文学。因为他把改变人的精神视为"第一要著"，"而善于改变精神的是，我那

---

① 鲁迅：《两地书·北京一〇》，《鲁迅全集》第11卷，人民文学出版社1981年版，第39—40页。

② 鲁迅：《而已集·革命时代的文学》。

③ 梁启超：《小说与群治的关系》。

时以为当然要推文艺”[1]。这种对文学的见解，基本上代表了五四时期新文学主流派的观点。五四退潮后，新政治革命高潮兴起，共产党人的见解是：“警醒人们使他们有革命的自觉，和鼓吹人们使他们有革命的勇气，却不能不首先要激动他们的感情。激动感情的方法，或仗演说，或仗论文，然而文学却是最有效用的工具。”[2]启蒙主义者为了改变人的精神，政治家为激发人的精神，他们不约而同地都想到了文学，夸大了文学的意义，抬高了文学的地位。1940年代，毛泽东肯定五四新文学的作用，因为革命需要文和武两条战线，“我们要战胜敌人，首先要依靠手里拿枪的军队。但是仅仅有这种军队是不够的，我们还要有文化的军队，这是团结自己、战胜敌人必不可少的一支军队。五四以来，这支文化军队就在中国形成，帮助了中国革命”[3]。在社会革命期中，革命是最崇高、最神圣的，是“第一要著”。革命需要文学，文学则随着革命得到了崇高的、神圣的地位。文学家还被尊为“人类灵魂的工程师”。同样出于重视文学，在1949年后，又特别注意文学的危险性，认为凡是要推翻一个政权，总要先制造舆论，先做意识形态方面的工作，革命的阶级是这样，反革命的阶级也是这样。于是一次次发动政治运动，都从文艺开刀。文学似乎成了一切罪恶的渊薮。然而，许多文学家虔诚地接受批判和改造，因为他们自认为，之所以要这样不断地被打翻在地，就因为他们所负担的文学工作太重要、太崇高了。他们口上说着“文学危险论”，很可能在心理的潜层还因从事文学而自豪。所以到了二十世纪末，当着社会革命期结束，进入以经济建设为中心的社会转型期，文学再也没有了昔日的辉煌，被从社会的中心挤到边缘去了，许多人反而深感失落，牢骚不已。

二十世纪是中国社会发生翻天覆地大变动的世纪，是社会变动的需要，也是社会变动的力量，把文学推到时代的浪尖上了。这是二十世纪中国文学的最大的特征，决定了这一百年文学的许多优点和缺点。这种状况，只有到了二十世纪末，才开始转变。

---

① 鲁迅：《呐喊·自序》，《鲁迅全集》第1卷，第417页。

② 仲夏：《贡献于新诗人之前》，《中国青年》第10期，1923年12月22日出版。

③ 毛泽东：《在延安文艺座谈会上的讲话·引言》，《毛泽东选集》第3卷，人民出版社1964年版，第849页。

与社会变革的密切联系，更直接影响了二十世纪文学的基本格局。自梁启超为精神层变革，于世纪初发出各文学界革命的呼号后，促成了市民文学的兴起和繁荣，使世纪初的文坛上出现了新气象。但这种市民文学却在五四时期受到了重创。启蒙主义的文学家们，把它们与封建文学一起扫荡。当时的主流派“为人生”派，只强调文学对于社会的作用，不承认文学的娱乐、消闲作用，于是市民文学被当做“俗文学”“旧派小说”，在主流派的鄙视下自成一脉，悄然前行。市民文学只能立于社会变革大潮的边缘，这是它受歧视的根本原因，这便形成了二十世纪中国文学的雅俗分流的现象。到了1949年后，在大陆，依靠行政的力量取消了市民文学，只有在台湾、香港还可以继续发展。那里出现了琼瑶的言情小说、金庸的武侠小说等新作品。到了大陆实行改革开放政策，这些作品像飓风般登陆，大受欢迎。而大陆自身在发展市场经济过程中，在社会结构有了新变化的条件下，也产生了“新市民文学”。这才逼着人们在回顾二十世纪文学时，承认市民文学是重要的一支。

“前五四时期”在推翻帝制的政治革命中，产生了二十世纪最初的革命文学，如南社诗人的许多诗歌，邹容的《革命军》、陈天华的《猛回头》《狮子吼》等，这些都是名副其实的革命文学。只是由于资产阶级革命党在文化上的保守性，他们不可能在文学上有更大发展，待革命军兴，也便革命文消。这种革命文学，后来在中共领导的新政治革命运动中，得到了大发展，由革命文学、普罗文学（无产阶级文学）、左翼文艺而工农兵文艺，并且在抗日战争中，在中共领导的根据地，培育出共和国文学的雏形。二十世纪的大段时间里，革命文学处于主流文学的地位。

“前五四时期”也已经有了建立启蒙文学的思想，这以鲁迅的《摩罗诗力说》诸文为代表。1918年的《狂人日记》，是二十世纪启蒙文学的第一声战叫。启蒙文学在五四时期建立了最大的功勋之后，其发展是复杂的。一部分随着启蒙主义作家的思想转变，由“人的觉醒”而“阶级的觉醒”，便转化为政治批判、社会批判的革命文学。1930年代鲁迅的杂文，有的仍然是鞭挞、批判愚弱的国民性的；有的则转为对日本帝国主义侵略者，对镇压革命人民的国民党的政治批判，成为三十年代左翼文学的代表性成果。即使是非“左联”的作家，仍然坚持启蒙文学的传统，他们受社会变革大潮的冲击，其作品也有异于五四时期。如三十年代巴金的《家》、老舍的《骆驼祥子》、曹禺的《雷雨》等，显然都是启蒙文学的重要成果。在政治革命高潮中，他们的作品便包含了政治批判、社会剖析的因素。而且启蒙文学也不可能再有五四时期那么显赫的地位。连鲁迅都说："现在倘再发那些四平八稳的'救救孩子'似的议论，连我自己听去，也觉得空空洞洞了。"①

如果说市民文学是在五四受了重创，那么启蒙文学也有受创之时，那是在1940年代的敌后抗日根据地。因为在这里，启蒙者与被启蒙者发生了角色的互换。这里要求启蒙者先要当学生，然后才能当先生，因此像《在医院中》《我在霞村的时候》等（均为丁玲所作），便成了不合时宜的作品。市民文学受批判后，仍然能自成一系地发展着，因为它拥有广大的受众，也就拥有市场。而启蒙文学属于精英文化，缺少市民文学那么广大的市场，因而命运更坎坷。后来，根据地——解放区文学发展成为共和国文学时，已经很难看到启蒙文学的影子了。本来，在基本解决了制度层的变革后，可以利用政权的力量，进行器物层、精神层的变革，用今天的话来说，就是抓物质文明建设和精神文明建设；却不断地"继续革命"，致使历史越出了常轨，"文革"中封建主义乘乱而起，民族饱受劫难。直到打倒了"四人帮"，结束了"文革"，人们痛定思痛，才发现封建思想是导致"文革"悲剧的重要原因，深感继续启蒙的必要性。于是，打倒"四人帮"后，第一篇伤痕文学作品，刘心武的《班主任》，喊出了"救救被'四人帮'毒害的孩子"！此时听到这样的呼声，不但不觉空洞，反而相当沉重。一时间，从创作到理论，从揭露"四人帮"到反思历史错误，批判的矛头重又指向封建主义。启蒙文学以新的内容、新的思想高度出现。"民主""科学""改造民族灵魂"等老主题又变得新鲜、时髦起来了，好像又回到五四。这六十年的一轮回，有人称之为"五四怪圈"。

以上三种文学是二十世纪中国文学的主要组成部分，从世纪初各沿自己的线索向前走，无论是欢乐还是悲伤，归根到底，是社会变革的历史决定了他们的命运。

启蒙文学、革命文学、市民文学三条线索的起伏、交织，构成二十世纪

---

① 鲁迅：《而已集·答有恒先生》，《鲁迅全集》第3卷，第456页。

中国文学的基本格局。必须说明的是，受制于中国社会状况，二十世纪文学的成分比这复杂得多，形成其多成分性。各种成分之间内容有很大的差异，呈现非常明显的不平衡性，因而很难进行简单的概括。这也是二十世纪中国文学史的重要特点。

二十世纪中国社会是个“断裂的社会”，这部分人和那部分人，这地区的人和那地区的人，都生活在同一个社会里，却分属于不同的时代。这种现象在整个二十世纪好像不是越来越淡化，而是越来越鲜明化了。世纪之初，沿海已有一些城市，在缓慢地向工业社会发展。不过总体上看，那时中国是农业国，全国还处于农业社会阶段。到了二十世纪末，有的地区已开始向着信息社会发展，有的地区基本上已经工业化了，而有的地区仍然处于农业社会阶段，而且是用着古老的耕作方法。同一个社会却包含不同的时代，自然也就包含着不同时代的观念，包含着不同时代特征的文学，差异性极大。这里有人在创作、研究网络文学，那里流行的却可能还是口传文学，编民谣、唱山歌是他们主要的娱乐方式。而在同一个国家，因为社会变动之因，在二十世纪的下半叶，还出现了海峡两岸暨港澳地区的长期相互隔离、各自发展的几种文学。这样的复杂性给文学史的写作造成很大的麻烦，如果还保留嗜好清一色的思维习惯，如果热衷于追求纯粹、单一的模式，便很难描述二十世纪中国文学的真实、全面的面貌。而长期以来我们的现代文学史编写，恰恰是单一化的。我们只写主导的文学潮流，看不到大量非主导的文学成分；我们只注意汉文学，而不注意各少数民族文学的状况；我们只承认中心地区的文学，忽视边缘的同样有历史意义和艺术价值的文学；我们只看重最先锋的、最现代的文学，不承认实际还大量存在的优秀的旧形式的文学。如果不纠正这些片面性，就难以突破原有的局限，全面地描述我国的现代文学。

有一种方法是拆开来写，可以写成好多种文学史，如二十世纪的《少数民族文学史》《通俗文学史》《民间文学史》《翻译文学史》《旧体诗词史》《戏曲文学史》《儿童文学史》等等。但如果缺少一部能够全面记录二十世纪中国文学整体面貌，理清各种文学间的关系，在一个宏大范围里全息地反映文学巨流的著作，那总是一种缺憾，也不利于文学教学。有人可能会把这样的书看成是“大杂烩”“大拼盘”，如果有这样的现象，那只是我们认识上和能力上的欠缺，还不能从宏观上把握这一百年文学发展的内在理路，理不清各种文学之间的关系。这只能促使我们更努力地往综合的方向去探索。本书现在也还不能完成这个任务，我们还不具备编写这样的大文学史的条件；但心向往之，从书的内容可以看出我们正在向这个方向努力。

走向“二十一世纪文学”

二十世纪文学具有大致的完整性，但到了二十世纪末，出现重大的变化，这是带转折性的变化。

1978年12月，中共十一届三中全会后，实现了从“以阶级斗争为纲”到“以经济建设为中心”的大转折，这对中国社会生活的各个方面都产生了巨大的影响，也必然引起精神领域的震荡。文学虽然仍被视为民族精神的火炬，但已不再提“从属于政治”，不再认为是“阶级斗争的风雨表”。文学变成了商品，其娱乐性、消闲性重新得到承认。文学经历了“从中心到边缘”的移位，再也没有昔日的光辉与显赫了。有人痛感失落，有人认为是回到它本来的位置上了。这个变化是非常之大的，如果与世纪初梁启超那极力抬高小说地位的言论对比一下，便令人有河东河西的感慨！

文学上比较明显地显现出这样的大变化，大约是在1985年以后，所以我们把此后的文学称为“向市场经济转型时期”的文学。这时的文学，仍然属于1949年后建立起来的共和国文学，但表明共和国文学自身正发生着嬗变，从理想主义时期的单一形态，变为转型时期的多元共合的形态。一方面，代表着执政党和政府的主张，或者就是由执政党和政府直接组织领导的文学，仍然是“主旋律”。另一方面，为满足多层精神需求和审美情趣的文学，也相当活跃。如通俗文艺有了很大的发展，遍及城镇许多角落。主要表现知识分子的情绪，发表这一部分人的见解的精英文化，也被允许占有一席之地。出现了自由撰稿人，他们的作品往往非常畅销。虽然在思想领域时时还有矛盾和冲突，但文艺界总体气氛较之“以阶级斗争为纲”时期，已经宽松多了，民间话语空间扩大了。文学界各种思潮此起彼伏，“各领风骚三五天”，出现了前所未有的活跃。

这样的大变化，也许就是二十世纪中国文学的一个大句号。这样的大变化，也许会成为二十一世纪中国文学的一场小序幕。

这样的大变化是在特定历史条件下发生的。它出现在“文化大革命”结束之后，由于“文革”的错误严重地损害了中共和毛泽东的威望，社会上出现信仰危机。1976年，北京一个中学生赵振开（北岛），写了一首题为《回答》的诗，喊出了“我不相信”。粉碎“四人帮”后这首诗经修改公开发表，产生很大反响。“我不相信”，典型地反映了社会上信仰危机的思潮。接着，苏联和东欧社会主义阵线解体，使得在两种制度的较量中，社会主义处于弱势。中国实行改革开放，经济建设取得可喜成就，但党风、政风尚不令人满意，屡禁不止的贪污腐败现象继续损害中共的威望。西方各种各样思潮，以比五四时更加凶猛的势头涌入中国，迅速地填补了信仰危机造成的思想空隙。从计划经济转为市场经济，必然导致观念的嬗变。与计划经济相适应的集体主义的一套观念被有的人视为过时，甚至受到嘲弄。享乐主义、拜金主义、极端个人主义趁机膨胀了起来。从二十世纪初起，由启蒙文学而革命文学，而共和国文学，半个多世纪所建立起来的文学规范，在二十世纪末的不长时间里，已经相当程度地被颠覆、被消解了。

这个时候，五四和二三十年代的老作家，健在的已经不多，他们已成为社会良知的象征。就是五六十年代成长的一辈，如王蒙等，还能在文坛上活动的时间也不很多了，有的已经渐渐淡出。历史的重担已经压到了“文革”中成长的那一辈肩上，研究他们的思想和创作，对了解中国文学今后的走向将有重要的价值。而信仰危机正比较突出地体现在这一辈人身上。他们的境遇比较特殊。当着他们最需要教育的时候，教育被全面地砸烂了。他们受到另一种教育，在一片“打倒”“砸烂”声中戴上红袖章杀上街头，不久又被抛入“接受再教育”的知青队伍，赶到社会的最底层。他们能够从最底层冲杀出来，取得今天的成就，也经过了艰难困苦甚至惊心动魄、血泪交加的历程。这一切必然在他们的世界观、人生观，也在他们的作品中刻下了深深的印痕。一位文学史家这样描述1980年代先锋派作家：“在这样的颠倒混乱中成长起来的一代人，他们没有历史，历史是他人的创造物；他们也没有现实，现实中并没有他们的位置，正如他们的代表人物摇滚乐歌手崔健唱出的：‘我们一无所有’。他们并非真的一无所有，其实只是不苟同于历史，也不苟同于现实，他们要用一种特别的方式，喊出他们特别的声音，显现出他们特别的精神存在。”[①]又分析王朔的“奇特”和“先锋”说：“主要在于他的彻底的亵渎观念，完全站在对立的角度，对于生活中任何神圣的东西，诸如国家、民族、信仰、道德等，无不加以亵渎，用极其粗俗的方式，对之进行消解，使传统中的一切规范在闹剧中消解以至无形。”[②]随后，比崔健、王朔等更为年轻的新生代，也就是在粉碎“四人帮”后成长起来的，例如所谓“七十年代人”“新新人类”等，已经崭露头角，诸如卫慧、棉棉等[③]，都已是文坛上名声响亮的新人了，“文革”一代已成了他们的长辈。在共和国文学中，如果把1949年前成长的作家，称为第一代，五六十年代成长的，如王蒙等为第二代，“文革”一代如王朔等为第三代；那么卫慧他们就是第四代了。二十一世纪文学的开头，将由第三、第四代扮演主角。第三代人早已不是“一无所有”了，他们已经占有文坛的主位，他们的思想对共和国文学的发展，已能起到决定的作用。第四代则成长在一个完全新的环境中。改革开放使他们从小具有比较开阔的眼界，他们拥有较高的文化水平，同时信仰危机并未过去，在混乱的社会思想下他们的形象也很混乱，尚不明确、肯定。他们既不“愤怒”也没“垮掉”，但让人感到“无根”和“失魂”。我们现在还无力全面地描绘、评价他们，还要等待他们进一步成长才能看得更清楚些。而他们之所以是这样的不是那样的，这还要到二十世纪文学的历史中去寻找根源。我们学习《二十世纪中国文学史》，对认识新世纪的文学，有直接的关系。

上面讲到这些现象，并不是给历史作结论。现在对二十世纪文学的前半段，即习惯称为现代文学的部分，因为离我们较远，所受时间的考验较长，比较看得清楚些。而对后半段，即习惯称为当代文学的部分，因为是“现在进行

① 陈伯海主编：《近四百年中国文学思潮史》，东方出版中心1997年版，第672—673页。

② 陈伯海主编：《近四百年中国文学思潮史》，东方出版中心1997年版，第672—673页。

③ 目前对卫慧、棉棉等的否定性评价较多。她们是否能作为她们那一代人的代表，现在还不能肯定，因为这一代人还在成长过程中。

式”的，其后果还没有完全显出，评价就比较困难。人们已经习惯于把1949年后的前十七年和粉碎“四人帮”后的新时期区别开来。对这两个时期的文学给予不同的评价，一般是抑前扬后。因为前面的已经是过去，是历史，创造那个时代的人大多已经过世了。而后面的新时期是现在，歌颂后面就是歌颂现在，歌颂歌颂者自己。因此，今天的人对当代文学的评价，不免有较多的主观成分，很难说是不是靠得住。也许新时期文学非常了不起，非常伟大，我们还没有充分认识到；也许并非如此，社会效果并不好。因为后果未显，我们也就认识不到。因此，本书除了尽量描述得客观一点，还要说明的是，记录历史还含有留给将来去评价的意思。

中国文学未来的面貌将是什么样的？我们不想做预言家，但要提出的是，未来的文学必然是在二十世纪文学的基础上向前迈步的。二十世纪文学所造成的现状，使我们看到，伴随着经济、政治的改革，民族文化的重构已成为极迫切的任务。这对于二十一世纪文学的发展，必有重大意义。二十世纪把这样重大的课题，关系到中国文学的发展，也关系到民族前程的课题，留给新世纪了。

二十世纪的中国经历了伟大的变革。在这变革中产生的二十世纪中国文学是非常精彩的。这精彩不表现在如十九世纪俄罗斯文学那样，产生了从普希金到托尔斯泰等一大串世界大师，而表现在它的过程，就是前面所述它的大喜大悲、大开大合、大起大落的过程。不必去精细地分析，只要把这一百年文学的过程，如实地说上一遍，也够激动人心的了。

（选自《20世纪中国文学史》新一版，中山大学出版社2004年版）

人性论和中国现代文学

这个题目分两个部分来讲。

第一部分讲人性论，讲一些粗浅的基本认识，都是我们学文学的人应该知道的。

第二部分讲用人性论的观点来考察现代文学，解读现代文学的作品，可以得到些什么样的新认识，对于提高我们对现代文学的认识有些什么帮助。

大家知道起于1920年代末，中国文坛上发生一场很有名的大论争，就是人性论和阶级论的论争。一方以新月社的梁实秋为代表，提倡文学的人性论说；一方以鲁迅为代表的左翼作家，坚持文学的阶级论说。这场论争在现代文学史上是重要的历史关节，对中国现代文学的发展有深远的影响。

提出文学人性论并非梁实秋的首创，新文学最早的人性论观点出现在五四时期，以周作人的《人的文学》为代表，那时成了新文学思潮的主流，对新文学发展有重大的影响。但是后来为什么现代文学史里没有充分的记载？就是因为不久就有阶级论的崛起，把人性论视为敌对的思想。二三十年代左翼作家批判人性论只是个开始，到1949年后，人性论就被认为是资产阶级反动思想了。其间在1959年还专门开展了对巴人等的人性论的批判。对“梁鲁之争”更是一边倒地否定梁实秋，把鲁迅批梁的言论视为批判人性论的经典。这样，直到今天，我们很少去认真地研究人性论，研究它与文学的关系。

人性论是关于人的哲学，研究有关人的学问。我们生而为人，理应对人自身有个认识，人是什么，“我是谁”？古希腊已经提出了“认识你自己”的命题。五四时期有一首歌，是萧友梅（现代音乐重要创始人）作曲的，叫《问》，第一句就是：“你知道你是谁？”就是启蒙思潮的反映。都说“文学是人学”，其实人文社会科学都是人学。自古以来，无论中外，都有很丰富的人性论学说。我们却对人性论知之甚少，这是我们知识结构中一个很大的缺陷，有补上这一课的必要。

今天诸事都讲“人性化”，提倡“以人为本”。“以人为本”的理论基础是什么？就是人道主义，也称人本主义、人文主义，是以人性论为理论基础的。人性论研究人怎么样才是最好的。这就是人道，人道是人性追求的目标，人道是人类本性的目的。历史发展的目标就是使社会越来越符合人道。历史上所有的进步都是因为在当时的条件下，比以前更多地满足了人性的需求。所谓历史进步就是更符合人性了，更人道了。

人对自己的认识有个长长的过程。在远古，因为生产力水平低下，人无法抗拒自然界，因此就把自然想象成具有无比威力的神，以为人的命运是神安排的，人是神的奴仆。我国神话如精卫填海、夸父逐日，都可以看到人最初对自然是很无奈的。随着生产力的发展、科学的发达，相当程度上人已经能够抵抗自然、掌握自己的命运了。这时就意识到自己不属于什么神或代表了神的什么人，我只属于我自己的，到这时候人才有了主体意识，才有了自我的尊严感。而且感到了人是非常了不起的，非常伟大的。这样的认识过程，在欧洲是从古希腊一直贯串到文艺复兴，以文艺复兴为标志，对人认识的新时代到来了。后来又经过一个长时段，人们看到文艺复兴虽然高举“理性”旗帜，可是并没有实现理性，生活中仍然发生各种反理性的事情，还有世界大战，还有大规模的屠杀等，使人痛切地感到人性的许多弱点和丑陋，甚至残暴……

这就从提倡理性走向了反理性。经过几千年的历史，人对自己的认识逐渐地比较全面、深刻了。但这不是说人们对人的认识都是同一的，尤其作为学说，过去和现在，东方和西方，人的观念还是大有不同的。

人的观念的出现，是人类有意识的历史的开始。欧洲文化是从古希腊发展来的。古希腊智者普罗塔哥拉提出：“人是世间万物的尺度。”人成了世间万物唯一的标准，这被称为“人类中心主义”，是人的主体性的第一次突显，成了西方人学的重要命题。古希腊人学另一个重要命题是刻于雅典德尔菲庙门廊的名言：“认识你自己。”后来苏格拉底赋予这句话一个哲学的含义——人应把关怀人、研究人、认识人类自己作为哲学的中心主题。古代希腊的人学思想经过中世纪（神学时期），到了文艺复兴才被重新发现，所以文艺复兴又称“人的重新发现”。这时出现了人文主义。文艺复兴的先驱、意大利诗人彼特拉克重提“人是最宝贵”的，“人是上帝创造的许许多多奇妙东西中最奇妙的”。他把自己的研究称为“人学”，以区别于“神学”，被称为欧洲“人文主义之父”。文艺复兴发扬古希腊人文主义思想，以人道反神道，以人权反神权，歌颂人的尊严、伟大，肯定人的价值，重视人的发展。但丁说“人的高贵……超过了天使的高贵”。莎士比亚的《哈姆莱特》中说：“人是多么了不起的一件作品！……宇宙的精华，万物的灵长！”于是有天赋人权论、社会契约论等学说的产生。

这里所说的人，指每一个人，这样的观念也叫“个人主义”，成了西方现代思想的核心。我们长期误读了“个人主义”，把它等同于自私自利、损人利己。其实个人主义的含义是说每一个人都是独立的，都是独一无二的、不可重复的个体，因此都有不可取代的价值，都应该得到尊重。作为人，总有要为自己盘算之事，他能够为自己活着，就是最基本的道德，只要不损害他人，就不能说是自私自利……

马克思也是肯定个人作用的：“人们的社会历史始终只是他们的个体发展的历史。”①马克思把未来社会称为“自由人的联合体”，在《共产党宣言》中还有一段很著名的言论：“代替那存在着阶级和阶级对立的资产阶级旧社会的，将是这样一个联合体，在那里，每个人的自由发展是一切人的自由发展的条件。”1894年1月恩格斯将这句话郑重推荐给日内瓦《新世纪》周刊为刊头题词，以概括社会主义新纪元的本质。

再来看看我们过去对人的看法。我们古典人学、伦理学也有很多优秀的思想成分，如儒家核心思想讲“仁”，“仁者爱人”包含了对社会和谐的追求。“天人合一”的思想也有追求人与自然和谐的成分。孔子“己所不欲，勿施于人”、孟子的“老吾老以及人之老，幼吾幼以及人之幼”的基本人际伦理关系准则，都是好的，传统文化有可以继承的内容。还有老庄思想中把崇尚自然与效法天地作为人的生命活动的基本准则，主张超功利的无为，企图消解社会阶级差别（有空想成分），等等。问题是儒家的和谐、道家的效法天地的自

① 马克思：《致巴·瓦·安年柯夫》。

然主义倾向，与现代人文主义精神的价值取向（强调个人的价值、尊严，强调人与人的平等、自由）有着根本的差异。我们古代人学观里缺少一个东西，就是个人基本价值的观念，缺乏对个人的基本存在权利的确认。中国人学的基点是伦理学，主要讲跟别人的关系，非常重视社会伦常次序，强调个人在群体中、在各种关系中的位置、名分。把三纲五常看成“是地维之所赖以立，天柱之所赖以尊”。孔子制礼作乐，什么是礼？“夫礼者，自卑而尊人”（《礼记》）。尊谁人？“君至尊也；父至尊也；夫至尊也。君虽不仁，臣不可以不忠；父虽不慈，子不可以不孝；夫虽不贤，妻不可以不顺”。这都缺少对个体生命价值的尊重，不尊重个体的主体性，因此也没有西方个人主义（自由主义）传统，这方面的精神遗产几乎没有。所以鲁迅说中国没有“个人的自大”（独异），只有“集体的自大”（家族、国家）。这和西方是很不一样的。

古代也有民本思想，譬如民贵君轻的思想：“民为贵，社稷次之，君为轻。”古代也提出了“以人为本”。这是著名的《管子》里提出的。《管子·霸言》：“夫霸王之所始也，以人为本。本理则国固，本乱则国危。”本来的意思是统治阶级管理国家，首先要做人的工作，管理好人。“以人为本”的意思就是“以治人为本”，归根结底是为君主统治服务的。同样，《孟子》虽然讲“民为贵”，这个“贵”不是贵贱之贵，而是“重要”的意思，所以古书多有写为“民为重”的。也是说治国安邦，最重要的要管好人；其次才是办好国家（社稷）的事情；至于立谁为君，放在了第三位，这就是“君为轻”。这意思跟《管子》说的以治人为本是一样的。孟子也认为“劳心者治人，劳力者治于人”，还是儒家的“上智下愚”的思想，不认为人是平等的。所以古代讲“民本”，跟现代民主观念是不同的，不是建立在“人人生而平等”的观念上的。

归根到底，中国人学，我们传统的人的观念，是建立在封建宗法制和农业社会基础上的，是为了巩固封建宗法制社会，是压抑、束缚人的，不利于人的发展，因而也不利于社会的发展。可是至今我们对此缺少觉悟。我们对人的权利、自己的权利都不是很自觉的。这也是政治体制改革的一个障碍，所以甚感要补一补人性论、人道主义这一课。中文系也须要上一点中外思想史的课。

下面就讲讲人性论的一些基本问题。一是什么是人性，二是怎么对待人性。

五四文学革命在思想上的纲领，就是周作人的《人的文学》，“人的文学”是新文学的目标。它的理论基础就是人性论。

古今中外人性论的主张非常多，派别非常多。分歧主要来自怎样对待灵与肉的关系。人也是一种动物，人具有自然性（或者叫生物性、动物性、兽性）。恩格斯说：“人永远也不能摆脱兽性。”但是人又不同于一般动物，人是动物中进化达到最高层次的；人还有神性（或者叫神圣性），超越了一般动物。由于人性中这种两面性，对“人性是什么？”就有不同的回答。

周作人的理论可以说是灵肉一元论、灵肉统一论的人性论。在《人的文学》里，周作人回答人性是什么，答案是一句话：“人是从动物进化来的。”所以一，人也是动物；二，人又是进化了的动物。这个特点决定了人的身上既有兽性（原始欲望），又有控制、超越自己身上的兽性的能力，这就是神性。周作人给出的公式是：“人性=兽性+神性”。

历史上各种各样的人性论中，有一种只承认人是动物，认为天生的动物性、兽性就是人性，凡生来如此的就是人性。这叫自然人性论。如古代告子说的“生谓之性”，“食色，性也”。与生俱来的饮食、男女这两个方面的欲求，就是人性。荀子也认为“性者天之就也”，也带有自然人性论的色彩。现代人朱光潜说：“什么叫‘人性’？它就是人类自然本性。”说得非常直截了当。

人类早先并不把人身上本能的东西看成是羞耻的、邪恶的，在古希腊甚至把人的情欲视为可崇敬的特征，把人的欲望看成是美德。中国古代也有生殖器崇拜的原始观念，直到谭嗣同的《仁学》也说“男女构精，特两机之动，毫无可羞丑”，“无所谓淫也”。什么时候开始产生把人的自然性看成羞耻的坏东西，可以参看福柯的《性史》。

人性论的一个关键问题是承不承认人是动物，人是生物学上的生命实体。说到人，我们首先是生物的人，和比我们低级的禽兽是同类，钱锺书说“人是两脚（带毛）动物”。但人总是忽视了自己也是一种动物的本相。所以自然人性论虽然有片面性，但要看到，自然性是人性的基本内容，人若没了那些天生的本能，就不成其为人了。正因为人都是动物，所以从根本上说，大家没有什么高低贵贱之别，人人生而平等。人的天生的欲求是自然的、合理的，不容剥夺、侵犯，这是人权的基础。

与自然人性论相对立的是特性论，这种理论认为人既然是动物，那么凡是动物共同的东西就不能说是人性了；只有其他动物没有的，人所独有的，区别于其他动物的特性，那才是人性。自然论是强调人与一般动物的共同性；特性论是强调人与一般动物的差别性，也就是孟子所谓“人之所以异于禽兽者……”。

那么不同于禽兽的是什么呢？孟子是性善论者，针对告子的“性无善无不善”，他提出：凡人皆有心，心中有仁有义有礼有智，这是其他动物没有的，“仁义礼智，非由外铄我也，我固有之也”。他认为诸如恻隐、羞恶、恭敬、是非之心是人所特有的，这才是人性。这些东西也就是神性了。这和黑格尔说的“人之所以比禽兽高尚的地方，在于他有思想”，意思是差不多的。西方讲灵与肉的关系，有重灵的一派，如毕达哥拉斯派、苏格拉底、柏拉图等都认为“人的本质是灵魂”，“人之为人在他有灵魂；通过灵魂的净化人才能得救、认识真理和达到神圣的境界；肉体和尘世使人纷扰堕落，所以它应受灵魂支配，……自觉到这一点的才能算作人，与动物真正有别的人，人间的正义才有可能达到”（苏格拉底）。柏拉图最典型：把灵魂和身体对立，抬高灵魂贬低身体，所以他主张精神恋爱。

自然论、特性论之外，还有灵肉一元论、统一论。柏拉图的学生亚里士多德，提出人的本质是灵魂和身体的统一，“灵魂和身体是不能分离的”。两者的关系是：身体是灵魂的载体，灵魂是身体的统治。所以“人，在最完美的时候，是动物中的佼佼者，但是，当他与法律和正义隔断之后，他便是动物中最坏的东西”。真正把这对立统一的二者有机地结合起来的，是在亚里士多德之后的斯多亚学派（公元前四至六世纪流行于希腊，创始人是芝诺），它提出了人的综合形象，被视为古希腊人学思想的最高阶段。但现代有的学者认为这一派是调和、折中的，对他们评价不高。

在中国，1897年严复在《国闻报馆附印说部缘起》中宣传进化论，认为人是自然进化的产物，人性中包含自然属性和社会属性，二者相互作用，相互渗透，文学是人性的表现，是人的自然属性和社会属性在具体形态中的矛盾和斗争的反映。严也持灵肉一元论。到五四文学革命，《人的文学》提出建立“人的文学”，就以灵肉一元论为理论基础。

什么是人性，有不同的见解；怎样对待人性，也有不同的态度。

如果以人为万物的尺度，那么人性就是没有善恶之分的。人性是自然天成的，不管你愿意不愿意，喜欢不喜欢，它生来就是这样的，不存在什么好坏、善恶……

怎样对待人性？这个问题的关键在于怎么看待人身上的兽性。

一种是承认自然性的正当，允许顺着人的自然性，满足人的欲望。利用人的满足欲望的本能，使人释放出最大的能量，推动社会的发展。

一种是压抑人的自然性，把它限制在一定的范围里，提倡清心寡欲，节欲，禁欲，克制自己。

张岱年先生在《中国哲学大纲》中很简要地叙述了中国传统关于礼和欲的关系，我认为总结得很好：“欲究竟应当满足与否？或应当满足至如何程度？……儒家是主张节欲的。墨家重苦行，有禁欲的倾向，而其实际乃是禁制一部分人过度的欲，以求满足一切人之最低限度的欲。道家讲无欲，其意是教人以最低限度的满足为满足。所以墨家与道家的学说，其实也都是节欲，不过程度不同而已。宋时乃有理欲之辩，主存理去欲，而实际也是一种节欲说。到清初，发生对理欲之辩的反响；不过代替的理论不是纵欲，亦是节欲。”这一段简要地概括说明了古代中国虽然有不同的学派，有过辩论，但基本上的主张都是节欲，只是节欲的程度有差别而已。中国古代是限制人的欲望的。孟子说“养心莫善于寡欲”，“生亦我所欲也，义亦我所欲也。二者不可得兼，舍生而取义者也”……

中国历史上也有纵欲的思想，但没什么影响。杨朱主张“从心而动，不违自然所好”，但连这样的言论也得不到保留。杨朱言论保留在《列子》里，因“为我”被骂为禽兽。告子的“食色，性也”，也只保留在与孟子的辩论中。

马克思曾高度评价资本主义，一百年里所创造的成果超过了全部人类历史所创造的。为什么？除了生产力发展到工业革命的新阶段，主要就是文艺复兴后人的解放，人性的解放。所以有的学者认为个人权利的保护、个体尊严的尊重，是人类历史发展至今的最大成就之一，推动了生产力的大发展。改革开放后中国创造的经济奇迹，也是有力的佐证。所谓思想解放就是人性解放，粉碎束缚人性的种种精神枷锁，使人的创造力大爆发，促进生产力的大发展。

人类历史发展过程中，虽然不同时期对人性的顺、逆态度不同，但社会总的发展趋势是从神圣化的社会走向世俗化的社会，从伦理化的社会走向法理化的社会，逐步地建立一种灵肉合一的新道德，使社会变得更加人性化。

现在谈谈用人性论、人道主义解读现代文学的一点体会。

二十世纪初中国爆发了思想启蒙运动，是在几番救亡的实践、探索失败后，先驱者认识到要促使中国社会的现代转型，不进行启蒙、不启发广大群众的思想觉悟是不行的。文学革命就是这场启蒙运动所引出的，是这场启蒙运动的重要组成部分。那么启什么蒙？启蒙的内容非常广泛，而最关键的问题、根本性的问题还是人的观念的启蒙。对此，当时一些启蒙文学家很清楚地认识到了。周作人说：中国对人的认识从未解决，“如今第一步先从人说起，生了四千余年，现在却还讲人的意义，从新要发现‘人’，去‘辟人荒’，也是可笑的事”①。

人的观念的启蒙，自然深深地影响到新文学。“人的文学”成了新文学的目标，“人的文学”的观念渗透到新文学的创作中，给新文学带来崭新的思想面貌，为中国创造了一个新的文学时代。

新文学新在哪里？最重要的就新在对人的看法、对人的态度上。有了人的觉醒之后，再来看人、写人，跟以前写人就有所不同。这类作品最能证明“人的文学”思潮在五四后的影响。用几个作品为例来分析。

首先要提到鲁迅的《狂人日记》。这篇小说一直以来都肯定它反封建，揭示了封建仁义道德的本质是“吃人”。我认为划时代性主要不表现在这上面，而是表现在它塑造了觉醒的人的形象，几千年的中国文学史上这是第一个；所以说它是一篇宣言，人的觉醒的宣言。

---

① 周作人：《人的文学》。

狂人是觉醒的人，因为他认识到了人是什么，看清了人的真相。人是吃人的动物，包括狂人自己。狂人对大哥说：“大约当初野蛮的人，都吃过一点人。后来因为心思不同，有的不吃人了，一味要好，便变了人，变了真的人。有的却还吃，……至今还是虫子。”这是用了尼采《查拉图斯特拉如是说》中的一段话，意思是（按照进化论的观点）人虽然超越了虫子、猴子的发展阶段，但有许多人其实至今还是虫子，还是猴子，也像禽兽一样互相吃，人吃人。这就是狂人的新的人学观念。这是受尼采的影响，尼采认为“人类是最残忍的动物”。

《狂人日记》发表后有一些评论曾经列举历史上有多少人吃人的现象，来证明人吃人是真的。但是《狂人日记》揭示的人吃人不是实指，它说的人吃人是艺术象征，说明人性的普遍特征。狂人怀疑自己也吃过人，一些评论解释为他的自我反省、忏悔意识。其实这只是鲁迅的人学观念，既然人会吃人，狂人也是人，当然不例外。只是他觉醒了，醒悟到自己也会吃人，他敢于说出来。

而且鲁迅更进一步揭示：人和一般动物又有不同；吃人，却在表面上把自己装饰得很文明。这虚假的文明，就是封建礼教，这揭示了封建礼教的特征。他从这样的角度对封建礼教做深刻的批判。鲁迅后来在杂文中有不少这样的表述，如以蚊子为例，吸血之前还要嗡嗡地叫一番，不如狮子、老虎直截了当，甚至不如跳蚤。蚊子嗡嗡什么？就是表白我吃你是有道理的。这就是封建伦理的用处。

《狂人日记》的确是批封建礼教的，但是批判或者揭露封建礼教的作品以前也有，也有写得很深刻的。《狂人日记》的特殊性，它的特殊贡献是在于塑造了具有新人学观的人物，这是中国文学史上未曾有过的新形象，在中国文学史上是划时代的！按照鲁迅这样的思想，即便推翻了封建制度，也还会发生人吃人的不幸，所以要“救救孩子”。现代中国的历史也已经证明了这一点。这样来理解《狂人日记》，就更能体会到它在思想上的深刻性。至于为什么要把一个觉醒了的人写成狂人，这也是鲁迅思想深刻的表现，他深深地知道，在中国觉醒的人不会被理解，反而会被看成是疯子。所以说中国没有超人，只有狂人。狂人其实是象征启蒙主义者的超人形象。如果说周作人提出了“人的文学”的理论，鲁迅则提供了第一个文学上觉醒的人的形象。我觉得这才是《狂人日记》在思想上的特殊贡献。

有了人的觉醒，新文学中就有了特别强调人的力量，把人（用浪漫主义的夸张）写得非常高大的作品。如郭沫若的《女神》。对《女神》这部诗集过去偏重从政治上肯定它的爱国主义，对新中国的呼唤。但是它最有特色的，也是最有思想价值的，是塑造了新的、从未有过的人的形象。《女神》最突出的思想特色是对“人”的歌唱，对“人”的力量的热情歌颂。中国没有拉伯雷（法国十五世纪作家）的《巨人传》，但是有郭沫若的“凤凰”“天狗”，这是中国式的巨人形象。《女神》的这种思想价值，过去一直未得到应有的评价。

郭沫若在五四狂飙突进的时代精神鼓舞下，尽力来展现人的力量，表现人的美好。浪漫主义的艺术更增强了这种表现的力度。《女神之再生》《凤凰涅槃》都包含着对自我创造、自我更新的热烈歌颂。《女神》中的“我”，就是郭沫若心中应该如此的“人”。举些例子：《天狗》的每一句诗都用“我”来开头：“我是一条天狗呀！/我把月来吞了，/我把日来吞了，/我把一切的星球来吞了，/我把全宇宙来吞了。我便是我了！”完全可以说这个“我”也是“超人”。他是日、月、星辰之光，是“全宇宙底Energy底总量”，他的力量如此强大，能把日、月、星辰，把全宇宙都吞吃了。这首诗让人看到尼采思想的痕迹，表现了叛逆传统思想的狂狷，扫荡、摧毁一切封建藩篱的决心和气势。而且天狗还能毫不惋惜地吞吃自我，表明它有否定自我、更新自我的勇气和决心。《立在地球边上放号》的抒情主人公被赋予了具有太平洋一样的，能推倒地球的力量。所以热烈地歌唱“力”：“力的绘画，力的舞蹈，力的音乐，力的诗歌，力的Rhythm。”这是歌颂人有无穷之力。除了伟岸有力，《女神》中的“人”还是崭新的、充满现代气息的，这也是过去文学所未有过的。《晨安》中的人再不是闭关自守，妄自尊大，抱残守缺，而是胸怀和眼界都很宽阔，面向祖国，面向世界，充满朝气，充满自信的。他看到的不仅是黄河、长江、长城，而且看到俄罗斯、苏伊士运河、金字塔，看到华盛顿、林肯，看到达·芬奇、托尔斯泰、惠特曼、泰戈尔……在旭日初升的清晨，他向全世界道声“早安”。这样的人再没有自封天朝上国的自大狂，也没有半殖民地人民的自卑感，在他的眼里世界上一切人、一切国家都是平等的、友爱的。恩格斯曾经高度评价文艺复兴运动“是一个需要巨人而且产生了巨人……在思维能力、热情和性格方面，在多才多艺和学识渊博方面的巨人的时代”。我们也可以说《女神》描绘的是中国巨人的诞生。

特别要指出的是，这个“人”敬重自然，赞美自然，追求与自然关系的和谐。《女神》中的自然总是可敬、可爱的，是人类的朋友、母亲。这一主题在《女神》中占有相当的比重。如《地球，我的母亲》《太阳礼赞》等都成为郭诗的有代表性的诗篇。《地球，我的母亲》表现人类对自然的最真诚的尊重，亲切地唱道：“地球，我的母亲！/我过去，现在，未来，/食的是你，衣的是你，住的是你，/我要怎么样才能够报答你的深恩？”今天，当人们体会到了人类与自然界建立和谐关系的重要性时，全世界的人都应该高喊一声：“地球，我的母亲！”像这样的抒情主人公形象，中国文学史上也是没有的！

《狂人日记》《女神》无论是直接地歌颂还是扭曲地描写，都贡献了觉醒的人的形象；同时，另一些作品提出对人的态度，这就是“爱”，努力表现对人的关爱。“人的文学”肯定个人的价值，提倡个性主义，也就要求尊重人，所以提倡“博爱”，这一度成为新文学的重要主题。（这在叶圣陶、王统照、许地山等的早期作品中都有很鲜明的表现。）这样的主题也是前所未有的。

高声地歌唱对人的爱，冰心的作品是代表。她是把“爱”的旗帜举得最高的新文学家。她看到现实生活的不完美（她是问题小说的最早作者之一），便选择了“爱”作为“慰藉”“救治”人心的福音，表达她的人道主义理想。据许寿裳回忆，当年与鲁迅讨论改造国民性问题时说：“当时我们觉得我们民族最缺乏的东西是诚和爱。”因此，宣扬对人的“爱”，这是启蒙主义者都很关注的问题，在当时有广泛的影响。

冰心是直接歌唱对人的爱，这比较好理解。这种思想渗透于各种体裁的创作中，在其他作家的作品里也有表现。我们举周作人的小品文为例。周作人是现代小品文的开创者。现代散文有战斗性强的，以杂文为代表；也有休闲的散文，就是周作人所开创的小品文。但小品文曾受到严厉的批评，甚至认为让人玩物丧志。既然如此，为什么还能发展、流行起来，而且很有影响呢？就因为表现了对人的关爱，是“人的文学”思潮在散文领域的一种表现。在诗歌里冰心是用讲哲理的方式，在散文里周作人是谈小论微，用小题材表达他的人间关爱。

周作人用轻松淡雅的文字，从容舒缓的笔调，写作小题材：草木虫鱼、风俗民情、鬼怪神祇……日常生活中的小事都可以拿来做文章，看似无多大思想意义。那些小事、琐事背后隐藏的中心思想是“人，应该怎样生活”，充满了对人的生活（物质和精神生活）的关怀。按照周对人性的解释，凡是生而有之的、本能的欲望，就是合理的，就是善和美的，应该得到满足。这是他主张文学的人道主义的基本内容。沿着这样的思路，就会引出一种人生哲理——人活着就要奋斗，生命才有价值；但同时也可以在这世界上适度享受自己所创造的成果，享有轻松的休息，这才是合理的健全的生活。所以他提出人应该讲究“生活之艺术”。在《北京的茶食》中说：“我们于日用必需的东西以外，必须还有一点无用的游戏与享乐，生活才觉得有意思。我们看夕阳，看秋河，看花，听雨，闻香，喝不求解渴的酒，吃不求饱的点心，都是生活上必要的。”对生活的关怀也就是对生命的关怀，这也是“人的觉醒”的一个内容，所以我把周的小品文概括为“小题材中的人间关怀”。

在“人的文学”思潮下，人性探讨就成了启蒙文学的一大任务，启蒙的目的就是改造国民性。这方面最有代表性的作家就是鲁迅。关于鲁迅探讨或者批判国民性问题，已经讲得很多了，这里就不讲了。这里想举例说明从“人的文学”的角度，可以怎样地解读沈从文。他在探讨人性、国民性方面也很有特色。

沈从文最有特色的作品是他的许多以湘西生活为题材的散文和小说，他既看到了群众中的“蠢事”，按常理来看是“愚昧”“怪异”“野蛮”的。但是他也看到这些现象中所蕴含的人性的力量。用一句话来概括沈的主题，他所要探讨的问题：什么样的人性最好？沈从文有不少性爱题材，从人性论来看，性爱也是生命力的一大源泉。我们举其散文为例，在《怀化镇》中，记卖豆腐的青年男子爱着一女子，他得不到这个心爱的人，就在她死后掘墓盗尸，用今天的话说就是与其尸体零距离接触。（这情节后来衍化为小说《三个男人和一个女人》）青年人因此获罪，在被执行死刑前，沈曾问他为什么做这样的事？

青年很镇静地回答："美得很。"他以微笑面对死亡，这给了沈以深刻的印象。卖豆腐青年之所为（盗尸、奸尸），从道德上、法律上讲，都是不允许的。但是沈从"美得很"的回答中，看到人性欲求的强烈和决绝，以致甘愿以生命相抵，认为这样死是值得的。所以在小说里描写裸体女尸被放在鲜花上。这样的作品长期不被理解，只能否定之，因为从道德上、法律上讲，这是丑的，犯死罪的。而沈写它的目的不是要讨论这件事对还是不对，而是把现实生活中非常出格的一件事情摆出来，让人们看到与生俱来的人性，有多么强烈，看到追求人性的需求，会产生多么大的力量。这个乡下青年的行为是出自人的原始本能，这在自然人性论看来，其中有值得去发掘的原始生命力量。这故事可以引发人们的思考，也有其价值。

还有《一个大王》，记土匪大王的传奇性经历，做事都凭着自己的本性，活就痛痛快快地活、自由自在地活，死也痛痛快快地死。沈从文显然认为这比那些为了生存而扭曲人性不自然地活着，要更好一些。他的这种观点、倾向，基本上属于自然人性论："自然说所坚持的'自然'来自自然哲学中的本原观念，特指人类本性。自然说认为人应该按照自己本性决定自己命运，不应受外在法律和习俗的约束。"①

西方有一些学派（如维科）认为人的创造性是跟非理性（想象、冲动、野性、冒险等）相联系，不能完全把野性排除掉。弗洛伊德说过，文明的历史就是压抑的历史。为了人的发展，对人性最好是顺其自然，顺其本性。以此观照沈从文，他的作品很强烈地表现出自然人性论的倾向，在"人的文学"思潮里是卓然的一家。从自然人性论来看沈的作品，就能解释得通。你可以不赞同，但不能否认他是独特的一家，有他的合理性，有他的贡献。

顺带说几句，自然人性论在现代文学史上还是有一定影响的，如郁达夫写性欲，他的特殊贡献就在敢于坦率地描写人在青春期中的性苦闷。这里就有自然人性论的因素。还有张资平的小说，从道德上来评论，过去都是否定它的。从人性论看，人总是希望自己的欲望最大程度上得到满足。但就性爱而言，不单纯是一种快乐，它还要完成人类自身的再生产。而为了更好地完成这

① 赵敦华：《西方人学观念史》，北京出版社2005年版，第28页。

种再生产，性行为就要受控制，不能无节制，不能乱伦，这是符合人类利益的。而克制性行为又与人的满足性欲望的本能相抵牾。张资平的性爱小说反映的就是这种矛盾。这本来也是有意义的，但张资平的主人公，男男女女都是世俗的人，身上只有“俗性”，缺少“神性”，没有坐怀不乱的。他们偶尔也说一些类似性解放的话，行为上只敢打打擦边球。这使人想起薄伽丘，他宣告：“我是凡人，我要求凡人的幸福。”薄氏肯定凡人的世俗要求是理直气壮的，张资平远比不上，他还不具有薄氏的勇气。五四也是个肯定人的世俗要求的时期，把肯定人的“俗性”看成是思想解放的内容之一。张资平的小说也只有在这样的背景下才敢出笼，也是思想解放的某一类产物，这离了人性论是很难被理解的。

中国历史上少有以获得幸福为人生目的的思潮，儒家强调个人修养，主张节欲，以苦为荣，不讲追求个人幸福。孔子赞美颜回，一箪食，一瓢饮，在陋巷，人不堪其苦，回也不改其乐。这是榜样。孟子说天将降大任于斯人，必先苦其心志，劳其筋骨，饿其体肤，空乏其身，行拂乱其所为……这样通过苦修成为圣人，成不了圣人也要当个君子。谁要追求生活幸福，那就是异端。这种集体无意识，在现代还有深刻的影响在。中国的新人文主义信徒，从学衡派到梁实秋，都用白璧德的观点，反卢梭，反浪漫主义（因它放纵情感）。梁认为“节制的力量永远比放纵的力量更可贵”，“所谓节制的力量，就是以理性驾驭情感，以理性节制想象”[①]。这来自白璧德，白氏认为从古希腊，人文主义的目的就是力避过度，人要过节制的、均衡的生活，就要接受纪律的约束。人的生活应是二元的——人身上有一种能够施加控制的自我，又有一种须要被控制的自我。新人文主义感到了资本主义社会的精神危机，想要肩起挽救社会的重任，办法是重建古代人文精神，道德复归，包括学习孔孟思想，克己复礼。就是提出“人的文学”的周作人也在《蔼理斯的话》里把“禁欲”视为人性的一部分：“人有禁欲的倾向，即所以防欢乐的过量，并即以增欢乐的程度。”他要求享乐的适度，要有一种理性的生活态度。《生活之艺术》反对极端的生活方式，“生活之艺术只在禁欲与纵欲的调和”。从周作人强调理性，

① 梁实秋：《文学的纪律》。

到梁实秋讲克制，还是可以看到带着“发乎情，止乎礼”的特点。所以，对描写世俗性，表现人的欲望的作品，评价就比较严格。不仅对张资平等的作品，对郭沫若的小说，还有创造社另一些作家的小说，都评价不高，只能依照习惯上对性问题的认识、态度，把张资平等视为异类。

最后“人的文学”的思潮促使新文学对人自身的思考达到新的深度，这也是过去没有的。时间关系这问题不细说了。

以上举了几个方面的例子，说明新文学与古代文学的不同，文学中表现的人的观念，塑造的人的形象等，都与过去不同。新文学有很多新因素，如语言工具从古文变成了白话，表现形式的变化，题材的变化等等，都跟古代文学有区别。但是最重要的还是对人的认识的变化，产生了新的人的形象。作为研究者，我们也只有从“人的文学”的视角切入，才可能比较准确地理解、解读这些作品，比较深入地发掘其思想内涵，给予恰如其分的评论。

这里也要说明，以“人的文学”为标准来看新文学作品，有些已被肯定的作品可能还要商榷，从人性的角度看有个不能突破的价值底线。也举两个例子。

1936年曹禺写了《原野》，主人公仇虎，全家为恶霸焦阎王所害。当仇虎从狱中逃出，来到焦家报仇时，焦阎王已死。仇虎乃杀其子焦大星，又使瞎眼的焦母误将自己的孙子小黑子打死。为复仇他陷于精神分裂，最终自杀身亡。作者所表现的以“父债子还”为由，杀死冤家的两代无辜后人，这种疯狂仇杀明显带着盲动性。曹禺歌颂仇虎的复仇，说“在黑的原野里，我们寻不出他的一丝‘丑’，反之，逐渐发现他是美的”。对仇虎的心理和行为，可以有各自的解读，但描写复仇还是应该把握一条底线，那就是不能祸及无辜。鲁迅的《铸剑》写眉间尺在黑色人帮助下的复仇，对象就是那有杀父之仇的残暴的国王。焦大星顶多也就是仇虎的情敌（仇虎未婚妻金子后来做了焦大星的续弦），更不要说再下一代的焦家孙子。他们是无辜、无罪的。这种绝人之后的报复，实已突破了人性的底线，不值得赞美。

1941年发表的陈铨的《野玫瑰》，一号主人公夏艳华（国民党高级特工），甘愿牺牲爱情，嫁给汉奸王立民，最终完成了锄奸任务。此剧以前被划入“特工文学”，全盘否定。后来又说虽写的国民党特务，但是抗日的，也应肯定。无论肯定、否定都只以政治为尺度。而从人性的标准来分析，爱情本是人类感情中最强烈的一种，陈铨的剧作把个人的爱情与国家、民族需要的矛盾推向极端，极力地歌颂为了国家自愿忍受大痛苦、牺牲爱情的女子。她被树为了不起的“英雄”“超人”。以女人的色相为工具去达到某一目的，是特工的一种手段。无论是被迫的还是自愿的，这种事对人都是很残忍的，是反人性的行为，根本就不值得歌颂，说因此得到了快乐，那更是对人性的歪曲。中国古代有以牺牲女子的意愿和幸福来实现政治阴谋的惯技，在文学作品里塑造了西施、貂蝉等绝色美女，赞美她们为国而牺牲色相的行为，树为崇高的榜样，实为“非人的文学”。夏艳华是现代版的西施、貂蝉，《野玫瑰》实在应该否定。

上面讲到的是用人性论为标准来发掘作品的内涵，评论其价值，是可以有很多新发现的。但是最重要的还不在于对具体作品的认识、评价，而在于过去我们失去这一视角，便也忽略了一整个文学时代。五四新文化运动和文学革命，开辟了中国一个新的文学时代，这就是“人的文学”的时代。这是个内容丰富、色彩艳丽、十分宏伟的文学时代，却未能在现代文学史里得到充分的记述、完整的表现。现代文学史里这样一个宏伟的历史时代，还要靠我们用心构建。今天是从人性论的视角和大家一起复习一遍现代文学史，看看这样的视角是不是应该予以确立。

（原载吉林大学《华夏文化论坛》，2012年第2期，收入本书时有删节）

鲁迅和三十年代左翼文艺运动

1931年2月，五位“左联”作家被国民党反动派秘密杀害。两年后，鲁迅先生写了《为了忘却的记念》，对青年战友表示沉痛的悼念。文章的最后，鲁迅怀着无限悲愤之情，英勇宣告：“将来总会有记起他们，再说他们的时候的！”这个预言在十几年后得到了实现。然而，在“四人帮”篡夺了舆论工具的时期，居然又发生了不准“记起他们”和“再说他们”的事！他们倒行逆施，要把历史重新推回到那“吟罢低眉无写处”的黑暗中去！为此，肆意歪曲历史，全盘否定三十年代革命文艺。在他们的笔下，鲁迅和当时左翼文艺队伍的关系，竟成了这么一副面貌：左翼作家都是国民党反动派的别动队，同着那些反动文人合伙对鲁迅布下了围剿阵。鲁迅则成了没有队伍的“主将”，一个孤零零的“旗手”。如果还有战友，那也只有一个，就是江青。这样一个为鲁迅所憎恶和不齿的无耻叛徒，把别人踩在脚下，把自己装扮成唯一的“战友”，挤到鲁迅身边。这实在是少见的卑劣而可笑的事！革命的历史岂容歪曲，鲁迅的英名也绝不允许任意糟蹋！革命人民没有忘记洒尽鲜血的先烈和一切为革命贡献过力量的同志。今天，我们就是要“再说他们”。历史功罪，人民自有分明的评说。本文想就鲁迅和三十年代左翼文艺运动的关系，谈一些粗浅的看法。

一

三十年代左翼文艺运动是五四新文学向社会主义方向不断发展的结果。

1927年初，五四新文学即将走完它的第一个历史时期。在北伐战争的胜利进行中，国共合作的统一战线中革命与反革命两种势力的斗争日益激化，整个中国的阶级关系正在经历着一番大动荡大改组。在历史要求每个人立即就自己的道路做出抉择的关键时刻，五四新文学队伍中一部分革命作家，在中共所领导的革命运动的推动下，在受到马列主义不同程度的教育下，他们坚决站到无产阶级队伍中了。1927年3月的最后一天，郭沫若在战斗前线的南昌写完了《请看今日之蒋介石》，高喊："打倒背叛革命，屠杀民众的蒋介石！""以革命手段向白色恐怖复仇！"十天后，在"革命的后方"的鲁迅，写了《庆祝沪宁克复的那一边》，告诫人们不要陶醉于胜利，因为"反革命者的工作也正在默默地进行"，向革命人民发出"永远进击"的号召。两天后，他的预言就得到了证实。"四一二"政变后，武汉政府中的右派，尚未公开暴露其反革命面目。这时蒋光慈在汉口写了《寄友》一诗，指出"此间的革命党人也并不都是真为着民众而革命"，"明天他就可以露出凶狠的面皮"。他发出"到军队中去"的呼号，说要"把那枪柄紧紧地，紧紧地拿到自己的手里！"果然，7月15日汪精卫叛变，宁汉合流，第一次国内革命战争失败了。这里举出这三位作家来，是因为不到一年之后，也就是左翼文艺运动开始时，发生了关于无产阶级文学的论争，他们是论争各方有代表性的人物，意见是有分歧的。但他们上述作品却有着许多共同点：他们站在革命的立场上，都已预感到一场阶级搏斗的风暴即将来临；都向着革命人民发出战斗的呼号，表明在即将来到的统一战线的破裂中，他们将站在无产阶级和革命人民一边，向国民党新军阀作战；较之他们过去的作品，在思想上都到达了一个新高度。这些都是重要的动向，表明五四新文学即将进入一个新的更高的阶段，即与资产阶级右翼关系破裂后，无产阶级文学运动的诞生。这证明鲁迅和某些左翼作家，后来虽然发生过"用笔墨相讥"的事，但从一开始他们的"大战斗却都为着同一的目标"[①]。社会主义是唯一能够救中国的道路。鲁迅在1927年阶级搏斗的关键时刻踏上了这条道路，这不是个别的现象。当时一大批真正要革命的知识分子同样选择了这条道路，许多人在1927年后的严重白色恐怖中毅然地加入了中国共产党。历史给革命者安排了这样一条共同的必由之路，这就决定了鲁迅和其他左翼作家在政治上的一致性。鲁迅在总结新文学发展的历史经验时，也说过："大约十

① 鲁迅：《且介亭杂文末编·答徐懋庸并关于抗日统一战线问题》。

年之后（按：指从1917年至1927年），阶级意识觉醒了起来，前进的作家，就都成了革命文学者。”[①]这里说的不是一个两个，而是“都成了”。而且鲁迅还肯定了他们中间“很有极坚实正确的人存在”[②]。所以，从一开始鲁迅和左翼作家们在方向道路上就是一致的，他并非超脱于这支队伍之外，而是其中的一员；而且由于他的条件，自然地承担了旗手和主将的职责，成为这支队伍的光辉代表。“四人帮”硬要把鲁迅与整个左翼文艺队伍隔离开来，对立起来，这在历史面前是绝对通不过的。

当然，左翼文艺运动自始至终是在内部的矛盾斗争中发展的。但这也不意味着鲁迅和论争中处于对立方面的那些左翼作家是一种敌对的关系。1928年的无产阶级文学论争，其结果是一些分散的左翼文艺小团体和左翼作家们的统一。不但没有分裂，反而促进了团结，其直接的成果就是1930年“左联”的成立。“左联”以鲁迅为战斗旗帜。在与帝国主义、国民党反动派的斗争中，在粉碎反革命的文化围剿中，在“左联”开展的许多工作中，鲁迅和大家始终是站在一起，共同战斗的。“左联”解散后，在1936年的“两个口号”论争中，曾经产生了两个文艺界的宣言。这也不是左翼队伍分裂的标志。不少人就是在两个宣言上都签了名的。鲁迅对他所拒绝加入的文艺家协会，仍然认为“它是抗日的作家团体”，只是不满它“含有宗派主义和行帮情况”[③]。完全可以相信，如果鲁迅不是过早地去世了，他定将成为新的抗日文艺统一战线的战斗旗帜，在新的历史条件下率领着更加浩荡的队伍继续战斗。

二

三十年代左翼文艺运动在论争中开始，又在论争中结束。在论争中发生过某些左翼作家对待鲁迅态度上的严重错误。这也曾被“四人帮”加以夸大和利用，以达到其打倒一大批革命领导干部的罪恶目的。今天要彻底清算他们的罪行，同时我们也不必隐讳某些同志历史上曾经犯过的错误。问题在于应该按

---

① 鲁迅：《且介亭杂文·〈草鸡脚〉小引》。

② 鲁迅：《二心集·上海文艺之一瞥》。

③ 鲁迅：《且介亭杂文末编·答徐懋庸并关于抗日统一战线问题》。

照毛主席指示的正确方针，“处理历史问题，不应着重于一些个别同志的责任方面，而应着重于当时环境的分析，当时错误的内容，当时错误的社会根源、历史根源和思想根源，实行惩前毖后、治病救人的方针，借以达到既要弄清思想又要团结同志这样两个目的”[1]。

三十年代某些左翼作家对鲁迅的错误，是属于思想认识上的错误。五四文学革命后，文化新军对自己旗手和主将的认识，经历了一个长过程。鲁迅享有崇高声望，并不等于人们对他于中国革命特别是文化革命的重要作用，已经认识清楚了。包括中国共产党成立后，党的理论刊物上对文化界作的阶级分析中，也没有认识鲁迅的重要意义。那时不少人把鲁迅仅仅看作小资产阶级的“语丝派”的主将。鲁迅到广州后，广东党的刊物上发表评论鲁迅的文章，对鲁迅的认识有了提高，不过限于当时环境，就是这种尚属粗浅的认识也不可能普及。这就是1928年无产阶级文学论争发生之前人们对鲁迅的认识的情况。这说明在五四新文学运动的第一个十年里，鲁迅还没有被完全正确地理解。创造社、太阳社错误地攻击鲁迅，就是在这样认识水平下发生的。当创造社高举起无产阶级文学的旗帜时，正值“左”倾路线在党内占了统治地位。这条路线对中国革命形势、革命性质、对象等的认识和规定，都是错误的。在它的影响下创造社、太阳社中某些人错误地认为当前革命已是社会主义性质的。于是以为阿Q的时代已经死去，表现阿Q时代的鲁迅也已死去，今天的鲁迅则是时代的“落伍者”。他们把鲁迅叫做“唐·鲁迅”，就是认为鲁迅像堂·吉诃德一样，对于自己的时代没有认识。更有甚者还认为鲁迅是“封建余孽”，因此在要革资产阶级之命的今天，他就是“二重性的反革命的人物”[2]。而且即使不是“封建余孽”或布尔乔亚的“最良的代言人”，鲁迅也是“一个彻头彻尾的小资产阶级”，小资产阶级也是“反革命派”，鲁迅当然仍在革命对象的范围之内。

同时，他们还对五四文学革命认识不正确。他们把五四文学革命看成是资产阶级领导的，把五四到1927年的文学全部说成是资产阶级文学。因而把鲁

① 毛泽东：《学习和时局》。

② 杜荃：《文艺战线上的封建余孽》，《创造月刊》第2卷第1期，1928年8月出版。

迅和周作人、刘半农乃至陈西滢混为一谈，统统列入资产阶级文学家之列。认为这种资产阶级文学是一出母腹就已衰老或夭折，为要建立无产阶级文学，就有“全部的批判之必要”。

创造社等一些作家，他们所以对鲁迅有如许错误的认识，首先是因为他们对于中国革命问题的认识存在许多错误。可以看出，没有对无产阶级领导的中国新民主主义革命的正确认识，也就不可能对鲁迅作出正确的估价。

产生认识错误的根源，则在于小资产阶级的思想。这表现在，一方面他们有浓厚的宗派主义情绪，以为唯独他们自己已经“获得了”辩证唯物主义，因而是独一无二的无产阶级文艺创造者，对包括鲁迅在内的许多革命的进步作家一律加以排斥。另一方面，他们思想偏激，爱走极端，因而带有严重的片面性。五四文学革命中形式主义的缺点，到了他们得到向“左”方面的发展。如同五四文学革命中有人全盘否定中国古代文化一样，他们也全盘地否定五四新文学。某些人的思想绝对化到了这样程度，竟然把社会主义制度以前的全部文化都认作是统治思想的反映。说像鲁迅这样暴露统治者的罪恶，为群众的痛苦呐喊，也是为了教统治阶级不要剥削得太厉害，要留下一滴血使奴隶们还能喁喁而活。①

总之，1928年创造社等对待鲁迅的错误，不是对待个别人的态度问题，而是一种历史的必然现象，即当一部分世界观未经彻底转变的小资产阶级革命作家肩起了无产阶级文学的旗帜时，不可避免地犯有错误的表现之一。但由于这是思想认识上的错误，因此和站在敌对立场恶意攻击鲁迅，是根本不同的。创造社等的错误并不曾影响他们和鲁迅在政治上的一致性，而且这种错误是可以随着整个革命队伍的马列主义水平的提高和他们世界观的逐步转变而不断得到克服的。这一点敌人也是清楚的。1930年有人化名攻击鲁迅，说1928年鲁迅与创造社等发生笔战，但“蕴藏的内情仍然是心心相印的，这心心相印的秘密，有时也会在笔战和谩骂的字里行间透出消息来”，说这正是鲁迅与其他左

① 克兴：《评驳甘人的“拉杂一篇”》，《创造月刊》第2卷第2期，1928年9月出版。

翼作家“打成联合战线的一方面的基础”[①]。的确，这种团结的基础是早已存在的。

早在1927年春，当创造社为抗议英美帝国主义支持北洋军阀镇压中国人民而发表宣言时，就得到鲁迅的签名支持。创造社也把鲁迅作为“对于无产阶级革命确有信心的人”[②]。后来在上海，当创造社开展新的文学运动准备复活《创造周报》时，曾争取并得到了鲁迅的支持。在阶级斗争的新形势下，左翼作家团结战斗的趋势是明显的。后来，1929年创造社被国民党反动派查封，严酷的现实逼迫他们改变前一时期的做法。鲁迅曾讲过：“到1930年，那些‘革命文学家’支持不下去了，创、太二社的人们始改变战略，找我及其他先前为他们所反对的作家，组织左联。”[③]这里“支持不下去了”，就是指创造社被封等事。为要继续活动，不能不“改变战略”。这种改变是进步的表现，尽管并非完全解决了对鲁迅的认识，很大程度是由于环境的逼迫。历史既然能够逼迫人们改变行动，当然也能促使人们认识的变化。事实上1928年错误评价鲁迅的人，后来认识也逐步有提高。写过《死去了的阿Q时代》的钱杏邨，1930年2月又发表了《鲁迅》，虽然仍不能正确评价鲁迅，但不正确的态度有了改变。1930年10月，他编成《转变后的鲁迅》一书，内分拥鲁派言论集和反鲁派言论集等。他把自己的《鲁迅》一文放到拥鲁派中，并且在序言中说，鲁迅已经“站在时代的最尖端”，向反动势力战斗。在筹备成立“左联”时，原创造社的成员对宗派主义也作了一定的自我批评。这种情况，曾引起了敌人的十分恐惧，他们造谣污蔑、挑拨离间。当一些敌人污蔑创造社、太阳社对鲁迅态度的转变是“普罗文学的拉拢”和鲁迅的“投降”时，钱杏邨批驳说：“鲁迅的参加无产阶级文艺运动，完全不是谁个‘拉拢’的问题，而是意识的结合的问题，而是他的主张在目前和革命的集团是一致的关系。”[④]郭沫若也宣告：鲁

① 阿Q：《从列宁到鲁迅》，见钱谦吾编的《转变后的鲁迅》下卷，上海乐华图书公司1931年版，第56—57页。

② 《洪水》第30期，1927年4月出版。

③ 鲁迅：《致姚克》，1933年11月5日。

④ 钱杏邨：《一个注脚》，《拓荒者》第4、5期，1930年5月出版。

迅和“我们现在都同达到了一个阶段，同立在了一个立场”[①]。正是由于有了认识的进步，才为“左联”的成立准备了一定的思想基础。这在当时也有人已经看出，认为鲁迅在为新兴文学扎扎实实地干着“树一稳健的基础”的工作，“到了近来，一般主张普罗文学的作家们，才晓得鲁迅先生并不是落伍了，仍是在仔细的研究，拼命地追赶新的文学的潮流呢，所以他们就联合起来，站在同一的立场上去努力，去奋斗了”[②]。“左联”成立后，在与新月派的第一仗中，为了驳斥梁实秋对鲁迅的攻击，“左联”刊物发表文章，指出鲁迅确实骂过许多反动的主义，“然而偏偏被遗下了一种主义和一种政党没有嘲笑过一个字，不但没有嘲笑过，分明地他还在从旁支持着他”[③]。这可以代表“左联”对鲁迅与中共的关系的共同的正确理解。由于认识的提高，“左联”在工作中对鲁迅也给予敬重和支持。例如周扬同志接手主编《文学月报》后，连续发表鲁迅的文章。在刊登《连环图画的辩护》时，特地在编辑后记中指出，对于批驳“第三种人”，“这是一篇虽短但是很重要的文章”。周扬自己发表《自由人文学理论检讨》时，在文前也引用鲁迅的话：“在指挥刀的保护之下，挂着‘左翼’的招牌，在马克思主义里发见了文艺自由论。”该文提到要招致同路人一道前进，就是对鲁迅的响应。在刊登鲁迅批评芸生诗的信时，周扬同志又特地加了按语，说“我以为这是尊贵的指示，我们应该很深刻地来理解的”。所谓这是一种两面派手法，随后又指使首甲等写文章攻击鲁迅，纯系污蔑、不实之词，今天应该彻底推翻。这里还有一个比较。当田汉的作品在《文学月报》上引起争论时，周扬在编辑后记中指出他的作品“其中有很多可以而且必须批判的地方，那是不待说的”。对比之下，是可以看出“左联”对鲁迅还是敬重的。直到1936年“两个口号”论争，鲁迅拒绝参加文艺家协会时，许多左翼作家仍然希望鲁迅参加并领导文艺家协会，把鲁迅的加入视为“福音”。再看提倡“国防文学”的一些同志，对鲁迅的认识较之1928年倡导无产阶级文学时，更是有极明显的进步。他们回顾历史，批判了胡适等人，也批评了创造

---

① 郭沫若：《眼中钉》，《拓荒者》第4、5期，1930年5月出版。

② 霜峰：《我所见的鲁迅与岂明两先生》，见钱谦吾编的《转变后的鲁迅》中卷，上海乐华图书公司1931年版，第68页。

③ 成文英：《讽刺文学与社会改革》，《萌芽》第5期，1930年5月出版。

社、文学研究会，却肯定鲁迅在五四时期的作品“充满着痛恨吃人礼教的辛辣激烈的思想”[①]。他们批评了钱杏邨过去的错误评论，而赞扬鲁迅世界观转变后写的杂文“更锋利，更准确”[②]。所以只讲某些左翼作家对待鲁迅态度上的缺点，而不看到他们敬重、支持鲁迅的另一面，这是一种片面性。正因为有这另一面，“左联”成立后，某些人攻击鲁迅，就不得不采取化名的办法，从背后射暗箭了。显而易见我们不能因为左翼队伍中有暗藏的敌人，以及少数人对鲁迅有时也有不尊重之处，就整个地否定了左翼队伍与鲁迅的同志关系。

当然，对鲁迅的正确、深刻的认识，这在三十年代左翼文艺运动中是没有彻底解决的。这就使“左联”的整个活动过程中，也没有完全解决好与鲁迅的关系。这个问题的彻底解决，是由毛主席在四十年代完成的。1940年的《新民主主义论》，第一次提出了“新民主主义革命”这一马列主义的科学概念，第一次正确分析了五四以来的革命文化运动，也就第一次给鲁迅在中国革命历史上以最正确、最恰当的地位。从此以后，革命人民包括曾经错误地反对过鲁迅的那些同志在内，对鲁迅的认识便达到了一个新的水平。

三

现在我们再来看看鲁迅怎样处理他与左翼文艺运动的关系，从中是可以学习到许多宝贵的思想与经验的。

鲁迅由于掌握了马列主义，又有着对中国知识分子状况的长期观察，他从无产阶级文学论争开始，就以锐利的政治眼光，透过现象一下子抓住了论争中的本质问题。他在这时写的《“醉眼”中的朦胧》一文，不但在现代文学史上，而且在现代思想史上也具有重要的意义。因为对无产阶级登上历史舞台后的中国知识分子队伍作如此深刻的马列主义的剖析，这在当时还是少有的。他以创造社向革命转变为例，说明“这飞跃也可以说是必然的”。因为在资产阶级日益没落，无产阶级已经兴起的时代，一部分和旧阶级“瓜葛已断，或则

① 周扬：《现阶段的文学》，《国防文学论争》，新潮社1936年版，第164页。

② 立波：《中国新文学的一个发展》，《国防文学论争》，新潮社1936年版，第146页。

并无瓜葛”、思想敏感的小资产阶级知识分子，为了寻找出路以救出自己，于是“走向大众去”；由于他们身上的“资产阶级根性”未得很好改造，这又不可避免地会在革命进程中犯错误，这就极其深刻地揭示了创造社等在倡导无产阶级文学运动中发生种种问题的阶级根源。鲁迅后来在《对于左翼作家联盟的意见》《上海文艺之一瞥》等文中，进一步阐述并发挥了这个思想。主要有两点。一是指出这种小资产阶级性在三十年代特定历史条件下的主要表现形态是“左”倾，如“分裂，高谈，故作激烈等等”①，说这是“中了才子+流氓的毒”②。这又是由“破落户的漂零子弟”的生活地位所决定的。因为是破落户子弟，他们受过文化教养，不免有某些才子的特性；但同时在飘零中沾染了流氓无产者的习气。而“盲动主义的社会来源是流氓无产者的思想和小资产阶级的思想的综合”③。这就是在与资产阶级破裂时期，容易产生“左”倾的原因。二是批评了小资产阶级的动摇性，“激烈得快的，也平和得快，甚至于也颓废得快”④。鲁迅说某些左翼作家是“翻着筋斗的小资产阶级”，“‘左翼’作家是很容易成为‘右翼’作家的”⑤。这正是列宁所说的：小有产者在资本主义制度下受到压迫以至破产，“所以容易激发一种极端的革命狂热，而缺乏坚韧性、组织性、纪律性和坚定精神”。“这种革命狂热动摇不定，华而不实，有一种很快就转为俯首听命、消沉颓丧、耽于幻想，甚至转为‘疯狂地’醉心于这种或那种资产阶级的‘时髦’思潮的特性”⑥。这也正是毛主席所说的：“小资产阶级中间有相当大一部分人是动摇的。……高兴起来可以发狂，悲观起来可以垂头丧气。”⑦鲁迅对左翼文艺队伍的分析完全符合无产阶级革命导师的思想。所以在1936年“两个口号”论争中，鲁迅在反对主要危险的“左”倾时，已经预感到右倾的抬头，并不断发出了警告。后来的实践，证实了鲁迅的正确。

---

① 鲁迅：《致萧军、萧红》，1934年12月10日。
② 鲁迅：《二心集·上海文艺之一瞥》。
③ 毛泽东：《关于纠正党内的错误思想》。
④ 鲁迅：《二心集·上海文艺之一瞥》。
⑤ 鲁迅：《二心集·对于左翼作家联盟的意见》。
⑥ 列宁：《共产主义运动中的“左派”幼稚病》。
⑦ 毛泽东：《增强党的团结，继承党的传统》。

鲁迅对左翼文艺运动的批评当然不止这些。过去“四人帮”正是拿着这一类话，做棍子打人。现在须要说明的是，这些批评是否意味着鲁迅对三十年代左翼文艺运动和左翼作家的否定呢？当然不是。

鲁迅对左翼文艺运动从来是给予热情肯定的。尤其是当阶级敌人使用了包括血腥镇压的法西斯手段对它进行“围剿”之时，他更是挺身而出，站在斗争的最前列，英勇地捍卫左翼文艺运动。他庄严地宣告：“中国的无产阶级革命文学在今天和明天之交发生，在污蔑和压迫之中滋长，终于在最黑暗里，用我们的同志的鲜血写了第一篇文章。”①他热情地赞颂：“现在，在中国，无产阶级的革命的文艺运动，其实就是唯一的文艺运动。”②他豪迈地预言：“唯有左翼文艺现在和无产者一同受难，将来当然也将和无产者一同起来。”③这是在敌人面前所表现出的坚定的立场和英勇的气概。但是另一方面，作为左翼文艺的主将，他又责无旁贷地担负起揭露缺点、纠正偏向、使左翼文艺能够健康发展的任务。任何一种推动历史向前发展的力量，总要在痛苦的磨炼中成长壮大。左翼文艺队伍既然是从小资产阶级革命作家转化而来，必然地背着一个未经彻底改造的小资产阶级思想的包袱，并且不可能一下子甩掉它。这就决定了左翼文艺运动不但要与外部的敌人作斗争，而且还要与内部的小资产阶级倾向作斗争。左翼文艺运动从论争开始，在论争中结束，正是这个规律的表现。因此率领这支队伍的主将在战斗中不能不有“瞻前顾后，格外费力”之感，他所取的姿态不可能是永远的正面对着敌人，而必然要“横站”着。这就是鲁迅在许多著作中要批评左翼文艺运动和某些左翼作家的历史原因。

鲁迅看到了左翼队伍中的问题，但他认为这是革命发展过程中的正常现象。在开始时，不可能队伍中“大半都是坚实正确的人们”，“事实是只能以后渐渐正确起来”④。在“左联”成立前夕，他多次在文章中提到：要求“大

① 鲁迅：《二心集·中国无产阶级革命文学和前驱的血》。
② 鲁迅：《二心集·黑暗中国的文艺界的现状》。
③ 鲁迅：《二心集·黑暗中国的文艺界的现状》。
④ 鲁迅：《致王志之》，1933年6月26日。

众都先成了革命人，然后成就革命天下，那是‘乌托邦思想’”[1]。又写了《非革命的急进革命论者》，批判了革命队伍必须纯而又纯的错误思想，为“左联”的成立做了思想准备。“左联”成立后，队伍不断地发生分化，有的甚至一个筋斗翻到反革命阵营中去了。对这一类“蛀虫”，鲁迅常常加以愤怒的揭露与斥责。但他认为这无碍于整个左翼队伍的前进。排除了这些叛变者和动摇者，“左翼文坛，却依然存在，不但存在，还在发展，克服自己的坏处，向文艺这神圣之地进军”[2]。鲁迅对左翼队伍的剖析、批评，正是为了帮助左翼文坛克服坏处，对左翼作家起鞭策的作用，以便能“一面克服着，一面进军着”。

而且，鲁迅在批评左翼文艺队伍时，从来没有把自己看作是临驾在这支队伍之上的超人，从来不以指导者自居，也未曾把自己放在旁观者的地位上。他把自己也摆了进去，正如他早已说过的：“我的确时时解剖别人，然而更多的是更无情地解剖我自己。”[3]在他批评某些左翼作家是“破落户的漂零子弟”之前，就已在回顾生平时说过：“我其实是‘破落户子弟’……不过思想较新，也时常想到别人和将来，因此也比较的不十分自私自利而已。”[4]他还从不自命为无产阶级作家，不认为自己已经学通马列主义。所以在编《三闲集》时，也说明了自己当时某些观点是“错的”。这样一种谦虚的态度，严格的自我批评的精神，当然是拿着棍子专整别人的“四人帮”所反对并要加以抹杀的。

正因为鲁迅对左翼队伍持完全正确的马列主义的态度，所以他始终和左翼队伍并肩战斗、前进。对“左联”，凡是做得对的，都给予积极的支持。凡是觉察“左联”在战斗中有不足之处，他就做了弥补。凡是“左联”的错误，他也及时作了批评。他以高度的马列主义水平、丰富的阶级斗争经验，指导着左翼文艺运动；而同时他也从左翼文艺运动的发展中得到了鼓舞和力量。左翼文艺运动在国民党统治区，处于毫无抵抗力的情况下，居然能存在着、发展

① 鲁迅：《毁灭》第2部第1—3章《译后附记》。
② 鲁迅：《南腔北调集·论“第三种人”》。
③ 鲁迅：《坟·写在“坟”的后面》。
④ 鲁迅：《致萧军》，1935年8月24日。

着，没有被扑灭，这本身就给鲁迅极大的精神力量。它使鲁迅看到这“荒野中的萌芽”的倔强的生命力，因而坚信“‘将来’正属于这一面”。他从那些年青的左翼作家身上看到了“中国无产阶级革命文学阵营的力量”，即如他所说的几位“左联”遇难同志的年龄、勇气和作品，“已足使全队走狗不敢狂吠”！他给予叶紫、殷夫等的创作以高度的评价，因为从这里他看到了“东方的微光”。鲁迅和那些年青战友们在生死斗争中结下了深厚的友情。一篇《为了忘却的纪念》如此深情地表达了他与左翼作家间既是师生又是战友的诚挚的无产阶级感情。五四运动过后，新文化队伍发生分化，有的高升有的退隐，曾使鲁迅产生布不成阵之感，因而发出“两间余一卒，荷戟独彷徨”的感慨。1927年发生统一战线的大分裂，形势较之二十年代初期要严重得多，为什么鲁迅反而没有产生彷徨呢？除了这时他已成长为一个共产主义者和中共领导下的革命继续在发展等原因之外，还有一个条件就是这时形成了左翼文艺队伍，鲁迅不再是在孤军作战了。所以即使“左联”的某些缺点令他产生愤慨之情，他仍同时表示并不悲观，或者说这只是一时的悲愤。可见，鲁迅在率领左翼队伍战斗的同时，也得到左翼队伍的支持和鼓舞。这就是一个主将与广大战士的正确关系。

四

最后，怎样看待鲁迅书信中许多对“左联”不满和对“左联”某些领导人等的严厉批评，这也是一个重要问题。因为“四人帮”曾大量利用这些书信来否定左翼文艺运动。

鲁迅主张评论人物或作品，都要顾及全人或全文。他的书信当然是我们研究鲁迅的十分重要的资料。这正如他自己所说，“从作家的日记或尺牍上，往往能得到比看他的作品更其明晰的意见，也就是他自己的简洁的注释”①。但是单凭书信是不能了解全人的，专在书信中搜寻一面之词，那就更会导致片面的结论。这也正如鲁迅所说：“倘有取舍，即非全人，再加抑扬，更离真

① 鲁迅：《且介亭文二集·孔另境编〈当代文人尺牍钞〉序》。

实。”[①]因为书信毕竟只是鲁迅著作的一部分，而且是当时不准备公开发表的部分。一个人读书，不读正文，专看“注释”，难道不是一种本末倒置吗？只有和他公开发表的作品结合起来读，才能正确理解鲁迅。例如当“左联”刚成立时，鲁迅在书信中曾说到他参加成立大会的感想：“于会场中，一览了荟萃于上海的革命作家，然而以我看来，皆茄花色”。[②]数年后又说：“‘左联’开始的基础就不大好，动摇叛变者除外，还达不到质地好”。[③]总之，他对这支队伍的质量并不满意。如果仅仅根据书信上的这些话，似乎鲁迅是否定左翼队伍的。然而他却明明在许多杂文中对“左联”给予高度的评价、热情的赞颂。直到1936年，他还不同意解散“左联”，并且肯定了“‘左翼作家联盟’五六年来领导和战斗过来的，是无产阶级革命文学的运动”[④]。对“左联”的肯定同样是一贯的。如果把杂文和书信联系起来看，问题就豁然开朗了。原来鲁迅是一贯肯定“左联”，尤其是强敌当前之际，他更要奋然起而保卫这面战斗旗帜。但另一方面，从严格的无产阶级的标准，从斗争环境的需要来要求，则鲁迅对左翼队伍也确有不满的一面。他对这支队伍寄予的期望甚高，盼铁成钢之心甚切，因而对它的错误恨之也甚深；于是不免在私人通信中常常流露这种不满的心情。但是，当着文坛上还有“我们”与“他们”的存在时，鲁迅从不把这种心情公开表露出来。即使在讲到“世无英雄，遂使竖子成名”的悲愤时，也是泛指整个文坛，而非专责“左联”。所有这些正是鲁迅的坚定的阶级立场和高度的革命原则性的表现。唯一的一篇点名批评周扬同志的文章，是《答徐懋庸并关于抗日统一战线问题》。那是因为此时“两个口号”的论争已经进行了大半年，两个文艺界的宣言也已发表，矛盾已经公开化，托派并且也趁机打上门来。而且，“左联”也已解散。在这样情况下，鲁迅已不需隐讳他与原“左联”某些领导人的分歧了。而且就在这篇文章中，鲁迅仍然说“周起应也许别有他的优点。也许后来不复如此，仍将成为一个真的革命者”。这和在私人通信中的语气、分寸都是有区别的。

---

① 鲁迅：《且介亭杂文二集·“题未定”草（六）》。

② 鲁迅：《致章廷谦》，1930年3月27日。

③ 鲁迅：《致萧军、萧红》，1934年12月10日。

④ 鲁迅：《且介亭杂文末编·论现在我们的文学运动》。

对待鲁迅书信中1934年以后那些对“左联”某些领导人的批评，被批评者应该持言者无罪，闻者足戒，有则改之，无则加勉的态度。因为，尽管所有这些批评，包括语气十分尖锐的，总括起来也都没有超出人民内部思想斗争的范围。但无论如何都说明“左联”某些领导人，没有处理好与鲁迅的关系，并给革命造成损失，这个深刻的历史教训是应该记取的。当然，要给历史做结论，是不能够仅仅根据几封私人信件的。

（原载《辽宁大学学报》，1978年第3期，署名方浴晓）

在论争中结束和没有结束的论争

1977年底开始，在批判“文艺黑线专政”论的同时，展开了关于1936年文艺界“两个口号”论争的讨论。这场讨论推倒了林彪、“四人帮”强加给“国防文学”的污蔑不实之词，为在文艺界拨乱反正、肃清流毒做了一点工作，还一致肯定了“两个口号”论争是革命文艺队伍内部的争论。这场讨论是有成效的，它的发生既不是什么人任意提出的，它的结果也不是更把思想扰乱了。当然，对于文艺界几十年来的一桩“公案”，在短期内不可能达到认识的完全一致，这是毫不奇怪的。三十年代左翼文艺运动在论争中结束，可是这场论争却至今没有结束。这是一个引人深思的现象。我的这篇文章，则仅限于从学术的角度，谈谈对这场论争中几个问题的认识，以就正于批评者。

我是赞同“两个口号”的并存论的。这也是大多数同志都能赞同的。但是，我与某些同志仍然存在明显的分歧。我的赞同并存论，是建立在这样一种认识的基础上，即“两个口号”各有所长亦各有所短，应该互为补充。而有的同志则认为并存不等于半斤对八两。“国防文学”是根据共产国际“七大”上王明的报告提出的，它缺乏鲜明的阶级观点，它的倡导者思想从“左”到右一百八十度大转弯，讲了右倾的话，因而有“路线性”错误；而“民族革命战争的大众文学”是根据党中央瓦窑堡会议精神提出的，是坚持无产阶级领导权的，是为纠正“国防文学”错误的。所以，后者优于前者，评价时不应摆平。再者，有的同志还认为，林彪、“四人帮”之污蔑“国防文学”，是因袭了1957年的做法，因而今天的主要问题在于总结1957年的教训。我非常赞同好好总结一下1957年的教训，但我认为当时受到错误批判的“民族革命战争的大众文学”，这个口号的意义，今天人们的认识已经比较一致。而对“国防文学”的作用和意义，认识还很分歧，这也是很自然的事。因此，今天争论的焦点是对“国防文学”的评价问题。下面就这个问题谈几点看法。

“国防文学”提出的根据问题

检验一种认识的正确与否，究竟是以实践为标准，还是只以它根据什么本本为标准，甚至还只以它根据什么本本中的几句话为标准？这个答案今天应该是很清楚的了。我认为判断“国防文学”运动的得失，主要不是根据后者。那么，“国防文学”的提出受不受某些本本，例如王明在共产国际“七大”的报告的影响呢？回答是肯定的，这一点周扬同志在回忆历史时已经讲得很明白了。中共所领导的文学要想不受党内路线斗争的影响，那是很难的。但是，具体情况要具体分析。第一，“左联”成立后，由于比较接近临时中央和江苏省委，工作中容易受到党内路线斗争的影响。而自从红军长征以后，上海地下党便与中央失去了联系，同时与共产国际的联系也是十分困难的。因此，“国防文学”运动是在三十年代左翼文艺战线受党内路线斗争影响最小的时期发生的。第二，恰恰又在这个时期中，中共中央与共产国际之间，在实行策略转变，建立反帝统一战线问题上，一致性是主要的，超过了分歧的一面。这就使无论是根据中央会议的精神或根据共产国际的精神所提出的主张，也具有在政治路线问题上的基本的一致性。这是我们考察“两个口号”论争的背景时，必须注意的。

众所周知，1927年后出现的中共党内三次“左”倾路线，都是有国际背景的。脱离实际的教条主义把中国革命引入了死胡同。遵义会议实际上结束了王明的“左”倾路线，但限于当时的具体历史条件，来不及也不可能立即批判王明的“左”倾政治路线。这时，共产国际根据国际阶级斗争的情况，提出了建立反法西斯统一战线的任务，召开了“七大”，以此为中心议题，决定转变策略。这次大会批判了过去共运中的“左”倾错误，承认马列主义与各国实际情况结合的原则，决定今后共产国际尽可能不干涉各国党的事务。这种转变，毫无疑问，对于我们党批判前一时期的王明“左”倾路线错误，实行策略转变，提供了十分有利的条件。“七大”在国际共运史上起到了积极作用，也帮助了我们党。毛泽东同志曾经肯定过这种积极作用，也肯定“自从1935年共产国际第七次世界大会以来，共产国际即没有干涉过中国共产党的内部问题”[①]。有的同志不承认季米特洛夫“七大”报告的影响，而只是抓住1936年初上海临时文委（周扬是其成员之一）的刊物《新文化》上，摘登了王明的报告，而且在发刊词中还引用了王明报告中关于国防政府的十条政纲，以证明“国防文学”的提出只是受王明一人的影响。其实，季米特洛夫和王明的报告，都不能看作只是他们个人的言论，那是得到共产国际批准的。王明思想长期处于“左”倾状态，在他的路线之下，“国防政府”被当作反革命的、卖国、屠杀的口号加以批判[②]，而只承认狭隘的“下层统一战线”。如果不是共产国际的策略转变，王明是不可能发表《论反帝统一战线问题》这样的言论的，因而这个报告所表达的思想当然不能看作王明个人的意见。所以季米特洛夫在“七大”上说：“我们赞成我们英勇的中国兄弟党的创议”，即在中国“建立一个反对日本帝国主义及其中国代理人的非常广泛的统一战线”的主张[③]。瓦窑堡会议就是在接受了“七大”的转变策略的决策之后召开的。因此，瓦窑堡会议的决议与《八一宣言》的基本精神是一致的。决议也肯定了组织国防政府和抗日联军的重要性，它提出的国防政府的十条政纲与《八一宣言》的十条（也就是《新文化》发刊词上的十条），也是一致的。为了论证“两个口号”的优劣，把瓦窑堡会议与《八一宣言》乃至共产国际“七大”对立起来，是不符合历史实际的。

我们指出共产国际“七大”后在建立统一战线问题上共产国际与中共中央的基本一致性，但并不否认也还存在着分歧，后来还影响我们党内形成新的两条路线斗争。这种分歧突出表现在对待蒋介石国民党的估计、态度之上。正如有人所举出的，“七大”后这种分歧在1936年发生的红军东征、两广事件、西安事变上都有反映。问题在于，这些事件对“国防文学”运动又有什么影响呢？1936年2月红军开始东征，此时“国防文学”口号早已提出来了。两广事

① 毛泽东同志关于共产国际解散问题的报告，见《解放日报》，1943年5月28日。

② 见博古的《为着实现武装民众的民族革命战争中国共产党做了什么和将做些什么？》，1934年7月8日。

③ 季米特洛夫：《法西斯的进攻与共产国际的任务》，《季米特洛夫选集》，人民出版社1953年版，第102页。

件的公开化是在6月以后，也主要是文艺家协会成立之后的事。此事在上海也闹得沸沸扬扬，从报章杂志的某个角落里也可以找到苏联《消息报》的评论、介绍等。但是上海左翼作家对此并无反响。至于西安事变发生时，鲁迅已经去世，“两个口号”论争的高潮也已过去了。可见，举出这些事件，说明不了“两个口号”论争的问题。至于“国防文学”运动对于蒋介石国民党的态度，我在下一问题中再来论述。

问题还得回到“七大”上来。有人说王明的右倾机会主义路线虽然在1937年12月才形成的，但它有一个发展过程。而王明在“七大”的报告，正是他的右倾机会主义思想的露头，就是这种露头的右倾思想，影响了“国防文学”。重要的论据是他在报告中抛弃了无产阶级领导权的思想，也开始否认中国有法西斯，等等。这里提出了一个问题：对于像王明这样的机会主义者，我们在揭露和批判他的时候，是否也要坚持实事求是的原则？如果是，那么应该指出，上述的论据是不真实的。

第一，王明在“七大”报告中专门写了一节“反帝统一战线与无产阶级领导权和苏维埃政权问题”。他写道：统一战线中无产阶级领导权问题，“具有极重大的政治意义”，“有些人以为：共产党参加反帝统一战线，就是减弱了无产阶级领导权和苏维埃政权的斗争，这当然是完全不正确的”。而且在“七大”以后的一段时间里，他至少在言论上还没有公开抛却领导权问题，如1935年11月的《新形势与新政策》（又名《抗日救国政策》）、1936年7月的《新中国论》（又名《为独立自由幸福的中国而奋斗》）等，都还谈到领导权问题的意义。王明这时确实已有右倾思想，然而这种右倾思想恰恰不表现在字面上写不写无产阶级领导权。为了证明“国防文学”的右倾来源，非要在这方面去搜寻字句，确实难以得到充足的论据。而到1937年3月他在《共产国际》上发表《救中国人民的关键》时，在领导权问题上开始有了后退。同年11月下旬回国，发表《目前抗战形势及任务》，反对毛泽东同志的正确路线，他的右倾机会主义思想已经相当完备。这时他要抛弃过去关于坚持无产阶级领导权的言论，以讨好蒋介石，那是势在必行的事。不过此时“两个口号”论争早已是过去的事了。

有人认定王明在“七大”报告中抛却无产阶级领导权，还因据说他说过："如果有人认为，只有先建立起无产阶级的统一战线，然后才说得上建立反帝统一战线，这种观点是错误的。"也许是依据的版本不同吧，我没有查到此话的出处，但季米特洛夫的确说了类似的话。他是针对欧洲共产党说的，因为所谓"无产阶级的统一战线"是指共产党与社会民主党控制下的工会和工人群众的联合。在中国，不存在这种问题。季米特洛夫认为先与这部分工人联合还是先与农民、城市小资产阶级联合，要视各国具体情况而定，"不可能有适用于一切情况，一切国家、一切民族的万应灵药"①。这不是在谈无产阶级领导权的问题。在中国倒是有一个"上层统一战线"与"下层统一战线"的问题。这在1936年左翼作家的言论中，都是强调"下层统一战线"的重要性，反对"上层统一战线"凌驾一切。提出"我们要巩固下层联合战线，用下层联合的伟大力量来督促上层，坚决地使他们走上正当的道路"，否则"是很危险的"②。

第二，反法西斯问题是"七大"十分强调的问题。"鉴于对法西斯主义的涵义普遍地存在着混乱的看法，特别是关于自由社会民主党的错误的、说它是中产阶级革命的解释，季米特洛夫在这个定义问题上费了很大的力量来加以阐明。他重述了共产国际执委会第十三次会议的著名的分析，就是'法西斯是金融资本最反动的、最沙文主义的、最帝国主义的分子的公开的恐怖的专政'。"③王明恰好为了证明中国也有法西斯，因而也对这个定义作了补充性的解释。他说：殖民地半殖民地国家不可能有像帝国主义国家那种由帝国主义野心分子，在破产的资产阶级民主制的废墟上建立，并由社会民主党为其上台扫路的法西斯；但是，同样存在着法西斯主义，例如在中国。在叙述了中国法西斯主义的种种表现后，提出"反对法西斯蒂运动和反对法西斯蒂组织的斗争，乃是我们殖民地共产党底重要的和迫切的任务之一"。并认为"应当反对有些同志轻视和忽视所谓法西斯蒂运动底危害（例如中国共产党员底许多错误

① 季米特洛夫：《工人阶级统一起来反对法西斯》，《季米特洛夫选集》，人民出版社1953年版，第138—139页。

② 艾思奇：《一九二七年的革命和联合战线》，《国防周刊》第6卷第1期，1936年7月。

③ 福斯特：《三个国际的历史》，人民出版社1959年版，第401页。

等）”。这怎么能说王明否认中国有法西斯呢？至于两年后他改口了，那是两年后的事情，和“两个口号”论争又有什么相干！

上述例子说明有的同志在批判王明时，论据不尽可靠，因而不能准确表述他此时右倾思想的状况。这样做无非是为了突出“国防文学”所受右倾思想的影响，然而却是难以令人信服的。即便后退一步，上述的论据都是正确的，也不能说：王明思想=“国防文学”。然而似乎有这么一种逻辑，如果不是王明有什么思想，“国防文学”倡导者便也有什么思想，那至少也是彼有一呼，此亦必有一应。这种逻辑也是不符合实际生活的。

总之，“国防文学”口号确是在共产国际“七大”的号召下，根据我国抗日救亡运动的实际需要提出的。由于此时共产国际策略路线有了转变，它有利于我们党实现新时期的策略转变，至少也在客观上帮助我们党批判“左”倾路线的错误，它在这一时期的策略路线与我们党有基本上的一致性。因此，无论是直接根据共产国际“七大”的精神，或是根据中共瓦窑堡会议精神所提出的口号，都有这种基本上的一致性。这种政治路线上的基本的一致性，是“两个口号”值得并存的条件之一。可惜这种一致性的方面如果不是被回避了，就是被大大忽略了。这样，便不可能全面认识这一时期的历史背景，也就不可能对“两个口号”作出公允的评价。

关于“国防文学”口号

有一种见解：“国防文学”口号的阶级性不鲜明，左翼作家提倡这样的口号，非右而何？

“国防文学”口号的阶级观点确实是不鲜明的。左翼作家可不可以使用这样的口号，这实质上是殖民地半殖民地无产阶级可否提倡爱国主义的问题。这是马列主义经典作家早已解决了的，可以不必再去论述。郭沫若当年一开始也想不通，但很快想通，便以愿作“党喇叭”的精神写文章宣传这个口号[①]。

① 林林：《这是党喇叭的精神》，《新文学史料》第2辑，人民文学出版社1979年版。

鲁迅则从未否定过这个口号。

一个文学口号字面上阶级观点不鲜明，这不等于它没有一定的阶级属性。这种情况在文艺史上是屡见不鲜的。资产阶级在反封建时提出了“人道主义”；他们也打着全民的旗号。这种“人道主义”，别的阶级包括无产阶级，也可以使用。但在十四世纪后特定环境里却是资产阶级在上升时期的一种文化思潮。后来随着资产阶级历史地位和作用的变化，“人道主义”的内涵也不断发生变化，但却始终不脱其资产阶级的属性。今天我们制定、贯彻“百花齐放，百家争鸣”的方针，在字面上也没有鲜明的阶级性，资产阶级也可以用。但它在人民民主专政的历史条件下，却是无产阶级的阶级政策。同样一个“国防文学”，在三十年代的苏联，属于社会主义文化的性质。在当时的中国，则属于无产阶级领导的人民大众的新民主主义文化的性质。“国防文学”的一部分主张，是任何要求抗日的阶级、阶层都可以接受的。如它主张“在文学领域内进行救亡的工作”[①]，“注意并参加一切形式的救亡运动，鼓励并鼓动已发未发的民族革命战争”，“打击一切散播不能抗敌的麻醉剂的亡国妖言”[②]。它要求组织文艺界的抗日统一战线，“一定要联合一切不愿当亡国奴‘中国人’（除了卖国贼汉奸）共同起来组织抗敌救国的‘全民’阵线”[③]。它提倡爱国主义，提出用“革命的民族主义”教育群众[④]。它主张多写国防题材，希望作家描写鸦片战争以来直到“九一八”“一·二八”事变的中国人民反帝斗争，描写历史上反抗异族侵略的题材（如岳飞、文天祥）等等。这些主张一般地说当时愿意抗日的其他阶级也能接受，唯其如此，它才能作为文艺上民族统一战线的口号。另一方面，“国防文学”的主张中也有别的阶级所难以接受的。如它提出文学上的反帝任务，是以文艺必须服从政治，“替大众服务”，“作为斗争的武器”[⑤]这些为理论基础的。它提出组织文艺界的统一战线，号召团结一切抗日作家，但认为也要“和阵线里面的一切动摇、妥协、投降与变

---

① 何家槐：《文艺界联合问题我见》，《文学界》1卷1号，1936年6月出版。

② 立波：《非常时期的文学研究纲领》，《读书生活》3卷7期，1936年2月出版。

③ 永修：《国防文学的社会基础》，《大晚报·火炬》，1936年4月19日。

④ 立波：《非常时期的文学研究纲领》，《读书生活》3卷7期，1936年2月出版。

⑤ 力生：《文艺界的统一国防战线》，《生活知识》1卷11期，1936年3月出版。

节的倾向斗争”[①]，因为“斗争并未终熄，只是斗争的形态改变了”[②]。它提倡爱国主义，但提出“应当学习……革命的世界观”[③]，“站在进步的世界观上，给那些封建的同落后的爱国主义意识一个严正的批判”[④]；要把表现人民的民族解放，“和以社会主义精神去提高读者对于民族革命的本质之认识的任务结合起来”[⑤]。特别是它还认为反帝统一战线中，“勤劳大众却是他们的主体”[⑥]，是“主要的和领导的救国力量”[⑦]，因而“国防文学”“首先是中国勤劳大众文学”，“是以劳动大众和他们斗争生活为内容的主体，以勤劳大众的文化人做建设的前锋的一种新文学”[⑧]。认为1927年后“站在勤劳大众立场上的革命文学是最彻底的反帝反封建的文学，是新文学运动的中坚力量。……所以我们不但要保持这种作用和成功，而且要使之更加扩大”[⑨]。现在的“国防文学”就是“中国新兴文学的一个更合理更高度的发展”[⑩]。这些就是别的阶级的作家会有保留，甚至反对的。这种状况说明“国防文学”虽是号召组织民族统一战线的口号，但它是无产阶级提出的，它是新民主主义的文化，因而具有社会主义的因素。不能因为它字面上没有鲜明的阶级观点，就简单地予以否定。同样，不顾历史环境特点，不顾当时反倾向斗争的重点，指责有关无产阶级领导权的言论少了，斥为右倾，也是很不公允的。

为了进一步澄清问题，还要着重来分析一下“国防文学”与国民党的关系。因为有的人总觉得潘公展也承认“国防文学”，这还不是适应了国民党的需要了吗？有的则认为搞统一战线是对的，但“国防文学”提倡者在1936年不该与蒋介石搞统战。这至少是一些错觉，但却能使有的人对肯定“国防文学”

---

① 何家槐：《文艺界联合问题我见》，《文学界》1卷1号，1936年6月出版。
② 周扬：《现阶段的文学》，《光明》第2期，1936年6月出版。
③ 立波：《非常时期的文学研究纲领》，《读书生活》3卷7期，1936年2月出版。
④ 梅雨：《国防文学与弱小民族文学》，《生活知识》1卷11期，1936年3月出版。
⑤ 周扬：《关于国防文学》，《文学界》1卷1期，1936年6月出版。
⑥ 尚斌：《“国防文学”和民族性》，《大晚报·火炬》，1936年2月9日。
⑦ 永修：《国防文学的社会基础》，《大晚报·火炬》，1936年4月19日。
⑧ 尚斌：《“国防文学”和民族性》，《大晚报·火炬》，1936年2月9日。
⑨ 周扬：《关于国防文学》，《文学界》1卷1期，1936年6月出版。
⑩ 立波：《中国新文学的一个发展》，《光明》创刊号，1936年6月出版。

心有疑虑，因此必须略作分析：

第一，当时提出抗日的要求，这件事本身包含了对蒋介石的斗争。蒋介石被迫赞同抗战是在1936年12月西安事变之后。在倡导“国防文学”与“两个口号”论争的高潮阶段，国民党还是不准抗日的，组织抗日统一战线也遭受禁止和破坏。“九一八”事变后，国民党实行绝对不抵抗政策，散布悲观论调，胡说如果抗战，三天就会亡国。当人民奋起开展民族救亡运动时，国民党却实行残酷的镇压。在文化上，他们不准宣传抗日，中国的报刊杂志上，“抗日”成了“抗×”。1936年2月11日，国民党中央宣传部发表《为集中意志共赴国难告国人书》，恶毒攻击我党领导的抗日救亡运动，同时也攻击我党“利用文化团体及知识分子，在救国的口号掩护之下，作卷土重来之计，果然不久，海上即有电影救国会之出现，不久又有文化救国会之产生，其他类似此种组织，在酝酿中者，恐尚不一而足，试一检其宣言，不曰反对中央，即曰颠覆政府”。他们发出采取“最后的严厉之制裁”的威胁。这哪里有半点接受、支持“国防文学”的意思！就在文艺家协会成立后，一些反动文人还不断攻击统一战线政策。他们污蔑共产国际“七大”制定统一战线政策，是“对于世界革命指导的破产”[①]，攻击统一战线是“赤白混淆，左右团圆”的滑稽剧，是共产党为“催眠一部分浅薄叫嚣的国人”所使用的“战术”[②]。也有操着嘲讽的腔调攻击中共建立统一战线，是为了夺取政权的需要而“数典忘祖”“自毁立场”“饥寒变志”等等[③]。在文学上则趁机重弹“民族主义文学”的老调，大唱文学的民族性以反对文学的阶级性，否定文学为无产阶级服务的观点。因此，“国防文学”一提出，就受到文艺上抗战悲观论和取消论的反对与讥讽。有的说“可怜”我们不配有“国防文学”，只能有“国难文学”。陶亢德（后来当了汉奸）说提倡“国防文学”会使外国人嘲笑我们只有“文学国防”，会使中国人受辱[④]。对“国防文学”应以勤劳大众和他们的斗争生活为内容的主体的主张，特别加以攻击，说这是“硬将国防文学去解为含有社会色彩的大众

---

① 农山：《中华民族的新危机》，《时事新报》，1936年8月25日。

② 农山：《中华民族的新危机》，《时事新报》，1936年8月25日。

③ 家乐：《中国统一与华北危机》，《时事新报》，1936年8月26日。

④ 陶亢德：《敬向倡导国防文学者进一言》，《天地人》第2期，1936年3月出版。

的文学”，污蔑这是“硬拿舶来的外国货来用在中国的社会内”[1]。这些事实都说明，在当时，抗日与反蒋是相连的。所以，当时提倡“国防文学”本身，就是与蒋介石卖国政策的一种斗争。

第二，“国防文学”运动正是在中共所领导的抗日反蒋的政治运动的推动下发生的，是在“一二·九”运动的直接推动下开展起来的。在“一二·九”之前，尽管王明指令肖三写给“左联”的信已传到上海了，后来提倡“国防文学”的重要阵地《每周文学》上，对于文艺与抗日救国的关系，尚无重大表示。在提倡“国防文学”初期相当活跃的立波、永修、梅雨等，也还在写着别的文章。而正是在“一二·九”运动爆发后不久，就在1935年12月21日，由立波发表《关于“国防文学”》开始，接连地提出在新形势下文学的口号与主张来。立波的第一篇文章就指出：“目前国防文学最中心的内容应当是什么？应当是华北的傀儡戏和北平学生在寒风中的英勇示威的事变，以及蔓延全国的广大爱国运动的火花。”他直接地把抗日反蒋的“一二·九”运动作为“国防文学最中心的内容”。随后，在《每周文学》发表的第二篇提倡“国防文学”的文章中，又指出“那些战场上的大学生在‘大刀，竹棒，冷水，手枪’等武器之下奋不顾身地忍受摧残，而不稍动摇，不稍畏缩”，就是“最可歌可泣的，最伟大的画卷”，“以这类真正英勇的历史事件为题材的文学，谁能说不是国防文学的一种？”[2]发表这篇文章的同期上，还刊登两篇散文，热情地描绘了在“一二·九”运动的影响下，上海工人、学生和市民冲破国民党军警的镇压，举行抗日救亡示威的英勇斗争，歌颂这“铁流的力量是多么伟大呀！”此后，不少人继续指出，“从北平学生发起的救亡运动，却很快地蔓延到了全国，而且有爆发为整个民族解放运动的趋势”。“在这场运动中的人物的空前未有的坚决勇敢，更隐然兆伏着未来自力更生的伟大的种子”[3]。提倡“国防文学”之初，这样反复地提到“一二·九”运动，说明了这一抗日反蒋的政治运动对“国防文学”运动的直接有力的推动。

第三，提倡“国防文学”之初，确实包含了批判国民党和它的“民族主

---

① 孔均：《由民族主义谈到国防文学》，《文艺战线》5卷11期，1937年1月出版。
② 永修：《“国难文学”和“国防文学”》，《时事新报》，1935年12月28日。
③ 周楞加：《新年的话》，《时事新报》，1936年1月5日。

义文学”的内容。立波的第一篇文章在批“左”的同时，也指出：“国防文学所包括的民族主义绝不是侵略的日耳曼主义，也不是‘民族文学’的民族主义。”肖三写给“左联”的信中曾提出要接过“民族主义文学”的口号，提倡“国防文学”的第一篇文章就没有听从这种瞎指挥。他们不愿接过粪便当旗帜，反“左”时没有忘记划清与国民党的界限。此后，提倡“国防文学”的许多文章一而再、再而三地做这种划界限的工作，绝不把自己提倡的被压迫民族的真正的民族主义，与国民党的假“民族主义”混淆起来。针对国民党对抗日文化运动的镇压，左翼刊物明确地举起“抗日反蒋新文化”的旗帜，揭露国民党摧残民族文化，指出“蒋介石政府对于文化……还要用文化统治来抢劫；抢劫不了，它还要收买；收买不了，它还要屠杀！工人阶级坚决宣布日本帝国主义和蒋介石政府的统治是中国文化界共同的致命的敌人”[①]。对于实际上反映了国民党的抗战悲观论、取消论的“国难文学”“文学国防”等谬论，《每周文学》也都进行了驳斥，指出文学上出现的“悲观主义就是政治上的失败主义，也就是无力抵抗主义”[②]。也驳斥了陶亢德的“文学国防会给陶先生耻辱，难道东北失陷、华北沦亡，反而不感到耻辱吗？”[③]这些事实再次证明所谓左翼作家一搞“国防文学”就来个一百八十度的大转弯，不敢碰蒋介石了，这种论断与事实又有多大的距离啊！

第四，国民党对“国防文学”虽然也在一定程度上表示过赞同，但这主要是在西安事变以后。例如常常被引用来证明“国防文学”受国民党支持的潘公展的一句话“‘国防文学’早经全国作家明显的或暗中的默默承认了”，就是在1937年1月说的。但是即使在西安事变之后，他们的承认也不是无条件的。就在潘公展的同一篇文章中，他又提出“非常文学”来“改进”和“补充”“国防文学”的“不足”。这种“非常文学”就是要按照“攘外必先安内”的精神，首先“毫不留情地”“铲除一切对于复兴事业有障碍的恶势力”[④]。这就是有人所说的潘公展的“支持”！这个例子恰好说明国民党仍然

① 《新文化需要统一战线》，《新文化》创刊号，1936年2月出版。
② 永修：《“国难文学”和“国防文学”》，《时事新报》，1935年12月28日。
③ 张弦：《又是冷水！》，《时事新报》，1936年4月21日。
④ 潘公展：《非常文学之刍议》，《寒友》1937年1月号。

要对“国防文学”加以限制、歪曲或否定。他们明确宣布是“站在民族主义立场上”主张“国防文学”的，因而极力把它解释为“纯粹以民族意识为基础”，而这种“民族意识”就是“凡中华民族，决不偷（投）降赤白两色帝国主义”。他们把这种反共的内容作为“国防文学”的“真谛”[①]。由于左翼作家与国民党的主张是对立的，所以在国民党的眼里，“两个口号”是没有什么区别的。除了有的同志已经列举的证明外[②]，我还可以补充一点。在南京出版的国民党的《文艺月刊》上，一个叫韦明的说：“我们把讨论‘民族革命战争的大众文学’或‘国防文学’的论文拿来观察一下，可以看到不少作家，是认定这些都是无产阶级文学之一种发展。而且在名为‘民族革命战争的大众文学’或‘国防文学’的作品里，也有些依然是充满着阶级意识的。有些作家虽然主张不分阶级，一致对外，但同时却又认定了阶级立场。”[③]而另外一个叫胡春冰的，在《努力》上竟然把这段话照抄不误，一字不易[④]。到底谁抄谁，或者韦明就是胡春冰的化名，这不必细究，总之都认为“两个口号”是一样的。而且就在发表韦明文章的同期刊物上，另一个人恶毒攻击“两个口号”论争是左翼内部“互争领导”，叫嚷只有国民党中央政府和蒋介石才是领导。他表示：“我们如单就字义上讲，则民族革命战争的大众文学与民族主义的文学更相类似，更相同调。”[⑤]这又从反面教育我们，判断是非是不能拘泥于口号的字面上的。

转变才能领导

“国防文学”运动也有缺点、错误。倡导者们决心纠“左”，却并未彻底改变宗派主义、关门主义的倾向。这突出地表现于否定“民族革命战争的大

① 孔均：《民族危机和国防文学》，《文艺战线》5卷2期，1936年12月出版。

② 陈荒煤：《关于“两个口号”的论争问题》，《文学评论》1978年第5期，第23页。

③ 韦明：《文艺的时代的使命》，《文艺月刊》10卷1期，1937年1月出版。

④ 胡春冰：《在民族的旗帜下统一起来！》，《努力》1卷4期，1937年1月出版。

⑤ 徐北辰：《新文学建设诸问题》，《文艺月刊》10卷1期，1937年1月出版。

众文学”，不允许“两个口号”的并存。当着文艺界需要团结浩浩荡荡的抗日队伍时，这种错误是当时的主要危险。同时，由于政治水平、路线觉悟所限，当时他们对一种倾向掩盖另一种倾向，缺乏足够的认识。重点反“左”时，对潜在的右倾危险，注意得不够。有人在文章中还公然否认统一战线中存在谁统一谁的斗争。批评这些错误，原是十分必要的。问题在于我们往往夸大了“国防文学”的右的错误，而对于它的“左”的错误，以及这种错误后来所造成的深远影响，缺乏足够的认识。当着长期“左”倾痼疾还未彻底医治时，有人却认为当时文艺界特殊，全党反“左”，文艺界应该重点反右！果真照此办理，会把运动引到什么地方去呢？问题还在于，这不仅是对一个文学口号的评价，而且涉及怎样看待革命过程中的曲线运动。为了弄清问题，我现在对长期以来没有争议的典型“右倾言论”，徐懋庸致鲁迅信中所说的“普洛不应该挂起明显的徽章”，和1936年9月《新认识》杂志社论所说各派斗士“共同负起领导责任”的评价，提出质疑。

一切以时间、地点、条件为转移。1928年提倡无产阶级文学，挂上明显的普洛徽章有其合理性；1936年根据形势的变化，换上爱国的徽章，也是对的。到了抗日统一战线真正形成之时，普洛还摘下自己的徽章，挂别人的徽章，而历史证明这样做同样是正确的。挂不挂明显的徽章和是否坚持无产阶级领导权，并不能等同起来。徐懋庸的话，全引出来是这样的：“在客观上，普洛之为主体，是当然的。但在主观上，普洛不应该挂起明显的徽章，不以工作，只以特殊的资格去要求领导权，以至吓跑别的阶层的战友。”①一个非党作家，他承认无产阶级领导中国革命的“特殊资格”，认为是“当然的”；但提出实现领导不能“只以”这种“特殊资格”，更重要的是靠自己的“工作”。这样的话，何罪之有！瓦窑堡会议决议指出：“共产党要在中国革命中取得领导权，单靠党的宣传鼓动是不能够的，必须使它的一切党员在实际行动中，在每日的斗争中，表现出他们是群众的领导者。”②毛泽东同志也认为：“所谓领导权，不是要一天到晚当作口号去高喊，也不是盛气凌人地要人家服从我们，

① 鲁迅：《且介亭杂文末编·答徐懋庸并关于抗日统一战线问题》。

② 《中央关于目前政治形势与党的任务决议》，1935年12月25日中央政治局通过。

而是以党的正确政策和自己的模范工作，说服和教育党外人士，使他们愿意接受我们的建议。”[①]如果说毛泽东同志提出的原则只适用于解放区，不适用于白区，那么再来看看1937年5月刘少奇同志在白区党代表会议上所做的著名报告。他说：“我们是以群众中之一员的资格在群众中出现，并提出主张与办法，使群众自动接受，跟着我们行动，而不是以共产党员或自命为领袖的资格去命令与指挥群众。”[②]讲得多么清楚！早在1924年底，当彭述之提出无产阶级是革命的“天然领导者”时，党内许多同志都批评了这种言论。因为无产阶级如果不努力工作、斗争，积极争取群众，尽管具备了“特殊资格”，领导权也是不会“天然地”落到自己手中的。而在1936年，所谓无产阶级有“特殊资格”，必须挂起明显徽章等等，恰是“左”倾思想的表现，是应该给予纠正的。所以我们不能把批“左”的话，当作右倾言论来批判。

《新认识》社论的基本思想同于徐懋庸。它也明确肯定“最前进的革命势力必然的是统一战线的中心”，而且还认为统一战线最初虽然是在爱国主义的旗帜下组成，但不能停留在这里，必然也会发展到反资本主义的斗争。“从眼前的工作做起而不忘向最后目标的迈进，这才是最正确的统一和战斗”。在这样的前提下，社论既批评了否认统一战线中的无产阶级领导权的右的错误，也批评了要求“显然标明”领导权的挂徽章的“左”的思想。在做了这些叙述之后，社论提出我们可以“更公平地号召：统一战线的‘主体’并不是特定的，‘领导权’并不是谁所专有的。各派的斗士，应该在共同的目标下，共同负起领导的责任来。如果说得具体点，在不伤害统一战线的发展上，谁的工作努力，谁能更有效地使工作推进，谁就能获得大多数人的拥护，谁也就可以发生领导的作用”。这段话今天看来，是有可非议之处的，具体分析它的纰漏也是有益的。但是，不能不顾上下文，孤立地抽出这么一段，以概括整篇社论的思想。而如果联系上下文，则这段话虽有缺点，却并不在于否定、放弃无产阶级的领导权，因而也不宜轻易地上到右倾机会主义的纲上去。在新民主主义革命时期，无产阶级既有“单独地领导群众进行这个革命”的时候，有

---

① 毛泽东：《抗日根据地的政权问题》，《毛泽东选集》第2卷。

② 刘少奇：《关于白区的党与群众工作》，1937年5月。

时也与其他阶级联合，打着别人的旗帜，拥护他人做领袖，以实现自己的近阶段的目标。西安事变时，周恩来同志说服张学良，在蒋介石答应停止内战，一致抗日的条件下释放他，因为“蒋介石还实际统治着中国的大部分地区，迫使他走上抗日的道路，还拥护他做全国抗日的领袖，有利于发动全面的抗日民族解放战争”①。抗日统一战线是一个十分复杂的问题。红军长征到达陕北时只剩下三万多人，为了领导伟大的全民族抗战，必须实行策略转变，调节阶级斗争，做必要的妥协让步，谨慎而巧妙地处理与其他阶级、主要是与国民党、蒋介石的关系，才有可能战胜强敌，夺取胜利。1938年10月，毛泽东同志在党的六届六中全会上作长篇报告（即《论新阶段》），批判了王明的右倾机会主义路线。报告中对上述问题做了明确说明。随着形势的发展，毛泽东同志当时所做的结论有的后来不适用了；但他分析问题的立场、观点、方法却是永远值得我们学习的。以为革命的道路必须笔直又笔直，革命的词句必须“左”而又“左”，不允许有任何的曲折迂迴，这种思想的后果，是不必我来多说一字的。我过去也是把上述两例作为“国防文学”右倾表现的典型例证，因为长期生活在“左”的思想氛围之中，无力一下子改变习惯性的批评标准和思想方法。这种切身的思想经历，也使我体会到反“左”是多么不易的。1957年和十年浩劫期间，“两个口号”先后挨过批判，而两次都是把它们当作右来批。我们批起右来往往毫无顾忌，所以可以把“左”也当作右来批。而如果要说一句“这不是右”，那就不能不心有所悸而战战兢兢。将来的人们可能会看到，为了清除“左”的思想对“两个口号”论争评价的影响，需要一段更为艰难而漫长的过程。然而正因为如此，才需要我们做出更大的努力啊！

我们观察事物，要注意看实质，把人们的言与行统一起来检验。有人口头上句句不离领导权，实际行动中却可能放弃领导权；有人口头上不强调领导权，甚至有时还说几句“公平号召”之类的话，但在实际行动中，却可能是坚持、保卫领导权的模范。重要的是要看实际行动。那么，“国防文学”的提出，在实际上是否起到推动、领导救亡文艺运动的作用呢？

在浓云密布的1935年底，上海一家资产阶级报纸上，有人发出这样的慨

① 罗瑞卿等：《西安事变与周恩来同志》，人民出版社1978年版，第46页。

叹："天灾人祸，内忧外患，四重环击下的中国，风雨飘摇，试问中国的救星在哪里？"[①]在这个历史的紧要关头，谁能坚决地举起团结抗战的旗帜，谁就能赢得人民的心，谁就代表了全民族。历史已经证明，正如毛泽东同志所说：只有无产阶级"有权利称我们自己是代表全民族的"[②]，只有共产党才是中国的救星！在文学上也是一样，只有在党的正确路线影响下，经过反文化"围剿"锻炼的左翼队伍，才能适时地提出新的文学口号，勇敢地肩起文艺界抗日统一战线发起人的使命。就在那个寻问民族救星的言论发表后的第三天，左翼作家第一篇提倡"国防文学"的文章发表了，新的文学运动开始了。从"无产阶级文学"到"国防文学"，口号的改变标志着革命领导方式的改变。新口号的提出不是什么"右退的表示"[③]，而是为了适应新环境、新任务，在新的历史条件下实行领导。当时如不及时实行这种转变，还在以前的小圈圈里打转转，无产阶级就会落后于生活，恰好会失去对文学的领导，就会犯大错误。转变是为了领导，转变才能领导。

再从实际行动来看，新口号提出后，在筹组抗日统一战线的过程中，左翼作家们并没有放弃斗争。这里我仍以《每周文学》为例，略作剖析。左联解散了，它继续出版，致力于新口号的宣传。自从第一篇倡导文章发表后，对各种反动的、错误的社会思潮、文艺思潮的批评，较之以前不是减弱了，恰恰是大有加强。它发表了《国防文学批评的建立》[④]，表明重视文艺思想斗争。

前面已经提到《每周文学》批判了各种右的悲观论调，对诸如"国难文学""文学国防""应景文学""符咒文学"等否定的言论，都作了批评。对"左"的方面来的否定论，即徐行的极"左"言论，也发表文章予以批驳，指出其言论与托洛茨基的反对统一战线相似[⑤]。

左翼作家们继续揭露国民党的"民族主义文学"："记得过去曾有些自命不凡的'民族英雄'，曾经写过什么'黄人之血'，喊过进攻俄罗斯的口

① 见1935年12月18日《申报》副刊《春秋》上的"点滴"栏。

② 毛泽东：《论反对日本帝国主义的策略》，《毛泽东选集》第1卷。

③ 冯雪峰：《论民主革命的文艺运动》，作家书屋1949年版，第65页。

④ 作者式加，载《时事新报》，1936年4月21日。

⑤ 廉岸：《国防文学否定论的根源》，《时事新报》1936年5月19日。

号，这种人心目中所存的观念，正是‘奴隶国防’的反映。还有写过‘国门之战’和‘大上海的毁灭’的人现在也象金人的缄默了。我们所要提倡的国防或民族自卫文学，决不是表现和歌颂这种傀儡式的国防。”①

他们猛烈抨击伪满的汉奸文学。同时也指出“那些歪曲现实、粉饰现实，专为香艳肉感色情作品的人，也将与汉奸文学对大众起着同样的功用”②。

他们谴责胡适反对学生爱国运动，指出“胡圣人”已成了“学生的眼中钉”“汉奸的‘从犯’”，应受到“毫不容情的，群众的裁判”③。还批评某些资产阶级报纸不报道“一·二九”运动和救亡运动高潮，反而宣扬与胡适类似的言论④。

他们对利用中共的策略转变来否定普罗文学的人进行了批判。当时有一个文艺组织在报刊上攻击普罗文学，胡说“我们不再犹豫，我们要决绝的否定过去，因为现在不是他们的时代了”。左翼作家揭露他们是要“包办救国”，“包而不办”⑤。

他们还不断批判托派分子、资产阶级文人的形形色色错误倾向与文艺主张，特别批判了林语堂。当年提倡“费厄泼赖”的林语堂这时又讲起“宽容”，提出“宽容”是“现代人生观”⑥，责怪中国人不如西洋人“宽容”，使他要“乘槎浮于海”了。左翼作家揭露了他的虚伪性：“林先生要人对他讲宽容，其实他自己对人却毫不宽容，连幽默也保不住而破口谩骂了。”⑦《每周文学》在发表郭沫若的《论“幽默”》时，加了“编者附记”，说：“现在正是大家都应该站在一条战线上，来共同从事救亡运动的紧急关头，对于林先生，我们很希望他也参加这一工作。……但这决不是说放弃互相督促和批评，因为敷衍和客气尤其为我们所深恶痛绝。”

---

① 何家槐：《作家在救亡运动中的任务》，《时事新报》，1936年1月11日。
② 周钢鸣：《“汉奸文学”的标本》，《时事新报》1936年3月17日。
③ 永修：《见闻所及》，《时事新报》1936年1月11日。
④ 列斯：《申报周刊简评》，《时事新报》1936年1月20日。
⑤ 永修：《见闻所及》，《时事新报》1936年1月11日。
⑥ 林语堂：《且说本刊》，《宇宙风》第1期，1935年9月16日出版。
⑦ 金心：《幽默家的幽默》，《时事新报》1936年1月7日。

由于《每周文学》这种鲜明的倾向，它无法逃脱遭受镇压的命运。1936年6月2日它发表了停刊启事，宣告：反动势力的压迫“并不能使我们的文学事业完全灭亡”，我们的成绩读者心中自有评价，因此我们这里也不作‘自我批判’了”。“自我批判”被加了引号，其用意不说自明。当着张春桥打着约瑟夫的旗号，要左翼文坛“执行自我批判”，遭到鲁迅的痛斥时，《每周文学》不但专文肯定《八月的乡村》，还在敌人面前明确宣告不作“自我批判”！

所有这些斗争为了什么呢？归根到底为了维护、争夺对文艺的领导权。看看这些事实，再来评评，把放弃领导、不敢斗争，提倡“宽容与大度”之类的指责加于“国防文学”，难道是切实的吗？当然，《每周文学》停刊，《文学界》创刊后，情况多少有些变化。由于开始了“两个口号”的论争，批判的矛头就往往主要针对论争的另一方。我认为这正是“两个口号”论争消极面的一个表现。而且这种消极作用到了几十年后的今天，我们还能感受到。

根据以上的考察，我认为从提出口号的政治依据、口号本身和它在实践中的作用三个方面来看，“国防文学”也和“民族革命战争的大众文学”一样，都是正确的。它们各有其用，难以互相替代，因而应该互为补充，而不应互相排斥。如果说当年没有这样做，是一种历史上的过失，那么，今天呢？

（原载《北京大学学报》，1981年第3期）

略说郭沫若与二十世纪中国文化

1949年后，中国现代文学史上便有“鲁郭茅”（鲁迅、郭沫若、茅盾）的排位定式，以这三位作家为五四后中国文学的领军人物，郭沫若是“二号人物”，“继鲁迅之后文化革命的又一面旗帜”。到了二十世纪八九十年代，这一格局受到挑战，尤其是郭沫若，从文章到思想作风，受到不少批评，几乎成了个有争议的人物。这虽是对某个具体作家的评价，实质上是对五四后关于中国文化发展方向的争论的继续。因此，我们应该把郭沫若放在二十世纪中国文化的大背景下来考察，或者看问题会比较全面一些。

二十世纪中国文化最重要的事情是什么？我以为是世纪初发生的旧文化向新文化的转型。五四新文化运动是其标志，经过这一运动，完成了中国文化的现代转型。作为这一运动的重要组成部分的文学革命，同步地完成了从古典文学向现代文学的转型。文化上的现代转型对于中国社会现代化进程的重大意义，是不言而喻的。郭沫若正是在这一转型中崭露头角，以他的《女神》为代表的创造性的诗作，为白话新诗开辟道路，奠定基础。他的作品表现出对现代文明的热烈呼唤，表达了强烈的追求个性解放的情绪，集中地反映了五四的时代精神，开一代诗风，为文化转型做了巨大贡献。虽然今日回首往事、臧否人物，对郭沫若有褒有贬，但无论如何也抹不掉他在文化转型中的这一贡献。即使几年前有人排二十世纪文学大师的座次，把茅盾这位以前公认的“三号人物”，对文学的现代转型也有杰出贡献的作家，排除在大师之外，却依然承认郭沫若是新诗创作的大师，不过名次挪后了些。

文化现代转型的重大成果之一，就是以往封建文化一统江山的局面被打破，代之以文化上的多元共生。多元性是现代文化的重要特征，在二十世纪主要有主张尊重传统，融会新旧的文化保守主义；以西方资本主义文化为目标的自由主义；以社会主义为发展方向的革命文化或曰激进主义。这三种文化思潮之间的互不忍让，造成起伏不停的冲突，一直贯穿至今。革命文化则一直处于主流话语的位置，又因处于空前激烈的阶级大搏斗的背景下，文化上的冲突常常显得特别尖锐，不同派别从学理到感情的裂痕也就很深。这也是二十世纪中国文化的一种景观。郭沫若在为文化现代转型做了杰出的贡献之后，很快在三种文化中做出选择，成了革命文化的重要代表。因为革命文化的主流话语地位，使郭沫若长期处于文化战线的显赫高位上，他的言论和举动必然受到人们的关注。而当主流话语受到质疑时，他又必然要承受严苛的批判，甚至遭到讥讽。例如他在与自由主义文学思潮做斗争时，表现十分激进。十九世纪四十年代末期一篇《斥反动文艺》，伤害了许多有成就的自由主义作家。因为话是郭沫若说的，分量很重，这篇文章成了后来人认识四十年代国统区文学的重要根据，影响了中国现代文学史的写作，使许多自由主义作家受到不公正的批评。当今日反思那一段历史时，这篇《斥反动文艺》，理所当然地大受诟病。

在革命文化的建设中，郭沫若在史学、文学诸领域，又都做出了重大贡献，立下了汗马功劳。他把历史唯物主义的观点运用于历史研究。他研究古文字能进而看到文字所承载的历史信息，看到文字中所蕴藏的文化内涵，以古文字这种历史的遗留物为证据，用历史唯物主义的原理，作出对中国古代社会的解释。这使他成为马克思主义的史学大家。他的方法与王国维的双重证据法、顾颉刚的层垒地造成古史的研究法、陈寅恪诗文证史法等，都是对二十世纪中国史学的创造性的贡献。不赞同历史唯物主义的学者，也可以采用或借鉴，因为在方法论的层面上，已经超越了意识形态。同时在文学领域，主要在抗战时期，他在历史剧的领域里，运用向骸骨里吹进灵魂的方法，把浪漫主义发展到了新的高度。他创造了政治（现实）、历史、文学三结合的方法，不仅形成了历史剧的重要流派，而且在当时的社会生活和政治斗争中，发挥了文学影响现实的作用。

上述多方面的贡献，使郭沫若在1949年后，在新中国得到了崇高的地位，被尊为革命文化的新旗帜。可以说郭沫若已经成为二十世纪中国文化的主流话语的一部分。二十世纪中国主流文化的特点（包括优点和缺点），都相当突出地表现在他的身上。

郭沫若是革命文化的代表性人物，生活在二十世纪，不可避免地烙上二十世纪文化的时代印记。他在文化创造上的优缺点，又可以说都包含着特定的时代特征。二十世纪的中国文化，有一些特别突出的现象。例如积极勇敢的创新精神，因为这是一个新旧交替的时代，反对旧文化，急切地要求建立新文化，特别需要文化上的创造性。二十世纪又是一个发展非常快的时代，人们思想观念的变化，也是非常快的。要能适应形势变化的需要，还要能够迅速地转换阵地，开辟新域，不允许一个人死钻在某一学科或者某一课题上。所以五四后许多大学者、大师是多面手，往往身兼作家和学者二职。像钱锺书，应该说是非常专业化的，也兼任作家。变化快，成果出得快，但容易粗糙。二十世纪的文化又是速成文化，来不及精雕细镂，不可能十年磨一剑。因此不少成果难免粗糙，有锐气，有新意，但不完善，不完美。像梁启超，作品很多，生产得快，从号召诗界革命、小说界革命，到总结学术史，总结历史研究法，涉及面很广，但也不够精细。像胡适，可以称为“上卷作者”，他的哲学史、文学史都只有上卷，没有下卷。并非思竭才尽，写不出下卷了，而是因为有更重要的课题需要他去做，他要“打一枪换一个位置”。胡适的论述涉及哲学、史学、文学、教育、宗教、学术史等多学科，还要搞创作，写诗、写剧本。一个人要做这么多事，有的书写不完，留下遗憾，也是可以理解的。甚至鲁迅，写小说的时间其实也很短，《野草》之后他的主要精力用于写杂文，同时又整理古籍，编文学史，搞翻译，他也是个杂家。在二十世纪，凡不愿关在象牙塔里而愿意与时代保持联系的学者，都是这样涉足许多领域。郭沫若可能更为典型些，他的先锋性特别明显，变化也特别快，翻译了一部河上肇的作品，就宣称自己已经是“彻底的马克思主义”的信徒了。他认为哪怕昨天是资产阶级，只要今天接受了无产阶级的洗礼，就可以做出无产阶级文艺，所以常常都在“奥伏赫变”。当然他的作品有粗糙之弊，或是不严谨，或有不实事求是之处，给后人留下可诟病的地方就比较多。总之，郭沫若又是二十世纪中国文化最有代表性的，也是最重要的人物之一，研究他最好与二十世纪中国文化和文学联系起来。

应该看到，每一种文化都会有它的内在的矛盾。正如中华民族文化中包含着许多宝贵的精神，维系了民族几千年的历史，同时也有负面因素，成了延缓民族发展的沉重包袱。每一种文化又都有其代表性人物来加以体现。有的人比较全面地代表这种文化的正负两面；有的人可能主要体现其正面，弱点的一面在他身上表现得不明显；有的人可能主要表现某种文化的消极面。我觉得郭沫若属第一种人，革命文化的两面因素统一于一身，在他身上都表现得比较鲜明。他既为革命文化的建设做了重大贡献，又在某些方面，例如他的左倾幼稚病的种种表现，代表了某些时期革命文化的弱点。这使他显得比别人更复杂，一味赞美和一概否定都不能概括他的全部。这可能与他的思想性格有很大关系。这方面瞿秋白曾有过研究，认为郭沫若和创造社作家，代表了五四后城市小资产阶级流浪人中的知识青年的情绪。这仍然是值得深入探讨的课题。

文化现代转型后出现的几种主要文化思潮，互有交锋，互有批评，有时还非常尖锐。到了1949年后，随着政权的更替，出现了革命文化的新的大一统。新中国所要建立的，是苏联模式的社会主义文化。到了“文化大革命”，这个新型的文化自身爆发了猛烈的解构运动。在这场解构运动中，郭沫若从一个文化转型和革命文化的先锋人物，一个当年的勇猛干将，一变而成为受保护的“黑线人物”。此时他除了接受保护，已经无法把握自我的命运了。敢吞日月的“天狗”，以“拥护华主席，拥护党中央”结束自己的歌唱，不能不令人感慨。在文化上对创立现代学统有许多贡献的人物，未能完成一个完美的现代人格范型的塑造，留下了历史的遗憾。这不是哪一个人的悲剧，而是一种文化的悲剧，反映了知识分子在现代中国社会中价值定位的尴尬。此中的历史教训，很值得深思和总结。“文化大革命”这股解构力量崩溃之后，历史并没有倒回老路，这时又来了另一股同样猛烈的解构力量，保守主义、自由主义文化思潮开始在大陆复苏。吴宓、陈寅恪、胡适等成了学术研究的热门对象。中国文化发展方向问题又回到了学术研讨会的桌面上来了。原来文学上代表主流话语的主要人物，受到质疑。树大招风，三个领导人物鲁、郭、茅首当其冲。二十世纪八十年代末上海的“重写文学史”的讨论，批评的作家涉及闻一多、丁玲、何其芳、柳青、赵树理等，给人以清一色之感。从根本上说是对五四转型后成为主流话语的革命文化的一次检讨。在1957年反右斗争中受到打击的自由主义文化思潮，对他们的评价，在节节上升。由于上述的变化，造成了现代文学史总体格局的变化。这成了现代、当代文学史编写的主要创新点。所以我认为包括对郭沫若在内的文化、文学历史人物的重新评价，实质上是五四转型后对中国文化发展方向的争论的继续。

在全球化的不可逆转的发展趋势中，在中国加入WTO以后，经济上会更加向西方开放。西方文化进一步加深对中国的影响，以及大陆内部实行市场经济后必然产生的要求自由、公平竞争，促使政治、文化更加开放等等，这些都会对中国文化发展产生重大影响。因此，重写文学史是不可避免的命题，郭沫若作为一个历史人物，必将继续接受历史的检验。

今天谁来书写历史呢？今后谁能把握住话语权力呢？这对今后的中国现代文学史的面貌，将有决定性的影响。

（原载《郭沫若研究文献汇要》总论卷，上海书店出版社2012年版）

四十年代文艺研究散论

我一直有一种感觉，研究现代文学的人，对自己的研究对象，自五四而二十年代，而三十年代，而四十年代，那兴趣和热情，是依次递减的。似乎越到后来就越没有什么话好说。海外某些学人，还把四十年代称为现代文学的“凋零期”。四十年代文学果真是“凋零”的，或者没有什么可值得深入研究的吗？我以为不然。事实是许多问题还缺乏研究，认识也颇不一致。

对国统区文艺的研究近年有所进展，但宏观研究还谈不上。总体上应该如何评价呢？过去说有“右倾”的错误。说过这话的同志，现在也认为这样说不妥当。与阶级斗争十分尖锐的三十年代不同，这时民族矛盾成为主要矛盾，同时又存在着尖锐的阶级摩擦。对这种特殊背景下的文艺，不做细致的、谨慎的分析，便难以有较准确的评断。当然，现在首先要把那一个个具体问题弄清楚。例如对“与抗战无关”论，现在有人认为批得不对，因为梁实秋并没有反对写与抗战有关的作品。这就须要重新占有材料，从事实出发，做出符合实际的评论。又如胡风问题也是始于四十年代的。究竟应如何科学地评价胡风的文艺观呢？当年邵荃麟、何其芳、林默涵、黄药眠等同胡风的论争，是马克思列宁主义的文艺观，与至少是小资产阶级文艺观之间的论争吗？这一场四十年代重大的文艺论争，我们的研究还刚刚起步。我认为应先将这样的具体问题弄清了，才有助于对国统区文艺的总体认识。

至于对解放区文艺，似乎认识是比较一致的，要再深入一步已经很难，但实际状况也并非如此。例如延安文艺座谈会，以前都认为是个划时代的伟大事件。前几年在一些学术讨论会上出现了不同的意见，而且分歧还是比较大的。这说明历来被认为最无可争论的问题，仍然有不同的认识，也就有认真研究之必要。

那么如何把这一时期的文艺研究引向深入呢？我也拉杂地谈几点浅见。

第一，要用当代意识去审视那个阶段的各种文学现象。历史是已经发生过的事情，因而是不可改变的。整理历史事实，如果非常准确详尽，可能有一劳永逸的功效。但历史研究绝不会就此止步，因为人们对历史的认识不可能一劳永逸。不同时代的人总是用当代的意识去重新审视历史，并有新的发现。四十年代文艺受外来影响少，人们往往觉得它从内容到形式都比较“单纯”，似乎比五四到三十年代的文艺要“简单”，可做文章的东西不多。但随着社会的进步，对客观世界认识的深化，照样可能不断地从“简单”中发现新的因素。新的发现多了，可能导致对一整段文学的并不简单的新认识。

近年文艺创作中出现了一种“西部文学”。其中，我以为还是表现陕甘宁一带生活的成就较高。如小说《人生》、电影《黄土地》等。“西部文学”的内涵，绝不只是指一种地域的文学。我以为它的产生反映了一种当代意识——彻底摆脱旧传统，甩掉旧思想包袱，向现代化迈进的自觉。在对外开放使人们眼光更开阔的背景下，对自己落后的感受的加深，出于希望民族振兴的急切心情，便有改造国民性的重提和对民族心理劣根的反思。这是较之对十年动乱的反思更深了一层的。西北地区农村，由于其更为闭塞，生活变动的幅度更小，保存旧的生活形态和意识更多，加以经济、文化的落后，在改革开放中更容易发生新旧生活和观念的碰撞，由此而产生的矛盾，也更有时代特征和典型意义。那像黄土高原一样淳厚也一样混浊的人物、生活，便被文学所发现。如果不是用这当代意识的观照，那么即使写的是该地区的事，也不必称之为“西部文学”。用这样的观念去回顾，就会发现这种文学非自今日始，它的源头正在四十年代陕甘宁边区的文学。最负盛名的《黄土地》，是根据柯蓝的诗改编的。而柯蓝，请不要忘了，他正是延安时期成长的老作家，《乌鸦告状》的作者。而这，还不是最早的具有“西部文学”色彩的作品。

1941年，丁玲写了《我在霞村的时候》。这篇小说给人最深的印象，不但是贞贞的不幸，更有她周围的环境。那些并不比贞贞有更好命运却鄙弃她的妇女，以未受日寇强奸而自傲者，那愚昧简直是令人吃惊的，然而又是可信的。因为这正是贫瘠的黄土地上开出的变了色的病态的花。1942年，孔厥的《受苦人》也有某种震撼人的力量。“丑相儿”的忠实淳厚，甘为一家子耗尽青春而无怨言，使人觉得他是天下第一可怜的人。即使他向不愿与其成亲的贵儿举起斧头时，他的面目也不是狰狞的，然而却的确是愚钝的。他的被摧残而致畸形的外相和被扭曲了的内心，都涂着浓浓的黄土地的色彩。革命队伍来到陕北，“太阳从这里升起”，久久封闭的窑洞开始射进一抹晨曦。于是《凤仙花》、《二娃子》（均孔厥所作）里那些给干部带孩子的娃儿们，最先感受了陌生然而全新的生活和观念的冲击，有的不习惯，有的被吸引走了。上述这些作品中的生活早已过去了。然而今天“西部文学”作品中，仍然有那些人物的面影，仍然摸得到他们的心跳。丁玲、孔厥可说是“西部文学”的最初开拓者。以后，欧阳山的《高干大》、柳青的《种谷记》等，以厚实的内容给“西部文学”以新的贡献。

过去对于这类作品，仅从其反映了工农兵生活去肯定，评论的角度比较狭窄。至于还把写农民的落后面，笼统地视为缺点或偏向，就更为片面了。由于“西部文学”概念的提出，从这角度审视过去，我们发现了四十年代解放区文艺在创作上的一个开拓，这是过去未曾认识的。历史有时会有某些相似之处。四十年代一些受过现代文化浸润的作家来到黄土高原，他们的思想与黄土地上的新现实发生了碰撞，同样出于振兴民族的愿望，他们开辟了这文学的新天地。过了几十年，这个天地有幸被新的一代人重新发现并把它更加扩大了，这才引起我们对那一段文学史的新的思索。

还可以举一个例子。自从张洁的《爱，是不能忘记的》发表后，把爱情主题深化了一步。旧时代男女婚姻是由父母之命、媒妁之言决定的。反封建的五四新文学首先表现反对包办婚姻的主题，歌颂自由恋爱。但是，自主的结合却不一定都以爱情为基础，由此又引出某些家族的痛苦。《芳草天涯》等已不同程度地涉及这个内容。等到人们普遍认识到这个问题，把恩格斯关于没有爱情的婚姻是不道德的名言高高举起，时间已经过去几十年了。今天这已是一种当代意识了。而在四十年代，就是在革命队伍中，由于战争的特殊环境，“组织包办”的事也不是个别的。马加的《间隔》，就写了工农出身的老干部追求不爱他的女知识青年的故事。组织上出面说服，理由是很充分的，老干部出身好，党性强，吃得开。然而这就是幸福婚姻的条件吗？在这里，爱是被忘记了的。但这样的小说，当时很难被理解。用当代意识去读，就容易理解了。从过去看到今天，张洁似乎是在写续篇；然而她今天概括的命题，又帮助人们更深地认识过去。由于具体的历史条件的限制，有些有意义的问题，像流星般从天际一闪而过了。用当代意识加以照射，这些问题可能会闪耀出新的光芒。

也许有人说，这样会导致把历史现代化了。我认为不必担心，历史现代化势在必行。例如屈原，无论是今日教科书上的还是戏剧舞台上的，都已不全是两千多年前的屈原，而是现代化了的，也就是今人心目中的屈原了。马王堆汉墓中发现的女尸，千真万确是两千年前的。然而当她裸露着胳膊腿，躺在玻璃匣子中与参观者相见时，她又是千真万确的现代化了的。她的有些事情我们已无从知道，但就已被我们知道的而言，我们对她的认识，肯定比她的同时代人更科学，因而也更接近历史的真实。

第二，要把四十年代文艺看做一个历史的中间站，不要孤立地研究四十年代文艺中的各种问题。从五四至今的文学发展过程中，四十年代文艺的承上启下作用格外明显。承上，指它是一、二、三十年代文艺发展到一定时期所结之果。启下，指它对1949年后社会主义文艺的开启作用，“文革”前的十七年文艺，就是解放区文艺在全国范围的推广和发展。要从这因果关系的连环套中去看四十年代文艺，特别是解放区文艺，才能得到恰如其分的认识。

例如要求文艺为政治之工具，这观点实非四十年代的创造。在二十年代初期，一些共产党人发表自己的文艺见解，一开始就要求“以文学为工具”。认为警醒革命自觉，鼓吹革命勇气，就要激发人们的感情，对此，“文学却是最有效用的工具”[①]。乃至于认为如不能为革命效力，则文学等于八股，是无用的。到了三十年代，文学是“政治的留声机”之说，在革命文艺战线也很普遍。在那个特定历史条件下，许多同志是以能用文学做政治的工具，而感到光荣、自豪的。四十年代不过是这种观点更理论化、系统化的时期。归根到底，这是五四以来各种文艺思潮起伏消长、融化归并的结果。这样，我们就会从整个新文学发展的更广阔的背景来说明这个现象，而不致于把全部原因归之于四十年代文艺。如果说现代文学的发展真有什么“倾斜与断裂”，其起点是五四，而不是到了四十年代猝然断裂。

---

① 邓中夏：《贡献于新诗人之前》，《中国青年》1923年第10期。

历史为什么是这样的，而不是那样的，为什么此时期是高峰，彼时期是低谷，都是由许多内外部条件所决定的，因而都带有必然性。历史研究应该超越单纯的褒贬臧否，把重心放在分析、探讨、总结上。要求文艺为政治服务，成为革命斗争中的武器诸说，为什么到四十年代发展到高峰？……而不要停留在对这种观点的简单否定上。用同样的态度，对于曾经站在革命文学发展前列的作家，也要进行分析。他们也不是孤立的。中国社会为革命文艺准备的，只能是这样一些十分具体的物质条件，这是无法超越的。否则，孤立地评论他们的缺点，就有可能因为这些缺点及其不良后果，而把他们看成是历史的负债者。反而一些站在潮流后边，甚至逆潮流的人，倒成了应予同情的受害者。我认为这一点在研究四十年代文艺时，应该特别注意。如果连简单的线性因果关系都不讲，剩下的便只有更简单的形而上学了。

第三，我特别希望创造一种自由讨论的学术气氛。由于四十年代文艺的研究比较薄弱，不少问题认识不一，就更需要自由讨论、相互切磋。但真正做到畅所欲言并不容易，过去的一些讨论，往往开头便是结尾。

在1982年的学会年会上，我曾提出解放区文艺整风是一次空前的思想统一等看法。我认为这在毛泽东同志《在延安文艺座谈会上的讲话》中，曾有明确的说明。当他列举了延安文艺界一些思想动向后（这些思想动向用今天的话来说，就是右的思想倾向的表现），认为这说明延安文艺界存在着严重的作风不正，“需要展开一个无产阶级对非无产阶级的思想斗争”，“使我们的整个队伍在思想上和组织上都真正统一起来”。这不是十分明白地说明了开展对“非无产阶级思想”的斗争，以达到思想统一吗？我提出这个问题，是为了说明思想运动的规律，是从思想解放，到思想统一，然后再解放，再统一，这样螺旋式地推进；并不总是“解放——解放——解放”。弄清这个问题，不仅可以准确地认识文艺整风运动，而且对从五四直至今日的整个文艺思想发展历程的宏观认识，也是有帮助的。我的意见曾引起反响，有赞成有反对，也有以“童言无忌”予以原谅的；就是很难展开认真的讨论，以至五年过去，我的认识没有长进，成了名副其实的“老童生”。又如去年一次学术讨论会上，有一位同志的论文提出解放区文艺的“封闭体系”的观点。我则认为四十年代解放区文艺带有“封闭性”。一些当年在延安工作、学习过的老同志，提出了反对的意见。讨论这个问题，对深化解放区文艺的认识，也有一定的作用。但这个讨论会上最大的学术见解的分歧，并没有得到报道，恐怕也将不了了之。

我们研究问题，目的不在重复而在发现，随着研究的深入，总会有新的见解产生。有时不免触犯人们头脑中已经形成的被认为绝对正确的观点。这时，往往习惯于把那新的见解简单地顶回去。如果没有一种开放的心态，那是很难发展为自由讨论的。这使我想起了五十年代的一件事。那时一位来华的苏联专家，对毛泽东《新民主主义论》中某观点表示了不同的意见。毛泽东同志知道后，写信给刘少奇、周恩来等。信中说："我认为这种自由谈论，不应当去禁止。这是对学术思想的不同意见，什么人都可以谈论，无所谓损害威信。"又说："如果国内对此类学术问题和任何领导人有不同意见，也不应加以禁止。如果企图禁止，那是完全错误的。"[①]我们希望生活中像毛泽东同志所说"完全错误"的事，能够不发生，或者少一些。这对于贯彻双百方针，对于这里谈论的活跃四十年代文艺研究，肯定大有好处。这种自由讨论可能产生较大的吸引力，使较多的人把兴趣和注意力转到这方面来。

（原载《中国现代文学研究丛刊》，1987年第4期）

---

① 毛泽东：《毛泽东书信选集》，第510页。

实践是最权威的回答

——谈解放区文艺在民族形式上的创造

自1928年无产阶级文学倡导运动中有人提出“大众化”问题开始，随后从1930年到1940年代，不间断地发生过“大众化”“大众语”“民族形式”等的讨论、争论。其结果，几乎都没有得到统一的结论。尽管这些讨论在不同历史时期都曾对推进人们的认识起过作用，其中不乏真知灼见。但从今日看去，多多少少都带有坐而论道的色彩。如鲁迅所说：“许多动听的话，不过文人的聊以自慰罢了。”[①]原因之一在于，文艺的大众化、民族化问题，更重要的是一个实践的问题。只有实践，才可能对如何达到大众化、民族化，给予最权威的回答。而真正把大众化、民族化问题大规模地、自觉地、认真地付诸实践，并取得卓越成效，那是在1942年延安文艺座谈会之后。这是解放区文艺成就中最显著的一个方面。

民族新形式的重大发展

五四新文学的诞生，曾经借鉴、吸取、采用了西方文艺的某些形式。外来的东西一经中国人民用以表现自己的民族生活，表达自己的民族感情，并且由实践证明它已为多数中国人民所接受，则无论当时对这种外来形式的融化、改造达到何等程度，它便不再是异域花卉，而已成了我们民族艺苑中的一种新品种。以《狂人日记》《女神》为代表的五四文学革命的最早一批实绩，尽管在当时显得“格式特别”，却已经是民族新形式诞生的标志了。我们不能赞同

① 鲁迅：《集外集拾遗·文艺的大众化》。

否认五四新文学是民族形式的观点。至于新文学存在欧化缺点，只能说新形式中还保留着程度不等的不适于本民族的成分，是经过实践表露出来的应予排除的因素。这当然是后来不断有大众化、民族化要求的一个原因。另一方面，由于五四文学革命的特殊历史条件以及某些偏颇，在建立新形式时，对民族、民间文艺传统的继承不够。这个任务也不是一时半时就能完成的。克服欧化和要求加强学习民族传统，这是一个问题的两个方面，反映了要求对外来形式与传统形式都须继续加以消化，促其融合的趋向。这种趋向和要求，完全符合文学发展的规律。1942年后，解放区文艺努力克服欧化，十分注重向民族、民间文艺传统学习，这符合、顺应了新文学发展的规律，因而在过去的基础上，把新文学民族形式的创造，大大地推进了一步。

这首先在戏剧领域中表现出来。从五四到三十年代，话剧已有重大发展。曹禺的《雷雨》《日出》，是中国话剧艺术成熟的标志。但是，戏剧领域中建立新歌剧的工作，进展还是不大的。这是因为照搬以音乐（歌唱）为主要表现手段的西洋歌剧形式，不但不很容易，而且可能比较话剧更难为群众所习惯。而本民族的有悠久历史的传统歌剧（或歌舞剧），由于程式化的缘故，其表演上的唱、念、做、打（舞），都与古代社会生活非常紧密地联结着，根本无法照搬来表现现代生活。1942年后延安开始了京剧的改革工作，编出了《逼上梁山》《三打祝家庄》等，就都是古代的题材。而在这之前，马健翎等领导的民众剧团，在运用秦腔表现现代生活方面，已经做了很大的努力。他们是用戏曲表演现代戏的先行者。但他们的戏只能说是旧形式新内容，也并没有创造出一种新的歌剧形式来。新歌剧是在群众性的秧歌运动的基础上产生的。本来生存于民间的小型秧歌剧，曲调富有民族、地方色彩，表演活泼自由，不受程式的约束，又有某些接近旧戏曲的特点（如唱和舞的结合），既可以直接用以表现现代生活，又为广大群众所喜闻乐见。当着延安秧歌运动热火朝天地兴起时，就是支持它的人也还没有意识到这是民族新歌剧诞生的前奏，而只认为“秧歌剧是一种小形式的戏剧，它所能处理的主题的范围和深度是有限制的”[①]，因而主要是用以迅速、简单、明了地表现群众日常生活斗争。但历史

① 周扬：《表现新的群众的时代》。

的发展出乎人们的意料。正是在这种小型秧歌剧的基础上，产生现代民族新歌剧的第一个成功作品《白毛女》。由于它的成功，带动了新歌剧的发展，出现了《赤叶河》《王秀鸾》《刘胡兰》等一批新歌剧。这种“批量生产”，证明《白毛女》所创立的形式已经得到了实践的批准。1949年后，民族新歌剧又有了新的发展，产生了《洪湖赤卫队》《江姐》等优秀剧目。这时，秧歌动作已经脱落、消失了；但是这些歌剧的基本形态还是与四十年代新歌剧相同的。这又证明了《白毛女》等对创立民族新歌剧的奠基作用。

比秧歌运动稍后一点，小说领域中出现了赵树理的《小二黑结婚》《李有才板话》。五四以后的白话小说曾在较短时间内取得巨大的成绩，出现了《呐喊》《彷徨》《子夜》《家》《骆驼祥子》等一批成功之作。但小说的民族新形式是否到此为止了呢？不，还应该继续丰富、发展。尤其是古典小说和民间说书艺术中还有不少艺术精华尚未被新小说所吸收。而这些成分使新小说更加接近群众，更易于为广大农民所接受，这又是十分重要的。因此，新小说的民族化也还是大有发展余地的。赵树理的小说，在塑造人物的方法上，与鲁迅等是一脉相承的。他的艺术特色，除去群众口语的运用，可能更多地表现在小说结构上。这方面，他更多地继承了民族、民间的传统。和以前为了通俗化而写作章回小说的某些作家不同，赵树理抛弃了章回小说的固定格式（这也可以说是一种小说的程式），但保留了故事完整、情节连贯等特点。这种结构既与传统保持着联系，又不是照搬传统。他重故事却不单纯追求情节生动，而是注意在说故事中完成人物形象的塑造。他的故事按照时间顺序发展，首尾相连。但又不只是为了交代过程，而是围绕主题，突出重点，把必要的细致描写融化于叙述过程中。人物形象的塑造和精彩的工笔细描，是赵树理艺术上最成功的部分，而这些又是套在变化了的类似传统小说的结构之中。这既照顾了群众的欣赏习惯，又没有因求通俗而降低艺术水准。他懂得消化传统，这种精神使他所创造的结构形式在四十年代，对小说的民族形式的发展，发生了明显的广泛的影响。

诗歌在民族形式方面的突破，主要表现在叙事诗上。五四后新诗虽然出现过许多流派，曾经有过一段积极探索的历史。但总的来说，叙事诗不发达，有一定规模和历史分量的长叙事诗更是寥若晨星，而且影响也不大。本来新诗与群众之间的隔阂是比较大的。广大群众有自己的诗歌传统。在各地农村，长期流行着与音乐紧密结合的民歌、民谣。因此，当着人民群众有机会自己进行创作，用文艺来描述、歌唱自己的生活斗争时，他们很自然地采用了民歌形式。三十年代苏区出现的革命歌谣就是证明。这是新诗史上的奇特现象，可惜人们只把这作为苏区文艺运动的组成部分，而没有从新诗发展的角度给予应有的评价。在陕北，那时已经出现了用“信天游”的形式来表现土地革命和歌颂刘志丹同志的诗。由于歌谣已在民间长期流传，许多诗句是经过集体锤炼的，所以其艺术性有的已达到很高的水平。当着作家们有机会打开民间文学之门时，大概很有人们第一次跨进桂林芦笛岩时那种感觉，他们在那琳琅满目的诗的宝库里，无限地惊奇、叹服。在陕北工作的李季，这时曾收集了近三千首“信天游”，在学习的基础上，创作出了长诗《王贵与李香香》。这首诗虽然没有创造出一种白话诗的新诗体，但它雄辩地证明了民歌也可以用来表现现代革命生活，可以容纳较大的内容。而且，借鉴和采用民歌、民谣写作所谓“民歌体”的诗，对创造诗的民族形式，是一条重要的途径。《王贵与李香香》之后，还有《漳河水》等一些比较成功的叙事诗问世。有的基本上采用某地区民歌形式，有的把民间小曲与古诗的某些表现手法糅合在一起，有的采用民歌与快板相结合的方法；共同为创造叙事诗的民族新形式贡献了力量。

解放区的许多作家都为发展民族新形式做了有成效的工作，以上只是几个最突出的例子。从中可以看出，在延安文艺座谈会后，解放区文学的艺术形式至少在三个方面有所突破。一是增添了民族形式的新品种（如新歌剧）；二是发展了某些部门的民族形式（如诗中的叙事诗）；三是增加了富有民族特色的表现方法（如小说）。这几种情况合在一起，表明了新文学的民族形式在这时期得到重大的发展。形式的发展所带来的影响并不仅仅局限于形式：

第一，在发展民族新形式的过程中，产生了许多带有浓郁民族色彩的新风格，对新流派的出现起了很大作用。尽管由于共同的时代背景、共同的艺术追求，解放区文艺有一些共同的风格，但同时不同作家仍然创造了自己的独特风格。以小说为例，这时影响最大的短篇作家赵树理、孙犁、刘白羽等，就都形成了自己的鲜明风格。其中赵树理风格对后来形成“山药蛋”派起了重大作用。河北地区不论有没有一个“荷花淀”派存在，这里某些作家则确是受了孙犁风格的影响。刘白羽后来虽然没有再多写小说，但他的作品对1949年后描写部队战斗生活的小说，如《保卫延安》《红日》等也有开启的作用。这时还出现了“新传奇”风格，不仅产生了《新儿女英雄传》《吕梁英雄传》等长篇，也有不少短篇由于描写武装斗争的工农英雄，表现他们大智大勇、神出鬼没的事迹，而具有新传奇的色彩。我国古典文学中的英雄小说的传统，得到了继承与发展。到后来又产生了《林海雪原》《野火春风斗古城》《敌后武工队》《铁道游击队》等一批作品，也可以称作“新英雄传奇”派。

第二，由于学习群众语言，在解放区作品中大量运用了群众的口语，北方农民的生动活泼、风趣幽默的语言通过作家创作进入了文学语言领域。当工农的口头语初进文学作品时，还必须加以注释，如“撵”、“疙瘩”、“绞”、“呆”（在）、“腚”等等。这些在今天已是人们非常熟悉、经常运用的词汇了。当然，一些作品所引进的过于生僻的方言，则被淘汰了。白话文在1942年后由于大量吸收农民口语而有一个很大的发展，这一点将来研究现代汉语史的人，一定会注意到。“文学的国语，国语的文学”，这时变成了现实。五四时期语言革命曾极大地推动了文学的变革；1942年后文学民族形式的发展又反过来促进了语言的进步。

第三，民族形式的发展使新文学与群众有了从未有过的密切关系。新文学从此打进了农村阵地，打破了与农民的隔膜状态，因而使自己拥有空前数量的读者、观众。新文学因为有了更完全、更发展的民族新形式，而获得了坚实的群众基础，也更增添了生命的活力。

一些重要的启示

解放区文艺民族形式的发展，还创造了一些值得重视的经验。在今天，这些经验具有现实意义，对发展当前文学有所启示。这里只谈三点。

第一，建立或发展民族形式，不能单从形式入手。因为民族化的问题，不仅仅是一个形式问题，而且与整个民族的境遇、地位、精神状态都有关系。殖民地半殖民地国家的民族，容易产生崇外心理与民族自卑感。即使是一些先进人物，为了振兴民族向外寻求道路的时候，也可能在一定时候忽略自己的民族传统。反之，当这个民族苏醒过来、强盛起来，她在世界上的地位和形象有了改变时，这个民族的传统文化也容易受到世界的重视，并且反过来提高了本民族人民对自己传统文化价值的认识。当着民族精神高昂，民族自豪感大大提高时，民族文化传统的挖掘、抢救、整理、发扬的工作，也会随之而加强。因此，总的来说，对中华民族文化传统的学习、研究、继承、发扬，是在1949年以后才有可能真正全面地展开的。五四文学革命的某些先驱者，曾经将旧戏曲否定得一无是处，他们当然难以想象今天梅兰芳表演体系可以成为与斯坦尼、布莱希特相并列的世界三大表演体系之一，并得到世界人民的尊重。那时他们太看轻了自己的文化传统。因此，建立新文学的奋斗过程中，对这种文学必须是民族的，很长时间认识是不足的。五四时期“什么是新文化运动”“什么是新文学”之类命题的文章并不少；但强调反封建者有，强调以新理学为指导者有，强调必须是白话者更有，唯独强调必须是民族的，几乎没有。由于新民主主义革命包含反帝的任务，后来也有人提出“须多做能表现民族伟大精神的作品”①；但即使在五卅反帝高潮之后，仍没有把新文学的民族性问题提出来。1928年后的无产阶级文学运动，强调了文学的阶级性，但也没有涉及民族性问题。为了反对国民党反动派的“民族主义文艺运动”，重点在于揭露他们的法西斯主义的面目，而来不及从理论上说明无产阶级对文化的民族性问题的看法。因此，后来有人说：“我们有新的文艺，然而极缺少民族的新文艺。”②1940年在讨论民族形式的，在为五四新文学辩护中，有人举出鲁迅为例，说他的《狂人日记》《阿Q正传》都已经是中国作风中国气派了。这是不错的。但辩护者忘了，为什么鲁迅所创造的中国作风中国气派并没有得到普遍的重视和评价，鲁迅之后一些作家的创作中，欧化现象反比五四时期更其严重了。这种状况不仅在文艺领域中，可以说是现代思想界的共同问题。我们是在吃够了生搬硬套洋教条的苦头后，才提高了觉悟，认识到把马列主义中国化的重要意义，产生了马列主义普遍真理与中国革命实践相结合的思想。这样，1938年，在抗日战争的历史背景下，在批判教条主义中，由毛泽东同志提出著

① 邓中夏：《贡献于新诗人之前》，《中国青年》1923年第10期。

② 艾思奇：《旧形式运用的基本原则》，《文艺战线》1939年1卷3号。

名论断："马克思主义必须和我国的具体特点相结合并通过一定的民族形式才能实现。"并且提出建立"新鲜活泼的、为中国老百姓所喜闻乐见的中国作风和中国气派"[①]的任务。到了1940年，毛泽东同志又在《新民主主义论》中提出我们所要建立的新民主主义文化，应该是"民族的科学的大众的文化"，明确地把"民族的"列为新文化的内容，并且摆在最前头。毛泽东同志的意见无疑是民族形式发展的巨大推动力；但就在此时发生的民族形式的讨论中，其中心点还仅是对民间文学的评价的争论，而且批评和贬低民间文艺传统的意见，几乎是占了压倒的多数。这段历史说明，要认识建立和发展民族形式的重要性，首先要解决对自己民族文化传统的认识。如果没有反对洋教条主义的斗争，大力提倡新文化的民族性，解放区文艺绝不可能在民族形式的创造上取得上述的成就。

其次，发展民族形式还要解决一个十分重要的问题，那就是文艺为什么人的问题。讨论民族形式问题，必须有一个共同的立足点，否则认识问题就缺乏统一的标准，就找不到共同的语言。三十年代的大众化讨论中，存在着"化大众"思想，有人认为我们要的不是"大众的文艺"，也不是"为大众的文艺"，而应是"教导大众的文艺"[②]。既然如此，大众化也只是简单的通俗化，"通俗到不成文艺都可以"，当然也就不可能认识到发展民族形式的意义。到了1940年代，民族形式的问题提出来了，讨论却没有抓住要点，只在民间形式应该为中心还是为次的问题上，各执己见；对文艺为什么人的问题上也没有统一的认识。1942年毛泽东同志在延安文艺座谈会上提出："为什么人的问题是一个根本的问题，原则的问题。"只有明确了文艺是为人民大众的，首先是为工农兵的，这时才肯定了这种文艺的形式必须是也必然是为老百姓所喜闻乐见的，因而必须重视学习群众的语言，研究、吸取老百姓所喜爱的文艺形态，发掘民间文学的宝库，重视工农的意见。这样，经过一段时间的努力，终于发展了民族形式。历史的经验告诉我们，今天讨论文艺的创新问题，研究如何引进外来文化时，必须首先端正对传统（包括古代文化传统和现代革命文艺

---

① 毛泽东：《中国共产党在民族战争中的地位》。

② 郭沫若：《新兴大众文艺的认识》。

传统）的认识，纠正把民族传统与封建主义等同起来的偏颇，同时要以为人民大众服务为共同的立足点，否则，便不可能得到比较统一的认识。

第二，推陈出新是成功的关键。在解放区发展民族新形式中，显然地，继承民间文学所发生的效用超过了古代文人的作品。一因古典文学语言与现代鸿沟很深，例如因为语言工具的不同，白话诗要创造古诗的意境，就是不太容易的。而民间文艺所用多系现代的群众口语。二因民间文学生存于群众中，具有清新刚健的特点，大多生动活泼，不受陈腐、死板的格式的束缚，便于反映现代生活。三因民间文学的形式比较古代文人创作更接近群众，为他们所喜爱、熟悉，为群众服务的文艺，自然要重视向民间文学学习。实践纠正了那种轻视、鄙视民间文学的错误观点。就在不久以前，在一些作家的心目中民间文学还是“濒于没落文化的垂亡时的回光返照”，“是历史博物馆里的陈列品”①，或者是“封建文艺的民族形式”②。认为想要从民间文学吸取营养，那如果不是“单相思”，也是“饮鸩止渴”③。这样一类的认识，到了1942年后在解放区便不再能够成立了。

但是，解放区文艺在民族形式上的成功，主要在于对传统的革新，革新精神越强，成功便越大。实践又证明：贯彻推陈出新的方针是关键。这时的章回体小说，大概要算各种形式中最守旧的了。但是，除了个别的，一般都与旧章回小说在形式上不尽相同了。有的仅仅保留章回体某些格式以吸引读者，已把许多俗套摒弃了；有的对章回体做了更大的变革。如《新儿女英雄传》，回目已不采用对联的形式，每章的开头用民歌、民谣、谚语、成语、新诗等取代了“诗曰”，而且每一章中又分成许多小节，每节之间不一定都保持连贯，有的也有间断或跳跃。又如赵树理，过去的评论大多只说他如何继承、运用民间形式，而没有看到更重要的是他学习新文学、改造旧形式。说他这时是艺术上的革新家，并非过誉。例如他的作品中也有某些“内心独白”式的心理描写，但已与人物的语言行动融化在一起了。他也有不少景致的描绘，但并不孤立地写景，总是把写景与表现人物身份、思想、性格相联结。因此，他的小说中有

---

① 葛一虹：《民族形式的中心源泉是在所谓“民间形式”吗？》

② 潘梓年1940年7月4日在重庆“文艺民族形式座谈会”上的发言。

③ 胡风：《对于民间文艺的一理解》，《论民族形式问题》。

不少传统形式所没有的东西，但又不给人以陌生之感，因为已经与传统融汇在一起了。再说《白毛女》，今天看来实在是很典型的“四不像”。它是歌剧，但有的地方却像话剧；它有些像西洋歌剧，然而唱出来的又是地地道道的中国民族曲调；它既可以叫做秧歌剧，又不完全是传统的秧歌剧。总之，不论从哪个角度看，都有某种似曾相识的东西。原来它已把西洋歌剧、中国戏曲、话剧、秧歌剧等融合在一起了。它学习西洋歌剧中通过音乐塑造人物典型性格的方法，为主要人物选择代表其性格基本特征的曲子，作为剧中音乐主题之一。这种曲子不是按照西洋音乐的作曲法所创作，而是以改编河北、山西、陕西的民歌和地方戏唱腔为主；因而在以音乐表现人物性格上，突破了板腔体或诸宫调的形式，其音乐又具有浓郁的民族、地方色彩，一下子就打动了中国观众的心。根据传统戏曲唱念并重的特点，借鉴话剧，人物对话较多。而这些对话又因借鉴戏曲而具有某些念白的韵味。这样的形式尽管曾被人讥为“话剧加唱”，但四十年来的历史已经证明了它的生命力。《白毛女》创作中表现了可贵的革新精神，敢于打破奉西洋歌剧为经典的盲目迷信心理，又敢于吸收它的某些优点和适合于表现现代民族生活的进步手段。既敢于向传统学习，又不拘守传统，抱残守阙；打破旧框框，不受任何既成形式的束缚，这种革新精神是创造民族新形式成功的钥匙。

反之，如果停留在旧形式的利用上，而不能革新，则虽然一时可有某种普及的作用，终不能长久。因为单纯地利用旧形式，违反了事物进步的规律。只求利用而无删削与增益的作品，都没有能够发展为新品种。例如“信天游”这种形式，它的主要特点不在于两行诗组成相对独立的一组，而更重要的是它大量使用比兴手法，为丰富比兴手法才形成了两句一组的格式。在比兴的使用中，又与特定地区的地方风光、习俗、生活的特殊形态紧密相连。因此这种形式与内容的地方性有关，表现像《王贵与李香香》这样陕北农民斗争的题材，达到了内容与形式的和谐、统一。而如果用以表现城市生活或其他地区的农村生活，便不一定都合适，硬要搬用则可能产生不伦不类的反效果。李季运用“信天游”，偏重于利用而较少发展。这样，“信天游”就还是“信天游”。1949年后贺敬之写作《回延安》，采用“信天游”还能得到成功。而李季自己写作的叙事诗，如《菊花石》用了湖南盘歌，《阳高传》用了鼓词形式，都没有继续使用曾使他大获成功的“信天游”。比较起来，阮章竞的《漳河水》，在采用太行山区流行的各种漳河小曲的基础上，糅进了一些古诗词的艺术方法，使诗歌富有诗情画意。这种方法对后来的新诗创作比较运用单一的“信天游”，有更大的影响。所以，仅仅停留在旧形式的利用上，充其量只能是一种权宜之计，而对民族新形式的发展，帮助较小。

第三，民族风格也是多样的。民族风格是通过个人风格表现出来的。提倡中国作风中国气派并不排斥文学上的个人风格的发展，不能要求作家牺牲个人风格去迁就某种统一的格式。如果作家抛弃了自己的艺术个性，去学习一种不适于自己的形式、风格，那只会损害自己，也不利于民族风格的发展。刘白羽写过著名的短篇小说《无敌三勇士》，这篇小说在思想上仍具有刘白羽独特的对部队生活的见地，而艺术上却很明显地接近赵树理。尤其是在结构上，从“一场不团结怎样闹开头”起，然后一节交代一个人物，最后矛盾解决，以“奖章作总结”一节收尾，实在与《小二黑结婚》《李有才板话》太相像了。但刘白羽后来的创作，并没有朝着《无敌三勇士》的风格发展下去，而是找到了一种更适于表现变化急遽的部队战斗生活，表现自己对火热生活的情感，同时也更接近记者迅速反映生活的职业特点的表现方法，写出了《战火纷飞》《火光在前》《早晨六点钟》等许多作品。他认为“在同一战斗经历中，两个不同的作家可以获得两种不同的结果。这里，我以为不应该用一个固定的套子去套所有不同的作品”①。是的，无论在思想上或形式上都不应有这种套子。如果当年刘白羽硬是沿着《无敌三勇士》的路子走，可能就不会有他后来的那些成就。同样，如果要赵树理去写刘白羽那样的小说，那也就不成其为赵树理了。

再看诗歌领域，一些诗人很明显地放弃了自己的已成风格，大家都去学民歌。结果是有的成功了，如李季、阮章竞。有的却没有成功，如田间、艾青。田间学习民歌写出了《贫农》《我是庄稼汉》等好诗，可能因为这些“民歌体”的诗仍然接近他过去那些短小精悍的街头诗。但他此时的主要作品《赶车传》，艺术上不能说是成功的。从《赶车传》，人们很明显地看出田间在摸

① 刘白羽：《关于〈火光在前〉的一点回忆》，《火光在前》。

索一条新的路子。不过此时或以后，却再也写不出如《给战斗者》《假如我们不去打仗》那样充满战斗激情、调子急促、鼓动性强的具有鲜明田间个性的优秀诗篇。艾青虽然也发表了《吴满有》等新作，同样失去了他过去那许多脍炙人口的诗篇的艺术特色。中国人民文艺丛书的诗集中选入了艾青的一首诗：《向世界宣布吧》。这首诗写得不错，因为保持了艾青自己的诗风。总的说来，抒情诗在1942年后的解放区不如叙事诗发展得快，原因是多方面的。但一些有代表性的诗人企图转变风格没有取得成功，则是不可否认的原因之一。一个诗人写什么样的诗，这恰如量体裁衣，不可强求一律。如果不论身材高低胖瘦，一概套进“民歌体”的衣裳中，那么许多漂亮的衣裳也会变得不美。实践告诉我们，民族形式不是单一化的，而是多样化的。在强调民族风格时不应排斥作家在艺术上的独创性，也要承认一时只为少数人接受，但确实具有较高艺术价值的作品的存在。追求形式单纯性的狭隘观点，肯定不利于民族风格的发展，当然也不利于整个文学创作的发展。

（原载《中国现代文学研究丛刊》，1982年第2期）

从《无心眼集》谈到澳门文学形象

一

我国的文学史是从《诗经》《楚辞》开头的。差不多在同一个时期，诸子散文和历史散文（《左传》《国语》等）也有很高的成就。诗和文的发达，使我国古代文学观念，只把诗文作为正宗的文学。千百年后，到了诗文发展得非常成熟之时，我国的小说、戏曲才出现创作高潮，产生伟大的作品。

我国的现代文学是从五四文学革命开头的，新文学的打头先锋，也是诗歌和散文。尽管不久就出现了鲁迅的《狂人日记》《阿Q正传》，但当时的小说从整体上看，艺术性还是比较幼稚的。至于戏剧，较早出现的独幕剧，如著名的《终身大事》（胡适），也是比较简陋的。现代小说，尤其是戏剧，在整体上达到成熟，也较新诗和散文晚一些。

以上事实说明，我国文学发展的行程，是先诗文后小说、戏剧，这主要说的是汉文学。如果再看各少数民族的文学，其发展历程与汉文学不尽相同，但其起始阶段，往往有一个诗的时代，诗歌（包括史诗）的成就非常突出。以诗打头的特点可能比汉族更鲜明。根据这样的历史事实，我把诗歌的繁荣而其他品种尚待发展的时期，叫做文学发展的“青春期”。但是无论哪个民族，只有当小说、戏剧成熟了，才能说整个民族文学的发展达到了完美的程度，进到了“成熟期”。从主观上说，我们企盼各时代，各民族各地区的文学都能发展到一个完美、成熟的程度。

澳门文学是十分年轻的，十一年前，澳门文学界提出了塑造“澳门文学形象”的任务。十一年后的今天，在澳门文学界朋友们的共同努力之下，我以为澳门文学的形象已经树立起来了。目前，澳门的诗歌、散文都已有了较好的成绩，澳门甚至被称为“诗城”“诗乡”。相对而言，小说、戏剧的成就差一些。这种状况正好与我国古今文学史的“青春期”现象相吻合；因此，不妨说今日澳门文学的形象，是“青春形象”，或曰“青春期形象”。澳门文学来日方长，前程远大。

青春期里的诗和文，对于我们民族文学的发展，曾经产生过深远的影响，具有不可忽视的历史意义。特别是古代诗歌的成就，不仅使我国成为一个真正的诗的国度，而且对千百年后的新文学，仍然发生着有形或无形的影响。白话诗取代旧体诗词后，仍然有不少人在写旧诗，创造出好作品。正是因为如此，我们在讨论澳门文学的现状与未来时，就不能不注意剖析当前澳门诗文的特征，从中发现澳门文学的基因，寻找出启示澳门文学未来发展的重要问题。

正是出于这样的考虑，我选择了苇鸣先生的《无心眼集》作为研究对象。《无心眼集》是苇鸣先生的自选诗集，相信其中所选的诗是他自认为比较满意的。这部诗集具有鲜有的艺术个性，又是澳门诗歌中成就较高的一部，也是有代表性的一部。所以诗集出版后引起广泛注意，评说者甚多。苇鸣先生是位全才，以诗的成就最为突出，他比较年轻，对澳门文学的未来会有他的作用和影响。因此，《无心眼集》在当前澳门文学中有其重要性。

二

《无心眼集》（1995年4月由香港诗双月刊出版社出版）首先给人的深刻的印象，当是诗形式的无定格。为此诗集写序的羁魂[1]认为此集中的诗，“毫无定格的形式”，“勇于探索各种不同的表达方式”，“大大拓展了诗体的领域”，“他那果敢大胆的尝试，揭示了诗的无限可能”。用“诗无定格”来概括苇鸣诗集的形象，相信已是评论者的共识。他的创作实践不仅仅创造了自己诗艺的独特个性，而且是对传统的诗歌观念的又一阵猛烈的冲击，使人们再次思考“什么是诗”。从某种意义上说，这是在新的历史背景下一次新的“诗体

① 羁魂：《集·眼·心·无——苇鸣诗集〈无心眼集〉序》。

大解放”的勇敢行动。

五四文学革命反对文言文，提倡白话文，冲破旧诗词格律，创造白话的自由体诗。这就是胡适大胆地提出的“诗体大解放”：“不拘格律，不拘平仄，不拘长短；有什么题目，做什么诗；诗该怎样做，就怎样做。”[①]胡适这主张是当时诗歌领域中思想解放运动的表现，对推动新诗取代旧诗，曾起了极大作用。然而胡适和他的同道、同伴们，实际上并没有完全实行自己的主张。一方面他主张抛弃一切格式，一方面又说：“现在攻击新诗的人，多说新诗没有音节。不幸有一些做新诗的人也以为新诗可以不注意音节。这都是错的。”于是紧接着就大讲“语气的自然节奏”“每句内部所用字的自然和谐”[②]等等。偶有符合古典音韵规则的句子，如他自己的“回环来往，夷犹如意”（《鸽子》），便洋洋得意。对沈尹默《三弦》中一段：“旁边有一段低低的土墙，挡住了个弹三弦的人，却不能隔断那三弦鼓荡的声浪”，只因交错地运用了许多双声叠韵的字词，被认为如苏东坡改韩愈的《听琴诗》，是把旧诗音节的精彩包容到新诗中了，便大加赞赏，说到底，胡适未能脱出传统的“韵散之分”的观念；既然诗歌仍然属于韵文的范畴，就必然在音节、韵脚、格律上有所要求。

这同样在当时和后来许多新诗的作者的主张中得到体现。如宗白华在1920年就提出文字的两种作用：“音乐的作用”和“绘画的作用”。前者指“文字中可以听出音乐式的节奏与谐和”[③]。他认为音乐是时间的动的美，诗就是把人们情绪的想象的意境“音乐的刻绘的写出来”，使新诗“不显韵而有韵，不显格而有格”[④]。陆志韦还依据心理学上的原理，提出以“强度”“长短”“高低”来制定新诗的格律。到了闻一多、徐志摩，则更明确地提出建立新格律诗的主张。闻一多认为“棋不能废除规矩，诗也就不能废除格律”[⑤]，

① 胡适：《谈新诗》，《中国新文学大系·建设理论集》，良友图书公司1935年版。

② 胡适：《谈新诗》，《中国新文学大系·建设理论集》，良友图书公司1935年版。

③ 宗白华《新诗略谈》，《少年中国》1卷8期，1920年2月出版。

④ 宗白华《新诗略谈》，《少年中国》1卷8期，1920年2月出版。

⑤ 闻一多：《诗的格律》，《晨报》副刊，1926年5月15日。

甚至认为格律虽为镣铐，但戴着镣铐跳舞能跳得好，才是真正的好诗；只有不会跳舞的才责怪镣铐碍事。新格律诗虽然没有建立起来，但追求格律的实践不断，有九言诗、十一言诗、方块诗、十四行诗等的写作。人们虽然承认有韵的不一定是诗，但又认为诗必是有韵的。这就是在“韵散之分”的观念下，许多新诗人的追求。由此可以看出我国格律诗传统的深刻影响，以及一定程度上受西洋格律诗的影响。

但五四后在自由体诗成了主导地位的条件下，也有另一种主张，即打破一切格律。如果不看实际的新诗创作，只看诗歌理论，则这种主张并不占上风。这说明人们手下写着自由体诗、散文诗，观念里仍认为诗应有定格。

提出破除一切格律的，如郑振铎反对“非韵不为诗”的传统观念，认为“诗的主要条件，决不是韵不韵的问题，有韵的文辞不一定就是诗”，“诗的要素，在于诗的情绪与诗的想象的有无，而决不在于韵的有无”[①]。三十年代提倡现代诗的施蛰存，也以不必有、不必整齐，作为现代诗的一个特征，稍晚一些写现代诗的郑敏，提出“诗的内在结构”之说，即诗之为诗，不在乎文字的、句法的结构，而在于特殊的内在结构，为意念、意象的安排，这才是诗的灵魂。这一类表张，已经打破诗必韵文的观念，而将诗的本质定在“情绪”“想象”“意象”“诗心”“内在结构”之上。

简单地回顾关于诗歌观念演变的回顾，可知“诗无定格”是五四后就已经提出，在此观念之下，遂有诗形的自由化、多样化，有散文诗这新品种的诞生。苇鸣先生的诗歌，是沿着这一条历史线索发展而来的。《无心眼集》在艺术上引人瞩目，不在它开创了无定格，而在于它的无定格取得相当的成功，用艺术实践再次证明了诗可以无定格，而且可以达到相当的艺术水准。这些诗如果和那些讲究音韵格律，音乐性很强的优秀诗篇摆在一起，是毫无愧色的。

① 郑振铎：《论散文诗》，《文学旬刊》第24期，1922年1月出版。

三

且看《无心眼集》中这些置字数、顿数、音尺、音步、行数、韵脚于不顾的诗，这些用格律诗的眼光来看真正是荒诞不经的诗，这些图形诗、数字诗、诗报告、诗政论、诗杂感、诗广告及至诗的电影，是怎样充盈着诗情，表现着作者的诗心。

《组诗：蜃镜意象十首》之一的《创世纪》，这首诗表现了大幅度跨时空的联想力。上帝创造了世界的形象，诗里表现的不是他怎样创世纪，而是究竟创造了什么样的世界形象，从而表现作者的主观情绪，即对这世界的情绪。这是一首图形诗。开头各十三个“黑暗”“哭泣”“呻吟”，接连排成了六行诗，这图形仿佛构成了一幅画。最后一行诗“世界有了形相”，为此中国画上的一句题词，是点题的。那六行接连不断的“黑暗”“哭泣”“呻吟”，看上去像倾盆而下的大雨，或者纷纷扬扬的鹅毛大雪，给人以四周空间充满着“黑暗”“哭泣”“呻吟”之感。或者你还可以联想到这是泪泉，是血雨……因此你感到这世界触目惊心。

第二首《之间——献给所有会讲话的人》和第三首《薄》，都是写人际关系的，表现作者对世间险恶、人情淡薄的感叹，同样有图形诗的特征。第二首各用三行表现嘴与嘴、唇与唇、颚与颚、咽喉与咽喉的关系。最后讲牙齿与牙齿的关系，然而不分行，直溜溜一行总计二十七个字。其实这二十七个字本来是可以仿照前面的写法排成五行的。但是突然变换了图形，就特别突出了牙的作用。牙与牙之间的争斗比别的部位都要厉害、严重些，所以“以牙还牙”与“以血还血”几乎同义。这就是变换图形的意义。而《薄》讲人情薄如纸，然而人们对同样是纸的钞票，情感却不薄。诗的最后是：

薄薄的钞票
更不薄了
世
间
也

不
再
薄
了

竖排，这最后的每行一字诗，恰好连起来像一张薄薄的纸，在半空中飘飘荡荡。从这个图形不难看出作者对世情的讽刺、揶揄之情。正如韵脚是感情的着落点，诗的音乐性能够制造出某种情调、气氛，有力地烘托出情感；图形则通过文字形象，来帮助感情的表达，尽管没有一定的格式，作为表达感情的一种手段，其作用与韵脚是一样的，不过一是诉诸听觉，一是诉诸视觉。

诗不但可以不分行，甚至不分段，甚至标点也不用，写成了一个大板块，这时连图形、数字也没有了。如《有关灯塔的情思及其他》《树之秋后的童话》等，形式的作用几乎全已消解，诗情全靠内容来制作了。《有关灯塔的情思及其他》写于1988年，它的“后记”注明；“日间澳门总督文礼治于东亚大学毕业典礼上之发言久久不能挥去。”因此诗中“1865年以来的一座哲思”，隐喻的是殖民主义的统治。那位总督那天说了什么倒不必去考证，因为这是诗，作者希望表达的不是实事而是情感。在描述中接着写出抒情主人公“怕住在那儿一群有西洋血统的番狗”，他的情感顺向已经够清楚了。这座象征殖民统治的“古圣的灯塔在阴阴嘴笑”，同时“另一座古圣的灯塔开始建立。它的工程师也有阴阴嘴笑”，便把1988年前后澳门一部分知识分子对过去、今日、未来的情感波动，既是含蓄、隐晦，又可说是比较明朗地传达出来了。写于同年的《杂记》有相近的情感色彩，用了五段文字，前四段都是描述，从香港立法局选举、澳门基金会人物，到拉萨、圣山直至奥运会上中国女排的失利。这使人想起鲁迅的杂文《双十怀古》，那是报纸标题的剪贴，把1930年“双十节”前几日的社会新闻拼贴起来，便巧妙地成了一篇极具讽刺意味和批判性的杂文。但苇鸣的《杂记》是诗，其第五段说“只不过幸好这一切一切都与我无关”。既“与我无关”，又何必唠唠叨叨说上几段，显出了那排遣不开又感无奈的心境和情绪。《双十怀古》的要点是那些实可以及从选择、剪裁中显露的批判。《杂记》的要点不是那些实事，而是透过选择、剪裁所表达的心境和情绪，这心境和情绪也就是诗心，所以它是诗，是诗杂感。

因为分析苇鸣诗艺术的文章已有不少，这里只是举例性地解剖几篇，以显其“诗无定格”的特征。但必须说明的是，《无心眼集》的社会批判色彩很浓，这在澳门诗歌中比较特殊，集子中相当比重的诗具有讽刺性，不妨就称之为讽刺诗。因此，此集的诗，抒情性稍欠。最具抒情性的有《不是》等，却是非常整齐的。“诗无定格”扩展了诗形式的畛域，但不能说诗只有这一条路，对诗的音乐性的追求，仍然是新诗作者一项不应稍懈的任务。

四

“诗无定格”的主张和实践，无论在大陆或台港的诗界，都不是最新鲜的事；但出现在澳门便特别引人瞩目。我以为十分重要的一个原因在于它不仅是苇鸣个人的艺术个性的表现，不仅是《无心眼集》一部诗集的艺术特征，同时人们感到它也代表着澳门文学的性格和特征。广义的“诗无定格”，在很大程度上概括了当今澳门文学的“青春期”的特色。就诗而言，澳门诗坛上的旧体诗词还占着一定的比重，然而同时就有《无心眼集》这样非常有先锋性的现代诗，苇鸣先生自己还把它定位于后现代主义之列。在诗人群中，同一个诗人既可以写旧诗词，又可以写新诗，还可以写出相当不错的现代派诗。往往一个诗人可以集现实主义、浪漫主义、现代主义于一身。我读过澳门诗人陶里、云力、冯刚毅、江思杨、高戈写的诗，他们既有优秀的浪漫主义的抒情诗，也有够得上地道的现代派诗。而且很难给他们找个创作方法上的“转化”“转折”的时间，所以很难说他们应归入哪一派。本来澳门文学诗歌以浪漫抒情诗为主，但也能出现苇鸣这样的社会批判、讽刺性的诗，而且不止他一人。这些充分说明澳门文学也具有“诗无定格”的特点。

澳门文学这个特点，它的文化性格，是由它特殊的历史、地理诸条件所造成。与同样是祖国南海边的有相同历史命运、操同一方言的香港，在生活风貌、精神氛围、人文景观上，两者又有多么鲜明的不同啊！澳门在某些方面也许比香港更为开放，然而社会生活又相对地显得平静，使它拥有一份难得的自由与潇洒。这使得青春期中的澳门文学可以兼收并取，融汇古今中外，不拘一格，自由选择，自由创造。于是形成了这样的特性："自由自在，无拘无束，接纳八面来风，抒发一己情怀。"这样的特性在苇鸣的《无心眼集》，在澳门文学的总体形象中，都可以找到。

以上对澳门文学特性的表述，半为对其过去、现在的概括，半为对其未来的希望。一个青春少年，将会有何等样的发展，这一看澳门文化的历史底蕴，二看今后现实条件的保持、变化。人们与其从外部用一个什么严格标准来规定澳门文学的前景，不如顺其内部的规律，为它创造更好的环境，让它继续自由自在地生长。我愿为第二个十一年祝福！

（选自《澳门文学研讨集》，澳门日报出版社1998年版）

第四辑

中国现代文学研究评论

中国现代文学学科的过去和未来

目前我们的学科在发展中面临一些问题。一方面是产品很丰富，每年发表的著作、论文都很多，研究的问题很宽广，使用的理论、方法多种多样。新生代中不乏很有才华的。但另一方面，我们学科在学术界的话语权很小，在思想界越来越边缘化了；于是一些人产生了困惑、焦虑，也有人提出我们的学科向何处去的问题。

梁启超说："盖吾辈不治一学则已，既治一学，则第一步须先将此学之真相，了解明确，第二步乃批评其得失。"[①]他说的第一步和第二步，都属于学术史，也就是进入课题之前，应该对本学科的历史有所了解。过去对未来有启示，可以从过去寻找对未来的答案。而我们往往在入门之前，不去做这了解真相和批评得失的工作。

我作为1949年后的第二代现代文学研究者，经历了学科创建后至今六十多年的过程，今天想结合我的亲身经历，来谈谈对上述问题的看法。

先回顾我们学科是怎么建立的，就是我们学科的发生史，中华人民共和国建立之后为什么要把现代文学研究建成学科。

中华民族历来有"易代修史"的传统。但是中华人民共和国成立后，在史学领域没有先来为前朝修史，而是立即着手为新朝建史。被确立为正史的二十四史或二十五史中只有最早的三部，司马迁的《史记》、班固（东汉）的《汉书》和陈寿的《三国志》，是当代人写或写到了当代史。但是司马迁写史记时，西汉建国大约一百年了。班固的《汉书》是断代史，写的时候距汉朝开国更有两百多年了。陈寿写《三国志》时，其实三国基本上统一了，所以他就

① 梁启超：《清代学术概论》，东方出版社，第41页。

以魏为正统。他四十八岁开始写，大约是西晋十五年了。这些书虽是当代人写的，但都不是在开国之初写的。其他各史都是后人为前朝写史。尽管当朝人也在写，更多的作用在于准备史料，不被看成是完整的撰述。

我们这么急，并不是有什么“历史癖”，这是为了证明中共领导的这一场革命的正义性，它的胜利的历史必然性；也就是想让胜利后的新政权占领道义的制高点，为新朝立正朔。枪杆子里出政权，但是枪杆子不能证明所出的政权的正统性，这就更加需要笔杆子。理论方面毛泽东已经做了，他在1940年发表《新民主主义论》。旧的王朝没落时，往往群雄并起，大家都说我是正统。理论上做得最好的是毛泽东。他的《新民主主义论》里区分新旧两种民主革命，从理论上论证新的民主革命只有共产党才能领导，才能胜利。就在这部著作中毛泽东也用了大量篇幅讲历史，特别是文化史。历史方面最有代表性的是1951年出版的胡乔木的《中国共产党的三十年》。

也是在同样的历史背景下，当时的教育部在制定文科的教学大纲时，规定在中文系开设一门新课，即中国新文学史，并且制定、发布了教学大纲。新文学只有三十二年的历史，非常短暂，为什么这样重视，要立为必修的新课程呢?

原因在于五四以后新文学与中国共产党的密切关系，是笔杆子队伍中的重要方面军。现在须要通过这一段文学史的书写，说明中共的领导也是五四新文学得到发展的根本原因、根本保证。从这样一个重要的侧面、特殊的领域来显示中共领导的必要性、正义性。面对一个史学传统悠久长远的民族，面对富有历史感的中国民众，及早地从历史的阐释中确立革命的正义性和新政权的正统性，肯定是十分必要的。

所以，尽管新文学只有三十二年，也可以立为新学科，与有几千年光辉灿烂历史的古代文学，与内容十分广泛的外国文学，并列为二级学科。从社会价值、政治价值上来估量，它的重要性更在古代文学、外国文学之上。设置新文学史课，是很典型的“厚今薄古”方针的体现，使我们明白所谓“厚今薄古”的实质。所以当时这门新学科的地位很高，很显要。我听王瑶先生说：第一次文代会后，各校“抢”与会代表中的校友，请回去开新课。当时受邀参加“一代”会，说明新政权认可你了。这门课被认为党性很强，到反右后更要政治好的，最好是共产党员来教。我毕业时组里三个新的青年教师就都是党员。

建立学科的目的既是为了掌握历史的阐释权，就决定了不是把现代文学史作为客观对象来研究，而是要求按照某种理论所规定的、执政党的需要，来描述、阐释这段文学史，加以“固定化”“经典化”。

所以1949年以前出版的几部新文学史，那时的不少研究成果，（现在又发现苏雪林、林庚的讲义）都不能用，因为都不符合建立新学科的要求。教育部颁布新教学大纲，其最鲜明的特点是规定了中国的新文学“是什么”“不是什么”。大纲规定五四以后的新文学“不是‘白话文学’‘国语文学’‘人的文学’‘平民的文学’”，而应该是、只能是“新民主主义的文学”。又明确规定了新民主主义文学应该包括四个内容：“无产阶级思想领导的发展”“新文学运动的统一战线的发展”“大众化（为工农兵）方向的发展”“新现实主义精神的发展”。所谓“新现实主义”当时就是指的社会主义现实主义。[①]

五四以后的新文学是什么样的，不重要；重要的是你必须写成什么样。王瑶的《史稿》出版后遭到批评，原因正在于此。王瑶的同学赵俪生，在他的回忆录里专门有一篇写王瑶的：“王瑶兄应该是一个革命者，或者说是一个激进主义者。很长一段时间，看不出他准备当学者的意图。……当学者，在他，是不得已而求其次。”[②]我从与王先生的接触中也感到他是个政治性很强的人，为什么还受批评，根本原因在于政治与学术的矛盾。政治对学术的要求不是搞清楚历史是什么样的；而是要求学术把历史搞得像政治所需要的那样。

王瑶之后，其他人一编再编，仍然未能编好，都因为不能解决政治与学术的矛盾。尽管如此，创建新学科还是一次机遇，造就了王瑶等第一代学科创建者。

新的执政党的需要——这是我们学科的第一次机遇。这里要讲讲机遇的问题。

学术发展需要一定的条件。每一代的学人所面临的问题，所担负的学术

---

① 见《〈中国新文学史〉教学大纲》初稿，载《新建设》第4卷第4期，1951年7月出版。

② 赵俪生，高昭一：《赵俪生高昭一夫妇回忆录》，山西人民出版社2010年版，第186页。

使命和能够取得多大的成就，不可能一样。这不是凭自己的愿望，而取决于两个条件：

一是历史的要求。就是在不同时代，社会赋予思想界、学术界各个学科的任务，有没有什么重大的问题摆在你的面前，需要你去解决。二是承担历史任务的学人的自身条件。有的时候历史提出了某一任务，却来不及准备好能够胜任这一任务的人，任务便难以完成，或者完成得不好，影响了那一时代的学术成就。有的时候社会培育了不少学养深厚的人才，但是那时社会停滞、思想沉闷，再好的学问也派不上用场，只好烂在肚子里了。人才的成长需要机遇和平台。

以上两个条件缺一不可。举个例子，中国现代学术的发展，以五四一代学者的成就最高，这因为当时中国学术面临着一场从古典到现代的转型，这是历史要求。生于十九世纪后期和二十世纪初的学人，遇上了这样的使命和机遇。而在那时的时代环境里他们有可能不同程度地具备了学贯中西的条件，这是赖以创建中国现代学术的不可缺少的条件。五四一代完成了学术转型的任务，这就使得他们成了中国现代学术的创建者、奠基者，不少人是各个新学科开宗立派的一代宗师。这是可遇而不可求的。因此，我们每个人都要认识自己的时代，才知道自己该怎样发展。

回顾这一段历史，可以看出现代文学学科的特殊性。它是出于外在（政治）的需要而兴建起来的。它表现了历史学科（包括文学史）在新社会条件下的大用。社会价值、政治价值大于研究对象的科学价值、学术价值。胡适说认出一个甲骨文字，如同发现一颗天王星。我们分析一部现当代的作品，你可以这样说，他又可以那样说，甚至越离奇越轰动，学术价值跟搞古文字没法比了；但对现实有用，这又是古文字学没法比的。

这样的学科的命运就必然是不断地根据政治需要，不断解构，不断重构。

最重要的一次解构和重构，是在“文革”之后。这次解构尽管也有人提出“把文学还给文学”“回到鲁迅”等，好像要为学术而学术了；其实解构背后的动力还是政治。于是有了学科发展的第二次机遇。

“文革”结束以后，学科发展有这样一些任务：第一是拨乱反正，恢复学科。这是也是解构的第一步。因为拨乱反正不会只是回到原地，肯定是要迈出、超出原来那条线，这可以说是规律，当然也有争论，有的还是非常激烈的，例如“两个口号论争”，怎么评价就牵涉到许多干部的命运，也牵涉到一些现代文学研究者。说明那时的拨乱反正绝不是纯学术讨论，而是跟现实关系非常密切。

第二是文学史观的变革，最尖锐的是对《新民主主义论》的质疑，如许志英等。这是否定旧观念，而从正面做出的新的概括，影响最大的是“救亡压倒启蒙”（李泽厚）。

第三是打破旧格局。文学史的一条线变成两条线。革命文学一条线变成革命文学和自由主义文学两条线。作家研究的热点变了。最后是“重写文学史”的讨论，虽然夭折了，但是实际上此后不断重写。

第四，同样在方法上也要冲破旧的，寻找新的方法。于是有美学热、方法热、文化热……其中以方法热对我们影响最大。

这是第二、三代人，我们这一代人和晚一辈的知青一代的机遇。我们这一代人在这个过程中完成了除旧变新的转化（当然也有人转不过来）；知青一代在这个过程中登上了学术的殿堂。

上面讲的这个（解构）任务，这个机遇已经过去了。经过这一场解构，现代文学学科的面貌发生了巨大的变化。一是历史观念的变化，过去追求绝对真实性的历史，现在明白在不同观念之下，历史面貌可以很不一样（我在《新文学史编纂史》二版用“身作之史”和 “心构之史”来区别“历史”概念的两种内涵）。二是推进了现代文学史研究的多元化，“一条线文学史”终于被解构了。

从此以后想要依靠政治力量来一统人们对历史的认识，已经很难了。陈云想搞一个对“两个口号”论争的结论，以统一口径，中宣部召集了一个班子，开一次会后就没有声息了。1989年刚过，教育部根据当时的形势要统编一百部教材，以后讲课要统一按照这些教材上的观点来讲。其中包括我们现代文学。这一部现代文学的教学提纲虽然难产倒也搞出来了，字数不少，可绝大多数教师都不知道有这个提纲。这和1950年代初搞出大纲全国发布，真是今非昔比。

建构解构，六十花甲，一个回合，两次机遇，都过去了。历史告诉未来什么？

一、一个学科的地位，并不是单纯地由自身的学术价值来决定的，主要还是看社会需要。一门学问既包含学术研究的价值，又有社会价值，这二者可能是矛盾的。梁启超曾把做学问分为“经世致用”和“分析整理”两条途径。这里有一个怎么看学和用的关系的问题。梁启超认为清朝正统派的学问（朴学），“大部分属于无用”是无可讳言的，但是“为学问而治学问者，学问即目的，故更无有用无用之可言”，“就纯粹的学者之见地论之，只当问成为学不成为学，不必问有用与无用，非如此则学问不能独立，不能发达”[①]。做学问首先要有“为学问而学问”的态度，但所研究的学问如果有用，不是更好吗？社会需求对学术发展的推动力，正如恩格斯所说：对于学术的发展，一个社会需求的作用超过十个科研机关的研究课题。学术研究的这两方面的关系是密切的，两方面的作用、意义、价值并无轻重之分。经世致用和分析整理是可以结合的，所谓“有思想的学问”或者“有学问的思想”。

应该纠正片面强调学术为政治服务，为现实服务的偏向，但是不必因此而否定研究工作的社会作用、现实意义，因为这也是有价值的。我们学科六十多年的历史中，前三十年社会价值很高，因为把文学当作阶级斗争的武器，是阶级斗争的风雨表。所有政治运动都是最先从文艺批判开始的。后三十年的拨乱反正，有批判“四人帮”、批判“极左”思潮、平反冤假错案的意义和作用。而且重新评价现代文学，也是当时思想解放运动的重要组成部分。所以我们这个学科很热闹，成了热门。而当这些工作基本结束了，大约进入了二十世纪的九十年代，此后这一学科逐渐边缘化了。

文学的边缘化既与社会发展有关，也不全是“被边缘化”，也跟我们自己的“出离中心”的倾向有关，我们自己正要“回到文学”。在反对文学从属于政治、为政治服务时，忽视了对学术的社会价值的考虑和追求，这是可以反

---

① 梁启超：《清代学术概论》，东方出版社，第45页。

思的。

风水轮流转。以1980年代末的一场政治风波为界，此后思想界、学术界的热点就转到史哲领域去了。因为经济改革到一定的时候，政治改革必然要提上日程，与其配套的还有思想、文化的变革。回答中国怎么变的问题，不是文学的长处，所以文学不被选择。

回顾历史，可以看到我们学科大约热了四十年，其实是不正常的。这样的社会价值不可能持久，退烧、消热是必然的。某种意义上这是好事，社会价值消减了，还有我们自身的学术价值。

但是，当社会价值消减，回望我们自身的学术价值时，就会发现我们的学术价值也有限，这是我们学科固有的局限。这引起了某些敏感的研究者对学科前景的困惑、忧虑。

二、学科发展的两次机遇都是在社会发生大转折，社会生活遽变、思想大动荡的时候。一次是建国初期，改朝换代，天翻地覆，新政权要求建立新的历史；一次是改革开放，思想解放，同样天翻地覆，要回过头去审视历史，重新书写历史。这种时候我们学科发展最快。这说明我们学科的发展与社会思想动向，特别是思想界的动向，有很密切的关系。这些可能直接或间接地影响我们学科的发展。

上面谈到自1990年代以后，思想界的热点从“文”转到“史哲”。这种思想界热点的转移，反映了新的社会变动的酝酿和力量的积蓄，值得关注。对此，我们现在显然认识不足，准备不足。“文化热”“国学热”都与我们学科有关，却差不多被排除在了这些热潮之外。只能接受一点影响，如“文化热”引出我们研究地域文化、校园文化、出版文化等。偶尔介入了文化问题的论争，也力不从心。面对新儒家的五四观，被认为事关我们学科生存权的论争，我们完全处于论争的边缘，虽然发过批新儒家的文章，给人以可有可无之感。

现在出现的一些社会局势的变动，我们好像也不注意。例如“中国的崛起”，这将引起中国人精神状态的变化，中国人对世界的看法变了，对自己国家的看法也会变，对自己的文化传统的认识也会变。前些年新儒家批评五四的时候，我写过《历史的反思，直逼五四》。今天看来，这种反思还只是开始。因为今天的时代背景和五四那时已经大不一样。五四猛烈地批判传统文化也是逼出来的。鸦片战争后为了中国的复兴，许多仁人志士已经作了大半个世纪的奋斗，付出了惨重的代价，却是失败接连着失败。于是回过头来埋怨自己的祖先，用鲁迅的话说就是“挖祖坟”。这好像子女身体不健壮就埋怨父母，都是你们遗传造的孽。如果是一个很健康、很强壮的人，他没有必要去埋怨先辈，反而为给了自己这样好的身体的祖先而自豪。今天中国可以说“不”了，年轻一代已经没有过去那许多悲惨的、屈辱的记忆，不必再感到自卑。中国悠久、灿烂的传统文化、古代文明的高度成就，反而可以增强民族自信心，是我们自傲于世界的资本。你有古希腊，我有夏商周。可以预见，如果今后中国发展得好，真正实现民族复兴，那么新文化运动史、文学革命史还会再一次受到检验，被后人再反思，对历史还会按照那时人们的眼光来重新评论。可能会影响到对“改造国民性”等等问题的重新认识。

而由于过去长期否定民族文化传统，造成我们研究现代文学的人，这方面的修养有所不足。要早做准备；否则，将来重新评价五四新文学时，还是没有发言权。

说到我们的学术准备，还要说说现代文学学科的固有缺点，与生俱来的局限性。首先是学科范围被局限在三十二年里，其弱点就是格局太小，学科自身的文学资源和思想资源并不丰富。如果只圈在这里头，我们的知识面就太窄。这对从事这一学科研究的人才成长来说，也是不利的。小学科难出大人才！王瑶先生早就说过：“我在思想上并没有放弃我研究古典文学的计划，因为我以为研究新文学是很难成为一个不朽的第一流学者的。”①

其次，形成学风上的重阐释的特点。学科自身资源不足，同一部作品、同一条史料，就要反复地炒，不断地“再解读”，看你能不能翻出什么新花样来。（今天写博士论文，最重要的是看你对某个问题能不能给出一个新的说法。）治现代文学，很大功夫就在于怎么解释作品、史料、现象。说我们思想活跃，其实就是重阐释的表现。现在普遍存在过度阐释的弊病，有时就是“玩阐释”。因为你是小姑娘，所以就好打扮，如果是老太婆呢，人家就不好打

① 王瑶：《在思想改造运动中的自我检讨》，《王瑶文集》第7卷，北岳文艺出版社，第99页。

扮了。

樊骏先生是个治学很严谨的学者，但很奇怪的是他提出了现代文学研究的“当代性”（当时“后现代”一词还没有流行）。原因是:“由于这段文学已经成为历史和不再变动了，这门学科的发展才更有赖于研究者的认识和观念的变革，才更需要对于当代性的自觉追求。”[①]那么中国古代文学更早便已成为历史，岂不是更需要强调研究的当代性？樊骏自己并不擅长“当代性”，他提出这样的意见，其实是因为我们学科内涵不足，他也感到要从阐释上去找出路。可是有一些人为了阐释，为了出新，就急切地寻找理论资源，什么东西自己没见过，自以为新鲜的，一知半解，生吞活剥地搬用，还以之为荣。而我们的阐释大多又是不需要检验的，所以很容易大胆假设，无心求证，主观泛滥，学风浮躁。

于是要说说“中文系知识结构”问题。从思想界热点转到“史哲”后，我们学科也有介入的。我在网上看到这样的批评言论：“不能……因为出身于中文系，就不允许在非文学的问题上发言。但是，既然进入社会政治问题层面，要求他们在写作时能在相关理论背景上多做准备，在提出一些至关重大的方向问题时，能在责任伦理上低调斟酌，应该不算过分的要求。”就是这位作者提出“中文系知识结构”的概念，值得深思。北大中文系八几级有个学生叫薛涌，现在在美国，常在互联网上发文章，知名度很高。他在网上发了一部关于北大的回忆，批评中文系，说他后来转到历史系去听课了。这样的书不妨看看。按照现在的培养方案，我们的“知识结构”确实偏于狭窄，要调整“中文系知识结构”。

三、六十多年来还没出现为学科自身发展需要的机遇。不妨从学科自身的角度，反思怎样把它建设得更好。

我这里讲一个例子，从五四到如今，已经过了九十多年，回过头去不难看到，九十多年来中国文学的实际面貌，和我们已经编出的现代文学史并不完全一样，甚至可以说现在我们只写了半部现代文学史。

按照文学革命先驱们的描述，新文学发展的历史是这样的：一时代有一

① 樊骏：《论中国现代文学研究的当代性》，《中国社会科学》1986年第6期。

时代的文学，经过文学革命，新文学打倒了、取代了旧文学，从此开始了新文学的时代。五四后的中国文坛就是新文学的一统天下，旧文学随着文言文一道“气绝”（鲁迅语）了。现代文学史就是新文学的发生、发展史。我们正是按照先驱们这种思想和他们所提供的、所建构的历史框架，来编写现代文学史的。

然而，九十年后我们回过头去，却看到另一番景象：

一方面，以现代白话为工具，主要借鉴西方近现代文学形式建立起来的新文学成为中国文学的主流；另一方面，受到文学革命运动批判的“旧文学”——用文言和传统形式的创作，除去个别部门，都还在继续发展，有新的创造，也拥有相当的读者和观众。我们看到，“旧文学”中的章回体小说、戏曲和诗词，在五四后不仅思想内容，而且艺术形式都有变化、创新；因而在新的历史时期能够继续生存、发展，至今并没有“气绝”。它们中许多优秀之作，也是现代人的宝贵的精神创造，也应该被视为现代文学的重要成果，传诸后世，为中国现代文学增色添彩。作为研究历史的人，我们要有勇气面对这样的事实，调整我们的认识。

下面举例来说明。

（一）旧体小说。指我们现在称为“通俗小说”的章回体小说。

现在的研究者们把鸳鸯蝴蝶派小说（或称旧派小说）叫做“通俗小说”，这不确切，不如称为“章回体小说”，这是古代白话小说的延续和发展。这种体式在五四时受到批判，胡适发表《论短篇小说》，就是要改变章回体的构思方法。但是白话新小说取得成功后，这种章回体小说继续发展，也很有成绩，而且数量相当可观，读者相当广泛。因为章回体本身并没有什么不好。但如果只有这一种小说体式，或只允许一种章回体，那就不好了。因为古代白话小说的发展已经是非常成熟的了，所以现代章回体小说使用白话比新文学更要早些，这是顺理成章之事，它们也在随着时代的发展而发展着。这样的事实长期被遮蔽了。现在的现代文学史只讲新小说，不讲或批判章回体，使现代小说的历史缺了半边天。

（二）五四文学革命中受冲击最大的是传统的诗文，尤其是诗歌。

旧体诗词以格律诗为主体，其格律是根据文言文的声律创造的，也发展得相当成熟。所以改用白话做诗，先要破旧格律，采用自由体；于是产生了“诗与非诗”的问题，什么才是“诗”？五四后白话新诗成为现代诗歌的主流后，用白话做诗怎样才能达到较高的艺术水平，能够成为有别于散文的“诗”，满足人们对“诗”的特殊的艺术需求呢？这个问题至今没有解决好。新文学的艺术创造，在散文、小说、话剧领域都取得了很好的成绩，唯独新诗不尽如人意。不必说文化保守主义者，就是现代文学的许多干将也认为新诗的艺术不成功。①

而另一方面，五四后旧体诗词虽然退出了诗歌主流，却并未退出历史，还在继续发展中。如果把五四后所创作的旧体诗词收集起来，其数量相当可观，而且有一批杰出的诗篇。这些也是现代人的优秀的精神创造。有研究现代诗词的学者认为到二十“世纪之末，旧体格律诗与新体白话诗平起平坐，平分秋色”②。艾青则认为五四后中国诗坛上新旧诗的状况是“大路朝天，各走一边”③，很生动地揭示了新旧体诗的并存却互不相干的状况。

其实新体与旧体的作品，语言、形式上虽有区别，但并不是不能兼容、不能并存、你死我活的。只因为五四以后新文学不承认传统文学形式的生命力，以致现代人的旧体诗词成就长期被遮蔽了（毛泽东诗词除外），用了各种站不住脚的理由，现代诗歌史便也显得不完整。

（三）在文学革命中，传统戏曲所受的批判是最严重的、文学革命在思想上的片面性、极端化、绝对化，特别突出地表现在对传统戏曲的态度上。过了几十年后我们发现非常奇怪的是，这一受批判最厉害的部门，不但没有倒，反而在五四以后发展得很好，使人不能不惊叹传统戏曲的生命力，惊叹传统的力量。

二十世纪初，就在文学革命运动高潮中，民族传统戏曲出现了历史上第

---

① 可参阅梁实秋的《读〈诗的进化的还原论〉》，《晨报·副刊》，1922年5月27日；闻一多1925年4月给梁实秋的绝句，《闻一多全集》第12卷第66页，湖北人民出版社1993年版；何其芳的《关于研究中国古典文学》，《与青年朋友谈治学》，中华书局1983年版，第54—55页；毛泽东1965年7月21日给陈毅的信。

② 施议对：《诗运与时运》，《学术研究》，2008第9期，2008年9月出版。

③ 艾青：《马万祺诗词选序》，中国文史出版社1999年版，第2页。

三个发展高峰期，继元杂剧、明昆剧之后的京剧高峰期。而且也是在这个时候（经梅兰芳等的努力），京剧走向世界，得到了世界的承认。经过“出口转内销”，反过来影响国内（新文学家）对传统戏曲的认识。此后，影响很大的戏曲新剧种，如越剧、评剧等也走向成熟。

当然，戏曲本身也在变。在发展过程中求变，这也是文化传统的一种特性。在一个新旧交替的时代，传统本身也有变革的要求和趋势。其中包括受了五四新文化运动的冲击，也开始进行改革。这种改革使传统的京剧能够适应时代的变动，能够生存于新的时代环境里。这本来也应该是新文化运动的一个重要内容（促使传统向现代转化，自我更新，这也是新文化运动的作用、效果），但是这一重要内容被以往的现代文学史遗忘了。

现代文学史记载现代戏剧的起始，只说五四新文化运动猛烈批判传统戏曲，而1907年春柳社从日本带回了话剧。这样记述现代戏剧历史开端是不全面的。因为十九、二十世纪之交，在清末民初社会大动荡中，受社会变动的激荡，戏剧已经开始变革。这时出现了“新剧”，包括改良戏曲（改良京戏、时装新戏等）、文明新戏、学生演剧、各地方戏等。改良新戏实际上就是话剧。学生演剧发端于1896年上海圣约翰书院，也早于春柳社。现代戏剧的诞生不是单一的话剧输入。①

戏曲所受文白之变的冲击不大，因为京剧等剧种无论唱词还是念白，已经十分通俗。大家拿京剧的剧本和关汉卿、汤显祖等的剧本比比看，有的基本上是用白话了。所以城乡文盲不能看书，却可以听戏，戏曲有群众基础。

这样，五四以后中国的戏剧，呈现出三足鼎立之势。

第一足，话剧——从西方介绍过来，经过民族化取得相当成就。我们现在写的现代戏剧史大多只是现代话剧史。这种状况正在改变。

但是现在占了舞台主位的还是传统戏曲，至今各地舞台上演出的主要不是话剧，而是戏曲。有研究者说，话剧在中国现代戏剧中只占百分之一。人民群众主要欣赏因而流行于舞台上的还是传统戏曲。

---

① 袁国兴：《何谓清末民初的新潮演剧》，《清末民初的新潮演剧研究·序》，广东人民出版社2011年版，第1页。

第二足，传统戏曲的改编——这是现代人利用古代剧目改编的新作。改编也是创作，改编后不再是传统戏曲了，在剧本的主题思想、编制方式、舞台布置意识、剧情安排、演员地位和艺术表现等诸方面都有了变化。剧目是属于古典文学的，但经过现代人的改编，已经现代化了。这一足也就是我们常讲的“戏剧改革”的成果。这叫“推陈出新”，是我们的戏改方针，但执行了方针又出了“新”却不承认它是新的，不准入史，说不过去。已经出现的《十五贯》《团圆之后》《连升三级》等剧，绝不能说还是古典文学，它们应该是现代戏剧的重要一足。

第三足，新编戏曲——有两种，一种是现代戏。还有以时事为题材的，如著名评剧家成兆才的《杨三姐告状》，塑造了性格刚烈的民间女子杨三姐的形象。现代戏并非“文革”中有了“样板戏”才有的。清末民初，现实题材成为城市化初期演出市场迅速繁荣的重要动力，海派京剧迅速发展就因为大量的现实题材作品的产生。如《火烧第一楼》《枪毙阎瑞生》都是很受观众欢迎的现实题材的京剧。二是新编的古代题材，叫新编历史剧（像《海瑞罢官》），最近又叫新编古代戏。

应该说明，五四时期批判旧戏时否定一切，观念偏颇，但一些有识的现代作家，早已经看到这样对待民族传统是不合理的。如田汉早就不赞同习惯的二分法：舶来的是新，所以话剧就叫做“新剧”；本民族的都是旧，传统的戏曲就被称为“旧戏”“旧剧”。他提出新的二分法，以精神内涵为区分的标准：“完全承袭前人的死的形式，而忘记了他的活的精神便是旧剧。能够充分理解自己所演的人物的性格与情绪，而加以个性的、自由的解释的便是新剧。”[①]他提出传统的戏曲应称为“歌剧”，与舶来的“话剧”相对应，并存于我们的舞台上。按照田汉的思想，我们的现代文学史上就应该有民族戏曲的地位。我认为五四以后的中国现代戏剧，应该包括话剧和戏曲两类，戏曲中又有改编的和新编的两部分，这样形成中国现代戏剧的“三足鼎立”。

从以上例子，我们看到现代文学史缺少的一半，就是五四后仍然在发展中的传统形式的文学。这些被文学革命猛烈批判的形式，并没有死亡，还在创

① 田汉：《新国剧运动第一声》，上海《梨园公报》，1928年11月8日。

造着新的成果，这是无法抹杀的。

这是为什么？这要说说文学史的双线论。

“双线论”是胡适提出来的。他在《白话文学史》《胡适口述自传》中提出把汉朝以后文学分成并行的两条线。一条是历朝历代文人、学士的作品，主要用文言文写的，胡适认为那是死文学。另一条是活的民间诗歌、一般叙事诗、巷尾街头职业讲古说书人所讲的评话等等，就是用白话创作的文学，是活文学。五四新文学就是从古代活文学这条线发展过来的。他为白话新文学寻找历史源头，说明白话文学是古已有之，是有历史根据的。凡是企图证明自己在现实中的正统地位的人，总要为自己寻找历史的根据，好比查DNA，做亲子鉴定似的，以证明自己具有正当的遗传、正当的血统。

胡适说的是文学史上有两条线，文人文学线、民间文学线。这个论点是否科学，暂且不论。但他宣告文人文学死亡，同时认为主要为文人所用的传统形式也已经死亡了，当然就看不到或者不承认还在继续发展中的各种传统形式的新变化、新成就。两条线死了一条线，于是到了现代文学只剩下一条线，就是新文学一条线了。因此，胡适和一些文学革命先驱者在建构新文学的历史时就只讲一条线。我们跟着他走，越走越极端，从白话新文学一条线，走到革命文学一条线。

胡适的文学双线论，虽然只是就中国古代文学而言，却对我们考察现代文学有启发。我们看到现代文学实际上也是双线发展，只是历史背景变了，双线的内容和古代不同。

文学形式的变革往往是在与他种文学的相互激荡中，受到影响而发生变革的。古代中国对外交往少，主要的相互影响就发生在本民族内部。作为主流的是文人创作，他者主要就是民间文学。这时文学形式的变革主要因为受民间文学的刺激和影响。以诗为例，从四言到五言，到七言，到词、曲，无不是与民间诗歌、音乐的影响有关。小说、戏曲的产生和繁荣更是如此。

但是到了现代，一是国际的交往频繁，是古代所不可同日而语的。二是文化地位转变了，过去我们的民族文化在世界上是强势文化；现在成了弱势文化，受他者的冲击、影响，要改变自己以求生存。这时外国文学这个他者的影响力就大多了。林纾的翻译是打遭遇战，但已经显示一种新的趋势了，就是会有新的双线：

一是主要在外国文学的冲击、影响下产生的新文学。鲁迅讲得很清楚：文学革命的发生“是受了西洋文学的影响”[1]，“新文学是在外国文学潮流的推动下发生的，从中国古代文学方面，几乎一点遗产也没摄取”[2]。他说的是“一点”也没有，多么彻底！文学革命以反传统的革命姿态，创造出一套以借鉴外来形式为主的新文学，留学生（或者教会学校）出身的作家成了主力。

二是继续用传统的形式、表现方法，做适当的改进以表现现代生活。在西方文化的冲击下，中国传统文学如果想要保持生命力，继续生存而不被淘汰，那就要变，或者自觉、自动地，或者被逼迫着向适应时代变动的方向转化，自我更新，凤凰涅槃，为自己争到新时代的生存权。当时有一大批作家这样做了（做得好不好另作评论）。其结果是，在文学革命的猛烈冲击下，大部分的传统形式得以保存，并且运用来表现现代生活，抒发现代人的感情，对满足现代人的精神需求起了重要作用，做出重大的贡献。

中国文化传统的这种连续性特别强，当一些古老民族的文化传统已经失传、消亡时，中华民族的文化传统连绵不断，还有蜕旧变新之力。这使得中国文学的现代转型有自己的特殊性。

这样，就形成了现代文学发展的新双线。如果要全面地记述现代文学的历史，就要写出两条线—— 一条是打出“文学革命”的旗号，借鉴外国文学，创造新形式；一条是继续使用本民族传统形式，在现代条件下加以改革，创造新成果（当然这两条线也可能渗透、交融，产生新种，第三种东西）。

中国文学是怎样走向现代的？中国文学走向现代有这样两条路，而不是只有一条路，不是像胡适等在五四后所概括的——新文学的新形式诞生了，旧的、传统的形式从此死亡了。

可惜在中国，这两条线互不认识，互相对立。经过几十年风风雨雨，恩恩怨怨，现在已经逐步地看到可以并存于世，应该互相承认了。传统形式那条线逐渐地被写进现代文学史了。

---

① 鲁迅：《且介亭杂文〈草鞋脚〉小引》。

② 鲁迅：《集外集拾遗补编〈中国杰作小说〉小引》。

但是，因为对“双线史”认识还不清楚，把两条线混在一起，也发生了一些混乱。例如把韩邦庆的《海上花列传》作为我国现代文学的第一部作品，让人感到不伦不类。韩邦庆的小说中有时代变动的影子，有了“现代”的因素（达到什么程度，要研究，不必拔高），这属于传统形式走向现代那一条线。《海上花》在这条线中的地位是没有疑问的。但在现代文学史上两条线要分开来。

传统变革这条线启动得早，例如更早使用白话，但它们也有弱点。“现代”的因素要积累到一定的程度才可能引起新的质变。稍后出现的一些现象又增添了新因素，例如一些外交官由于长期的国外生活，近距离地“看世界”，所以才有黄遵宪、陈季同的一些文学创作和文学变革的新见解。再后就是留学生登场，胡适等人没有官员的身份，思想更开放。他们出国的使命就是学习西方先进文化，只有他们才可能提出了中国文学转型的系统理论，并且发起了文学革命运动，形成了新文学一条线。这条线晚了，但从此才开始了中国现代文学的新时期。现代文学的开端当然是五四。第一部小说当然是鲁迅的《狂人日记》，这是划时代的。

双线论有新的意义，普遍性的意义（不仅对中国有意义）。那就是二十世纪开始了全球化的（第二浪潮）进程。现代文化是世界各国“共创、共有、共享”的公共文化，没有任何国家可以拒绝。任何国家，一方面要继承本民族的传统文化，一方面又要接受国际文化。对于后发现代化的国家，由于文化处于弱势的地位，在为实现现代化而向国际文化学习时，本民族的传统文化必然受到冲击，甚至逐渐式微、衰落，严重的可能消失了。这就遇到一个普遍性的矛盾，既不能抵挡世界先进文化，又要保护好本民族的文化传统、保持自己的文化特色，这个矛盾怎么解决？

中国五四以后现代文学的发展提供了实际的经验。那就是国际先进文化对后进国家文化的冲击，会产生两种反应。一是直接借鉴国际先进文化，进行新的创造（新的形式、新的品种，建构自己的文化新传统）；二是保存但改造原有的传统，适应新时代的要求。

我们既要赞美胡适之、鲁迅等先驱者，迎着世界潮流，敢于创新，创造中国的现代文学；也要赞美另外一大批作家、戏剧家，他们为适应世界潮流，运用固有的民族传统形式，把它们推向现代，延续其生命。中国作家在这两个方面都是有成绩的，可以提供给世界。这里有多少经验教训，为什么不去研究？

片面地否定民族传统的发展这一条线，是五四文学革命的后遗症。（例如“没有晚清，何来五四”，这本来是不需要论证的，凭着常理就能推断，正如说没有过去哪来今天，没有爸妈哪来子女是一样的。但是却成了大问题，而且还挺轰动。这就是五四留下的后遗症。）

同时还有一些思想认识上的问题。我们在观念上要有改变：

第一，“传统”与“现代”的关系。二者并不是相互绝对排斥的、互不相容的二元对立，“传统”不等于保守（但有保守性），不等于抱残守缺，并非一定就是“现代”的死敌。“传统”既可能阻碍“现代”的发展，也可能帮助、促进“现代”的发展。传统并非只属于古代，也属于现代（正如父母的遗产也是下一代的财富的一部分），并非把“传统”抛弃得越彻底，就越“现代”；相反，“现代”要建设得好，特别是文化建设上，是离不开“传统”，不能割断与“传统”的联系的。五四新文学批判“传统”很坚决、很彻底，而事实却是凡是新文学的优秀成果，都不同程度地得到了“传统”的滋养，没有也不可能切断“传统”这根血脉。陈寅恪的“三来”好：不忘本来，吸收外来，创造将来。“本来”是创造“将来”必备的一个条件。

第二，一时代有一时代的文学。文学、艺术、文化都有时代之别、新旧之别，但不宜以新旧分优劣。过去的东西有的部分已经不适应今天的生活了；但不能说不适应今天的就一定是坏东西。那种凡是过去的都是坏的，今天的、新的都是好的，甚至想把旧的都扫除掉，是非常简单化的。

第三，传统和现代的相互认识，必有一个过程。传统要想续存于现代，就要接受现代的检验、考查、批判。在它穿过历史的漫长隧道时，要经过一道道关口，接受一次次的检查，才能决定它是被现代接受还是被拒绝，哪些被接受，哪些被拒绝。这个过程有时是很长的。往往这一阵得到肯定，过一阵又被否定，反反复复，经过了很长的时间、很多的曲折，才被现代比较全面地认识。

现代对传统的认识，不可能一步到位。因此，要小心谨慎。“现代化就像一块巨大的橡皮，它会在不知不觉中抹掉历史，抹掉祖宗的痕迹，抹掉那份温润的带着祖先体温的文化。对此我们一定不能掉以轻心。”[①]五四批判传统，只是我们认识民族文化传统的一个短阶段。新儒家对传统的认识，今天我们提倡国学，成立孔子学院，又是一个阶段。我们对传统还在继续认识的过程中。所以对五四既不要因其对传统认识的片面性而严加苛责，也不要为保护它而否认它的错误，为那时的错误辩解；只把它看做现代人认识传统的一个阶段，一个难以跨越的阶段。

第四，要纠正用政治革命的模式来理解和叙述文化革命的偏颇，不能用政治革命的模式硬套文化或文学的革命。政治革命是砸烂旧政权就大功告成，新政权的建立就意味着新法统的成立，哪怕旧政权的残余还在，在法统上已经不合法了。而把文学革命也看成像政治革命，于是革命胜利就一定是消灭掉传统文学，新旧文学一刀两断，但文化革命或文学革命不能用“打倒”“砸烂”“消灭”。文学革命既可以创造新的，也可以利用、改造、转化、融化旧的，化旧为新。无论创新还是化旧，都不能一蹴而就，都只能是渐进式的。这是跟政治革命完全不一样的。

由于新文学先驱们的思想偏差，由于他们掌握了建立新文学历史的话语权，他们的思想偏差长期深刻地影响着我们学科的老少学者，我们一直延续着先驱者的思路，把民族传统在变革中继续发展的重要一条线遮蔽了，使得已成的现代文学史只有新文学一条线，所以只能说是半部文学史。

通过拨乱反正、解放思想、重写文学史，我们已经把革命文学一条线的文学史解构了。现在还有一个解构新文学一条线的任务，这是新的机遇，这是学科自身发展过程中随着研究的深入、认识的深入所提出的新问题。不过要把握这个机遇，写出一本完整的现代文学史还很困难。不是难在思想认识上（有反对的，但我感到并不很有力），而是难在学术准备不足，条件不具备。

讲这个问题是想说明机会还是有的。既有社会的需要所提供的机遇，也有学科发展本身的需求所提供的机遇。

（原载《现代中国》第14辑，北京大学出版社2011年版）

---

① 田青：《中国非物质文化遗产保护的现状与未来》，《解放日报》2010年9月26日。

拐弯道上的思考

——二十年来现代文学研究的一点感想

好像一条河，被山挡住了，过不去了。但是拐个弯，又可以奔腾向前，说不定还颇显波浪壮阔。我觉得二十世纪末的中国现代文学学科，正像这河，从“几千人挤在一小块地盘”似的难有出路的困惑中，只拐了一弯，又看到开阔的前景了。

近年来的中国现代文学研究，正有一种“向外拐弯”的趋向。这指的是前一时期强调“内在批评”“文本研究”，唱过了“把文学还给文学”之后，现在又反过来，注重“外在批评”了。1997年第一期《中国现代文学研究丛刊》上，发表钱理群的《我的中国现代文学研究大纲》。这个《大纲》除保留要对作品作细读外，主要提出影响二十世纪文学发展的三大文化背景（要素），即出版文化、校园文化和政治文化，以此作为他的研究重点。钱先生的方向是有代表性的，如今已成果初显。不但有《二十世纪中国文学与大学文化丛书》的编撰，有研究出版业与现代文学关系的文章发表；而且先后有几部专著问世，如《二十世纪中国文学发生论》（栾梅健）、《稿酬怎样搅动文坛》（鲁湘元）等。人们开始不满于对“外在批评”的忽视，认为“自从八十年代中期‘向内转’以后，对文学的外部描写和研究便不屑一顾”的现象，应该改变。此外，关于地域文化、宗教文化与现代文学的关系，也是近年来的研究热点，成果更多。这个弯拐得很大，几乎是折返。但反者，道之动也，这是现代文学研究继续前行的新潮流，并且反映了思维方式的变化。此前是从“文学从属于政治”的单向度思维，走进“文学就是文学”的另一个单向度思维。现在的折返不是走回头路，而是走向更加开放的多向度思维。

还有一事应该一提，那就是对“二十世纪中国文学史”的研究和编纂，也成热点。既有写法新颖、学术个性鲜明的《百年中国文学总系》（谢冕等主编），又有几部作为面向二十一世纪教改研究项目的《二十世纪中国文学史》问世。这同样代表学科发展的一种趋向，一种扩展的趋向，即打通近、现、当代文学，在较长的时段里考察文学发展的历史状况。

无论是拐弯、折返或扩展，现在都只能说是刚开个头。前景开阔却也引出了一系列有待探讨的问题。这里我只能举一个例子来谈谈。自从把《二十世纪中国文学史》的编纂付诸实施，注意到了百年文学的多民族性（重视记述少数民族的文学）、多地区性（包含台港澳文学）、多品种性（雅俗文学一齐入史），便感到待开发的领域真多，要深入绝不轻松。我甚至产生这样的疑问：经过几十年的努力，编了两百多部各类型的现代文学史著，我们已经把中国现代文学或二十世纪中国文学的面目描述清楚了吗？它的面目真的就像这两百多部里写的这种样子吗？

首先，为什么现代文学史里不记五四后的旧体诗词、戏曲等传统形式的变化发展和成就？现在可以不必来争论这些旧形式的作品可否入史，现在更重要的是要回答：中国古典文学与现代文学的交替究竟取了什么形式？是“一刀切”，即古典文学时期结束后，便是白话文学的一统天下了；还是“交叉式”，即旧体文学退出主流地位后，并不立即消亡，还有一个“惯性滑行”阶段，在这个阶段，新旧两种形式并存、交叉，此消彼长。文学革命或文化革命，不同于政治制度的变革，可以用打碎旧政权机器，消灭旧势力的方式。文化领域只对一些迷信、伪科学用消灭的方式而大部分文化的变革不能用消灭的方式，因为旧文化中含有人类创造的优秀精神成果，它有很强的延续性、继承性，不能简单地抛弃，只能用扬弃的方法，取其精华，去其糟粕，把旧文化中的精华汲取、包容、融化到新文化之中，才能说是文化革命的成功。不论五四新文学家们口头上怎样高喊打倒旧文学，实际上他们也是取了吸取、包容、融化旧文学精华的路子，来创造新文学的。这个过程因为历史的曲折，至今不能说最终完成了。就诗而言，这就造成这样的局面：一方面是白话新诗成了主流，但新诗艺术仍在探索过程中，其影响力尚有限，使新诗不能完全取代旧诗词。另一方面一些有古代文化修养者，便继续使用旧诗词形式，创作了不少好作品。不承认这种创造，不让它入史，正是五四文学革命中形而上学、绝对化思想的继续。就戏曲而言，被钱玄同批得一钱不值的这一品种，同样在继续发展。它在文学方面，一是改编、新编传统的戏曲题材和剧目；一是用戏曲形式表现现代生活，创作“现代戏”。显然，这种变革也不是要消灭、抛弃旧形式，而是保留其尚有生命力的部分，从表现现代生活、满足现代人审美需求出发，加以改造，包括融进可用的外来形式，使转化为一种既与传统形式保持联系，又已经不是旧形式的新品种。这种革命不妨称为“转型”。现代文学史不记载这些变革的过程和成果，又怎能如实反映文化变革的情状和规律，真实反映历史的更迭？“一刀切”既不符合历史实际，而且迷信这种直线的、僵硬的历史发展模式，造成青年思想简单、僵化，其害甚大，可谓殷鉴不远，在“文革”之世！

和戏曲一样，二十世纪初在城市里繁荣起来的通俗小说（如鸳鸯蝴蝶派的小说），也受到五四新文学家们的猛烈抨击，长期被排除出现代文学史。现在的问题也已经不是文学史里可否让雅俗文学“双翼齐飞”了，现在要问的是，历史真如我们写的那样单纯、划一吗？所谓通俗小说（或“旧派小说”）其实就是二十世纪初中国社会加速城市化中兴盛起来的市民文学，这是最能反映二十世纪中国社会转型的文学。分析它的成就和缺陷，分析它与中国市民阶层的关系，描述它的命运、它在社会发展过程中的曲折遭遇，并探究其因，是中国现代文学研究的重要课题。由于市民文学的发展贯串于二十世纪的整个一百年中，有自己独立的、鲜明的线索，如何确定其在现代文学史中的地位，怎样处理它与启蒙文学、革命文学的关系，也是个有待研究的大课题。

还有对现代多民族文学的记载，现在还只能用“大拼盘”式，好像各民族文学处于一种互相冷漠、互不相关的并列关系。尚未能把它们之间或紧或松地互相纠缠和互相渗透融合的状态写出来。虽然早已有人认识到汉族和少数民族文化的难分难解的“拉拉扯扯”的关系，只因缺乏深入研究，现在尚不能在文学史里充分描画出各民族文学自然地汇于一体的情状。这的确不易，因为各民族文学发展程度差异很大。在二十世纪文学中，既有已具有现代形态、正在“走向世界文学”的新分子，又有仍靠口耳相传或基本属于古代形态的因素。这正是二十世纪中国社会发展不平衡的表现，是我们的重要国情，把现代文学史写得那么单纯、划一，有背实情。我们绝不抹杀五四文学革命划时代的意义，但也要写出五四后既有北京、上海等地掀起的启蒙文学热潮，又有非中心地区和边远地区仍保守、沉寂的文化状态，这才是真实的中国，这才是真实的中国文学。

以上认识如能成立，那就说明写了两百多部还没有把五四后新旧文学交替的真实历史情状，把现代文学的复杂的、多成分的、不平衡的历史面貌写出来。现代文学史真该重写，而且要把这些多种多样的成分融会贯通起来，形成一个互斥互吸的大系统，还真要有理论上的大气魄，善于运筹调度的大手笔。这有相当的难度，首先需要更新观念。要改变文学史等于要改变作家作品史的观念。作家作品无疑是文学史的主要内容，但文学史还要反映一个时代文学的全貌，要改变唯中心的观念。文化中心的动态是研究的重点；但也要研究非中心，才能看清中心掀起的风暴的实际影响和效应，两相照应，才能写出历史的真貌。要改变“成为王败为寇”的观念。要写好历史的主流，写好代表历史发展方向的主导力量；但又要从客观实际出发，做出自己的评价，不能只依据主流派的观点来写史。要改变历史“清一色”的观念。凡把历史写成单纯的“清一色”，写成只有一种运动模式，这样的历史其真实可靠性应该怀疑。要绝对尊重历史的本来面目，如实写出其复杂性、多成分和差异性。这许多观念的更新又有赖于思维方式的进一步转变，从绝对而相对，从单向而多向，从一维而多维，从分析方法而系统方法。这才可能把对现代文学的认识，把现代文学史或二十世纪文学史的编纂，提高到一个新水平。

（原载《文学评论》1999年第6期）

旧体诗词与现代文学的啼笑因缘

［**黄按**］2001年5月25日，中华诗词学会在安徽合肥召开第十四届年会，主题是五四后的诗词成就。他们邀请现代文学研究人员与会，但到会者仅我一人。我应邀在会上作此发言。

作为中国现代文学的研究者，听到了要求把五四后旧体诗词①的成就，写入现代文学史的强烈呼声②，当然是很想就这个问题，也来谈谈自己的看法。据我所知，目前已有少数几部现当代文学史，为五四后的旧体诗词立了章节，但所述只有毛泽东和老革命家或革命烈士的诗词，还不是出于认为五四后旧体诗词作为一种文体应该在现代文学史上占一席之地的缘故。之所以如此，因为旧体诗词与现代文学有过历史的纠葛。

五四文学革命反对文言文，提倡白话文，主张各种体裁都用白话写作，于是引起了一场文白之争。关于诗能否用白话，则是争论最激烈的问题。当时反对白话新诗的言论很多，认为白话诗“矫枉过正”“过于偏激”③。文化保守主义的派别，如学衡派的成员，认为诗必文言，白话不能为诗。对最早以

---

① 治现代文学史者，习惯把五四后的文言诗词称“旧体诗词”。我曾建议称“现代旧体诗词”，以与古典诗词区别。但中华诗词学会称现代创作的旧体诗词为“中华诗词”。霍松林先生在这次会议的《闭幕词》中也对“五四以来，诗词却被认为是已经被打倒了的‘旧体’而不被重视”表示不满。

② 如丁芒提交的论文题为《填补半世纪诗歌史的空白》（《中华诗词》2001年增刊号，5月出版），认为旧体诗词不能入史是“一件公案”。刘梦芙在会议主题报告《补写骚坛信史，宏开诗国新程》中，认为“搜集整理现、当代诗词，进行全面深入的研究，填补二十世纪诗歌史的空白，是我们这一代人义不容辞的责任”。会上发言中有人提出旧体诗词不入史是“极大的不公正”“极大的主观主义”。五四提倡民主，但不承认旧体诗词就是不民主，是“绝对的一元化”等等。

③ 张厚载：《新文学及中国旧戏》，《新青年》第4卷第6号，1918年6月。

白话做诗的胡适的《尝试集》，加以否定和嘲讽。胡先骕在洋洋三万言的《评〈尝试集〉》中，把胡适的诗贬为“枯燥无味之教训主义”“肤浅之象征意义”“仅为白话而非白话诗”①。梅光迪也攻击白话新诗是拾西人之唾余②。此外还有胡怀琛，发表《尝试集批评》《尝试集正谬》，认为胡适的主张是“乱说”，是“胡闹”，使“许多人上了胡适之的当”③。后来他还出版《尝试集批评与讨论》，在他写的《序》中，明确表示“反对胡适之一派的诗”。

文化保守主义对诗歌创作的一些见解，例如诗必有韵、必是格律的等，是文学上一种主张，自有其合理性，可以争鸣，可以在创作中各行其是，各显其能。大凡文化思想上倾向保守的，多看重传统，讲究形式。如1922年章太炎在上海讲演国学时，批评了白话新诗，“凡称之为诗，都要有韵，有韵方能传达情感。现在白话诗不用韵，即使也有美感，只应归入散文，不必算诗”④。陈寅恪甚至认为不仅写诗，便是“美术性之散文，亦必有适当之声调”⑤。著名古音韵学家、已故北大周祖谟教授解释说，“声调的抑扬高下是构成汉语书面语的音律美的固有条件，不能分平仄，就不能欣赏诗歌韵语和美术性的散文”⑥。这些意见都跟学衡派的观点相近，作为文学或学术的主张，尽可坚持己见，各自实践，如有成绩，也是贡献。这是当年文白之争的一部分内容。

但文化保守主义在阐述自己的诗主张时，也反对新文化运动，反对白话文。因此遭到文学革命先驱者的猛烈批判，视之为逆历史潮流而动的复古势力。因此无论在争论中写的许多反驳文章，还是事后写的回忆性文章，也无论是编选五四文学革命的史料，还是撰写这一段文学史，都把学衡派等的文化保守主义的意见，作为阻碍历史进步的反面主张。不但不承认他们意见中属于一

① 胡先骕：《评<尝试集>》，《学衡》第1期，1922年1月。

② 梅光迪：《评提倡新文化者》，《学衡》第1期，1922年1月。

③ 胡怀琛：《〈尝试集〉批评》，《〈尝试集〉批评与讨论》，泰东书局1921年版。

④ 章太炎：《国学概论》，上海古籍出版社1997年版，第16页。

⑤ 陈寅恪：《与刘叔雅论国文试题书》，转引自周祖谟《陈寅恪先生论对对子》，《追忆陈寅恪》，社会科学文献出版社1999年版，第148页。

⑥ 陈寅恪：《与刘叔雅论国文试题书》，转引自周祖谟《陈寅恪先生论对对子》，《追忆陈寅恪》，社会科学文献出版社1999年版，第149页。

家之说的有合理性的部分，也不承认五四后旧体诗词创作上的成就。如果在五四之前，例如辛亥革命时期南社的诗歌，评价或有高低，都还肯定其成就。但五四后就不承认了，当然更不能入史。现在的“中国现代文学史”，以前长时间里称“中国新文学史”。如第一部形态完备的王哲甫的文学史，叫《中国新文学运动史》。最早在高校开设现代文学的朱自清，其讲稿叫《中国新文学研究纲要》。到了1949年后，国家发布的最早的教学大纲叫《〈中国新文学史〉教学大纲》。王瑶1949年后的开山作叫《中国新文学史稿》。同时或稍后出的几部，叫《中国新文学史讲话》（蔡仪）、《新文学史纲》（张毕来）、《中国新文学史初稿》（刘绶松）。一直到1958年群众编书高潮中，不知出于何种考虑，才都改称《中国现代文学史》了。这“新文学”和“现代文学”有不同内涵，“新文学”不是时间概念，所指为性质，即五四开创的，用白话文和新形式写的，表现启蒙主义等新思潮的文学，因而名正言顺地不包括文言文的旧体诗词。新文学家编史不承认旧体作品，同样，文化保守主义者编的史，也不承认新文学。1933年，与第一部新文学史著——王哲甫的《中国新文学运动史》同时出现的，钱基博的《现代中国文学史》，详录“古文学”成就，凡文、诗、词、曲作家，如王闿运、章太炎、苏玄瑛、刘师培、马其昶、林纾、樊增祥、陈三立、陈衍、郑孝胥、朱祖谋、况周颐、王国维等，均有评介。而当白话文学早已成为现代文学的主流之时，一部《现代文学史》中，新文学竟然只占二十五分之一的篇幅。其于新文学的解释，则是“胡适之所以哗众取荣誉，得大名者也”[①]。他说白话诗是光怪陆离，无足取也。他评新小说是佶屈聱牙，过于《周诰》。谈及胡适等寥寥几个新文学家，又多是轻蔑口吻，连客观叙述都做不到。

以上简要回顾了五四时期文学革命先驱和文化保守主义的矛盾，由此造成各所编写的文学史的明显差异，造成旧体诗词和现代文学间的一段恩怨。编新文学史的人总是站在维护新文学的立场，很容易接受、采用文学革命先驱者留下的史料和见解。先驱者们（当事人）的影响是很大的，这是后来编出的新

① 钱基博：《现代中国文学史》，引自1986年5月岳麓书社重印之1936年增订本，第472页。

文学史或现代文学史不记述旧体诗词的一个重要历史背景。

历史并没有完全按照人们的意志发展、行进。首先违背了文化保守主义的意愿，让白话取代了文言，使用白话文的新文学成了主流文学。这对于推动中国社会及中国文学的现代化进程，产生了极为重要的作用，可以说没有这一场语言革命的成功，就难以实现现代化。但是与文学革命先驱们的意愿也不完全一致，新文学并没有即刻地完全地取代旧体裁，而是出现两种情况。一是已经完成了取代，例如白话新散文成就非常高，无论是记叙的、抒情的、议论的门类，都创造了十分优秀的作品。今日写散文，已经不需要再用文言文了。还有小说，也可以说白话的新小说已经完全能够很好地反映、表现新生活、新思想，不再需要“某生者体”了。第二种是经过文学革命，产生了新的白话的品种，但过去的旧形式依然存在，还有生命力，还受今人的欢迎。于是出现了新旧形式、品种的并存，而且并存的时间还可能很长。最典型的是戏剧，一方面五四后从西方引进的话剧越来越成熟，的确成了我国新文学的重要品种了。但同时，五四时受到猛烈批判的旧戏，不但保持到如今，而且也在不断地改革、进步，有新的发展。全国各地大多既有话剧团，又有京剧团和各种地方剧团，合肥这里的黄梅戏剧团就很有名。这就是并存，诗歌也一样。一方面白话新诗在五四后成了主流，也产生了一批好作品；另一方面旧体诗词继续为许多人所喜爱，写的人不少，也有很优秀的作品。我对现代旧体诗词没有研究，听有的专家说今天旧诗词的成就已能“超唐迈宋”[①]。果真如此，那是很鼓舞人的。

我们以前写文学史，只讲新的战胜旧的，取代旧的，这不完全符合历史实际。应该是有的部门新的取代了旧的；有的部门则创造了新品种，推进了

---

① 陕西师大霍松林教授在《闭幕词》中说：“五四以来的诗词创作出现了超唐迈宋，前无古人的杰作”，“毛泽东诗词，当然是千古绝唱；其他如唐玉虬、钱仲联等的大量抗战诗，激昂慷慨，气壮山河，是历史上任何抗击外来侵略的名篇佳什（包括陆游的代表作）无法比拟的；又如聂绀弩等的‘文革’诗，也和所反映的‘文革’一样，‘史无前例’。诗如此，词亦如此，试把夏承焘、沈祖棻的代表作与宋词名家的代表作相比较，便不难作出公允的结论。由此可见，先入为主的‘荣古虐今’的偏见是有害的；好诗已被唐人作完、好词已被宋人作完以及彻底否定‘五四’以来诗词创作的种种论调，都是毫无根据的”。他还举出曲学大师吴梅的高足孙雨亭，其于抗战时所作《巴山樵唱》，“超过了元人散曲水平”。

文学的现代化，与此后继续存在、发展的旧形式并存，谁也不能取代谁。新诗自有其优越性，像抗战时艾青的诗，“雪落在中国的土地上，寒冷在封锁着中国啊！”这样的意境用文言文是难以表现的。同样，文言旧诗词也有白话诗达不到的特长。因此，正如胡适所言，“不必排斥固有之诗词曲诸体。要各随所好，各相体而择题，可矣”①。新与旧既相颉颃又相渗透，这才是历史的实相。但是这样的历史真实不可能很快就被认识，不但五四时认识不到，就是到了二十世纪五六十年代也不具备被认识的条件。人们的认识往往落后于现实。人们自己创造历史，却不可能立即就对历史认识得很清楚。只有经过很长时间，历史真相得到充分暴露，许多事情长时间地连续不断地出现，证明其并非偶发性的，而是具有长期性、规律性的，这才可能使人们对它形成共识。到了今天，五四后中国诗歌领域是新旧诗并存共进，已有可能成为文学史家们的共识了。我的《“现代旧体诗词”应入文学史说》②如在五年前，可能有人反对，而在今天大概不会有什么争论了。这是因为今天具备了这样的条件。

刚刚过去的八九十年代是个反思的年代。文学也一样，不但反思“文革”，反思“十七年”，不但反思1930年代，反思延安文艺整风，而且已经开始反思五四。这可能与新儒家、新国学批评五四全盘反传统有关。林毓生的《中国意识的危机》传入内地后，虽有现代文学研究家的反驳，但对我们反思五四文学革命还是有推动的作用。人们对五四新文化运动的绝对化早有批评，不过这回的反思比较集中在如何对待民族文化传统上，对此作较深入的思考。这种反思的成果之一，是对文化保守主义思潮的比较客观的评价，承认他们“昌明国粹，融会新知”，也是追求现代化的一条途径，只是更看重传统，更强调继承，对文化上的激进主义有其制衡作用。对学衡派也摘去了“反动的封建复古派”的帽子，这样，可能比较客观地评论他们的诗歌主张了。特别是新诗发展到今天，几乎面临着危机，与其他体裁相比，成绩很不理想。诚如袁

① 胡适：《论小说及白话韵文》，《新青年》第4卷第1号，1918年1月。

② 载《粤海风》新编第24期，2001年5月出版，后又收入中华诗词学会第14届年会《论文集》。

第锐先生所说，“绩溪胡氏学堪称，尝试应伤业未成”[①]。人们不得不回过头去，重新认识五四时期“诗体大解放”主张的得失，看到了一味追求自由，不讲形式，不顾民族诗歌传统诸弊病，对新诗的危害。同时，五四后旧体诗词的创作越来越显出成绩，为更多的人所认识[②]。人们感到应该认真地面对这些客观的事实，若如埋沙鸵鸟，那不是科学的态度。凡此种种促进了对五四后旧体诗词成就的研究，也越来越感到应该把它入史。

但是承认历史事实，并不等于解决了所有的编史问题。怎样评价这些事实，要不要都载入历史，给个什么地位等等，这些还涉及编史者的学术思想、文学史观。会上有人批评唐弢先生，因为他不赞同将旧体诗词写入现代文学史。据我所知唐先生对现代优秀诗词是很喜爱的，对郁达夫的旧体诗词评价很高。在他主编的《中国现代文学史》的郁达夫一节中，还引用了郁的《过岳坟有感时事》等三首旧体诗，并说旧体诗是他的作品感情最浓烈的部分。这样单独介绍一个人的旧体诗，似乎与全书风格不统一，但唐先生还是这么做了。这说明他并非不重视五四后旧体诗词的成就，而不赞同将旧体诗词入史是出于他的现代文学观。还有人批评王富仁先生，他也不赞同旧体诗词入史，并说这是一种“文化压迫”。这句话令有的人感到不快。王富仁这句话出自他的《当前中国现代文学研究中的若干问题》[③]一文，这篇文章不是谈旧体诗词地位问

---

① 袁第锐，中华诗词学会副会长，甘肃省政协常委。此为会间所咏绝句二十首之一。

② 刘梦芙先生在会议主题报告中述八十年代旧体诗词成就，列了一个名单，可供参考：“五四以来的八十多年中，涌现出规模宏大的诗人群体，名家辈出，星光灿烂。其中突出的作者，旧民主革命者如黄兴、廖仲恺、黄炎培、于右任、李叔同、柳亚子、林庚白等；新文学创始人及健将如陈独秀、胡适、鲁迅、郭沫若、叶圣陶、郁达夫、朱自清、田汉、老舍、聂绀弩等；无产阶级革命家如毛泽东、朱德、董必武、叶剑英、陈毅、胡乔木等；专家如马一浮、吴梅、谢无量、黄侃、汪辟疆、刘永济、汪东、陈寅恪、乔曾劬、胡先、唐玉虬、邵潭秋、顾随、王蘧常、俞平伯、夏承焘、唐圭璋、詹安泰、龙榆生、顾毓、缪越、王起、吴世昌、钱仲联、苏渊雷、钱锺书、程千帆、孔凡章、饶宗颐、周策纵、罗慷烈、刘逸生等；书画家如潘天寿、林散之、邓散木、沈尹默、萧劳、张大千、沙孟海、刘海粟等；女诗人词家如刘蘅、张默君、丁宁、李祁、陈翠娜、陈家庆、沈祖棻、茅于美、张珍怀、叶嘉莹、王筱婧等，以及八九十年代崭露头角的中青年诗人，皆取得卓异的成就。仅仅是上述挂一漏万的名单，都理当引起现代文学研究者的重视。”

③ 见《中国现代文学研究丛刊》1996年第2期。

题，而且有其特定背景。那就是对海外新儒家否定五四新文化运动的批评性回应，所以他说："任何一种文化都是有侵犯性的，新儒家学派文化思想的浸润性发展，实际上对中国现代文学学科研究产生颠覆性的威胁。一个否定五四新文化运动的文化思潮已经蔓延到政治、经济、文化各个领域，并且还在继续发展中。"因此，他认为"必须像一个人保守自己的生命一样保守住五四文化革命和文学革命的合理性"。在这样的认识前提下，他反对现在把旧体诗词入史，并说"这里有一种文化压迫的意味"。可见他谈的不是对旧体诗词成就的评价问题，而是对新儒家的对策。当然，我个人是不赞同这种见解的，历史研究不应该过多地受现实的干扰。但这种见解也是一种文学史观，应该在学理的层面上展开争鸣。

总之，越来越多的人已经感到五四后旧体诗词入史的必要。这不是因为有人抱怨，有人呼吁；而是因为认识更接近历史的真实了，对文化革命特殊规律的了解比以前深刻了，看清了文化变革不是即刻的"一刀两断"，而是有一个新旧并存、逐渐交替的长过程，二十世纪正经历着这样的过程。尊重历史是我们的起码的史德，尽可能地逼近历史是我们分内的职责。在这方面我们做过许多努力。台湾、香港文学长期被忽略，在资料欠缺的情况下，经过许多人的努力，现在已有多部各类台港的文学史问世，台港文学和海外华文文学研究几成了三级学科。五四文学革命批判了通俗小说，现代文学史长期有雅无俗。也有人为改变这种片面性付出辛勤劳动，现在已有了内容比较丰富的现代通俗文学史。金庸的新武侠小说，也是由现代文学研究家率先给予高度评价的。既然我们能够填补上述的空白，那么，对于现代旧体诗词成就的研究，肯定也会一步一步地做起来。1997年我主编《二十世纪中国文学史》（这是教育部跨世纪教改研究项目）时，就想把现代旧体诗词的发展情况写进去，为此通过各种关系寻找执笔者，也找到了中华诗词学会有关人员，均未有愿意接受者。我对此能够理解，因为工作量太大，要下大工夫才行。现在听说清华大学蓝棣之教授正在编《二十世纪中国诗歌史》，他请徐晋如先生撰写旧体诗词部分。祝愿蓝教授成功，让一部包含新旧体诗歌的全面的百年诗歌史早日问世。

这些旧体诗词与现代文学的啼笑因缘，都说明现代文学史研究者们的积极的态度。现代旧体诗词的发展，毕竟包含在我们研究的这个时段里，而且是重要的文学现象。这就使现代文学与旧体诗词之间，有着分不开割不断的因缘，不论过去的关系是啼还是笑，因为总的目标都是为了中国文学的发展，便有了今天的相逢一笑，希望今后笑口常开，最终皆大欢喜。

现当代文学史记述的是现实或刚发生过的事，因此谁可入史谁不必入史，便是常常困扰人的事。王瑶先生对此有颇深的感受，他曾说有人会打上门来，说自己如何如何伟大，责问为何不让他入史。他又常举唐人选唐诗，然而《河岳英灵集》中竟然不选杜甫。但今天的唐代文学史里，杜甫仍居最显要的地位。说到底，历史是后人替前人写的，要紧的是我们要努力做出足以彪炳千秋的业绩，后人是绝不会忘掉、漏掉的。我非常赞同会上有人对新旧体诗关系的说明，“长期共存，历史选择”。无论是新诗还是旧体诗词，共同面对着“历史选择”的考验。我希望都有骄人的成绩，一起为历史所选择！

（原载《中国现代文学研究丛刊》2002年第2期）

全球化语境下的中国现代文学研究

全球化的背景与学科发展

“全球化”是今天的热门话题，但全球化并非始于今日。就中国而言，马戛尔尼求见中国皇帝，想跟我们做生意，就标志着“全球化”的早期趋向敲响了我们的大门。而鸦片战争以来的一系列事变，都可以说是不同程度地受全球化进程影响的社会震荡和变革。尤其是五四新文化运动，更是文化全球化进程在中国的强烈表现。五四后，从“保存国粹”和“全盘西化”的思想冲突，直到今天关于儒家思想在二十一世纪的作用问题；从文学的“欧化”与“大众化”“民族化”的关系，民族形式的讨论，直到今天的“世界性”与“本土性”关系问题的提出；这些也都是文化全球化趋向在中国文化界、文学界引起的反应。只是过去不用“全球化”这个概念而已。在回应全球化问题上，我们已经做过一些工作，也有一定的经验、教训，只是尚未从全球化的角度加以总结。现在引入“全球化”的视角，把现代文学放在“全球化”过程的背景下作新的审视，可以扩大我们的视野，或许会产生新的认识。

文化全球化跟我们学科发展关系密切。所谓文化全球化，绝不是全球要形成一种文化，一种唯一性的文化，用它来一统天下。我认为文化全球化的核心在于经过很长的历史过程，形成一种全人类认同的价值观。全世界各个民族、国家、地区、阶级、团体、家族、教派、个人，都有自己的特殊的价值观，是非常复杂多样的，有的就是难以互通，不能通约的。所以长期以来，世界上一直存在不同价值观的冲突。但这只是问题的一面，人类社会和科学技术的发展，已经把世界变成“地球村”，为了共处共存，共享共进，必须有一个符合全人类利益的共同的价值观，一个大家都要遵守的价值底线。底线当然是最低层次的，便具有宽泛性、普适性，但又是不能超越的，超过这条线就是反人类。只有大家承认、遵守这共同的价值底线，才能维系人类的共同生存和发展，也才能有人类间思想、感情的理解和沟通。当今世界上，价值观的相互矛盾、冲突和相互接近、认同，两种倾向都存在。文化全球化就是在承认、尊重各种价值观的相对合理性的前提下，促进全人类性的价值底线的形成，增进人类间的合作，以求共同发展。达到这样的境界，要有非常长的历史过程。

为此，我提出中国现代文学的全人类性研究。什么是现代文学的全人类性研究？首先是以人性论为理论基础，研究现代文学在特定的时代背景下，如何反映或表现了人类共有的人性，用艺术来反映现代中国人对人性的追求，对反人性的批判。其次，全人类性研究承认人类共有的价值底线，以此为标准，来衡量、评价现代文学的得失，解释它的历史。

我之所以提出现代文学的全人类性问题，就是出于全球化语境下的思想沟通的考虑。现在世界上能够认识、理解甚至喜爱中国文学，尤其是了解中国现代文学的人，还是不多的。甚至就在中国的台湾、香港，中国现代文学的影响也是有限的。这里的原因很复杂，如意识形态的分歧等。从学术研究的角度来检讨，则我们阐释现代文学时，在价值标准上存在分歧。现代文学研究的阐释体系，至今影响最大的是进化论的体系。在二十世纪的特殊语境里，很快就有阶级斗争的理论，来充实进化论，以阶级斗争为社会进化的杠杆。阶级斗争也不断地推动文学的进化，从文学革命到革命文学，从白话新文学，到左翼文学，到工农兵文学，再到社会主义文学，新的层出不穷，这构成了现代文学进化的历史图景。后来有人提出启蒙主义的阐释体系，但这种体系并没有超出进化论的框架，只是突出启蒙文学，认为它最能代表二十世纪中国文学的成就。近来又有建立现代性的阐释体系的动向，但从对现代性的不同理解来看，现代各种文学都可以被解释成为具有现代性的。何况从更“进化”的后现代的观点来看，现代性的局限又是明显的。而无论进化论的、阶级论的、启蒙论的、现代性的阐释体系，都从社会价值判断来评价文学。而社会价值观在不同国家、民族、人群中有非常大的差异，有的就是不能互通。这样的阐释必然制约了更多的人对中国现代文学的理解，制约了现代文学的国际沟通，不能适应全球化的历史趋向。

再次，也是我们社会内部的需要，我们现在面临价值重构的任务。从“文革”结束至今的二十多年，中国社会发生巨变，社会价值失范，给现代化事业造成严重的损害。接受过去的教训，建立价值体系要从最低层次着手，首先应该明白怎样才算个“人”，做个起码的“人”应该是什么样的，这就需要“人类性”的标准。五四时周作人说中国还要“辟人荒”，这件事并未完成，现在仍然要进行“人”的启蒙，而且对每一代人都要进行这种启蒙。我们研究现代文学，也要以“人类性”为标准。我们面对的学生是在全球化语境下成长起来的。他们跟阶级斗争，甚至启蒙主义已经很有些隔膜。他们也希望对现代文学有一种能够符合时代特点和要求的解释。现代文学的全人类性阐释为此提供了可能。

因此，我想我们应该有一个全人类性的阐释体系，它超越了民族、国家、阶级、集团的价值观，是持有不同的社会价值观的人们都能理解、接受，都能在这个思想层面上沟通的。我曾经试图做出解释：“所谓全人类性价值观，就是人类为了自身更好地生存、发展所普遍形成的信念，是人类公认的价值原则和行为准则，反映了全人类共同的利益需求。因而它具有普适性，可以为全人类所共享。……例如自由、平等、民主、法制、享乐、公正、环保等。有人称之为‘人类意识’‘价值底线’。”[①]这些正是人类文明的方向，当然也就是目前可能的全人类共同价值标准的底线。

中国现代文学的全人类性

用上述的观点来观照中国现代文学，我们看到五四新文化运动和文学革命中建立的新文学，是人类文明、进步发展的产物，本来是具有全人类性，可以与全人类互通的，但这在过去没有得到应有的阐发。

新文化运动以民主、科学为旗帜，追求人的觉醒和解放，顺应了人类历史发展趋向，已经超越了“富国强兵”的民族要求。新文化运动主要领导人陈独秀，在《新青年》的发刊词《敬告青年》中提出的是对“人”的六条要求，

① 黄修己：《价值的相对性和绝对性》，《文学评论》2001年7月第4期。

也就是现代人的基本条件。那时他是以人性论为理论基础的，他要求发展“人间性”：“知识和本能倘不相并发达，不能算人间性完全发达。”[①]同一个时间，周作人据“人间本位主义”，提出人性包含兽性和神性，要求人要有“灵肉一致”的合理的生活。这和陈独秀的人的“本能”“知识”相并发达的思想是一致的。周作人还提出建立“人的文学”的主张，对新文学的建立有巨大的影响。鲁迅看到“中国人向来就没有争到过‘人’的价格”[②]，所以他说“文学革命者的要求是人性的解放”[③]。

五四时两个最重要的社团大体上也都以人性论为创作的指导思想。文学研究会的理论家沈雁冰支持“人的文学”，他认为这样的文学是可以“沟通人类情感代全人类呼吁的唯一工具，从此，世界上不同色的人种可以融化可以调和”[④]。所以，文学要把全人类的共同性写出来，“把人类共同的弱点也抉露出来”[⑤]。沈后来回顾历史时说：“人的发现，即个人主义，成为五四时期新文学运动的主要目标。当时的文艺批评和创作都是有意识的向着这个目标。”[⑥]郭沫若认为：“人性是普遍的东西”，最彻底的表现人的个性才是“最为普遍的文艺”[⑦]。因为个人性与人类性是相通的：“个人的苦闷，社会的苦闷，全人类的苦闷，都是血泪的源泉，三者可以说是一根直线的三个分段，由个人的苦闷可以反射出社会的苦闷来，可以反射出人类的苦闷来。”[⑧]创造社的主要理论家成仿吾认为“文学以人性为它的内容”，“人性有永远性

① 陈独秀：《新文化运动是什么》，《新青年》第7卷第5期，1920年4月。

② 鲁迅：《坟·灯下漫笔》，《鲁迅全集》第1卷，人民文学出版社1981年版，第212页。

③ 鲁迅：《且介亭杂文·〈草鞋脚〉小引》，《鲁迅全集》第6卷，人民文学出版社1981年版，第20页。

④ 沈雁冰：《文学与人的关系及中国古来对于文学者身份的误认》，《小说月报》第12卷第1号，1921年。

⑤ 郎损：《社会背景与创作》，《小说月报》第12卷第7号，1921年7月。

⑥ 茅盾：《茅盾文艺杂论集》，上海文艺出版社1981年版，第298页。

⑦ 郭沫若：《由诗的韵律说到其他》，《文艺论集》，光华书局1932年第5版，第184页。

⑧ 郭沫若：《论国内的评坛及我对于创作上的态度》，《文艺论集》，光华书局1932年第5版，第116页。

的时候，文学也有永远性”。他认为“真挚的人性”加上“审美的形式”等于“永远的文学”[1]。成仿吾发表这段话的时候，创造社诸子有的已转向阶级论，可见人性论对成仿吾的影响还是很深的。

从上面简单的引述，人们不难发现，新文学的先驱们心中想要建立的文学，应该是含有“人间性”“普遍性”“永远性”的文学。这种理想对新文学的建立和发展发生深刻的影响。这影响主要有三个方面，而这三个方面可以说都具有全人类性。

首先是张扬人性，张扬个性。新文学追求、探讨建立健全的人性。胡适提出要培育“健全的个人主义”。新文学家强调个人的独立人格、自由意志，提倡“个人本位主义”“个人独立主义”，反对“以己属人之奴隶道德”。同时认为人生的目的是追求幸福，陈独秀明确提出：“人生在世，究竟为的什么？究竟应该怎样？我敢说道：个人生存的时候，当努力造成幸福，享受幸福，并且留在社会上，后来的人也能够享受。递相授受，以至无穷。”[2]因此他们都主张个性解放。当时的目标便是全人类共同的“法律上之平等人权，伦理上之独立人格，学术上之破除迷信，思想自由”[3]，以为这样才能达到个人的幸福。陈独秀推崇托尔斯泰，因为他“尊人道，恶强权”，推崇易卜生，因为他“刻划个人自由意志”[4]。

为了培育健全的人性，新文学必然主张人与人之间的平等、博爱，提倡人类之间的互爱，为此陈独秀提出“全社会的友爱”。在1920年1月《新青年》（7卷2号）上发表的《答刘半农的〈D—！〉诗》里提出人的互助合作思想，说：“弟兄们！姐妹们！……我们的说话大不相同，穿的衣服很不一致，有些弟兄的容貌更是希奇，各信各的神，各有各的皮气；但这自然会哭会笑的同情心，会（把）我们连成一气。连成一气，何等平安，亲密！”所以要感谢做屋、缝衣、种田、造车船、绘画、弹琴、看病的弟兄，“感谢他们的恩情”。这和郭沫若的《地球，我的母亲》里表达的思想一致。新文学的许多

---

① 成仿吾：《革命文学与它的永远性》，《创造月刊》第4期，1926年6月。
② 陈独秀：《人生真义》，《新青年》第4卷第2号，1918年2月。
③ 陈独秀：《袁世凯复活》，《新青年》第2卷第4号，1916年12月。
④ 陈独秀：《现代欧洲文艺史谈》，《新青年》第1卷第3号，1915年11月。

作品表现人类的爱的精神，歌唱人类的丰富的爱的情感，“爱”在五四后成为普遍的主题。成仿吾在解释什么是人性的时候说：“永远的人性，如真理爱，正义爱，邻人爱等，又可统一于生之热爱。我们须热爱人生。”[①]人类的几种重要的感情，爱情、亲情、友情等都得到比较充分的表现。在表现爱情方面更突出，朱自清曾说过，古代中国没有情诗，只有“忆内”“寄内”。五四爱情诗的出现、发达，既是个性解放思想的迸发，也是对人类两性关系的美的追求的表现。当时有人认为这是“诗的责任”，“今后的诗不是为两性的爱作留声机，是为两性的爱作叫鸣鸡”[②]。追求自由爱情是五四新诗歌，也是小说、话剧等的最主要的内容。其次是对母爱的颂扬，如冰心的《超人》《悟》等。冰心认为人类是“当面输心背面笑，翻手作云复手雨”。因此要宣扬爱的哲学，她视母爱为人类前进的原动力。在《超人》中高唱母爱：“有了母亲，世上便随处种下了爱的种子。……万物的母亲彼此互爱着；万物的子女彼此互爱着；同情互助之中，这载着众生的大地，便不住的纡徐前进。”有一些作品则颂扬更宽广的人类爱，不少作品中塑造“爱”的象征性人物。王统照《微笑》中的女犯人，用她的代表人类爱的微笑来超度罪犯。许地山的《缀网劳蛛》使人想起托尔斯泰的《复活》，主人公尚洁也是个爱的化身。还有叶圣陶的《潜隐的爱》等，构成五四后相当规模的宣讲爱的阵势。在表现母爱的同时，文学的非常重要的内容是表现对儿童的爱。郭沫若视“小儿是人类的天国”[③]，歌唱童真是冰心《春水》《繁星》两部小诗的重要内容。叶圣陶小说的重要方面是儿童教育的题材。正是在这种思想下，催生了中国现代儿童文学。对爱的宣扬，描写爱与憎的辩论，持续了很长的时间。冰心的《超人》《悟》中都写了爱与憎的争论。这在巴金的《灭亡》《新生》中继续进行，这就是《灭亡》中杜大心与李静淑，《新生》中杜死后李静淑与李冷之争。直到抗战中，巴金在《火》的第三部，还在通过主人公宣扬“用爱拯救世界”。正是爱的理想的破灭，使许多作家产生对旧制度的怀疑、憎恨，怀着“我控诉”的激情，创作许多优秀的批判旧制度的作品。以前我们曾经认为只有用阶级斗争的方法，才能

① 成仿吾：《革命文学与它的永远性》，《创造月刊》第4期，1926年6月。

② 周无：《诗的将来》，《少年中国》第1卷第8期，1920年2月。

③ 郭沫若：《少年维特之烦恼·序引》，《创造》季刊第1号，1922年5月。

把旧势力推翻，误将文学家宣扬“人类爱”都看成是“虚伪”“反动”的。其实宣扬“爱”，同样是人类社会发展的需要，新文学在这一方面的贡献应该得到应有的评价。

人与自然的关系虽然不是新文学表现的重点，但在某些作家的言论和作品中强调两者的和谐。郭沫若从泛神论出发，歌颂歌德“以自然为慈母，以自然为爱人，以自然为师傅”[①]；歌颂原始人的单纯、质朴，因为他们“最与自然亲眷”。所以他歌唱《地球，我的母亲》，歌颂与“母亲”最亲近的矿工。他自己的创作便认“一切自然都是我的表现”[②]。在冰心的小诗里，母爱、童真和自然，三位一体，构成和谐的关系。后来郭沫若受马克思主义的鼓荡，思想起变化，但仍未放弃人性解放的追求。1923年他在《我们的文学新运动》中说：“我们的运动反抗不以个性为根底的既成道德……我们的运动要在文学之中爆发出无产阶级的精神，精赤裸裸的人性。”[③]

其次，新文学具有鲜明的社会批判、思想批判的精神。1920年的陈独秀，仍认为五四是“人的运动”。在开始转向马克思主义之时，便要求“资本家要把劳动者当做同类的‘人’看待，不要当做机器、牛马、奴隶看待”[④]。在这种思想之下，他们当然不满中国的社会现实，抗议社会的不平，如陈独秀的《丁巳除夕歌》、刘半农的《相隔一层纸》、刘大白的《田主来》《卖布谣》等。这方面表现最强烈的是鲁迅。从最低的人权要求出发，鲁迅提出“一要生存，二要温饱，三要发展”。他写阿Q的悲剧，一是生计问题，二是恋爱悲剧，这两个做人的起码需求都不能达到，所以作家只有把阿Q送上了死路。如果《阿Q正传》的背景不是选在辛亥革命，阿Q的结局仍然会是死路一条。鲁迅自己说他写小说意在提出一些问题来，揭示“病态社会”和“不幸人们”，目的也在于让人能“幸福的度日，合理的做人”[⑤]。信奉“有了爱就有

---

① 郭沫若：《少年维特之烦恼·序引》，《创造》季刊第1号，1922年5月。

② 郭沫若：《少年维特之烦恼·序引》，《创造》季刊第1号，1922年5月。

③ 郭沫若：《我们的文学新运动》，引自《中国新文学大系·文学论争集》，第141页。

④ 陈独秀：《新文化运动是什么》，《新青年》第7卷第5期，1920年4月。

⑤ 鲁迅：《坟·我们现在怎样做父亲》，《鲁迅全集》第1卷，人民文学出版社1981年版，第140页。

了一切”的冰心，却是写问题小说最早最积极的作家之一。问题小说成了五四时期最流行的门类，这类作品归根到底是要探究怎样才是有幸福、合理生活的“人”。被称为“为艺术”派的作家，则发出不能幸福、合理地做人的痛苦的呼喊，也颇为震撼人心。五四的这种精神，后来一直贯通下去。1930年代的骆驼祥子在北京城里挣扎，他的“三起三落”的经历，所包含的仍然是“生计问题”和“恋爱悲剧”，作家所要写的仍然是起码的“人”的生活的缺失。

根据当时的社会实际，新文学家更加致力于批判反人类的落后、倒退的思想文化，所以“改造国民性”是当时知识分子普遍思考的问题。从严复到陈独秀，都写了比较中国与西方的国民性或民族性格差异的文章，批评中国国民性的弱点。同时也把落后的国民性的造成，归于封建主义的毒害，从而批判封建制度和观念。画出国民的灵魂，鞭挞愚弱的国民性，始终是鲁迅创作的主题，是他的作品成就的顶尖。他从《狂人日记》开始，把旧思想、旧文化的戕贼人性作为表现的重点，通过塑造一系列人物形象，深刻地描写了可怕的人性的扭曲。老舍看到人性的弱点，提出“人格教育”（《猫城记》）的任务。沈从文更明确地批判“城市文明”，希望以湘西乡村未受污染的带原始性的民性，作为“少年血性汤”以药救堕落的民族性格。曹禺深刻地揭示了传统“文明”如何使人腐烂掉，歌唱原始的“北京人”的健全和力量。……作家们的社会理想和设计也许并不实际，但都表现新文学把人的问题、人的自身的完善，作为重大的主题，这是新文学的一大显明的特点。

再次，新文学家把恢复、张扬人性，看成是追求真、善、美的行动，作为对新文学的要求。他们从个性解放的思想出发，首先便是对真的追求。成仿吾认为“艺术的目的是在表现出人类最高或最深的情绪；但他的生命却是‘虔诚’。虚伪的美化与一切的夸张，是必然地残害艺术的生命的”。没有“纯洁的真情”的作品，“终是没有生命的木偶”①。“我们要是真与善的勇士，犹如我们是美的传道者。”②他还认为“真的文艺是人类的良心”③。冰心追求“‘真’的文学”，要做“‘真’的文学家”，为此，她认为唯有“发挥个

① 成仿吾：《补白》，《创造》季刊第3号，1922年7月。

② 成仿吾：《新文学之使命》，《使命》，创造社出版社1927年版，第5页。

③ 成仿吾：《补白》，《创造》季刊第4号，1923年2月。

性，表现自己”一途[①]。朱自清认为“创造的文艺全是真实的”，所以反对文学“撒谎”“模拟”[②]。叶圣陶则以《诚实的自己的话》为题，提出“求诚”的文艺[③]。五四新文学的求真，一是要求真实，反对“瞒与骗”，要求文学敢于“直面惨淡的人生”，敢于描写人类的弱点。五四推崇自然主义，因为它“虽极淫鄙，亦所不讳，意在彻底暴露人生之真相”[④]。这就是自然主义、写实主义在当时受到重视的原因。胡适提倡“易卜生主义”，“只在他肯说老实话，只在他能把社会种种腐败龌龊的实在情形，写出来叫大家仔细看”[⑤]。为了求真，甚至要求科学性，“科学是一切精密知识的嫡母，我们的文艺……是决不可不与科学携手的”[⑥]。其次是要能表现真情，要敢于赤裸裸地表现自我。这就使主情主义、表现主义、浪漫主义在当时成为另一巨大的潮流。创造社的浪漫主义并没有当时有人批评的“英雄气”，却多的是感伤的“泪浪滔滔”式的情感流泻。这就是郭沫若说的“生底颤动，灵底叫喊”[⑦]。郁达夫则更把表现真情提到文学的价值观上来了：“艺术既是人生内部深藏着的艺术冲动即创造欲望的产物，那么当然能把这内部的要求表现得最完全最真切的时候，价值最高。”[⑧]新文学同时也追求美，表示追求“文学的全perfection与美beauty有值得我们终身从事的价值之可能性。而且一种美的文学，……这些美的快感与慰安对于我们日常生活的更新的效果，我们是不能不承认的”[⑨]。郭沫若说：爱美，进而追求艺术，是人类婴孩时代就有的，是天生的。[⑩]郑振铎以“美”是文艺的“生命汁”，他说美的文艺将永远不灭。[⑪]他们都把美作为

---

① 冰心：《文艺丛谈》，《小说月报》第12卷第4号，1921年4月。

② 佩弦：《文艺的真实性》，《小说月报》第15卷第1号，1924年1月。

③ 叶圣陶：《诚实的自己的话》，《小说月报》第15卷第1号，1924年1月。

④ 陈独秀：《人生真义》，《新青年》第4卷第2号，1918年2月。

⑤ 胡适：《易卜生主义》，《新青年》第4卷第6号，1918年6月。

⑥ 成仿吾：《补白》，《创造》季刊第3号，1922年7月。

⑦ 郭沫若：《补白之二》，《创造》季刊第1号，1922年5月。

⑧ 郁达夫：《生活与艺术》，《晨报副刊》，1925年3月12日。

⑨ 成仿吾：《新文学之使命》，《使命》，创造社出版社1927年版，第10页。

⑩ 郭沫若：《文艺之社会的使命》，《文艺论集》，光华书局1932年第5版，第50页。

⑪ 西谛：《卷头语》，《小说月报》第15卷第2号，1924年2月。

一种人性，作为人所追求的合理生活。这些思想说明五四文学革命先驱把人性的追求作为审美的标准。

上面粗浅的描述大体可以说明现代文学的全人类性，我们过去对这些内容还没有给以系统的叙述、评价，这有待以后的努力。

两种“全球化”的影响

二十世纪的突出的时代特征，就是社会主义制度的产生，资本主义和社会主义两种制度的并存，以及此消彼长的竞争。一战结束后，陈独秀还认为：“现在世界上有两条道路：一条是向共和的科学的无神的光明道路；一条是向专制的迷信的神权的黑暗道路。”[①]但紧接着在十月革命后，一种新的制度诞生，开始有了社会主义和资本主义两条道路，而这两条道路都具有全球化的特征。马克思主义认为社会主义的胜利必须是世界革命的胜利，所以号召“全世界无产者联合起来”。中国最早接受马克思主义的李大钊，在十月革命胜利后宣告：“将来的环球，必是赤旗的世界。”[②]他也指出社会主义革命是“着世界的革命之彩色者也”，俄国革命“实二十世纪全世界人类普遍心理变动之显兆”[③]。二十世纪有两种全球化，资本主义要建立世界市场，社会主义也在追求全球的胜利。因此在整个现代文学的发展过程中，便充满着思想矛盾和冲突，这也是两种全球化的矛盾、冲突的反映。而过去的研究，只注意社会主义全球化历史的背景，只强调五四运动是在十月革命的号召下发生的。这固然是必要的，但只强调一种全球化的历史线索是有片面性的。从两种全球化的角度来看中国的现代文学，就应该承认五四后的新文学有两条发展线索，并非“无产阶级文学运动是唯一的文学运动”。现代文学中有一条在社会主义思潮之下发展起来的线索，是非常鲜明、完整的。而另一条线索也是非常分明的。从胡适的“国语的文学，文学的国语”的主张，尤其是周作人的“人的文学”论开始，后来有梁实秋的“人性论”“自由人”“第三种人”的“文艺自

① 陈独秀：《克林德碑》，《新青年》5卷5号，1918年11月。

② 李大钊：《Bolshevism的胜利》，《新青年》第5卷第5号，1918年11月。

③ 李大钊：《法俄革命之比较观》，《言治》季刊第3册，1918年7月。

由论”等，一直延续到如今。为什么到了抗日时期的延安，还要批判人性论，批判“爱是出发点”等的观点，为什么1949年后也还在把人性论、人情论等作为“修正主义”来批？都说明这条思想线索没有断过。这两条线索都有国际背景，都跟两种全球化的趋势相关。二十世纪的中国已经无法逃出全球化的巨大影子，中国已经成了“世界历史”的不可分割的一部分了。两种全球化的冲突，在中国现代文学史上还引出了一系列思想动荡，这是中国现代学史上的突出现象。例如对人性和阶级性关系的认识分歧。人性与阶级性本是并存的，但属于不同的心理层面，人性低于因而大于阶级性。梁实秋提倡写普遍的人性，但不必否认阶级性，从而也不必否定无产阶级文学。鲁迅等坚持文学的阶级性的观点，但应该承认不同阶级仍有相通的人性。焦大不爱林妹妹，这显出他的思想感情与贾宝玉有不同的阶级特征；但焦大只是不爱“林”妹妹，他并没有不爱“妹妹”，这又是他与贾宝玉的共同的人性。平心静气地讨论，双方不难在认识上逐渐接近。但因为有两种全球化的冲突，争论成了文化上的阶级斗争，问题就严重了。我认为在这方面，当年的无产阶级文学运动有着深刻的教训，这就是不应该不承认人性论。从1920年代末出现革命文学开始，只承认、只强调人物形象的阶级性，便引出文学创作和评论中的许多偏向，人物形象往往不再具有丰富的人性了。蒋光慈曾谈到他翻译完苏联李别金斯基的《一周间》后的感想：“觉得所谓真正的革命党人，并不是简单的凶狠的野兽，而却是具着真理性，真感情，真为着伟大的事业而牺牲的人们。”①这是他从苏联文学中看到的，而我们的左翼文学作品，却可能因为写了人的真理性、真感情而受到批评，或被认为是“革命浪漫蒂克”倾向。

又如人性中兽性与神性的关系问题。五四文学革命中，承认兽性——人的本能和欲望——的合理性，这是对封建阶级的禁欲主义的反拨。田汉曾记录那时关于两者关系的争论：“尤以爱之当灵肉的，争论得兴奋。……人是有灵有魂的，同时是有血有肉的，不能偏荣灵魂而枯血肉。”②这对于文学创作描写普通人的世俗生活，有重大的意义。但是从文学的“工具论”“武器论”来

① 蒋光慈：《异邦与故国》，上海现代书局1930年版。

② 田汉：《蔷薇之路》，泰东图书局1922年版。

要求，文学要在革命中起教育、鼓舞、战斗的作用，便对兽性（欲望）的描写持排斥的态度，而强调写人的神性，以为人们的榜样。发展到极端就认为“塑造无产阶级英雄形象是社会主义文学的根本任务”，写出来的正面人物如“样板戏”中的李玉和、杨子荣等都只有神性，成了“政治人”，完全是个政治符号。（后来反对这种倾向，又走到另一个极端。近来出现的所谓“身体写作”“下半身写作”，只是展览人的兽性了。）因为用阶级论的观点，无产阶级是最先进的阶级，便只有神性；如有兽性也是资产阶级腐蚀的结果。资产阶级是腐朽的，便只有兽性。所以茅盾接受瞿秋白的建议，写《子夜》中的资本家吴荪甫在事业垮台后，兽性就大发作，把老妈子强奸了。而按照茅盾自己原来的认识，“一个资本家也许竟是个品性高贵的好人”①。

还有，现代文学中描写流血暴力，这是一个普遍的题材。大概有三种情况。

第一种是战争题材。有描写反战的，揭露战争中的反人类的残暴行为。如洪深的《赵阎王》，闻一多、徐志摩一些反对军阀战争的诗等。还有一类是歌颂民族解放战争，歌颂这种战争中的英雄气概的，这在1931年“九一八”后，特别是抗战时期非常多。评价战争题材还是要区别战争的性质，对颂扬正义战争、批判非正义战争的作品是应该肯定的。但肯定的是保卫人类共同的独立、自由的价值观的勇敢和牺牲的精神，是以人类性为标准，而不仅仅是以民族性、阶级性为标准，更不是去肯定战争本身。战争是人类的自相残杀，是历史的怪物，好战行为绝不值得肯定。肖洛霍夫的《一个人的遭遇》，苏联电影《这里的黎明静悄悄》都在歌颂卫国战争的同时，揭露了战争的残酷性，可供我们参考。我们对现代文学史上的战争题材的作品应该从人类性的层面，作一番新的审视。

第二种是写个别人的暗杀行为的。比较写得好的多是表现历史、传说中的流血暴力行为的，如《女神》中的《棠棣之花》（后来又扩写成多幕剧），话剧《高渐离》，鲁迅的《铸剑》等，都写了暗杀、行刺。郭沫若说：“在《棠棣之花》里面我表示过一些歌颂流血的意思，那也不外是诛除恶人的思

---

① 沈雁冰：《论无产阶级文学》，《文学周刊》172期，1925年5月10日。

想，很浓重地带着一种无政府主义的色彩。”[①]作者并非在提倡暗杀，而只是借古人的事情来宣扬一种精神，如“诛除恶人的思想”之类。对这类作品重要的是分析其思想，而不是评价行为本身。行为本身是没什么好肯定的。但也有现实题材的，如蒋光慈的《菊芬》《最后的微笑》等写个人的恐怖行为，甚至疯狂杀人，表现出革命遭受挫折时的急躁、冒险情绪。有的就是表现左倾路线的盲动，在当时就是错误的。巴金的《灭亡》《新生》也有这种倾向，而且到抗战时期的《火》三部曲（1938—1940）还在写秘密组织的暗杀行动。这些小说有负面的影响，应该有所批判。

第三种是写阶级斗争中的暴力，如阶级战争、土改斗争中的流血杀人的描写。这一类作品不少，我觉得应该从“文化大革命”的沉痛教训中得到应有的启发。我们同情、支持被压迫人民求解放的斗争，但不能没有分析地为暴力叫好，好像血流得越多才越革命，我们不应去赞美反人性的行为。二十世纪是中国阶级斗争十分尖锐的时期，许多文学作品描写阶级斗争。怎样评论这类题材，值得研究。

从上述这些问题中，都可以看到不同价值观的冲突。我认为在描述、总结现代文学史时，这些问题应该引起重视。这对我们自己，对想要了解我们的人，对现在的年轻人，都是很重要的。

今天，外来的五颜六色的各种文化思潮，跟随着金灿灿的资本滚滚而入，让人深感马戛尔尼又来了。中国的知识界躁动了，有一种观点认为全球化是美国的强势文化对我们的文化侵略、文化扩张，因此要坚决反对，要坚守民族文化的主体。在霸权主义在世界上横行的情势下，对世界上的强势文化的抗拒，是可以理解的。

其实五四新文化运动的许多先驱已经遇到过类似的情况和问题，发表了很有价值的见解。例如五四以后关于文学继承民族传统与接受外来影响的关系的争论，就是贯穿现代文学史的始终的。有时候比较强调向外部世界学习，如

① 郭沫若：《创造十年》，《沫若文集》第7卷，人民文学出版社1958年版，第113页。

五四时期；有时候更看重继承民族、民间的传统，如抗战以后。又因为存在两种全球化，有时候强调向西方学习，有时候要求“一边倒”，向社会主义阵营学习。在态度上也存在闭关自守、崇洋媚外等偏向。当然也有人对两者的关系认识比较全面。1919年就有人提出：“我们现在对于中国精神文化的责任，就是一方面保存中国旧文化中不可磨灭的伟大庄严的精神，发挥而重光之。一方面吸取西方新文化的菁华，掺合融化，在这东西两种文化总汇基础之上建造一种更高尚更灿烂的新精神文化，作为世界未来文化的模范，免去现在东西两方文化的缺点偏处，这是我们中国新学者对于世界文化的贡献。”①五四刚过，郭沫若曾指出“我们中华民族本是优美的民族之一，我们在四千年前便有优美的抒情诗，大规模的音乐，气韵生动的雕刻与绘画”，“我们要把固有的创造精神恢复……期以辟往而开来”。同时“我们应该把窗户打开收纳些温暖的阳光进来”，“如今不是我们闭关自主的时候了，输入欧西先觉诸邦的艺术也正是我们的急图”。“我们要宏加研究，绍介，收集，宣传；借石他山以资我们的攻错”②。到了1940年代的民族形式讨论中，他又说：“百年来我们的民族也不断的在振作，不断的在吸收外来的事物以补救自己的落后。”“凡是世界上适合自己的最进步的东西，无论是精神的或物质的，我们都尽量的摄取。”③多么远大的眼光，多么精辟的见解，今天听来还那么新鲜、有说服力，前辈的胸怀和远见让我们十分钦佩。这问题实际上就是全球化与本土化的关系问题，前人实践中的经验、教训，很值得从新的角度做一番总结。

我们要看清今天人类文明的主流是什么，这是超越血缘、地缘之上的人类共同的认知，是浩浩荡荡的世界大势。我们的现代文学研究也要跟上时代的脚步，融入世界文明的滔滔大潮。那样，我们不但不会被冲垮，我们有可能获得新的生机！

（原载《文学评论》2004年第5期）

---

① 宗之櫆：《中国青年的奋斗生活与创造生活》，《少年中国》第5期，1919年11月。

② 郭沫若：《一个宣言》，《文艺论集》，光华书局1932年第5版，第211—212页。

③ 郭沫若：《“民族形式”商兑》，《大公报》1940年6月9日。

现代文学研究的史论关系再认识

时代背景决定史论关系

最近一段时间，加强现代文学史料建设的呼声很高，这是一个很好的现象和势头。我认为这是我们的学科更加科学化的重要标志。

中国现代文学学科在1949年后建立，可以说是匆匆上阵。王瑶先生的《中国新文学史稿》就留着急就章的痕迹，接着就是对这部《史稿》的批评和纠偏性的新著的问世，来不及从史料的建设抓起，从容不迫，按部就班地稳扎稳打。但还是有人开始努力地做史料工作。二十世纪五六十年代，上海已经连续出版几本现代文学的资料专刊，出现了几个图书馆馆藏的现代文学期刊目录。山东师大中文系在这方面是先行者，出了好几部作家的资料专集和研究资料索引。这些对当时的现代文学研究都起了很好的作用。在“十年浩劫”中，也还有人收集、整理鲁迅资料，取得不小的成绩。粉碎“四人帮”后，学科得到恢复，史料工作的成绩更是空前的，就不用多说了。

那么，为什么今天还要来强调史料工作的意义呢？因为从现有的情况来看，我们在这方面还有许多不足。关于这方面的情况，我也不想多说了，二十世纪八十年代末，樊骏先生有一篇长文，题为《这是一项宏大的系统工程——关于中国现代文学史料工作的总体考察》，在《新文学史料》上连载了三期（1989年一、二、四期），已经非常鲜明地指出我们史料工作的缺陷，把做好史料工作的紧迫性说得非常清楚了。文章刚登出来，我就写信给当时《史料》的主编，建议在连载完樊骏先生的文章后，再组织几期笔谈，以扩大影响，加强大家对史料工作意义的认识。但是没有答复，此后的《史料》就成了作家们发表“回忆文学”“记忆文学”的场所，跟学术意义上的史料工作渐行渐远了。

我曾经说过，我们现代文学研究成绩很大，缺点是煮了“夹生饭”。形成“夹生饭”的原因，主要是论著的证明不足，其中就包括史料的欠缺和错误。史料的建设是学科的基础建设。在特定的时代背景下，为了求快，来不及把史料工作做得很细致，很充分。好比基础还没有建好就盖楼，盖起来的楼便不会是很坚固的，不可避免地出现“夹生饭工程”。没有坚实的史料为基础的论点，也是不坚实的，也就只有“大胆假设”，缺乏“小心求证”，可信度不高，叫人放心不下。这样的成果要由将来的人重新来补做“小心求证”的工作。

轻视史料工作有一定的社会背景和思想背景，那就是我们经历的时代是一个看重主观作用、看重人的主体性的时代。在史学里从来就有“史料派”和“史论派”的分歧。近代以来受自然科学发展的影响，人文社会科学研究中的科学性受到了高度的重视，尤其是在史学领域，不但强调史料的意义，而且要求“存而不补”“证而不疏”，就是要绝对尊重史料的客观性。这种思想和主张，是史学中“现代性”的最重要的表现。但是，二十世纪是中国强调主观作用的一个大时代。这时，人的主体作用不断被强调到很高的程度。因为我们长期处于革命时期，作为革命的一方，往往在开始的时候，力量比较弱小，必须充分地发挥人的主体作用，发挥人的主观能动性，以一当十，以一天干二十年的事，才可能战胜比自己强大的敌人。简单地回忆一下我们的经历，我们始终被告知“人的因素第一”，而在人的因素中，主观作用又是最重要的，所以是“思想第一”。打仗要靠人的思想，靠“一不怕苦，二不怕死”，才能以“革命化打败机械化”。经济工作也靠人，“人有多大胆，地有多大产”，要靠“铁人精神”，不管客观上有没有条件都要上。所有工作都靠人，所以要政治挂帅，也就是靠思想工作，来充分地调动人的积极性，发挥人的主观能动性。反映到哲学上，就是“物质变精神，精神变物质”，强调的是后者，是精神的反作用。为此，还提出了“精神原子弹”的口号，把人的主观精神的作用夸大到极度。在这种背景下，理论受到高度的重视，因为“没有革命的理论，便没有革命的运动”。我们常常说，1949年后我们犯了“唯意志论”的错误，就是过分夸大人的主观作用。文艺思想上，或者非常强调“革命的理想主义”，提出“革命的现实主义”要与“革命的浪漫主义”相结合；或者非常强调“主观战斗精神”，要求敢于与客观搏斗；或者非常强调人的“主体性”。因为这些不同主张的人，他们都处在同样的历史背景之下，所以会有这样的共同性。他们之间发生过尖锐的思想矛盾，那只是你的主观好还是我的主观好的矛盾，是用你的主观还是用我的主观的分歧。所以二十世纪，中国的“史论派”就占了上风。

不重视史料工作还有一个原因，就是半个多世纪以来，不断地对科学精神的破坏。我在一篇题为《我们现在怎样做学问》的文章中，曾讲到有三次大的这种破坏。1954年批胡适，把胡适在五四时期介绍、提倡科学方法当作宣扬资产阶级唯心主义来批判，结果是批掉了科学方法，剩下了“大胆假设，无心求证”。第二次是1958年的“插红旗，拔白旗”，把前人的研究成果统统当作资产阶级“伪科学”扫地出门，以“破除迷信，打破常规”之名，破了一切学术规范，让主观唯心主义为所欲为。第三次是“大革文化命”，更是主观唯心主义满天飞了，说你是叛徒就是叛徒，说你是反革命就是反革命，无须任何证明。

我并没有把一切罪过归之于历史的意思，上述这些历史的因素到了一定的现实条件下，与现实条件相结合，就形成了今天学术上的浮躁之风。这就是在打倒了“四人帮”后普遍的急于求成的心态，尤其是从“红卫兵——知青”成长起来的一代，他们感到自己失去的太多，已经是“一无所有”了，要求社会赶快补偿。如果按部就班地从一条条史料的收集入手，那要等到哪一天才能超越先行者，才能讨回自己失去的一切？于是转向另一条路，趁对外开放，西方学术思潮涌来之机，把西方理论搬过来，打起“先锋”的旗号，哪怕是一知半解也无妨，拿几条中国的例子作为装点，就有了自己的“成果”，而且宣告这是最新潮的。凭着这样的东西，才足以表明自己在学术上的领先地位。这才是一条捷径，一条求名得利的捷径。这就是为什么从二十世纪八十年代以来，文学论文上外国人的名字多了，又出现“名词爆炸”，有的文章非常难读的原因。它的好处是从西方寻求新的理论资源，有利于打破单一的理论思路，有的人做得比较认真，对传播西方文论、开阔人们的眼界，起了好作用。但是由于急于求成，不仅好的成果很少，更造成了不良的学风。当这一代人做了长辈后，他们的学风又影响了比较幼稚的下一代。而这也是过去史料工作未受应有重视的重要原因。

由于长期处于这种社会的、思想的背景下，学术研究中就出现重论轻史、重观点轻史料，重大胆假设、轻小心求证等偏向。往往一个新的观点出来，产生轰动效应，作者可能一夜成名。而默默无闻的耕耘，一条一条地积累资料，扎扎实实地研究，谨慎地提出观点，倒可能不受重视。讲话要有证据，有七分证据不说八分话，这会被认为是一种“迂”。这样的思想和风气，长时期里成了学界的主流。现在有这么一些人来为史料工作呼吁，这是对主流派的反拨。但不可能从根本上改变现状，根本的改变要等待时代背景的变化。

从事实或从思想开始都是可以的

做学问是从“论”开始，还是从“史”（掌握、积累史料）开始？历来有不同的看法。我曾经归纳两条治学的路线：“我思故史在”和“史在促我思”。“我思”和“史在”究竟谁更重要？我以为两者都重要，同一个学者，写这一篇文章可能是从“史在”入手的，就是说他是在收集、整理史料的过程中，思想上有所发现，并归纳、抽象出自己的观点，形成了理论。写另一篇却可能是从“我思”开始的。即先有了某一理论或观点，或者是受到它的启发，把它放到大量的史实中去考察、检验，在得到了大量史实的验证，经过调整、充实、修订后，最后确立为自己的观点或理论。从唯物主义的观点来看，认识源于客观存在，所以思想的形成过程，一般地说应该从客观的存在开始，也就是从“史在”开始。但是，实际情况往往是，当我们接触客观存在时，我们的思想并不可能是完全真空的，做理论工作的人，他早有自己的理论准备了。从这个意义上说，我们都是从“我思”开始的。所以讨论研究工作是从“我思”还是从“史在”开始，就像讨论“鸡生蛋”还是“蛋生鸡”一样。关键的问题在于，我们带着“我思”进入史实之后，有没有自己的新发现，有没有根据客观的事实来修正、补充、提高乃至抛弃这种“我思”，并形成更准确地反映“史在”的新“我思”。如果是这样做的，从“我思”开始便也是很正常的一条思路。

现在应该引起注意的，或者应该明确地反对的，是从“我思”到“我思”的路线。从二十世纪八十年代的“方法热”开始，直到今天仍然可以见到，有的人从西方搬来某个“先锋”理论，从这理论开始，却又不进入史实，只是挑选几条于己有用、有利的材料，作为那“先锋”理论的例证。这样来说明中国的文学，实际上不过是在宣扬西方的“先锋”理论，把它说成是放在中国亦皆准的。史料和理论就好像原料和成品，谁也离不了谁，都很重要，在价值上没有可比性，不能说谁的价值更高些。我在《文学史的史学品格》一文中曾讲到史料工作的意义：“我甚至感到，有朝一日现在兴师动众编的许多现代文学史著作，都被淘汰了；但现在做的那许多史料性工作，却是不朽的，会令后人感激不已。”[①]历史事实恐怕正是这样的，这可能是一种宿命。今天，我要做一点补充，这不等于说只有史料工作才有价值，才值得去做，而编文学史没有意义、没必要。

为什么搞史料更能传世，理论往往消失得快？马克思了不起，但他的理论会不会过时？肯定会的。不是马克思不伟大，而是人的认识有局限，再大的天才也不可能超越时代。今天的理论，今天根据这理论编出的著作，过一阵子，人的认识变了，它也就失去了意义。而史料是凝固了的，是不可能再变的。把某一史实搞清楚了，千秋万代不会变，保存在那里，供后人放心地用，后人当然都要感谢你。肯定史料的价值、意义，但不是说它比理论更重要，更了不起。各有各的价值，不能相比的。

不能出论是我们的更大弱点

我们强调史料的意义，强调史料在研究中的重要性，当然是为了坚持唯物主义的思想路线，也是为了引出科学的理论，使理论有坚实的事实为基础和根据。重视史料绝不意味着可以轻视理论，绝不是认为理论不重要；相反地，应该把理论的创造作为科学研究的最重要的目的。被公认为史学研究中最重视史实考订的兰克学派，其代表人物兰克（Leopold von Ranke）也并不是人们想

① 黄修己：《文学史的史学品格》，《中国现代文学研究丛刊》1991年第3期。

象的只重史料，而是同时要求把对特殊事件的研究和观察，上升为普遍性的观念。

我们坚持“论从史出”的路线。其中的关键是第一和第四个字，即“论”“出”二字。“论”“出”就是“出论”，就是要引出理论来。怎么“出论”？那才是中间那两个字：“从史”。可以说“从史”的目的是为了“出论”。

中国现代文学史研究，至今没有重大的理论突破，还没有看到从现代文学的研究中，引出什么重要的文学的、文化的理论来。也就是说“出论”不够，这是我们的更大弱点，这么多年来通过研究这一段文学史，我们取得了什么重要的理论成果呢？我们应该有更高的要求，通过搞清历史事实，从中引出理论，引出能超越具体历史事实，超越具体的作家、作品，具有普遍意义的理论，这些理论也能用到其他历史时期、其他历史事件上去，可以有现实的指导意义。这样的研究才是我们的目标。如果只是搞现代文学史，那么研究别的时期、别的国家文学史的人，可以不关心你，可以各人自扫门前雪，不管他人瓦上霜。如果研究文学史能出论，这论对别的时期、别的国度也有意义，甚至是所有做学术研究工作的人都要关心，都要借鉴，那么我们学科的影响就比现在大多了。现在我们的影响不是很大，固然跟我们是小学科有关，更重要的原因是我们这块土地上还没能开出理论之花。

历史研究以及文学史研究，从史而出论，因而发生大的影响，这是我们应该追求的。马克思、恩格斯通过研究人类社会的发展史，证明了资本主义的不合理性，提出了建立共产主义社会的理想和通向理想的道路。斯宾格勒（Qswald Spengler）的《西方的没落》，通过历史研究提出文化发展的历史周期律，以之预测未来社会的发展，也许不一定都对，却显示了史学的力量。亨廷顿（Samuel P. Huntington）的《文明的冲突与世界秩序的重建》提出“文明权力论”，指冷战后世界的文化冲突将成为当代主要的矛盾，这种新的政治思维框架，也对我们认识当今的世界有参考价值。泰纳通过研究古代希腊艺术、文艺复兴时期意大利的文学艺术，证明文学与社会（种族、环境、时代）的密切关系，提出了“精神气温带”的理论，成为法国企图用“科学观念”建立文艺理论的先驱。勃兰兑斯（Georg Brandes）研究欧洲十九世纪的文学思潮，提出文学史“是一种心理学，研究人的灵魂，是灵魂的历史”的观点。他受泰纳的影响，有理论先行之嫌，他的文学思潮史中的观点我们也并不都赞同，但史中有论，由史出论还是很值得学习的。他的文学史是“心灵史”的观点，比他的全部文学史叙述的影响还要大。还有像达尔文（Charles Darwin），不是研究人类的历史，而是研究生物的历史，但从中总结的理论，就是进化论，对人类社会的发展竟也有重大影响，后来还出现了社会达尔文主义。其对近代中国先进分子的巨大思想影响，是人所共知的。据说达尔文理论水平不高，他的生物进化论是借鉴了马尔萨斯的“人口论”，而且今天还不断地有人质疑。但是如果没有进化论，达尔文虽是个有成就的生物学家，影响就小得多了。法国的法布尔（Fabre）研究昆虫也是非常细致入微，但他擅长的是观察，被达尔文誉为“难以效法的观察家”。他非常重视“真相”，有一股为“真理而真理”的精神，取得了许多成果，其中有的是很有理论意义的。但他却没有形成自己的理论，他的代表作叫《昆虫记》，是一种具有文学性的记叙文。如果达尔文也只是观察一个个生物遗传、变异的实例，哪怕描述得再准确，恐怕也只能为别人的研究提供证据，其贡献和意义就小多了。

中国古代文史不分，都用相同、相近的治学方法。那时史学十分发达，史书浩如烟海，而且史学理论也很有成就，留下了《史通》《文史通义》等大著作。但是总结历史发展规律却很不够，包括《史记》《资治通鉴》这样的巨著，收集、整理、编写了那么多历史事实，却并没有司马迁、司马光对历史发展的见解。我们的历史发展观，长期都是“分久必合，合久必分”那一套。在文学研究上，其主要形态是“诗文评”，做具体作品的分析，讲自己的体悟。像《文心雕龙》这样的理论意味比较强的作品是罕见的。这是不是跟我们缺少科学的传统，抽象思维不太发达，不太重视“出论”有点关系呢？我们有乾嘉学派的治学传统，胡适认为其已经具有现代科学精神，可以和现代的科学方法相结合。但是这种代表中国古代治学方法最高成就的“正统”学派，也是精于搜求、考证、鉴别、解释，而昧于理论的抽象，或者是有意加以回避、忽略。这应该引起我们的注意，不可把前人的弱点继承下来，而要自觉地加以克服、改进。

我在前面讲了史料工作的缺陷，但我认为我们在理论方面，也不能说已经有了多大的成果。这一点也应该引起注意。王瑶、唐弢、李何林等，是学科的开创者，他们把学科建立了起来，这是他们的历史贡献。但是他们很少能够通过现代文学史的研究，在理论上有自己独立的创见，或者能够提出理论上的问题来。固然因为在他们生活的年代，理论上只能有一种权威的见解，但这毕竟是他们的弱点。1949年后成长的我们这一辈，应该说是继往开来的一辈，我们做了很多工作，包括史料建设。但是同样无力来在理论上有所建树。“后文革”一代的个体主体性比较强了，文学史研究中甚至用“主体投入法”，借历史讲自己的话的倾向是很鲜明的，对现代文学有许多阐释也很精辟，但说到理论性的创造仍然是很不够的。就是最近这一期《中国现代文学研究丛刊》上发的，去年在北京关于文献史料讨论会上的文章，讲自己整理资料的经验、体会多，而能够把问题从理论上来认识和总结的，就比较少了。我们现在许多所谓的新理论，包括最近的“现代性”等，还是别人的，是用别人的创造做自己的“理论资源”。通过历史的研究提出原创性的理论来，还有待今后的努力。

还要看到一个我认为值得注意的问题，那就是今天的理论教育的孱弱。本来我们是非常重视理论的，在大学里，不分理工科、文科，政治理论都是学生的最重要的课程。但是现在，由于“三信危机”一时不能消除，马克思主义理论队伍自身的种种问题等原因，在许多地方，这又是最没力量的课程。青年人热衷的是西方各种现代的、后现代的理论流派。又由于长期的封闭造成对西方这些流派的研究还很薄弱，翻译的质量差，介绍者自己对这类新论似懂非懂，一知半解，食洋不化，所以现在我们对二十世纪以来西方各学科理论的了解，还不很深刻，更缺少分析、批判的力量。这就造成理论指导思想的混乱。所以，今天有必要提请注意，在强调史料的重要意义，强调科学性时，我们不能有片面性，不要忽视理论的意义。

还要谈一点个人的体会，就是培养重史料的观念，学习史料工作的操作方法，相对而言比较容易；只要认识清楚了，又有吃苦耐劳的精神，史料工作就上去了。而提高一个人的理论能力、理论水平，就没有那么容易了。我在辅导博士生写论文时，都要求他们把论文的观点概括成一段千字文。我告诉他们，证明有时是十分复杂的，要有大量的引证、反复的推理，但形成的主要观点、结论，往往是很简单的几句话。奇怪的是，他们的论文已经写了十万、二十万字，可那一千字就是写不出来。原来那一千字必须是通过大量的史料、叙述，所总结、概括出来的理论，是最主要的论点，是最终的认识成果，是论文之魂。有不少学生就是总结、抽象不出来，他虽然掌握了一定的资料，却形成不了自己对问题的新认识，使得一篇有可能是不错的论文，因为没有魂而大大降低了学术价值。我深深体会到，教人提高理论水平，提高抽象思维的能力，是很难的，我到现在还没有什么好办法。恩格斯说训练思维能力的最好办法是学哲学，但那不是一朝一夕就能成功的。

现在，由于文学越来越边缘化，使得一些文学研究者更加感到"回应社会"的迫切性，好像不这样文学研究就会被人遗忘了，它的社会价值就丧失了。这种心情是可以理解的，积极地用自己的研究成果去"回应社会"，这愿望也是很好的。但是发展到好像文学研究已经没有用了，我们要去参加经济理论的讨论，因为那才是当前的学术热点，才是社会最关心的问题。我觉得这样"破门而出"，恐怕也不是办法，这样做让人怀疑文学研究还有没有存在的价值了。要"回应社会"，关键不在于走出本学科，抛弃本学科，而在于我们研究现代文学，要能够在理论上有所超越，超越本学科的局限，我们的研究成果对其他学科、其他部门都有指导的或参考的价值，这样自然能够引起人们的注意，让大家不得不来关注我们的研究。我以为这样才是与社会保持联系，是"回应社会"的正确途径。所以，讨论史料工作的意义时，希望不要忘了，理论上我们也是很薄弱的，要史和论两方面都加强才好，才能有真正的进步。

（原载《汕头大学学报》2005年第1期）